FREIDA MCFADDEN

DER LEHRER

THRILLER

Aus dem Amerikanischen
von Astrid Gravert

WILHELM HEYNE VERLAG
MÜNCHEN

Die Originalausgabe *The Teacher* erschien erstmals 2024
bei Poisoned Pen Press, an imprint of Sourcebooks, Naperville, Illinois.

MIX
Papier | Fördert
gute Waldnutzung
FSC® C014496

Penguin Random House Verlagsgruppe FSC® N001967

5. Auflage
Deutsche Erstausgabe 08/2025

Neumarkter Straße 28, 81673 München
produktsicherheit@penguinrandomhouse.de
(Vorstehende Angaben sind zugleich
Pflichtinformationen nach GPSR.)

Redaktion: Lars Zwickies
Umschlaggestaltung: zero-media.net, München
unter Verwendung von © iStockphoto (JasonDoiy), FinePic®
Satz: Uhl + Massopust, Aalen
Druck und Bindung: GGP Media GmbH, Pößneck
Printed in Germany
ISBN: 978-3-453-42949-9

www.heyne.de

Für meine Familie

PROLOG

Ein Grab auszuheben, ist harte Arbeit.

Mir tut alles weh. Muskeln, von denen ich gar nicht wusste, dass ich sie habe, schreien vor Schmerz. Jedes Mal, wenn ich die Schaufel in den Boden stoße, fühlt es sich an, als würde sich ein Messer in einen Muskel hinter meinem Schulterblatt bohren. Ich dachte, da gäbe es nur Knochen, aber offensichtlich habe ich mich geirrt. Ich spüre jede einzelne Muskelfaser in meinem Körper, und alle schmerzen. Sehr.

Ich halte einen Moment lang inne und lasse die Schaufel fallen, um meinen schmerzenden Handflächen, an denen sich Blasen bilden, ein wenig Linderung zu verschaffen. Mit der Rückseite des Unterarms wische ich mir den Schweiß von der Stirn. Mittlerweile ist die Sonne untergegangen und die Temperatur unter den Gefrierpunkt gefallen. Aber nach der ersten halben Stunde habe ich die Kälte schon nicht mehr gespürt – ich habe meine Jacke vor fast einer Stunde ausgezogen.

Je tiefer ich grabe, desto leichter wird es. Durch die erste Erdschicht zu kommen, war fast unmöglich, andererseits hatte ich da noch einen Helfer. Jetzt bin ich allein.

Na ja, ich und *die Leiche*. Aber sie ist keine große Hilfe.

Ich spähe in das finstere Loch. Es wirkt wie ein Abgrund, ist aber nicht viel tiefer als sechzig Zentimeter. Wie tief muss ich graben? Es heißt immer, einen Meter achtzig, aber ich nehme an, das gilt nur für offizielle Gräber. Nicht für namenlose Gräber mitten im Nirgendwo. Aber wenn niemand das entdecken soll, was hier begraben wird, ist tiefer vielleicht besser.

Ich frage mich, wie tief eine Leiche vergraben sein muss, damit die Tiere sie nicht wittern.

Ich zittere, als ein Windstoß den Schweiß auf meiner Haut kühlt. Mit jeder Minute, die vergeht, fällt die Temperatur weiter. Ich muss mich wieder an die Arbeit machen. Ich werde noch etwas tiefer graben, nur um sicherzugehen.

Als ich die Schaufel aufhebe, scheinen alle schmerzhaften Stellen in meinem Körper um meine Aufmerksamkeit zu konkurrieren. Im Moment sind meine Handflächen die klaren Gewinner – sie tun mehr weh als alles andere. Was würde ich für ein Paar Lederhandschuhe geben. Leider habe ich nur ein Paar gefütterte Stoffhandschuhe bei mir, und mit denen kann ich die Schaufel nicht richtig halten. Deshalb muss ich es mit bloßen Händen tun, Blasen und Schmerzen eingeschlossen.

Als das Loch noch flach war, konnte ich graben, ohne hineinzusteigen. Jetzt kann ich nur weiterarbeiten, wenn ich mich in das Grab stelle. Das fühlt sich an, als würde es Unglück bringen. Wir enden alle irgendwann in einem dieser Löcher, aber wir sollten das Schicksal nicht herausfordern. Leider ist es gerade unvermeidlich.

Während ich das Schaufelblatt wieder in die trockene, harte Erde stoße, spitze ich die Ohren. Bis auf den Wind ist es still hier draußen, aber ich bin sicher, etwas gehört zu haben.

Knack!

Da ist es wieder … Es klingt fast wie ein Ast, der entzweibricht, aber ich kann nicht sagen, ob es hinter oder vor mir war. Ich richte mich auf und spähe in die Dunkelheit. Ist da jemand?

Wenn ja, bin ich in sehr großen Schwierigkeiten.

»Hallo?«, rufe ich, aber es ist eher ein heiseres Flüstern.

Keine Antwort.

Ich halte die Schaufel fest in der rechten Hand und lausche, so gut ich kann. Ich halte den Atem an, um das Geräusch der Luft auszuschalten, die in meine Lungen strömt und sie wieder verlässt.

Knack!

Wieder ein brechender Ast. Diesmal bin ich ganz sicher. Und das Geräusch ist näher als beim letzten Mal.

Jetzt höre ich Blätterrascheln.

Mir zieht sich der Magen zusammen. Aus dieser Sache kann ich mich nicht herausreden. Ich kann nicht so tun, als wäre es ein Missverständnis. Wenn mich jemand sieht, ist es vorbei. Ich bin erledigt. Handschellen um die Handgelenke, ein Polizeiauto mit heulender Sirene, ein Leben im Gefängnis ohne Chance auf Entlassung – all das.

Dann sehe ich im Mondlicht ein Eichhörnchen auf eine Lichtung flitzen. Als es an mir vorbeihuscht, knackt wieder ein Zweig unter dem Gewicht seines kleinen Körpers. Nachdem das Eichhörnchen verschwunden ist, herrscht wieder tödliche Stille.

Immerhin war es kein Mensch. Es war nur ein wildes Tier. Was sich wie Schritte anhörte, waren nur dahinflitzende kleine Pfoten.

Ich atme auf. Die unmittelbare Gefahr ist vorüber, aber die

Sache ist noch nicht vorbei. Ganz und gar nicht. Ich habe keine Zeit mich auszuruhen, sondern muss weitermachen.

Schließlich muss ich diese Leiche begraben, bevor die Sonne aufgeht.

TEIL I

1

Drei Monate früher

EVE

Die Leute sagen mir immer, wie glücklich ich mich schätzen könne.

Sie erinnern mich daran, dass ich ein schönes Haus und einen erfüllenden Beruf habe, außerdem bekomme ich permanent Komplimente wegen meiner Schuhe. Aber ich mache mir nichts vor. Wenn die Leute sagen, ich könne mich glücklich schätzen, meinen sie nicht mein Haus oder meinen Beruf oder meine Schuhe. Sie sprechen von meinem Mann. Sie meinen Nate.

Nate summt vor sich hin, während er sich die Zähne putzt. Erst nachdem ich mir fast ein Jahr lang morgens neben ihm die Zähne geputzt hatte, erkannte ich, dass es immer dasselbe Lied ist. »All Shook Up« von Elvis Presley. Als ich ihn darauf ansprach, lachte er und sagte, seine Mutter habe ihm verraten, dass dieses Lied genau zwei Minuten dauere. Also genau so lange, wie man sich die Zähne putzen sollte.

Ich habe angefangen, das Lied mit jeder Faser meines Wesens zu hassen.

In acht Jahren Ehe jeden Morgen dasselbe verdammte Lied. Ich könnte es umgehen, indem wir uns nicht jeden Morgen gleichzeitig die Zähne putzen, aber das tun wir immer. Wir versuchen, das Badezimmer morgens möglichst effizient zu nutzen, weil wir um dieselbe Zeit das Haus verlassen und zum selben Arbeitsplatz fahren.

Nate spuckt Zahnpasta ins Waschbecken und spült dann seinen Mund aus. Ich bin schon mit Zähneputzen fertig und sehe ihn an. Er greift nach der Mundspülung und gurgelt mit der scharfen blauen Flüssigkeit.

»Ich verstehe nicht, wie du das Zeug benutzen kannst«, bemerke ich. »Mundspülung schmeckt für mich wie Säure.«

Er spuckt wieder ins Waschbecken und grinst mich an. Er hat perfekte Zähne. Gerade und weiß, aber nicht so weiß, dass man wegsehen muss. »Es ist *erfrischend*. Sauberkeit geht vor Frömmigkeit.«

»Es schmeckt schrecklich.« Ich schaudere. »Küss mich bloß nicht, nachdem du damit gegurgelt hast.«

Nate lacht, und es ist wirklich lustig, da er mich ohnehin selten küsst. Ein flüchtiger Kuss auf die Wange, wenn wir uns morgens trennen, und einer, wenn wir uns abends begrüßen, und dann einer vorm Schlafengehen. Drei Küsse am Tag. Unser Sexleben ist ähnlich reglementiert – jeden ersten Samstag im Monat. Früher war es mal jeden Samstag, dann jeden zweiten, und seit zwei Jahren hat sich die gegenwärtige Routine eingependelt. Ich bin versucht, es in unseren gemeinsamen iPhone-Kalender als regelmäßigen Termin einzutragen.

Ich nehme den Föhn, um meine Haare zu trocknen, während Nate sich mit der Hand durch seine kurzen braunen Strähnen fährt und dann zum Rasierer greift. Wenn ich uns beide im Spiegel sehe, ist schwer zu leugnen, dass Nate der bei Weitem Attraktivere von uns beiden ist. Eindeutig.

Mein Mann sieht unglaublich gut aus. Wenn jemand einen Film über sein Leben drehen wollte, dann würde er für die Rolle bei den heißesten Hollywoodstars anklopfen. Kurze, dicke braune Haare, scharf geschnittene Gesichtszüge, ein hinreißendes schiefes Lächeln, und seitdem er sich die Gewichte zum Trainieren im Keller gekauft hat, ist seine Brust die reinste Muskelmasse.

Ich dagegen bin vollkommen unscheinbar. Ich hatte dreißig Jahre Zeit, um mich damit abzufinden. Und ich habe absolut kein Problem damit, dass meine schlammbraunen Augen nicht denselben verspielten Schimmer haben wie Nates, meine langweiligen braunen Haare immer schlaff herunterhängen und meine Gesichtszüge nicht die richtigen Proportionen haben. Ich bin zu dünn, habe überall kantige Konturen und keine nennenswerten Kurven. Wenn jemand einen Film über mein Leben drehen wollte … Aber es hat keinen Sinn, überhaupt darüber zu reden. Niemand dreht einen Film über Frauen wie mich.

Wenn Leute sagen, ich könne mich glücklich schätzen, meinen sie in Wirklichkeit, dass Nate eine ganz andere Liga ist. Aber wenigstens bin ich etwas jünger als er.

Ich verlasse das Badezimmer, um mich fertig anzuziehen, und er folgt mir, um dasselbe zu tun. Ich wähle eine weiße Bluse, hochgeknöpft bis zum Hals, und kombiniere sie mit einem hellbraunen Rock, denn in Neuengland kann man nur drei Monate im Jahr einen Rock tragen – vier, wenn man Glück hat. Nachdem ich eine Strumpfhose angezogen habe, schlüpfe ich in ein Paar hochhackige Pumps von Jimmy Choo. Als ich sie schon anhabe, bemerke ich, dass Nate mich beobachtet, während seine braune Krawatte ihm noch locker um den Hals hängt.

»Eve«, sagt er.

Ich weiß schon, was er sagen wird, und hoffe, dass er es nicht tut. »Hm?«

»Sind die Schuhe neu?«

»Die?«, frage ich, ohne aufzublicken. »Nein. Die habe ich schon seit Jahren. Ich glaube sogar, ich habe sie auch letztes Jahr am ersten Schultag getragen.«

»Oh. Okay …«

Er glaubt mir nicht, aber er blickt auf seine eigenen Schuhe hinunter – ein Paar braune Lederslipper, die tatsächlich jahrealt sind – und sagt kein Wort mehr. Er schreit nie, wenn er aufgebracht ist. Manchmal schimpft er wegen Dingen, die ich nicht hätte tun sollen, mit mir, aber selbst das tut er nur noch selten. Mein Mann ist bewundernswert ausgeglichen. Insofern kann ich mich wohl glücklich schätzen.

Während Nate die Manschettenknöpfe seines Hemds zuknöpft, wirft er einen Blick auf seine Armbanduhr. »Bist du fertig? Oder willst du noch frühstücken?«

Nate und ich arbeiten an der Caseham High School, und heute ist der erste Tag des Schuljahres. Ich unterrichte Mathematik und er Englisch. Wahrscheinlich ist er der beliebteste Lehrer an der Schule, besonders jetzt, da Art Tuttle weg ist. Meine Freundin und Kollegin Shelly hat mir erzählt, dass Nate die Liste der fünf heißesten Lehrer an der Caseham High anführt, die die Oberstufenschülerinnen erstellt haben. Er hat erdrutschartig gewonnen.

Wir fahren morgens selten zusammen zur Arbeit. Es scheint dekadent, zwei Autos zu benutzen, um von derselben Stelle loszufahren und am selben Ort anzukommen, aber er bleibt meistens länger in der Schule als ich, und ich will dort nicht festhängen. Aber da heute der erste Schultag ist, fahren wir zusammen.

»Lass uns losfahren«, antworte ich. »Ich hole mir in der Schule einen Kaffee.«

Nate nickt. Er frühstückt nie – er sagt, er bekomme davon Magenbeschwerden.

Meine Jimmy-Choo-Pumps klacken angenehm auf dem Boden, während ich zur Vordertür unseres zweistöckigen Hauses gehe. Unser Haus ist klein – wir müssen es mit zwei Lehrergehältern abbezahlen –, aber es ist neu und in vielerlei Hinsicht genau das Haus, von dem ich immer geträumt habe. Wir haben drei Schlafzimmer, und Nate redet davon, die anderen beiden in naher Zukunft mit Kindern zu füllen. Doch ich weiß nicht, wie wir das mit unserem gegenwärtigen Sexleben erreichen sollen. Ich verhüte seit einem Jahr nicht mehr, einfach um zu sehen, »was passiert«. Aber bis jetzt ist nichts passiert.

Nate setzt sich ans Steuer seines Honda Accord. Immer wenn wir zusammen irgendwohin fahren, nehmen wir sein Auto, und er fährt. Das gehört zu unseren Gewohnheiten. Drei Küsse am Tag, einmal im Monat Sex, und Nate fährt immer.

Ich kann mich so glücklich schätzen. Ich habe ein schönes Haus, einen erfüllenden Beruf und einen Ehemann, der liebevoll, sanftmütig und unglaublich gut aussehend ist. Während Nate auf die Straße biegt und Richtung Schule fährt, wünsche ich mir nur noch, dass ein Lastwagen ein Stoppschild übersieht, in den Honda rast und uns beide auf der Stelle tötet.

2

Addie

Ich würde alles dafür geben, wenn ich nicht aus diesem Auto steigen müsste.

Ich würde meine Haare abschneiden. Ich würde *Krieg und Frieden* lesen. Zum Teufel, ich würde mich anzünden, wenn ich nur nicht durch die Türen der Caseham High gehen müsste. Ich kann es nicht oft genug sagen. *Ich will nicht zur Schule gehen.*

»Da sind wir!«, sagt meine Mutter strahlend. Und vollkommen unnötig, denn ich kann sehen, dass wir direkt vor der Schule geparkt haben. Ich bin nicht *so* dumm, trotz allem, was letztes Jahr passiert ist.

Wahrscheinlich hat sie mich heute Morgen mit ihrem grauen Mazda zur Schule gefahren, weil sie wusste, dass ich wohl nie dort angekommen wäre, wenn ich wie die letzten zwei Jahre das Fahrrad genommen hätte. Also hat sie sich den Tag freigenommen – sie arbeitet als Krankenschwester im örtlichen Krankenhaus –, um sicherzugehen, dass ich am ersten Tag auch wirklich in der Schule erscheine.

Ich werfe einen Blick aus dem Beifahrerfenster auf das vierstöckige Gebäude aus rotem Backstein, das in den letzten zwei Jahren ein bedeutender Teil meines Lebens geworden ist, und reibe mir die müden Augen. Ich erinnere mich, wie aufgeregt ich an meinem ersten Tag an der Caseham High war. Mir gefiel die Highschool – ich war zwar nicht besonders beliebt, und meine Noten waren nur durchschnittlich, aber es war alles in allem nicht schlecht.

Bis sich das änderte.

Ich habe den ganzen Sommer über auf die Kinder unserer Nachbarn aufgepasst und verkündet, dass ich im Herbst nicht wieder zur Schule gehen würde. Aber es gibt nur eine öffentliche Highschool in Caseham, und die Privatschulen können wir uns nicht leisten. Ich könnte auf eine Schule in einer anderen Stadt gehen, aber das wäre mit dem Fahrrad zu weit, und ein Schulbus würde mich nicht mitnehmen. Meine Mutter hat es mir immer wieder mit nachlassender Geduld erklärt, wenn ich sie anflehte, noch einmal darüber nachzudenken.

»Vielleicht«, sage ich hoffnungsvoll, »könnte ich zu Hause unterrichtet werden?«

»Addie«, seufzt sie. »Jetzt hör aber auf.«

»Du verstehst nicht.« Ich umklammere meinen Rucksack vor der Brust und mache keine Anstalten, meinen Sicherheitsgurt zu öffnen. »Alle werden mich hassen.«

»Sie werden dich nicht hassen. Niemand wird sich überhaupt daran erinnern.«

Ich schnaube. Hat meine Mutter schon mal einen Highschool-Schüler *kennengelernt*?

»Ich meine es wirklich.« Mom stellt den Motor ab, obwohl wir in einer Zone stehen, in der es verboten ist auszusteigen. Wahrscheinlich wird jede Minute jemand kommen und uns anschreien, damit wir weiterfahren. »Teenager interessieren sich nur für sich selbst. Niemand wird sich daran erinnern, was letztes Jahr passiert ist. Es interessiert niemanden.«

Sie irrt sich. Sie irrt sich ganz und gar.

Natürlich hupt jemand. Zuerst ist es nur ein einzelnes Hupen, dann ein schwaches Hupkonzert, dann klingt es, als hätte sich jemand versehentlich auf seine Hupe gesetzt und würde so bald nicht wieder aufstehen.

»Ich kann woanders anhalten«, bietet Mom hilflos an, während sie den Motor wieder startet.

Was hilft es? Wenn wir woanders anhalten, wird sie mir nur Mut zusprechen. Aber ich brauche keine aufmunternden Worte. Ich brauche eine neue Schule. Und wenn das nicht passiert, ist das alles hier völlig sinnlos.

»Vergiss es«, murmele ich.

Meine Mutter ruft meinen Namen, als ich aus dem Auto springe, aber ich laufe weiter, ohne mich umzudrehen. Meine Mutter hat keine Ahnung. Was sie sagt, stimmt, aber letztlich muss sie nicht damit fertigwerden. Sie muss nicht die Konsequenzen dessen, was letztes Jahr passiert ist, tragen. Die Konsequenzen dessen, *was ich getan habe.*

Sobald ich aus dem Mazda gestiegen bin, spüre ich förmlich, wie mich alle anstarren. Viele Mädchen an der Highschool kleiden sich, um aufzufallen, aber ich gehörte nie dazu. Ich wollte immer in der Menge verschwinden. Heute trage ich unscheinbare Jeans und ein graues T-Shirt mit einem noch graueren Kapuzenpullover. An der Caseham High ist es verboten, Kleidung zu tragen, die am Hintern eine Aufschrift hat – eine Regel, die sehr viele Mädchen aufregt. Aber nicht nur mein Hinterteil ist frei von glitzernden Buchstaben, ich habe überhaupt keinen Schriftzug an mir. Nichts, was irgendwie Aufmerksamkeit erregen könnte.

Trotzdem sehen mich alle an.

Nur gut, dass meine Mutter gezwungen war wegzufahren. So bekommt sie die Blicke und das Flüstern nicht mit, während ich mit meinem Rucksack über der Schulter zum Haupteingang trotte. Ich *wusste*, dass es so sein würde. *Niemand wird sich daran erinnern, was letztes Jahr passiert ist.* Ja, klar. Auf welchem Planeten lebt meine Mutter?

Ich weiß schon, was sie sagen. Deshalb halte ich nicht an, um es mir anzuhören. Ich halte den Kopf gesenkt und die Schultern vorgebeugt, während ich gehe, so schnell ich kann. Ich vermeide Blickkontakt. Trotzdem höre ich sie murmeln.

Das ist sie. Das ist Addie Severson. Du weißt doch, was sie getan hat, oder? Sie ist die, die …

Ach, es ist einfach zu schrecklich.

Und dann habe ich es fast geschafft. Ich habe die Schule beinahe ohne Zwischenfall erreicht. Die Vordertür mit der abblätternden roten Farbe ist in Sichtweite, und niemand hat mir etwas Schreckliches ins Gesicht gesagt. Und dann sehe ich *sie*.

Sie ist Kenzie Montgomery. Das wohl beliebteste Mädchen in unserer Klasse. Unbestreitbar das hübscheste Mädchen in der Klasse. Anführerin der Cheerleader-Truppe, Klassensprecherin – der Typ. Sie sitzt auf den Stufen zur Schule und trägt einen Rock, der – da bin ich mir zu fast hundert Prozent sicher – gegen die Regel verstößt, dass der Rock oder die Shorts nicht kürzer sein sollte, als die Fingerspitzen reichen, wenn man die Arme seitlich hängen lässt. Andere Mädchen wurden wegen solcher Verstöße nach Hause geschickt, aber Kenzie werden sie es durchgehen lassen. Darauf kann man sich verlassen.

Sie sitzt mit einer kleinen Clique von Freundinnen zusammen. Die Mädchen um sie herum repräsentieren das Who's

Who der beliebtesten Schülerinnen hier. Außerdem ist da jemand, der letztes Jahr noch nicht neben ihr gesessen hätte: Hudson Jankowski, der neue Star-Quarterback.

Kenzie und ihre Freundinnen versperren beinahe den Weg zum Schulgebäude, aber es ist noch ein bisschen Platz, um an ihnen vorbeizukommen. Doch als ich mich gerade durch die dreißig Zentimeter breite Gasse zwischen Kenzie und dem Treppengeländer schlängeln will, begegnen sich unsere Blicke für den Bruchteil einer Sekunde, und sie wirft mir ihren Rucksack in den Weg.

Autsch.

Sie hat mir absichtlich ungefähr zehn Zentimeter Platz gelassen, um mich daran vorbeizuquetschen. Ich könnte umkehren und auf der anderen Seite hochgehen, aber das würde bedeuten, all die Stufen, die ich gerade hinaufgestiegen bin, wieder hinunterzusteigen und eine andere Treppe zu nehmen. Was ein bisschen lächerlich wäre, wenn man bedenkt, dass ich fast oben bin. Und es ist nicht eine *Person,* die den Weg blockiert, sondern nur ein verdammter Rucksack. Während Kenzie sich weiter mit ihren Freundinnen unterhält, versuche ich, mich an ihrem Lederrucksack vorbeizuschieben.

»Entschuldigung!«

Kenzies Stimme lässt mich innehalten. Sie sieht mit ihren großen blauen Augen, die von langen dunklen Wimpern gerahmt werden, zu mir hoch. Ich habe Kenzie in der Mittelschule kennengelernt, wo sie in meinem Geschichtskurs war, und dachte, sie sei der schönste Mensch, den ich je im wirklichen Leben gesehen hatte. Ich habe natürlich schon vorher hübsche Mädchen gesehen, aber Kenzie ist eine ganz andere Liga. Sie ist groß und schlank und hat lange, seidige goldblonde Haare. Alles an ihr ist hübscher als bei mir. Sie ist der lebende Beweis dafür, dass das Leben ungerecht ist.

»Tut mir leid«, murmele ich. »Ich habe nur versucht vorbeizukommen.«

Kenzies lange Wimpern flattern. »Könntest du vielleicht nicht auf meinen Rucksack treten?«

Kenzies Freundinnen beobachten unser Gespräch und kichern. Kenzie könnte ihren Rucksack ein Stück wegschieben oder ganz wegnehmen, damit ich vorbeikomme. Aber das wird sie nicht tun, und irgendwie finden es alle *so* schrecklich komisch. Ich blicke kurz zu Hudson, der schnell nach unten auf seine schmutzigen Sneaker sieht. Das hat er die letzten sechs Monate gemacht. Mich gemieden. So getan, als wäre er nicht seit der Grundschule mein bester Freund gewesen.

Eine Sekunde lang stelle ich mir eine Welt vor, in der ich es mit einem Mädchen wie Kenzie Montgomery aufnehmen könnte. In der ich auf ihren blöden Rucksack mit dem kleinen rosa Fellanhänger treten und sie anfauchen könnte: *Was willst du dagegen tun?*

Niemand stellt sich *jemals* gegen Kenzie. Ich könnte es tun. Ich habe nichts zu verlieren.

Stattdessen murmele ich eine Entschuldigung und steige die Stufen wieder hinunter, um einen anderen Weg ins Gebäude zu nehmen. Wie alle anderen. Ich ergebe mich Kenzie. Aber ehrlich gesagt, so schlimm es jetzt auch ist, es könnte noch schlimmer sein.

3

Eve

Ich habe gar nicht gemerkt, wie sehr mein Kopf brummt, bis ich den ersten Schluck Kaffee trinke.

Mir bleiben noch ungefähr zehn Minuten, bevor ich in meine Klasse muss, und ich nutze die Zeit, um im Lehrerzimmer mit meiner besten Freundin Shelby zusammenzusitzen und zu entspannen. Nate hat seinen Kaffee ins Klassenzimmer mitgenommen, jedoch nicht ohne mir vorher den ersten meiner drei Küsse auf die Wange zu geben.

»Wie war dein Sommer?«, fragt Shelby mich, als hätten wir uns seit dem 4. Juli nicht unentwegt Textnachrichten geschickt.

»Nicht schlecht.« Ich habe die meiste Zeit Ferienkurse gegeben. Als ich Lehrerin wurde, habe ich mir vorgestellt, wie toll es wäre, den ganzen Sommer freizuhaben, aber so ist es nicht gekommen. »Wie war's bei dir?«

»Toll.« Shelby seufzt, während sie die Beine übereinanderschlägt. Sie trägt dieselben grauen Nine-West-Pumps wie am letzten Schultag. Ich weiß bereits, dass sie die meiste Zeit des Sommers mit ihrem Mann, einem Tech-Genie, und ihrem dreijährigen Sohn auf Cape Cod verbracht hat. Ihre perfekt gebräunte Haut verrät es. »Es fällt schwer, wieder hier zu sein. Connor hat nicht aufgehört zu weinen, als ich ihn heute Morgen in der Vorschule abgegeben habe.«

»Es ist gut für ihn«, sage ich, obwohl ich keine Ahnung habe.

Shelby nimmt einen großen Schluck Kaffee aus ihrem Styroporbecher und hinterlässt einen Abdruck ihres roten Lippenstifts darauf. »Nate sieht *gut* aus. Hat er den ganzen Sommer trainiert oder so?«

»Wahrscheinlich.« Nate hat diesen Sommer einen Schauspielkurs für Schüler an der Highschool gegeben. Er hat keinen Abschluss in Schauspielerei, aber auf dem College Kurse darin belegt, und außerdem ist er ein Naturtalent. In einem anderen Leben hätte Nate der nächste Brad Pitt sein können. Aber an den Tagen, an denen er nicht gearbeitet hat, ist er in den Keller gegangen, um Gewichte zu heben. Ich vermute, er will seine Chancen, das zweite Jahr in Folge der heißeste Lehrer an der Caseham High zu sein, durch nichts gefährden.

»Ich wünschte, Justin hätte denselben Ehrgeiz«, lacht Shelby. »Er ist erst sechsunddreißig und bekommt schon einen Bauch.«

Ich frage mich, wie oft am Tag Justin Shelby küsst. Ob sie öfter als einmal im Monat Sex haben. Ich frage mich, ob sie nachts wach neben ihm im Bett liegt und wünscht, sie wäre mit jemand anders verheiratet oder überhaupt nicht verheiratet. Ich wünschte, ich könnte sie fragen. Ich war bisher nur mit Nate verheiratet – vielleicht gehören diese Gefühle zu jeder Ehe. Vielleicht ist es normal.

»Hast du Art gesehen?«, frage ich stattdessen.

Das Lächeln verschwindet aus Shelbys Gesicht. »Nein. Er hat offensichtlich gekündigt. Und ich habe gehört, dass er keinen neuen Job als Lehrer findet.«

Bis zum vergangenen Frühling war Arthur Tuttle Mathematiklehrer an der Caseham High und einer der am meisten geschätzten Lehrer in der Schule. Als ich hier direkt nach meinem Masterabschluss anfing zu arbeiten, nahm er mich unter seine Fittiche. Das war typisch für ihn. Er war wirklich der netteste Mensch, den ich je getroffen hatte. Er hatte immer ein tröstendes Wort oder einen der berühmten selbst gebackenen Brownies von seiner Frau parat. Und jedes Jahr bei der Weihnachtsfeier des Kollegiums verkleidete Art sich als Santa Claus, denn selbst ohne den roten Mantel ging er dafür durch.

Und jetzt ist er ruiniert.

»Ich frage mich, wie es ihm und Marsha geht«, murmele ich.

»Und den Kindern«, fügt sie hinzu. »Zwei sind jetzt im College, oder?«

Bei dem Gedanken an Arts Söhne wird mir ganz elend. Ein Teil von mir will ihn mit etwas Geld unterstützen, aber er würde es niemals annehmen. Im Übrigen haben wir nach Abzug der kräftigen Hypothekenraten nicht viel abzugeben. Zudem will Nate für das Kind sparen, das wir nie haben werden.

»Es ist so ungerecht«, murmele ich. »Er hat nichts Unrechtes getan, und sie …«

Shelbys dünne Augenbrauen schießen nach oben. »Das wissen wir nicht genau.«

Ich versuche, meinen Ärger über die Bemerkung zu verbergen, indem ich noch einen Schluck Kaffee nehme. Es hilft nicht, Shelby deswegen anzufahren, besonders so früh am Morgen. Jedenfalls ist das der Grund, warum Art kündigen musste. Es spielt keine Rolle, was wirklich passiert ist oder nicht. Es zählt nur, dass Eltern die Schulleiterin angerufen haben, weil sie nicht wollten, dass ihre Kinder von *diesem Mann* unterrichtet werden. Art – der netteste Mensch, den es gibt, dem alles Böse vollkommen fremd ist – könne man nicht mehr trauen.

»Sie ist in meiner Klasse«, sage ich.

»Oh?«

»Sechste Stunde.«

Ich habe bisher nur ein Foto von ihr in der Schülerliste gesehen, das ungefähr vor einem Jahr für das Jahrbuch gemacht wurde. Darauf sieht sie schrecklich normal aus. Unscheinbar. Nicht viel anders als ich in dem Alter.

»Sei vorsichtig.« Ein Lächeln umspielt Shelbys Lippen, aber gleichzeitig ist ihr Blick warnend. »Das Mädchen ist gestört.«

Das muss sie mir nicht sagen. Von dem Moment an, als ich den Namen Adeline Severson auf meiner Liste sah, hatte ich ein ungutes Gefühl in der Magengegend. In den fast zehn Jahren, die ich nun unterrichte, habe ich nie darum gebeten, dass ein Schüler aus meinem Kurs entfernt wird. Aber diesmal hätte ich es beinahe getan.

Ich habe ein schreckliches Gefühl, was das Mädchen angeht.

4

Addie

Der Schultag ist okay. Bis zur Mittagspause.

Ich meine, es läuft nicht großartig oder so. Es ist nicht der tollste Tag meines Lebens. Aber es ist in Ordnung. Viele Schüler unterhalten sich miteinander, aber es ist nicht so, dass man mit anderen Schülern reden *muss*. Man geht in einen Kursraum, setzt sich hin und hört einem Lehrer vierzig Minuten lang zu. Dann geht man in den nächsten Kurs.

Es ist also in Ordnung, dass niemand mit mir spricht.

Aber in der Mittagspause ist es etwas anderes. Alle sitzen in Gruppen zusammen und unterhalten sich, und wenn man nicht mit anderen Schülern zusammensitzt, ist man eine Art Loser, mit dem niemand etwas zu tun haben will. Und das bin ich heute den ganzen Tag.

Nicht, dass ich *vorher* viele Freunde hatte. Fast während meiner ganzen Schulzeit gab es nur Hudson und mich. Wir versuchten immer, gleichzeitig Mittagspause zu haben, damit wir zusammensitzen konnten, denn er wollte ebenso wenig allein sein wie ich. Komischerweise war Hudson in der Grundschule ein größerer Außenseiter als ich. Er hatte einmal Läuse, das war natürlich fatal. Ich war einfach nur ein stilles Kind, das Probleme hatte, mit Kindern zu sprechen, die ich nicht kannte. Aber Hudson wurde von den meisten

Schülern richtig gequält. Sie machten ihm das Leben zur Hölle.

Als ich heute an den verschmierten Bänke vorbeigehe und mein Tablett mit einem Hotdog, geriffelten Pommes, ein paar Päckchen Ketchup und einem Pack Schokomilch umklammere, weiß ich wirklich nicht, wo ich mich hinsetzen soll. Ich nehme Blickkontakt mit ein paar Schülern auf, zu denen ich ein freundschaftliches Verhältnis habe, aber sie sehen schnell weg.

Hudson ist natürlich auch hier. Doch er hat sich neben Kenzie gesetzt. Ins Gespräch vertieft, neigt er ihr den Kopf mit den zerzausten hellen Haaren zu. Hudson ist wirklich ihr neuer Toyboy. Er ist offiziell angekommen, doch er hat mich nicht mitgenommen auf die Fahrt. Ich kann es ihm nicht verübeln.

Aber ich wünschte, er würde zumindest wieder mit mir sprechen.

»Addie! Addie, hier!«

Ich wende den Kopf, um zu sehen, wer meinen Namen ruft. Es ist Ella Curtis, die ich nur kenne, weil sie mit mindestens fünf Kilo Abstand das dünnste Mädchen im elften Jahrgang ist. Ella und ich haben in den letzten zwei Jahren kaum ein Dutzend Wörter gewechselt, aber jetzt sitzt sie auf einer der Bänke und winkt mir lebhaft zu. Normalerweise würde ich nicht mit ihr essen, aber jetzt bin ich überglücklich. Ich lasse mich auf den Stuhl ihr gegenüber fallen, stelle mein Tablett auf dem Tisch ab und ringe mir das erste Lächeln des Tages ab.

»Hey«, sage ich. »Danke.«

»Kein Problem.« Ella nimmt mit ihren spindeldürren Fingern eine Pommes und leckt das Ketchup ab, beißt aber nicht ab. »Du hast mir leidgetan, wie du da ganz allein gestanden hast, weil niemand neben dir sitzen will.«

Ich weiß nicht, was ich dazu sagen soll. Sie hat recht, doch es fühlt sich komisch an, es mir einzugestehen. Aber ich bin froh, dass es Menschen gibt, die noch mit mir sprechen. Vielleicht werden alle es irgendwann vergessen, und es wird keine große Sache mehr sein.

Ella wirft ihre langen, strähnigen braunen Haare über eine Schulter, während sie zu Kenzies Tisch hinübersieht. Als ich ebenfalls hinschaue, legt Kenzie gerade den Kopf auf Hudsons Schulter. »Hey, glaubst du, dass sie zusammen sind?«, fragt Ella.

»Weiß ich nicht«, murmele ich. Ich beiße von meinem Hotdog ab, der selbst für einen Hotdog künstlich schmeckt. Im Grunde wie Gummi.

»Hudson ist so heiß.« Sie hat die erste Pommes fertig abgeleckt und legt sie wieder hin. Nimmt eine andere und beginnt, daran zu lecken. »Sie geben ein schönes Paar ab.«

Als Antwort brumme ich irgendetwas, stimme ihr aber insgeheim zu. Sie sehen gut zusammen aus. Kenzies goldblonde Haare schmeicheln sogar Hudsons Haarfarbe – er ist weißblond.

»Warst du nicht letztes Jahr mit ihm zusammen?«, will sie wissen.

Ich schüttele den Kopf. »Nein.«

So war es nie zwischen uns. Hudson und ich wurden in der Grundschule Freunde, weil wir uns beide für unsere Väter schämten. Aber für ihn war es noch schlimmer – zumindest von außen betrachtet. Mein Vater lebt inzwischen nicht mehr, aber damals betrank er sich ständig bis zur Bewusstlosigkeit und lag in einem See von Erbrochenem in unserem Wohnzimmer. Doch zumindest sah es niemand aus der Schule. Hudsons Vater dagegen war der Hausmeister in unserer Grundschule, und man sah ihn häufig mit Wischmopp und Eimer in den Fluren, wo er wütend die Kinder auf Polnisch beschimpfte.

Wir beide hielten zusammen. Auch als wir auf die Mittelschule gingen, wo Hudsons Vater nicht mehr in der Nähe war und ständig unangenehm auffiel, blieben wir gute Freunde. Selbst als wir auf die Highschool kamen, wo Hudson schnell bei den Mädchen beliebt wurde und sich dann auch noch einen Namen beim Football machte, verhielt er sich loyal mir gegenüber. Bis zu jenem Tag …

Egal, ich will nicht darüber nachdenken.

Ella leckt jetzt die dritte Pommes ab. Es fasziniert mich. Sie benutzt die Pommes lediglich als Hilfsmittel, um Ketchup zu essen. Um ehrlich zu sein, habe ich das genauso gemacht, als meine Mutter mir Staudensellerie mit Erdnussbutter vorgesetzt hat. Welches Kind will schon Staudensellerie essen? Aber Pommes sind schließlich Pommes!

»Ich hasse den ersten Schultag«, sagt Ella. »Eigentlich die Schule überhaupt. Es ist so schwachsinnig, dass wir jeden Tag hierherkommen und Dinge lernen müssen, die wir nie wieder brauchen werden.«

»Wahrscheinlich.« Ich habe nichts gegen den Unterricht. Das ist nicht der Grund, warum ich heute nicht herkommen wollte.

»Zum Beispiel Trigonometrie.« Sie rümpft ihre sommersprossige Nase. »Alter, wann soll das *jemals* im Leben nützlich sein? Ganz im Ernst, es ist *so* eine Zeitverschwendung. Wen hast du in Trig?«

»Mrs. Bennett.«

Sie stöhnt. »Das ist so eine Bitch. Sie gibt Tonnen von Hausaufgaben, und ihre Tests sind unheimlich schwer. Das habe ich zumindest gehört.«

Toll. Und Mathe war schon immer mein schwächstes Fach. Dieses Jahr fängt wirklich gut an. »Und ich habe *Mr.* Bennett in Englisch.«

Das bringt sie zum Kichern. »Okay, das gleicht es vielleicht aus. O Mann, Mr. Bennett ist *heiß*. Es besteht eindeutig ein Riesenunterschied zwischen den beiden, was das angeht. Wie konnte er *sie* heiraten?«

Ich weiß nicht, was ich dazu sagen soll. Ich weiß kaum, wie diese beiden Lehrer aussehen.

»Aber vielleicht ist er nicht dein Typ.« Ella zwinkert mir zu. »Vielleicht bevorzugst du jemanden, der mehr wie Mr. Tuttle aussieht.«

Meine Zuversicht schwindet schlagartig. Das ist das Letzte, worüber ich reden will. »Eigentlich nicht.«

»Im Ernst.« Ella legt die Pommes hin, an der sie gerade geleckt hat, und beugt sich mit großen Augen über den Tisch. »Wie war es mit Mr. Tuttle? Es klingt gruselig.«

Ich senke den Blick, um ihrem neugierigen Blick auszuweichen. »Mit Mr. Tuttle ist nichts passiert«, murmele ich. »Ich habe nie etwas anderes behauptet.«

»A-ha.« Ihre Stimme trieft vor Sarkasmus. »Wie kommt es dann, dass er gefeuert wurde?«

»Das weiß ich nicht.«

Ich habe einen Kloß im Hals. Ich will nicht über diese Sache reden. Stattdessen konzentriere ich mich auf die Schokomilch vor mir. Auf der Rückseite der Packung steht ein Witz. *Was trägt eine Wolke unter ihrem Regenmantel?*

»Ach, komm schon.« Sie zwinkert mir zu. »Du kannst es ruhig zugeben. Es wissen sowieso alle.«

Ich hebe die Schokomilch hoch, um die Lösung des Rätsels zu lesen. *Donnerwäsche.*

»Er ist so *alt*«, fährt sie fort, und ihre schrille Stimme durchdringt den Trubel um uns herum. »Er muss ungefähr fünfzig oder älter sein. Er sieht aus wie der Weihnachtsmann. Ich kann nicht glauben, dass du es mit ihm gemacht hast. Im Ernst, wie war's?«

Mir wird plötzlich klar, dass Ella nicht meine Freundin sein will. Sie will mich nur aushorchen, um allen erzählen zu können, wie ekelhaft es ist, dass ich Sex mit Mr. Tuttle hatte. Ich wusste, es gab einen Grund, warum ich nie mit Ella befreundet sein wollte.

»Entschuldige«, sage ich.

Ich stehe vom Tisch auf und nehme mein Lunchtablett. Ich habe kaum etwas gegessen, aber ich habe ohnehin keinen großen Hunger. Und ich werde nicht hier sitzen, während Ella mich über etwas ausfragt, das *nie passiert* ist.

Ich lasse Ella am Tisch zurück und werfe mein Essen in den Müll. Sie macht nicht den geringsten Versuch, mich zum Bleiben zu überreden. Als ich weggehe, höre ich sie leise kichern.

Beim Verlassen der Cafeteria komme ich an Kenzies Tisch vorbei. Sie ist in ein Gespräch mit ihren Freundinnen vertieft, aber Hudson hat offenbar die ganze Interaktion mitbekommen. Für den Bruchteil einer Sekunde begegnen sich unsere Blicke, dann wendet er seine blassblauen Augen ab, wie er es jetzt immer tut. Er hat offiziell entschieden, dass wir nicht mehr miteinander sprechen. Wenn er das nicht getan hätte, dann wäre vielleicht das mit Mr. Tuttle nicht passiert. Vielleicht wäre ich nicht die Außenseiterin in der Schule.

Jedenfalls stürme ich aus der Cafeteria, setze mich ganz allein an einen Tisch in der Bücherei und warte, bis die sechste Stunde beginnt.

5

Eve

Mein Mann hat eine andere Frau.

Wir sitzen beide in der Cafeteria für das Kollegium, aber wie immer an verschiedenen Tischen. Als wir anfingen, hier zu arbeiten, haben wir jeden Tag zusammen gegessen, aber Nate machte einen Witz darüber, dass wir einander überdrüssig werden würden, wenn wir so viel Zeit miteinander verbringen, und ich verstand den Wink. Heute sitze ich also bei Shelby und höre mit halbem Ohr zu, wie sie noch mehr über ihren wundervollen Sommer auf Cape Cod erzählt. Währenddessen isst Nate zwei Tische weiter mit Ed Rice, dem Sportlehrer, und einer neuen Lehrerin, die heute angefangen haben muss.

Die neue Lehrerin kommt offensichtlich direkt vom College. Ihr Gesicht hat dieses frische Aussehen, das acht Jahre Lehrtätigkeit in Mathe aus meinem verscheucht haben. Sie ist hübsch, auf eine jugendliche, kecke Art. Wenn sie Jeans und T-Shirt anhätte, könnte sie leicht für eine Schülerin durchgehen. Stattdessen trägt sie eine rosa Bluse und einen braunen Rock, dazu braune Slipper mit Absatz, die ich letzte Woche bei Target für fünfundzwanzig Dollar gesehen habe.

Ich stoße Shelby, die gerade von einem Restaurant schwärmt, wo sie die besten Garnelen servieren, mitten im Satz an. »Wer ist das?«

Shelby blickt durch die Cafeteria zu der jungen Frau, die sich gerade bei meinem Mann einschmeichelt. »Ich glaube, ihr Name ist Hailey. Sie ist die neue … hm, Französischlehrerin?«

Französischlehrerin. Es ist fast zu klischeehaft.

Shelby sieht mich mit zusammengekniffenen Augen an. »Du machst dir doch keine Sorgen, oder? Nate ist ein guter Junge.«

Ich würde es gerne glauben. Ich würde gerne glauben, dass die langen Arbeitstage letztes Jahr damit zu tun hatten, dass er Tests korrigieren oder freiwillige Kurse beaufsichtigen musste. Ich würde gerne glauben, dass unser eingeschränktes Sexleben damit zusammenhängt, dass er einfach eine schwache Libido hat.

»Ja«, sage ich schließlich. »Sicher hast du recht.«

Jetzt hat Hailey, die hübsche Französischlehrerin, eine Hand auf seinem Unterarm. Ich würde ihr am liebsten die Augen auskratzen. Das einzig Versöhnende daran ist, dass der ewige Single Ed Rice sich an sie heranzumachen scheint. Aber es ist klar, für wen Hailey sich entscheiden wird. Ed ist zwanzig Jahre älter als sie und bekommt eine Glatze.

Zum Glück klingelt es zur nächsten Unterrichtsstunde, bevor ich etwas tun kann, was ich bereuen würde.

Normalerweise stürmen Nate und ich nach dem Lunch aus der Cafeteria in verschiedene Richtungen. Aber diesmal gehe ich schnell zu ihm, wobei meine Absätze laut auf dem Boden klacken, und fasse ihn dort am Arm, wo Hailey ihn kurz zuvor berührt hat.

»Hey«, sage ich. »Wie läuft's bei dir?«

Er blinzelt mich an, überrascht, dass ich ihn auf dem Schulgelände anspreche. Aber dann lächelt er schnell. »Glänzend. Wie sieht's bei dir aus, mein Liebling?«

»Gut so weit.«

»Fantastisch.«

Er zieht eine Augenbraue hoch, ganz offensichtlich verwundert, warum ich mich ihm genähert habe. Ich bin mir nicht sicher, ob Hailey uns beobachtet, aber für den Fall greife ich nach seiner braunen Krawatte und ziehe ihn zu mir. Wenn ich eine Katze wäre, würde ich ihn anpinkeln, aber da ich ein Mensch bin, drücke ich einen Kuss auf seine Lippen, der deutlich leidenschaftlicher ist als unsere üblichen drei Küsschen am Tag.

Er wirkt überrascht, und wie immer ist er derjenige, der sich von mir löst. Anschließend wischt er sich mit dem Zeigefinger über die Unterlippe. »Also dann«, sagt er. »Das war eine nette Verabschiedung.«

Er lächelt, doch ich bin lange genug mit ihm verheiratet, um zu wissen, dass es kein echtes Lächeln ist. Aber Hailey weiß das nicht.

Mein Kursraum ist im dritten Stock, und ich erreiche ihn zwei Minuten vor dem Klingeln. Die neuen Schüler strömen ins Klassenzimmer und setzen sich hin, wo sie wollen. Ich muss sie umsetzen. Wenn ich Teenager nicht von ihren Freunden trenne, werde ich niemals ihre Aufmerksamkeit erhalten.

Aber bevor ich den Raum betrete, spricht ein Mädchen mich an. Es ist Jasmine Owens, die das ganze letzte Jahr in meiner Klasse war. Ich habe ihr in beiden Halbjahren eine Eins plus gegeben. Sie trägt am ersten Schultag eine hübsche Bluse zu ihren Jeans und hat die üblichen Sneaker gegen vorne geschlossene Sandalen getauscht, die mit Blumen auf den Zehen verziert sind.

»Mrs. Bennett«, sagt sie. »Es tut mir leid, dass ich Sie belästigen muss, aber ich habe gehofft, Sie zu erwischen, bevor Ihr Unterricht beginnt.«

»Was gibt's, Jasmine?«

Sie wirft mir ein angespanntes Lächeln zu. »Ich bin gerade dabei, meine College-Bewerbungen zusammenzustellen, und ich habe gehofft, von Ihnen ein Empfehlungsschreiben zu bekommen.« Bevor ich antworten kann, fügt sie hinzu: »Sie waren meine Lieblingslehrerin von allen, die ich je hatte. Ich will einen Abschluss in Pädagogik machen und Mathelehrerin werden – wie Sie.«

Ich werde rot vor Freude, und der Ärger, den ich zuvor in der Cafeteria empfunden habe, verfliegt etwas. Jasmine war eine brillante Schülerin, deshalb überrascht es mich nicht, dass sie sich bereits um ihre College-Bewerbungen kümmert. Und es tut gut zu hören, dass ich im Leben einer Schülerin etwas bewirkt habe. Es gibt Tage, an denen es mir vorkommt, als würde ich die Jugendlichen in einem Fach unterrichten, das sie hassen und – seien wir ehrlich – wahrscheinlich nie wieder brauchen werden. Es ist schwierig zu argumentieren, dass Sinus und Cosinus im täglichen Leben nützlich sind.

»Natürlich«, sage ich. »Bitte schick mir eine E-Mail, und wir regeln das. Und lass es mich wissen, wenn ich dir sonst noch irgendwie helfen kann.«

Jetzt ist Jasmine auch rot geworden. »Danke, Mrs. Bennett. Ich weiß das zu schätzen.«

Diese Begegnung gibt mir den Auftrieb, den ich so dringend brauchte, und hilft mir weiterzumachen, selbst als die Schüler darüber jammern, dass sie umgesetzt werden. Nate lässt sie sitzen, wo sie wollen. Aber ehrlicherweise sind sie alle im Unterricht von seinem unwiderstehlichen Charme fasziniert.

Diese spezielle Gabe habe ich nicht, trotzdem glaube ich, dass ich eine gute Lehrerin bin.

Als ich beim Buchstaben S ankomme, sehe ich schließlich den Namen, vor dem ich mich bereits seit Wochen fürchte.

»Adeline Severson«, sage ich laut.

Ein durchschnittlich großes Mädchen tritt vor, um den nächsten leeren Sitzplatz einzunehmen. Adeline Severson ist das unscheinbarste Mädchen, das ich je gesehen habe. Sie könnte problemlos in jeder Menge verschwinden. Ihre Haare haben die Farbe einer braunen Papiertüte, ihre Gesichtszüge sind symmetrisch, aber nicht bemerkenswert. Sie könnte hübsch aussehen, wenn sie es darauf anlegte, aber offensichtlich ist das nicht der Fall – überhaupt nicht. Ich beobachte, wie sie ihren Sitzplatz einnimmt und respektvoll die Hände vor sich auf dem Tisch faltet. Wenn ihr Name nicht Adeline Severson wäre, würde ich nicht auf den Gedanken kommen, dass dieses Mädchen mir auch nur einen Moment lang Probleme machen könnte.

»Addie«, sagt sie.

Ich ziehe die Augenbrauen hoch.

Sie kaut auf ihrem Daumennagel. »So werde ich gerne genannt. Addie.«

Ich mache mir eine Notiz, obwohl ich weiß, dass alle sie Addie nennen. So hat Art sie genannt, als er mir von ihr erzählt hat. *Ich war nur nett zu Addie. Das arme Mädchen hat vor ein paar Monaten seinen Vater verloren, Eve. Ich hatte keine Ahnung …*

Ich wollte sie nicht in meinem Kurs haben. Art ist der gütigste Mensch, den ich je die Ehre hatte zu kennen. Ein engagierter Lehrer, dem jeder einzelne seiner Schüler wichtig war. Wenn er nicht so wäre, dann wäre er überhaupt nicht in Schwierigkeiten gekommen. Und jetzt ist sein Leben wegen dieses Mädchens ruiniert.

Aber wenn ich wirklich darüber nachgedacht hätte, wüsste ich, dass es überhaupt keine Rolle spielt, ob Addie Severson in meinem Kurs ist. Worüber ich mir wirklich Sorgen machen muss?

Dass Addie auch im Kurs meines Mannes ist.

6

Addie

Der erste Schultag ist normalerweise gar nicht so schlecht. Ich meine, was Arbeit angeht. Die meisten Lehrer erzählen uns nur, was im Jahr durchgenommen wird. Ob sie übers Wochenende Hausaufgaben geben. Ob sie uns im Laufe des Semesters viele kleine Tests schreiben lassen oder einen umfangreichen am Schluss.

Und am Ende des Tages bekommt man nicht viele Hausaufgaben. Vielleicht ein paar leichte Aufsätze mit Themen wie *Erzähl mir in fünfhundert Wörtern ein kleines bisschen über dich.* Die Art von Aufgaben, die ich auf dem Sofa im Wohnzimmer erledigen kann, während ich fernsehe und mir Käseflips in den Mund stopfe.

Englisch ist mein Abschlusskurs. In dem Fach bin ich am besten. Es klingt vielleicht albern, aber mein Traumjob ist Schriftstellerin. Obwohl ich weiß, dass es kein richtiger Beruf ist, den man in diesem Jahrhundert ergreifen kann, und wahrscheinlich werde ich letztlich Krankenschwester wie meine Mutter. Dieses Jahr ist Mr. Bennett mein Englischlehrer. Alle lieben ihn, hauptsächlich die Mädchen, weil sie finden, dass er wahnsinnig gut aussieht. Aber ich mache mir normalerweise nichts aus solchen Dingen, auch wenn Ella das angedeutet hat.

Anders als bei Mrs. Bennett, die uns allen unsere Sitzplätze zugewiesen hat, herrscht in Mr. Bennetts Kursraum ein Gerangel. Die meisten Schüler wollen neben ihren Freunden sitzen. Da ich offensichtlich keine habe, setze ich mich ans Fenster in die zweite Reihe. Ich sitze in Englisch gerne am Fenster. Es inspiriert mich.

Eine Sekunde nachdem es geklingelt hat, erschüttert etwas meinen Stuhl. Ich brauche einen Moment, um zu begreifen, dass jemand gegen eines der Stuhlbeine getreten hat. Als ich aufsehe, erblicke ich Kenzie und eine ihrer Ergebenen.

»Das ist *mein* Platz«, sagt Kenzie.

Ich blinzele sie an. »Oh. Aber … es ist der erste Tag, und niemand saß hier, deshalb …«

Kenzies lebhafte blaue, mit dunkler Mascara umrahmte Augen durchbohren mich. »Hier sitze ich *immer.*«

Was? Heute ist der erste Schultag, und wir sind buchstäblich *gerade erst hergekommen.* Wie könnte es der Platz sein, an dem sie immer sitzt?

»Oh«, sage ich wieder. »Aber …«

»Bist du taub?«, faucht Bella mich an. »Kenzie hat gesagt, das ist ihr Platz. Steh auf.«

Ich sehe mich im Raum um. Die meisten der besten Plätze sind besetzt, nur der neben mir ist noch frei, da keiner mehr neben mir sitzen will. Vermutlich wird Bella dort sitzen, wenn Kenzie diesen Platz nimmt.

Da ich mir in meiner Situation Kenzie Montgomery nicht zur Feindin machen will, nehme ich meine Tasche und trotte hinüber zu einem der verbliebenen leeren Sitzplätze in der ersten Reihe. Ich sitze praktisch auf Mr. Bennetts Schoß. Toll.

Mr. Bennett sitzt hinter dem Pult und studiert die Liste. Auf dem Pult liegt ein Buch, und als ich einen Blick darauf werfe, sehe ich, dass es ein Gedichtband von Edgar Allan Poe ist, meinem absoluten Lieblingsautor. Es ist so ziemlich das Einzige an diesem ganzen Tag, was mich aufmuntert.

Nachdem es geklingelt hat, blickt Mr. Bennett von der Liste auf. Sein Gesicht verzieht sich zu einem Lächeln, und als seine Mundwinkel nach oben gehen, spüre ich ein leichtes Kribbeln. Ich bin Mr. Bennett schon ein paarmal auf dem Flur begegnet, aber bis zu diesem Moment, da ich ihn aus einem halben Meter Entfernung lächeln sehe, habe ich nicht bemerkt, wie wahnsinnig gut er tatsächlich aussieht. Ich kann nicht einmal sagen, warum genau. Seine herben Gesichtszüge und das Funkeln in seinen Augen haben einfach etwas.

Es gibt Schlimmeres, als im Englischkurs in der ersten Reihe zu sitzen.

Natürlich ist er schon unheimlich alt, Mitte oder sogar Ende dreißig. Und verheiratet natürlich, mit einer Frau, die uns *am allerersten Schultag* Hausaufgaben aufgegeben hat. (So unfair …) Aber ich kann nicht bestreiten, dass er heiß ist. Dieser Kurs wird *keine* Qual werden.

Mr. Tuttle sah nicht gut aus. Niemand wäre auf den Gedanken gekommen, ihn *heiß* zu nennen. Er war noch älter als Mr. Bennett und hatte einen dicken Bauch, der über den Gürtel hing. Aber darum ging es bei ihm auch gar nicht.

»Hallo.« Mr. Bennett steht auf, geht vor sein Pult und setzt sich drauf. »Willkommen zu Englisch im elften Jahrgang. Wer nicht hierhergehört, dem empfehle ich, jetzt schnell zu gehen, bevor es irgendjemand merkt.«

Niemand geht. Ich habe so ein Gefühl, dass selbst jemand, der hier falsch wäre, bleiben würde.

»Hervorragend.« Er trommelt mit den Fingerspitzen auf seinen rechten Oberschenkel. »Dann lasst uns anfangen. Dieses Jahr werden wir den Schwerpunkt auf Lyrik legen. Ihr werdet so viele Gedichte lesen, dass ihr noch im Schlaf reimen werdet.«

Als Mr. Bennett mit der Hand sein rechtes Knie reibt, bemerke ich, dass der Stoff der Hose über der Kniescheibe leicht abgetragen ist, und frage mich, wie viel er als Lehrer wohl verdient. Keines seiner Kleidungsstücke ist neu oder besonders teuer.

Mrs. Bennett dagegen hat Schuhe getragen, die aussahen, als kosteten sie ein Vermögen. Nicht, dass ich viel von Schuhen verstehe. Aber meine Mutter hat so ein Paar und will nicht, dass ich sie anziehe, weil sie zu teuer sind und ich sie angeblich ruinieren würde. Wahrscheinlich hat sie recht.

»Jetzt«, sagt er, »möchte ich, dass ihr mir eure Lieblingsgedichte nennt. Aber nur, wenn ihr tatsächlich ein Lieblingsgedicht habt. Ich will nicht, dass ihr euch eins ausdenkt, um mich zu beeindrucken. Ich werde es merken.«

Ein paar Hände schießen nach oben, denn natürlich ist jeder versessen darauf, Mr. Bennett zu beeindrucken. Besonders die Mädchen. Und wenn er sie anlächelt, kichern sie.

Nachdem ungefähr ein Dutzend Schüler ihre Lieblingsgedichte genannt haben, große Namen wie Angelou oder Dickinson oder Silverstein gefallen sind, wendet Mr. Bennett sich mir zu, obwohl ich mich nicht gemeldet habe. Ich habe mich heute noch nicht ein Mal gemeldet – dieses Jahr werde ich mich bemühen, unsichtbar zu sein. »Adeline?«, sagt er.

Ich hasse es, mit meinem vollen Namen angesprochen zu werden, denn es erinnert mich daran, dass ich in Schwierigkeiten stecke. »Addie«, korrigiere ich ihn.

»Addie.« Er nickt. Welches ist dein Lieblingsgedicht?«

»›Annabel Lee‹«, antworte ich, ohne zu zögern. Ich weiß, dass es in dem Gedichtband auf seinem Pult steht, aber deshalb habe ich es nicht gesagt. Ich habe das Gedicht immer geliebt. Es ist schön, traurig und romantisch, alles zugleich. Ich kenne jedes Wort davon auswendig.

»Ah, noch eine Liebhaberin des großen Poe!« Er sieht ehrlich erfreut aus. »Mein persönliches Lieblingsgedicht ist ›Der Rabe‹, aber ›Annabel Lee‹ enthält einige seiner bewegendsten Verse.« Er grinst mich an, und die feinen Linien um seine Augen werden zu Falten. »›So ruh' ich bei Nacht, von der Reinen umwacht, der Einen, der Meinen, die ewig mir lacht, in dem Grab am Ufer allhie.‹«

Ein Schauer durchfährt mich, genau wie im Gedicht.

Der Blick aus seinen braunen Augen ruht auf meinem Gesicht, als sei ich die einzige Person im Raum. »Weißt du, wovon es handelt, Addie?«

»Es handelt von einem Mädchen, das er geliebt hat, als er jung war«, antworte ich. »Eine Jugendliebe, die gestorben ist. Ich habe gelesen, dass niemand genau weiß, wer ihn inspiriert hat, das Gedicht zu schreiben.«

»Wir werden es dieses Jahr ausführlich besprechen«, sagt er. »Ebenso wie Poes Vorliebe für den Buchstaben L. Annabel *Lee. Leonore.* Eu*lalie.*« Er zwinkert mir zu. »Ade*line.*«

In diesem Moment kümmert es mich nicht, dass mich alle in der Schule hassen. Es ist mir egal, dass niemand in der Cafeteria neben mir sitzen will. Es ist mir egal, dass ich am ersten Schultag einen Riesenberg Mathehausaufgaben bekommen habe. Denn mein Englischlehrer liebt Poe genauso wie ich.

Und er hat mir zugezwinkert.

7

Eve

Nate bleibt heute wie immer lange in der Schule. Er gehört zu den Betreuern der Schülerzeitung und kümmert sich auch um die Lyrikzeitschrift, die zweimal im Jahr erscheint. Er hat also immer irgendetwas zu tun. Ich betreue die Schachgruppe, aber mir wurde mitgeteilt, dass ich bei den Treffen nicht dabei sein muss, und daran halte ich mich im Allgemeinen. Wenn ich nach einem langen Schultag rasende Kopfschmerzen habe, kann ich gut darauf verzichten, einem Haufen Teenager dabei zuzusehen, wie sie Türme und Springer auf einem Brett herumschieben.

Da wir heute Morgen zusammen mit einem Auto gefahren sind, bitte ich Shelby, mich nach Hause zu bringen. Als sie mich vor der Haustür absetzt, ist es erst halb vier. Normalerweise würde ich mich um diese Zeit auf einen Stapel Hausaufgaben stürzen, aber da heute der erste Tag ist, weiß ich nicht, was ich tun soll. Für mein abendliches Glas Wein ist es noch zu früh.

Also steige ich in meinen Kia und fahre ohne konkretes Ziel die Washington Street herunter. Jede Stadt in Massachusetts hat eine Washington Street, eine Liberty Street und oft auch eine Massachusetts Street. Wer immer die Straßen in diesem Bundesstaat benannt hat, war nicht besonders einfallsreich.

Ich fahre weiter, bis ich das Einkaufszentrum am westlichen Rand von Caseham erreiche, wo der Parkplatz mit Autos überfüllt ist. Es sind etliche Teenager dort, die ihren letzten freien Nachmittag genießen, bevor Berge von Hausaufgaben anstehen. Als ich all die Jugendlichen durch den Haupteingang gehen sehe, zögere ich. Immer wenn ich meine Schüler außerhalb der Schule treffe, scheinen sie unangenehm berührt zu sein. Ich sollte gelassen reagieren, aber etwas von ihrer Beschämung strahlt auf mich ab.

Ich bleibe einen Moment im Auto sitzen, die Hände noch am Lenkrad. Ich frage mich, was Nate gerade tut – ihn würde die Vorstellung, im Einkaufszentrum seine Schüler zu treffen, nicht stressen. Er spricht wahrscheinlich gerade mit dem neuen Chefredakteur der Schülerzeitung, einem klugen jungen Mann namens Bryce Evans. Ich hatte Bryce letztes Jahr in meinem Kurs, ein weiterer Eins-plus-Schüler. Hat nie eine Hausaufgabe vergessen. Dem Jungen steht die Elite-Uni ins Gesicht geschrieben.

Ich zähle bis zehn, dann von zehn rückwärts. Nachdem ich das dreimal gemacht habe, entspannen sich meine Schultern.

Ich umklammere meine hellblaue Handtasche und steige aus dem Auto. Die Tasche ist so groß, dass Nate mich immer aufzieht, meine Wirbelsäule würde davon krumm werden. Aber heute ist sie fast leer, deshalb nehme ich an, meiner Wirbelsäule passiert nichts.

Sobald ich durch die automatischen Eingangstüren gegangen bin, schlägt mir der Geruch von Zimt und Zucker vom Brezelstand entgegen. Ich würde mir nur zu gerne einen Becher Brezelstückchen holen, und wenn ich eine Schülerin wäre, würde ich genau das tun. Aber mein Stoffwechsel ist nicht mehr das, was er mal war, deshalb halte ich den Atem an, als ich an dem Stand vorbeigehe, genau wie am Godiva-Schokoladengeschäft. Ja, ich hätte gerne eine mit Schokolade überzogene Erdbeere, aber heute soll es nicht sein.

Ich gehe weiter, bis ich zu einem Geschäft namens Footsies komme.

Einen Moment lang stehe ich draußen. Im Schaufenster sind Pumps und Stiefel von Christian Louboutin ausgestellt, darunter ein Paar Heels aus schwarzem Lackleder, wobei der Absatz golden ist. Ich blicke hinunter auf meine Jimmy Choos, die ich mir entgegen meiner Behauptung gegenüber Nate erst vor zwei Wochen gekauft habe. Er wird es herausfinden, wenn er die Kreditkartenabrechnung sieht.

Ich liebe High Heels. Ich bin mit meiner Körpergröße von einem Meter fünfundfünfzig etwas kurz geraten, und ich hasse es, kleiner zu sein als die Schüler. Schuhe mit acht Zentimeter hohen Absätzen geben mir Auftrieb und stärken mein Selbstbewusstsein. Ich will meinen Kopf nicht so stark neigen müssen, um zu meinem Mann hochzusehen, der einen Meter achtundsiebzig groß ist.

Und abgesehen von diesen Schuhen war ich brav. Ich hatte praktisch in jedem Onlineshop Schuhe im Warenkorb, aber ich habe kein einziges Paar davon gekauft. Ich habe sie in den Warenkorb gelegt, aber den Kauf nie abgeschlossen. Warum sollte ich mich also nicht ab und zu belohnen?

Footsies ist ein exklusiver Laden, aber relativ groß, und es gibt nur eine junge Frau, die bedient. Sie sitzt hinten an einem Tresen an der Kasse und scrollt auf ihrem Handy. Obwohl viele Teenager das Einkaufszentrum bevölkern, sind hier nur eine Handvoll Kunden. In diesem Laden gibt es keine Doc Martens oder Sneaker, wie sie die meisten Teenager kaufen, sondern Schuhe für »alte Leute« wie mich.

Die junge Frau am Tresen macht keine Anstalten, mich zu bedienen, deshalb sehe ich mich selbst um. Die Louboutin-Pumps sind in einer Auslage im Laden ausgestellt, und als ich nachsehe, stelle ich fest, dass sie meine Größe haben. Sieben.

Ich nehme sie aus der Auslage und setze mich auf eine Bank, um sie anzuprobieren. Ich ziehe meine Schuhe aus, die ich den ganzen Tag getragen habe, und schlüpfe mit Strümpfen in die brandneuen Pumps. Sie passen perfekt, und ich komme mir vor wie Cinderella. Sie schneiden nicht an der Ferse ein oder drücken an den Zehen. Ich könnte diese Schuhe den ganzen Tag tragen.

Eigentlich wäre es eine ganz vernünftige Anschaffung.

Und warum auch nicht? Ich habe den ganzen Sommer gearbeitet. Ich habe eine Belohnung verdient. Ich weiß nicht, warum, aber jedes Mal, wenn ich ein Paar Schuhe kaufe, erlebe ich einen kleinen Rausch. Ich weiß nicht einmal, welcher Teil davon mir am liebsten ist. Ich liebe die Erregung, wenn ich sie zum Tresen bringe und wenn der Kassierer sie dann eintippt, die Aussicht, dass sie bald mir gehören. Oder wenn ich sie in meinen Schrank stelle, ordentlich aufgereiht neben all den anderen Schuhen. Und natürlich, wenn ich sie das erste Mal außerhalb des Hauses trage. Ich bin vielleicht unscheinbar, besonders im Vergleich zu meinem Mann, aber mit Schuhen wie diesen komme ich mir glamourös vor. Als wäre ich tatsächlich attraktiv genug, um mit dem tollen Nathaniel Bennett verheiratet zu sein.

Dann drehe ich die Pumps um und sehe das Preisschild. Oh. Oh, wow. Das wird Nate *nicht* gefallen.

Der Dopamin-Rausch verfliegt. Sosehr ich sie will, diese Schuhe werden mir nie gehören. Selbst wenn ich meinem Mann nicht gegenübertreten müsste, sobald die Kreditkartenabrechnung eintrifft, könnte ich es niemals vor mir selbst rechtfertigen, so viel Geld für ein Paar Schuhe auszugeben. Ich starre auf meine Füße, und eine Welle der Traurigkeit überkommt mich. Ich will diese Schuhe.

So sehr.

Ich werfe einen Blick zur Kassiererin, die immer noch am Tresen sitzt. Eine ältere Frau kauft gerade ein Paar Schuhe, sodass ihre Aufmerksamkeit davon in Anspruch genommen ist. Die Frau wühlt in ihrer Handtasche und sucht nach ihrem Portemonnaie. Sie will wahrscheinlich mit Kreditkarte bezahlen oder so. Der Vorgang wird nicht so schnell beendet sein.

Und meine riesige Handtasche ist gähnend leer.

Bevor ich mich bremsen kann, schiebe ich die Christian-Louboutin-Pumps in meine himmelblaue Tasche. Sie passen perfekt hinein, als gehörten sie dorthin. Wenn ich den Reißverschluss meiner Handtasche schließe, sieht man nicht, dass sie darin sind. Und die meisten Schuhe sind nicht mit irgendetwas versehen, das einen Alarm auslöst, wenn sie aus dem Laden mitgenommen werden. Sie haben kein Sicherungsetikett.

Ich stehe langsam auf, aber meine Beine zittern, und ich muss mich wieder hinsetzen. Soll ich das wirklich tun? Soll ich diese Schuhe wirklich *stehlen*? So etwas habe ich noch nie getan.

Zumindest lange nicht mehr.

Man wird mich nicht erwischen. Die Kassiererin hat kaum zu mir herübergesehen, seitdem ich hier bin, und jetzt, nachdem die ältere Frau ihre Schuhe bezahlt hat, wendet sie sich wieder ihrem Handy zu. Ich kann hier einfach rausgehen, und sie wird es nie erfahren. Ich habe keine Kameras gesehen.

Soll ich es wirklich tun?

Ich schätze, ja.

Ich stehe wieder auf, meine Beine schlottern immer noch, halten mich aber aufrecht. Mit zitternder Hand schiebe ich eine Strähne meiner schlaffen schlammbraunen Haare hinters Ohr. Die ältere Frau geht in Richtung Tür, die Plastiktüte mit ihrem Schuhkarton in der knotigen rechten Hand. Ich folge ihr zum Ausgang. Als ich mich umsehe, ist die Kassiererin immer noch mit ihrem Handy beschäftigt. Sie wird nicht bemerken, dass ich den Laden mit den Schuhen verlasse. Ich komme damit durch, und Nate wird sich nicht über die Kreditkartenabrechnung beklagen können.

Gerade als ich mir selbst gratuliere, dröhnt der Alarm durch den Laden.

8

Addie

Nach der Schule fahre ich sofort nach Hause, weil meine Mutter es mir befohlen hat.

Ich nehme den Schulbus, weil ich das Fahrrad nicht dabeihabe und es ein bisschen zu weit ist, um zu Fuß zu gehen, besonders mit meinem schweren Rucksack. Die meisten Schüler im Bus sind jünger als ich, denn viele Oberstufenschüler fahren selbst mit dem Auto zur Schule. Ich bin im Sommer sechzehn geworden und habe einen Lernführerschein, aber meine Mutter hat entschieden, dass ich noch nicht bereit für Fahrstunden bin, wie sehr ich auch gebettelt habe. Ich habe sie immerhin überredet, mich ein paarmal mit unserem Auto auf einem Parkplatz fahren zu lassen. Besser als nichts.

Hudson hat jetzt ein Auto. Er ist vor fast zehn Monaten sechzehn geworden, damals haben wir noch miteinander gesprochen. Er konnte es nicht erwarten, seinen Lernführerschein zu bekommen und die Fahrprüfung zu bestehen, um einen vorläufigen Führerschein zu bekommen. Wie immer bezog er mich in seine Pläne ein. *Ich werde jeden Morgen vorbeikommen und dich mit zur Schule nehmen, Addie.*

Sein Auto sieht aus, als hätte er es aus Teilen vom Schrottplatz zusammengebaut. Ich bin sicher, dass er es selbst bezahlt hat, mit dem Geld, das er mit Nebenjobs im Sommer und nach der Schule verdient hat. Aber seine neue Freundin Kenzie hatte scheinbar keine Bedenken einzusteigen.

Als ich die Haustür erreiche, reißt meine Mutter sie auf, bevor ich den Schlüssel aus meinem Rucksack holen kann. Offenbar hat sie den Gehweg beobachtet und auf meine Rückkehr gewartet. Sie trägt eine graue Yogahose, und einige ihrer grau werdenden Haare haben sich aus dem Pferdeschwanz gelöst.

»Wie war's in der Schule?«, fragt sie, bevor ich auch nur das Haus betreten kann.

»Gut«, antworte ich. »Es war der beste Schultag aller Zeiten.«

»Sei kein Schlaumeier.«

Ich stelle meinen Rucksack auf dem Boden neben der Haustür ab, obwohl ich ihn nach oben in mein Zimmer bringen sollte, da ich Hausaufgaben bekommen habe. Sowohl Mr. als auch Mrs. Bennett haben uns heute Hausaufgaben gegeben. Aber zumindest freue ich mich auf die in Englisch. Er will, dass wir über unseren Sommer schreiben, und zwar in Gedichtform.

Mom ringt die Hände und weicht nicht von meiner Seite, obwohl sie weiß, dass ich das hasse.

»Hast du dich mit jemandem angefreundet?«

Ich stöhne. »Nein.«

»Was ist mit Hudson?«

Ich schüttele den Kopf.

»Ich verstehe nicht, was zwischen euch beiden passiert ist.« Sie zupft an ihrer Yogahose, die zu eng aussieht. »Er ist so ein netter Junge. Ihr wart immer unzertrennlich.«

»Ich weiß es nicht.«

»Soll ich seine Mutter anrufen?«

Ich stöhne wieder. Ich will ganz sicher *nicht*, dass sie Mrs. Jankowski anruft, die zwar etwas besser Englisch spricht als ihr Mann, aber nicht weniger seltsam ist. Außerdem weiß ich genau, warum Hudson nicht mit mir spricht. Und meine Mutter darf es niemals erfahren.

»Ist schon in Ordnung«, sage ich. »Er spielt ohnehin die ganze Zeit Football.«

Zum Glück lässt sie die Sache auf sich beruhen, was ein großer Fortschritt ist. Vor ein paar Jahren hatten meine Mom und ich ein gutes Verhältnis, während Dad eine tickende Zeitbombe war – immer wütend, wenn er getrunken hatte, und kurz davor, wegen irgendeiner Kleinigkeit zu explodieren. Und jetzt hat sich meine Mom in diese besorgte Mutter verwandelt, die mich ständig kontrolliert. Aber zumindest glaube ich nicht, dass sie trinkt.

Nein, ich weiß, dass sie es nicht tut. Das würde sie niemals.

Mom zieht eine Augenbraue hoch. »War Mr. Tuttle da?«

»Nein.« Ich senke den Blick. »Er ist … Ich meine, er wurde gefeuert oder hat gekündigt oder so. Jedenfalls ist er weg.«

»Oh.«

Ich merke, dass meine Mutter erleichtert ist. Wie viele andere Menschen auch hat sie mir nie ganz geglaubt, wenn ich ihr sagte, dass zwischen mir und meinem Mathelehrer nichts gewesen sei. Vielleicht lag das daran, dass meine Geschichte sich ständig leicht änderte.

Sie sieht aus, als wolle sie mich wieder danach fragen. Wenn sie es tut, fange ich an zu schreien, das schwöre ich. Ich will nicht mehr darüber reden. Ich habe ihr die Wahrheit gesagt.

Ich habe der Schulleiterin die Wahrheit gesagt. Und ich habe der Polizei alles gesagt, was es zu sagen gab.

Na ja, nicht alles.

Ich meine, ich bin keine vollkommene Idiotin.

9

Eve

Der Alarm im Schuhgeschäft geht los. Er heult durch den ganzen Laden, und wahrscheinlich kann ihn jeder im Einkaufszentrum hören.

O Gott, ich hätte diese Schuhe niemals nehmen sollen. Was habe ich mir dabei gedacht? Ich habe schon genug Schuhe. Erst vor zwei Wochen habe ich ein Paar gekauft. Ich bin gierig geworden. Aber ich wollte sie unbedingt haben …

Was ist los mit mir? Ich bin *krank*. Nate hat recht – ich habe ein Problem.

Ein Mann vom Sicherheitspersonal kommt auf mich zugelaufen. Ich weiß nicht, wie mit Ladendieben umgegangen wird, aber das hier ist nicht gut. Ich weiß nicht, wie es sich auf meinen Job auswirken wird, wenn ich wegen Ladendiebstahls angezeigt werde. Ich könnte *gefeuert* werden.

Was wird Nate dazu sagen? Er wird enttäuscht von mir sein. Ich kann ihm nach dieser Sache nicht in die Augen sehen.

Ich presse meine Handtasche an die Brust. Die Kassiererin eilt zum Ausgang, und nur vage nehme ich wahr, dass sie sich an mir vorbeidrängt, ohne mich zu beachten.

Da merke ich plötzlich, dass ich noch gar nicht den Ausgang passiert habe. Die einzige Person, die durchgegangen ist, ist die alte Frau, die gerade ein Paar Schuhe gekauft hat.

»Es tut mir so leid!«, ruft die Kassiererin. »Ich habe vollkommen vergessen, das Sicherungsetikett an ihren Schuhen zu entfernen!« Sie wirft dem Sicherheitsmann einen entschuldigenden Blick zu. »Das war meine Schuld. Sie hat die Schuhe bezahlt.«

Die Kassiererin führt die verblüffte Frau zurück zur Kasse, um die Sicherung zu deaktivieren, während ich bis ins Mark zitternd in der Ecke stehe. Ich hatte nicht bemerkt, dass sich an den Schuhen ein Sicherungsetikett befindet. Wenn ich zuerst durch den Ausgang gegangen wäre, dann wäre der Alarm bei mir losgegangen, und der Sicherheitsmann hätte die gestohlenen Schuhe in meiner Tasche gefunden.

Ich bin gerade noch einmal davongekommen.

Während die Kassiererin beschäftigt ist, hole ich die Schuhe aus der Handtasche und stelle sie wieder an ihren Platz. Ich kann nicht glauben, dass ich das beinahe getan hätte. Ich habe fast mein ganzes Leben wegen eines dummen Paars Schuhe vermasselt. Wie konnte ich so etwas Riskantes tun?

Auf der Fahrt nach Hause habe ich Mühe, mich genügend zu konzentrieren, um keinen Unfall zu verursachen. Es kommt mir vor, als ob mein ganzer Körper vibrierte, und nicht auf eine gute Art. Ich hätte niemals etwas so Dummes probieren sollen. Es zeigt, dass ich mich über die Jahre überhaupt nicht verändert habe. Manchmal versuche ich mir vorzumachen, dass ich jetzt erwachsen bin, aber wie kann ich erwachsen sein, wenn ich mich noch die Hälfte der Zeit wie fünfzehn fühle?

Ich bin erleichtert, dass Nates Auto auf der Auffahrt steht, als ich zu Hause ankomme. Ich muss ausnahmsweise einmal nicht dasitzen und mich fragen, wann er zurück sein wird. Als ich ins Haus komme, weht mir der Geruch von Tomatensoße aus der Küche entgegen. Er hat sogar schon angefangen, Abendessen zu machen.

Ich hänge meine Tasche wie immer an die Garderobe und gehe in die Küche. Nate steht am Herd, die Ärmel seines blauen Businesshemds hochgekrempelt, während er in einem Topf rührt. Ich stelle mir eine alternative Realität vor, in der ich Nate sagen müsste, dass ich wegen Ladendiebstahls festgenommen wurde. Gott sei Dank habe ich es nicht bis zum Ende durchgezogen.

Nate bemerkt, dass ich in der Küche bin, und sieht lächelnd zu mir auf. Er sieht so unglaublich gut aus, wenn er lächelt. Selbst nach all der Zeit denke ich das noch. Wer würde es nicht?

»Ich habe schon angefangen, das Abendessen zu machen«, erklärt er. »Ich hoffe, du hast nichts dagegen.«

»Natürlich nicht«, sage ich. »Ich bin froh darüber. Du bist so aufmerksam.« Ich lächle zurück, obwohl ich weiß, dass mein Lächeln nicht die gleiche Wirkung hat. »Ich habe den besten Ehemann aller Zeiten.«

Er lacht und richtet seine Aufmerksamkeit wieder auf die Tomatensoße. »Es freut mich, dass du so denkst.«

Etwas regt sich in mir. Vielleicht ist es das Adrenalin, das ausgeschüttet wurde, als ich beinahe dabei erwischt worden wäre, wie ich teure Schuhe stehle. Aber plötzlich will ich Nate. Ich will ihn jetzt, auch wenn es nicht der erste Samstag im Monat ist.

Ich stelle mich hinter meinen Mann, schlinge die Arme um seine straffe Brust und lege die Lippen auf seinen Nacken. »Nate …«

Er lacht wieder. »Eve, was machst du? Ich versuche gerade, ein Festessen für uns zu kochen.«

»Ich habe den ganzen Tag an dich gedacht.« Meine Hände wandern nach unten, obwohl er erstarrt. »Vielleicht kannst du ja eine Pause vom Kochen machen …«

Er löst sich sanft aus meiner Umarmung. Wie ich es schon oft erlebt habe. »Liebling, ich bin am Verhungern. Lass uns erst essen, okay?«

»Okay.« Ich versuche nicht noch einmal, meine Arme um ihn zu legen, bleibe aber nah bei ihm, die Hand auf seiner Schulter. »Nach dem Essen dann?«

»Nachdem wir eine große Portion Ziti gegessen haben? Das klingt nicht gerade sexy.«

Natürlich. Noch eine Ausrede. Das überrascht mich jetzt nicht mehr.

Er beugt sich vor, um meine Nasenspitze zu küssen. »Später heute Abend. Ich verspreche es.«

»Du versprichst es?«

Sein Lachen klingt diesmal ungläubig. »Mein Gott, du klingst, als wollte ich nicht mit meiner eigenen Frau schlafen! Es war einfach ein langer Tag, und ich würde gerne zu Abend essen und mich dann mit einem Buch entspannen, verstehst du?«

Das wird auch seine Ausrede sein, wenn ich ihn später am Abend im Bett berühre. *Es war ein langer Tag, und ich bin müde. Morgen, okay, Eve?* Vielleicht werden auch noch Kopfschmerzen dabei sein. Es gibt einen Punkt, an dem es erniedrigend ist, überhaupt darum zu bitten, und er weiß es. Darauf zählt er.

10

Addie

In all den Sportstunden, die ich im Laufe der Jahre in der Highschool und Mittelschule hatte, bin ich vielleicht fünfmal ins Schwitzen gekommen.

Ich komme nur ins Schwitzen, wenn wir laufen müssen. Bei Mannschaftsspielen gelingt es mir immer, jede größere körperliche Anstrengung zu vermeiden. Das kann ich am besten. Was soll ich sagen? Ich bin keine große Sportlerin.

Heute spielen wir Volleyball, ein großartiger Sport, wenn man nur herumhängen und nichts tun will. Ich bin sicher, wenn ich den Versuch unternehmen würde, mit dem Ball in Kontakt zu kommen, würde ich ins Schwitzen kommen. Aber es ist ziemlich leicht, in der Ecke zu stehen und so zu tun, als wollte man den Ball treffen, wenn man es eigentlich nicht vorhat.

Unglücklicherweise zwingt uns unsere Sportlehrerin Mrs. Cavanaugh zu duschen, ob wir verschwitzt sind oder nicht. Und das ist mir bei Weitem das Unangenehmste am Sport.

Wenn ich wie Kenzie Montgomery aussehen würde, die zufälligerweise in meinem Sportkurs ist, würde es mich vielleicht nicht stören, vor anderen zu duschen. Aber leider sehe ich aus wie ich, und deshalb ist mein Ziel nach dem Sport, so schnell wie möglich in den Duschraum und wieder heraus zu kommen. Wenn mir das gelingen würde, ohne nass zu werden, wäre es ideal.

Unglücklicherweise ertönt in dem Moment, als ich mein Sportzeug bei den Schränken ausziehe, hinter mir ein Gekicher. Ich greife schnell nach meinem Handtuch und wickle mich darin ein, aber das Gekicher hört nicht auf. Als ich schnell den Kopf drehe, sehe ich, dass Kenzie und eine ihrer Freundinnen mich anstarren.

Es ist jetzt zwei Wochen her, dass die Schule wieder angefangen hat, aber leider hat sich mein soziales Leben kein bisschen verbessert. Alle meiden mich immer noch wie die Pest, was jedoch niemanden davon abhält, über mich zu lachen, wenn ich im Umkleideraum bin.

Kenzie und ihre Freundinnen hören nicht auf zu kichern, während sie mich anstarren. Ich weiß nicht, was so lustig ist. Ich meine, ja, mein Handtuch wird durch kaum existente Brüste gehalten. Aber das ist nicht so komisch, dass man darüber *laut lachen* muss.

»Addie«, sagt Kenzie. »Du weißt, es gibt diese Dinger, die man Rasierer nennt …«

Also zumindest weiß ich jetzt, worüber sie lacht. Ich blicke auf meine Beine, die unter dem Handtuch herauslugen, und gebe zu, dass sie ziemlich behaart sind. Sobald der September kam, fielen die Temperaturen im westlichen Massachusetts schlagartig, und weil es zu kalt war, um Shorts zu tragen (heute beim Sport hatte ich Leggings an), habe ich mich nicht rasiert. Vielleicht rasiere ich mich den ganzen Winter lang nicht. Warum sollte ich? Ich habe keinen Freund, der auf meine Beine schaut.

Aber offenbar muss ich mich für Kenzie rasieren.

Ich versuche, sie zu ignorieren, als ich in Richtung der Duschen davonstapfe. Wie immer mache ich mich kaum nass, komme schnell wieder heraus und wickele mir das Handtuch um den Körper und die behaarten Beine. Das Einzige, was mich in diesen Tagen aufrecht hält, ist mein Englischkurs bei Mr. Bennett. Ich freue mich umso mehr darauf, da es die letzte Unterrichtsstunde des Tages ist.

Ich glaube, Mr. Bennett mag mich auch. Im Mathekurs scheint Mrs. Bennett ständig enttäuscht von mir (zu Recht, da ich nicht viel von dem verstehe, was durchgenommen wird), aber Mr. Bennett reagiert auf alle meine Antworten mit begeistertem Nicken. Selbst Mr. Tuttle war nicht so ermutigend wie er.

Und überhaupt ist es eine völlig andere Situation. Ich werde nicht mehr an Mr. Tuttle denken.

Als ich in den Englischkurs komme, sitzt Mr. Bennett wie immer am Pult. Er trägt ein hellblaues Businesshemd und eine dunkelblaue Krawatte. Nicht alle meine Lehrer tragen eine Krawatte, aber es gefällt mir, dass Mr. Bennett das tut. Es steht ihm. Während die Schüler nach und nach in den Raum kommen, sieht er auf und lächelt. Er gehört zu den Lehrern, die gerne unterrichten. Manche Lehrer verhalten sich so, als würden sie lieber irgendwo anders sein als in der Schule.

Nicht, dass ich es nicht nachempfinden könnte. Aber zu wissen, dass er gerne hier ist, sorgt bei *mir* dafür, dass ich auch gerne hier bin.

Sobald sich die Schüler gesetzt haben, geht Mr. Bennett wie immer ums Pult und setzt sich drauf. Und wie immer legt er die Hände auf die Knie. Er hat große Knöchel. Ich habe es gleich bemerkt.

»Ich habe die Gedichte, die ihr geschrieben habt, benotet«, erklärt er. »Ich gebe sie euch nach der Stunde zurück, aber ich will schon mal sagen, dass ihr euch alle ernsthaft bemüht habt. Und ich will noch einmal darauf hinweisen, dass Gedichte sich nicht unbedingt reimen müssen. Aber …« Sein Blick ruht auf Austin Vargas in der dritten Reihe. »Fürs Protokoll: ›Kotzen‹ reimt sich nicht auf ›furzen‹, okay?«

Einzelne Lacher. Es überrascht mich nicht, dass in Austins Gedicht Fäkalsprache vorkommt. Ehrlich gesagt vermute ich, dass es bei vielen meiner Mitschüler der Fall ist. Es ärgert mich, dass einige diesen Kurs nicht ernst nehmen. Ich habe nicht vor, eine davon zu sein.

Am Ende der Stunde geht Mr. Bennett herum und gibt uns unsere Gedichte mit einem Kommentar versehen zurück. Ich habe Schmetterlinge im Bauch und kann es kaum erwarten zu sehen, was er von dem hält, was ich geschrieben habe. Es war ein sehr persönliches Gedicht, und ich habe mehrere Stunden dafür gebraucht, obwohl es nur eine Seite lang ist. Ich hoffe, er sieht, wie sehr ich mich bemüht habe.

Als Mr. Bennett zu meinem Tisch kommt, zieht er das Blatt heraus, auf das ich mein Gedicht geschrieben habe, legt es mit der beschriebenen Seite nach unten vor mich hin und tippt mit dem Zeigefinger darauf.

Ich starre verwirrt auf das Blatt. Alle anderen hat er mit den Gedichten nach oben zurückgegeben, nur meins hat er umgedreht. War das ein Versehen?

Langsam nehme ich das Blatt hoch und drehe es um. Ich erkenne sofort seine Handschrift in roter Tinte oben auf der Seite. *Komm nach der Stunde zu mir.*

Das ist nicht gut.

Warum will er mich nach der Stunde sprechen? Denkt er, ich habe das Gedicht *abgeschrieben*? Ich habe es nicht abgeschrieben. Das würde ich nie tun. Ich habe es mir von der *Seele* geschrieben.

Aber aus irgendeinem Grund fand er mein Gedicht problematisch. Er will »nach der Stunde« mit mir sprechen. Ich bin mir nicht sicher, ob ich hören will, was er zu sagen hat.

11

Eve

Als ich nach der Schule im Lebensmittelladen gerade die Avocados prüfe, sehe ich ihn.

Art Tuttle.

Er trägt einen Rollkragenpullover, was mir merkwürdig lässig vorkommt. Art war zwar nicht ganz so formell gekleidet wie Nate, der zur Schule Businesshemd und Krawatte anzieht, aber er trug immer ein schickes Hemd. Der Rollkragenpullover wirkt ungewöhnlich. Außerdem ist er ein bisschen zu eng für seinen Weihnachtsmannbauch. Noch merkwürdiger ist, dass er offene Sandalen anhat, zu denen er natürlich weiße Sportsocken trägt. In der rechten Hand hält er eine Plastiktüte mit Apfelsinen, was mir ebenfalls merkwürdig erscheint, denn ich weiß nicht, ob ich jemals gesehen habe, dass er eine Apfelsine isst. Und wir haben oft zusammen Mittag gegessen, und ein paarmal zu Abend.

»Eve.« Er bringt ein Lächeln zustande, wobei seine Zähne nicht zu sehen sind. Was ebenfalls seltsam ist, denn Art zeigte beim Lächeln immer seine Zähne. »Hallo. Wie geht's dir?«

»Mir geht's gut.« Ich lächle, obwohl es sich irgendwie schief anfühlt, als hätte ich vergessen, wie es geht. »Wie geht es *dir*, Art?«

Ich habe mir vorgenommen, nicht so zu fragen, wenn ich

Art treffe. Mit leicht zur Seite geneigtem Kopf, als wäre er jemand, den ich in einer psychiatrischen Klinik besuche.

Aber er tut mir tatsächlich leid.

Der ganze Schlamassel begann Mitte des zweiten Halbjahres im vergangenen Jahr. Es begann mit diesem *Mädchen* – Addie Severson. Ich kenne nicht die ganze Geschichte, aber plötzlich flüsterten alle, dass Art etwas mit einer Schülerin aus dem zehnten Jahrgang habe. Als ich das Gerücht zum ersten Mal hörte, war es wie ein Schlag in die Magengrube. Art war wie eine Vaterfigur für mich, besonders da mein eigener Vater und ich kaum miteinander sprechen. Ich hatte Geschichten von anderen Lehrern gehört, die sich gegenüber Schülerinnen übergriffig verhielten, aber ich hatte das nicht von Art erwartet. Niemals.

Doch es gab einige ziemlich verdächtige Hinweise. Addie hatte Schwierigkeiten, im Mathekurs mitzukommen, was mich nach dem, was ich bisher von ihr gesehen habe, nicht überrascht. Und er hat einige Stunden seiner freien Zeit geopfert, um ihr kostenlos Nachhilfe zu geben. Er hat das Mädchen mehr als ein Mal zu sich zum Abendessen eingeladen. Und er hat sie mehrmals nach Hause gefahren.

Hinzu kommt, dass Addie ein problembeladenes Mädchen war. Die Tochter eines Alkoholikers, der sich im zweiten Halbjahr schließlich zu Tode trank. Alle dachten, dass sie leichte Beute für einen übergriffigen Lehrer war.

Und dann …

Nun, dann passierte noch etwas.

Addie hat Art genau genommen nie beschuldigt, irgendwie eine Grenze überschritten zu haben. Doch als alles vorüber war, war sein Ruf vollkommen zerstört. Er konnte nicht mehr an der Caseham High arbeiten. Er kann froh sein, wenn er überhaupt noch irgendwo arbeiten kann.

»Es ging mir schon besser«, erklärt Art. Er hustet in die Hand, es ist ein rasselndes Husten, als hätte er etwas in der Lunge. »Ich vermisse die Schule.«

»Wir vermissen dich auch.« Ich unterbreche meine Suche nach der perfekten Avocado und lenke meine Aufmerksamkeit auf Art. »Es ist so ungerecht, was dir passiert ist. Musstest du kündigen?«

Er schnauft. »Komm schon, Eve. Du weißt, dass ich gekündigt habe. Niemand hat mich mehr angesehen wie vorher, nachdem das passiert war. Ich konnte nicht bleiben, selbst wenn die Eltern nicht so einen Wirbel gemacht hätten.«

Er hat natürlich recht. Aber das macht es nicht weniger unfair. »Hast du schon irgendetwas anderes gefunden?«

»Bisher noch nicht.« Er seufzt und streicht sich über die kurzen grauen Haare. »Ich habe eine Menge Bewerbungen abgeschickt, aber es sieht nicht gut aus. Wenn ich einen Job finde, muss ich vielleicht umziehen, weil er nicht in Western Massachusetts ist. Ich kann froh sein, wenn er in Neuengland ist.«

Ich würde ihn eigentlich gerne fragen, ob er finanziell zurechtkommt, aber ich will ihn nicht in Verlegenheit bringen. Ich habe das Gefühl, die Antwort ist Nein. Wie kann er zurechtkommen, wenn er arbeitslos ist und zwei Jungen auf dem College hat?

»Und wie geht's Marsha?«, frage ich.

»Gut«, sagt er.

Seine Frau Marsha arbeitet für irgendeine gemeinnützige Organisation, was bedeutet, dass sie nicht genug Geld verdient, um für ihren gemeinsamen Lebensunterhalt zu sorgen.

Soweit ich weiß, hat sie ihm geglaubt, dass zwischen ihm und Addie nichts war. Aber ich frage mich, welche Auswirkungen so etwas auf seine Ehe gehabt haben könnte. Sie waren so ein gutes Paar, aber derartige Anschuldigungen können die solideste Ehe erschüttern.

»Sie ist in meiner Klasse«, platze ich heraus.

Arts Augenbrauen schießen nach oben. »Was?«

Ich zucke zusammen. Ich wollte sie eigentlich nicht erwähnen, aber es ist schwer, den Elefanten im Raum nicht anzusprechen. Das Mädchen, das sein Leben ruiniert hat.

»Addie Severson«, sage ich. »Sie ist dieses Jahr in einem meiner Mathekurse.«

»Ah«, sagt er.

Ich betrachte prüfend sein rundes Gesicht und versuche, den Ausdruck zu deuten. Ist er neugierig, wie es ihr geht? Würde er sich gerne nach ihr erkundigen, fürchtet aber, dass es merkwürdig schiene, wenn er es täte? Während die Gedanken durch meinen Kopf schießen, wird mir eins klar: Wie alle anderen bin ich mir nicht ganz sicher, dass Art Tuttle unschuldig ist.

Ich weiß, dass er ein gutherziger Mensch und kein geiler alter Bock ist. Aber irgendetwas an der ganzen Sache ist mir nicht ganz geheuer. Wie konnte er so dumm sein? Wie konnte er jeden Tag nach dem Unterricht mit dem Mädchen allein im Kursraum bleiben und nicht bedenken, wie das wirken würde?

»Sie scheint nett zu sein«, sage ich schließlich. »Wenn auch keine von den besseren Schülern.«

Arts buschige Augenbrauen ziehen sich zusammen. »Nein, das ist sie nicht.«

Wir stehen einen Moment lang da, er mit seinen Apfelsinen,

in Rollkragenpullover und Socken in Sandalen, ich mit meinem Einkaufswagen, in dem noch eine oder zwei brauchbare Avocados fehlen. Wir hatten vorher nie Probleme, uns miteinander zu unterhalten, aber die Beklommenheit ist erdrückend. Ich will ihn und seine Frau zu uns zum Essen einladen, aber ich kann mich nicht überwinden, die Einladung auszusprechen.

Jedenfalls verstehe ich, warum er sich veranlasst sah zu kündigen.

»Auf jeden Fall«, sage ich, »war es schön, dich zu sehen, Art.«

»Dich auch, Eve.« Er zeigt mit dem Kopf auf die Avocados. »Der Trick ist, wenn du den Finger in die Haut drückst, müssen sie ein bisschen nachgeben, aber nicht zu sehr.«

»Danke.« Selbst jetzt versucht er noch, mir etwas beizubringen. »Und … viel Glück. Bei allem.«

Ich wende mich von ihm ab und widme meine Aufmerksamkeit wieder dem Berg Avocados. Ich nehme eine braune, die sich anfühlt, als würde sie unter meinen Fingerspitzen leicht nachgeben. Als ich es gerade testen will, legen sich Finger um meinen Oberarm. Im nächsten Moment merke ich, dass Art noch hinter mir steht und meinen Arm festhält. Seine Wurstfinger graben sich in meine bloße Haut, und ich denke, wenn wir nicht mitten in einem Lebensmittelladen wären, würde ich schreien.

»Eve, warte«, zischt er in mein Ohr. »Du musst mir zuhören. Sofort.«

12

Addie

Komm nach der Stunde zu mir.

Haben diese Worte jemals etwas Gutes bedeutet? Ich würde sagen, nein. Haben sie nicht.

Zum Glück ist es die letzte Unterrichtsstunde, und sie ist fast vorbei. Ich muss es nur noch ungefähr zehn Minuten hier aushalten, bis es endlich klingelt. Alle anderen stehen auf und verlassen den Raum, aber ich bleibe wie angewurzelt auf meinem Stuhl sitzen. Genauso wie Mr. Bennett.

Ich riskiere einen kurzen Blick in seine Richtung. Sieht er aus, als wäre er von mir enttäuscht? Ich weiß es nicht. *Komm nach der Stunde zu mir,* ist wirklich schlimm, aber es gibt Schlimmeres. Während des ganzen Schlamassels mit Mr. Tuttle haben sie nicht bis zum Ende der Stunde gewartet. Die Schulleiterin hat mich aus dem Biologiekurs geholt und gefragt, was los ist.

»Addie?«

Ich war so in Gedanken versunken, dass ich gar nicht bemerkt habe, wie alle anderen Schüler gegangen sind. Jetzt sind nur noch Mr. Bennett und ich übrig. Er sieht mich mit hochgezogenen Augenbrauen an, als würde er denken, dass mit mir etwas nicht stimmt. Ich bringe ein schwaches Lächeln zustande.

»Tut mir leid. War nur einen Moment woanders.« Ich stehe unsicher von meinem Stuhl auf und nähere mich dem Pult, wobei ich mein Gedicht mit beiden Händen umklammere. »Also, äh, was ist das Problem?«

»Problem?«, fragt er. Jetzt, da ich näher bei Mr. Bennett bin, sehe ich einen leichten Bartschatten auf seinem Gesicht. »Es gibt kein Problem. Im Gegenteil.«

Ich blicke auf die rote Schrift über meinem Gedicht. »Was meinen Sie?«

»Ich meine«, sagt er, »dein Gedicht ist erstaunlich.«

Dein Gedicht ist erstaunlich. Diese Worte hören sich so viel besser an als *Komm nach der Stunde zu mir.* Zum ersten Mal, seitdem dieses dumme Schuljahr begonnen hat, empfinde ich einen Anflug von Freude. »Wirklich?«

»O ja.« Er nimmt mir das Blatt aus der Hand. »Die Metaphorik ist unglaublich. ›Seine Fäuste ein Vulkan, mit jedem Schlag Lava aus ihrem Mund speiend.‹ Addie, ich war so berührt. Es ist ein lyrisches Meisterwerk.«

»Danke.« Ich senke den Blick und versuche, nicht daran zu denken, was mich dazu inspiriert hat: all die Abende, an denen mein Dad betrunken und wütend nach Hause gestolpert kam. »Ich weiß das zu schätzen.«

»Und ich denke, du solltest es veröffentlichen.«

Ich hebe ruckartig den Kopf. »Was?«

»Ich meine es ernst.« Er verzieht den Mund zu einem Lächeln. »Es ist wirklich gut, und du musst es mit anderen teilen. Du weißt, dass ich die Gruppe betreue, die die Lyrikzeitschrift herausgibt, oder?«

Ich weiß von der Lyrikzeitschrift *Reflexionen.* Ich wollte immer mitmachen, hatte aber Angst, sie würden meine Gedichte dumm finden. Was weiß ich schon übers Gedichteschreiben? Ich habe sie immer bloß in meinem Zimmer ins Notizbuch gekritzelt. Und zum ersten Mal sagt mir nun jemand, der weiß, wovon er spricht, dass ich vielleicht Talent habe.

»Vielleicht … wenn Sie meinen«, entgegne ich vorsichtig.

Er nickt heftig. »Das tue ich. Ich glaube, es würde dir gefallen, an der Zeitschrift mitzuarbeiten. Und du würdest ein paar Freunde finden.«

O mein Gott. Weiß Mr. Bennett, dass ich dieses Jahr Probleme habe, Freunde zu finden? Das ist demütigend. Aber natürlich weiß er davon. Jeder weiß von dem Skandal mit mir und Mr. Tuttle. Es war dumm zu glauben, er wüsste vielleicht nichts davon.

»Ich meine nur«, fügt er schnell hinzu, als er meinen Gesichtsausdruck sieht, »du würdest Schüler mit ähnlichen Interessen treffen.«

Mr. Bennett ist freundlich – so ziemlich der einzige Mensch, der dieses Jahr freundlich zu mir ist, einschließlich aller anderen Lehrer. Er will nicht, dass ich mich wie ein Loser fühle, wofür ich dankbar bin, auch wenn ich ein Loser *bin*. Ich bin sicher, er hatte nie solche Probleme, als er noch in der Highschool war. Ich meine, man muss ihn nur ansehen. Ich wette, er hatte immer eine Schar von Mädchen um sich, die an seinen Lippen hingen.

Dann kommt mir plötzlich der Gedanke, dass ihm mein Gedicht vielleicht in Wahrheit gar nicht gefällt. Vielleicht sagt er all die netten Dinge nur, weil ich ihm leidtue. Vielleicht lachen die Jugendlichen, die wirklich Talent haben, wenn sie meine Gedichte lesen.

»Ich weiß nicht, ob das eine gute Idee ist«, sage ich schließlich.

Er runzelt die Stirn. »Bist du sicher? Ich glaube, es würde dir wirklich gefallen.«

»Ich …« Ich blicke auf das Gedicht in meinen Händen, das ihn angeblich berührt. »Ich bin nicht sicher.«

»Komm einfach mal zu einem Treffen.« Mr. Bennett blickt mir fest in die Augen. Mir gefällt die dunkelbraune Farbe seiner Augen – wie ein Schokoriegel. »Du bist nicht verpflichtet wiederzukommen. Aber ich glaube, das wirst du.«

Und irgendwie ertappe ich mich dabei, dass ich zustimme, obwohl eine leise Stimme in meinem Kopf sagt, dass es keine gute Idee ist.

13

Eve

Als ich mich diesmal umdrehe, ist Art ganz nah bei mir. So nah, dass ich rote Äderchen in seinen Augen sehe. So nah, dass ich einen Hauch von Whiskey in seinem Atem wahrnehme. Mir wird schlagartig klar, dass das, was ihm passiert ist, ihn in mehr als einer Hinsicht zerstört hat.

»Eve.« Seine Stimme klingt etwas erstickt. »Ich muss dir etwas sagen.«

»Art«, murmele ich. Ich bin mir nicht sicher, ob ich hören will, was er zu sagen hat.

»Hör zu«, sagt er. »Du musst vorsichtig bei Addie Severson sein.«

Mein Mund fühlt sich trocken an, als ich in seine blutunterlaufenen Augen sehe. »Art, soll ich dich nach Hause fahren?«

»Nein, das ist es nicht, was ich dir zu sagen versuche!« Er presst frustriert die Kiefer zusammen. »Hör zu, ich habe ihretwegen nichts gesagt, aber dem Mädchen geht's nicht gut. Es gibt … es gibt da Dinge, die du nicht weißt.«

»Art …«

»Du musst es wissen, Eve.« Ein Muskel unter seinem rechten Auge zuckt. Ich habe ihn noch nie so erlebt, aber vielleicht liegt es daran, dass er getrunken hat. »Du bist wie ich, du versuchst Schülern zu helfen, die es nötig haben. Aber du musst bei ihr vorsichtig sein. Sie ist … Addie ist gestört.«

»Das werde ich«, sage ich leise.

Art lässt schließlich meinen Arm los, und es scheint, als würde die Luft aus seinem Körper gelassen. Er senkt den Blick und lässt die Schultern hängen. Ich lege meine Hand auf seine Schulter.

»Ich fahr dich nach Hause, okay?«, sage ich. Ich bin sicher, dass er mit dem Auto hier ist, aber ich glaube nicht, dass er im Moment fahren kann.

»Okay«, sagt er leise und mit ergebenem Tonfall.

Ich breche meine Suche nach der perfekten Avocado ab, führe Art zum Parkplatz und bringe ihn nach Hause. Zum Glück ist seine Frau da. Ich erkläre ihr die Situation, wobei ich versuche, nicht das Wort »betrunken« zu verwenden, was schwer ist. Das Schlimmste ist, dass Marsha nicht im Geringsten überrascht zu sein scheint. Es ist offensichtlich, dass es seit der Sache mit Addie Severson mit ihrem gemeinsamen Leben bergab geht.

Addie ist gestört.

Art muss einen ernsthaften Groll gegen Addie hegen, daran besteht für mich kein Zweifel. Aber andererseits wirft niemand *mir* vor, eine Affäre mit ihr zu haben. Sie ist in meinem Kurs, also werde ich sie wie alle anderen Schüler unterrichten. Nichts weiter.

14

Addie

Heute – zwei Tage nachdem Mr. Bennett mich eingeladen hat und an denen ich auf Wolken geschwebt bin – werde ich also zum ersten Treffen der Schüler gehen, die die Lyrikzeitschrift *Reflexionen* herausgeben. Bei der Aussicht scheint alles andere beinahe in Ordnung zu sein.

Beinahe.

Denn sosehr ich mich darauf freue, es nimmt der Tatsache, dass ich bisher an jedem Tag des neuen Schuljahres allein Mittag gegessen habe, nicht den Stachel. Wenn ich mich an einen Tisch mit Schülern setze, die ich schon kenne, werfen sie einen Blick auf mich und geben sich dann alle Mühe, mich zu ignorieren, als wäre ich nicht da. Es ist also weniger schmerzlich, wenn ich mich an einen leeren Tisch setze.

Wenn meine Mutter mich fragt, wie es in der Schule läuft, erzähle ich ihr, das es besser wird. Dass ich Freunde finde, obwohl es eine glatte Lüge ist. Jeder mochte Mr. Tuttle, und alle sind der Auffassung, dass, was auch immer zwischen uns beiden passiert ist, mein Fehler war und außerdem extrem ekelhaft. Deshalb meiden mich alle. Wahrscheinlich für immer.

Heute ist es ein Glück, dass ich allein beim Lunch sitze, denn so kann ich mich auf das konzentrieren, was gerade im Mathekurs durchgenommen wird. Ich lese in dem Trigonometrie-Buch, aber gemessen daran, was ich verstehe, könnte es genauso gut Griechisch sein. Einiges ist tatsächlich Griechisch. Zum Beispiel das durchgestrichene Kreissymbol, was auch immer das bedeuten soll.

Ohne die Nachhilfestunden von Mr. Tuttle bin ich ernsthaft in Gefahr, dieses Halbjahr durchzufallen. Schon nach ein paar Wochen habe ich das Gefühl, dass es hoffnungslos ist. Und Mrs. Bennett wird sich ganz sicher nicht mehr engagieren, als man erwarten kann, so wie er es tat.

Als ich gerade zu verstehen versuche, warum der Graph einer Funktion diese seltsame Wellenform hat, trifft etwas meinen Arm. Ich sehe auf, und niemand anders als Kenzie Montgomery steht mit einem vollen Tablett vor mir. Da es ausgeschlossen ist, dass Kenzie mir beim Lunch Gesellschaft leisten will, kann das nichts Gutes bedeuten.

»Hey«, sagt Kenzie. »Eine Person kann nicht einen ganzen Tisch in Anspruch nehmen. Du musst dich woanders hinsetzen.«

Ich blicke auf mein Tablett. Ich habe erst ungefähr fünfmal von meinem Burger abgebissen, und mehr als die Hälfte ist noch übrig. »Aber ich …«

»Steh *auf.*« Jetzt ist es Kenzies Untergebene Bella. Sie hat mehrere davon – eine Miniarmee. »Du besetzt einen ganzen Tisch allein. Das ist egoistisch, Addie.«

»Aber ich …« Ich lasse den Blick über den leeren Tisch schweifen. »Ihr könnt euch doch einfach auf die leeren Stühle setzen.«

»Ja, aber wir haben persönliche Dinge zu besprechen.« Kenzie stellt ihr Tablett auf dem Tisch ab und schiebt dabei meins beiseite. »Deshalb musst du dich woanders hinsetzen.«

Ich öffne den Mund, obwohl ich nicht weiß, was ich sagen soll. Aber bevor mir etwas einfällt, nimmt Kenzie mein Tablett vom Tisch, während Bella sich mein Mathebuch schnappt. Schockiert starre ich sie an.

»Hey!«, rufe ich.

»Wo willst du sitzen?«, fragt Kenzie. Sie hat mein Tablett so unsanft hochgenommen, dass meine Schokomilch umgekippt ist, sich über das Tablett ergießt und die Servietten mit brauner Flüssigkeit tränkt. »Entscheide dich, sonst kippen wir deinen Kram in den Müll.«

Mein Herz pocht. Ich sollte mich irgendwie gegen sie zur Wehr setzen, aber wie kann ich das? Was soll ich machen? Mich mitten in der Cafeteria mit ihr prügeln? Sie beleidigen? Mir fällt keine Beleidigung ein, die auf Kenzie Montgomery zutreffen würde. Sie ist buchstäblich perfekt.

»Hey.« Eine Stimme hinten aus Kenzies Gefolge, die mir schmerzlich vertraut ist. Hudson Jankowski drängt sich nach vorne. »Was ist los?«

Kenzie verzieht das Gesicht. »Addie besetzt den ganzen Tisch und will sich nicht woanders hinsetzen.«

Hudson blickt auf den Tisch hinunter, dann streift der Blick aus seinen blassblauen Augen kurz mein Gesicht. Es ist, als würde er mich nicht mal mehr erkennen, doch es gibt mir einen Hoffnungsschimmer, als er sagt: »Warum muss sie sich woanders hinsetzen?«

Kenzie schnaubt. »Willst *du* etwa bei ihr sitzen?«

Ich bleibe am Tisch sitzen und warte, dass Hudson sich für mich starkmacht. *Addie ist meine beste Freundin, und ich würde gerne bei ihr sitzen. Sie war meine einzige Freundin, als niemand anders etwas mit mir zu tun haben wollte.* Stattdessen sagt er: »Komm schon, Kenzie. Da drüben ist ein anderer Tisch frei.«

»Dieser hier ist aber direkt neben den Snackautomaten«, jammert Kenzie. »Und warum sollen *wir* uns woanders hinsetzen? Sie sitzt hier ganz allein.«

Ich kann diesen Streit nicht länger mit anhören. Hudson hat sich vielleicht ein bisschen für mich eingesetzt, aber nicht so, wie ich es mir wünsche. Er hat entschieden, dass wir keine Freunde mehr sind, und das schmerzt mehr als alles andere.

Ich stehe also vom Tisch auf und nehme Bella mein Mathebuch aus der Hand. »In Ordnung«, sage ich. »Nehmt den Tisch.«

Kenzie zieht eine Augenbraue hoch. »Was ist mit deinem Tablett?«

Ich will ihr sagen, dass ich keinen Appetit mehr habe, aber ich glaube, wenn ich noch etwas sage, fange ich an zu weinen. Und das ist das Schlimmste, was man tun kann. Ich marschiere also mit hocherhobenem Kopf aus der Cafeteria. Ich glaube zu hören, wie Hudson meinen Namen ruft, aber ich muss es mir einbilden, denn ich bezweifle, dass er es tun würde.

15

Addie

Als ich zu dem Treffen für das Lyrikmagazin eile, begegne ich zufällig Kenzie und Hudson.

Eigentlich begegne ich ihnen nicht, sondern ich sehe sie. Hudson hat Fußballtraining und Kenzie wahrscheinlich ein Cheerleader-Training, aber sie nehmen sich ein paar Minuten füreinander, bevor sie rausgehen, versteckt in einer der ruhigen Nischen hinter den Schränken im vierten Stock.

Sie sehen wirklich gut zusammen aus mit ihren perfekt zusammenpassenden blonden Haaren. Wenn zwischen mir und Hudson jemals irgendetwas gelaufen wäre, hätten wir nicht annähernd so gut zusammen ausgesehen. Nicht, dass jemals irgendetwas gewesen wäre. Es gab eine Zeit, da … Ich will es so ausdrücken, da habe ich ein paar schlechte Gedichte über Hudson Jankowski geschrieben. Wir haben so viel Zeit zusammen verbracht, und er war mein allerbester Freund, also war er es auch, an den ich gedacht habe, wenn ich allein in meinem Zimmer war.

Und jetzt ist er mit Kenzie zusammen. Sie küssen sich nicht, aber sie stehen sehr, sehr nah beieinander und reden leise.

Das Verrückte ist, dass wir uns immer über Kenzie und ihre Gefolgschaft lustig gemacht haben. *Sie müssen in ihren Zim-*

mern einen Schrein für sie aufstellen, witzelte Hudson. *Und ihr zwanzig Prozent von ihrem Einkommen abgeben.*

Aber sie ist wirklich hübsch, habe ich einmal zu ihm gesagt. Darauf machte Hudson Geräusche, als müsse er sich übergeben. Zugegeben, damals war er erst dreizehn. Als er jetzt in ihre Augen starrt, sieht er nicht so aus, als würde er gleich derartige Geräusche von sich geben.

Puh, gleich küssen sie sich. Ich kann gar nicht hinsehen.

Ich blicke auf die beiden Rucksäcke, die an der Wand stehen. Hudsons ist der billige schwarze. Kenzies ist mit Leder besetzt, und es sind viele Buttons und Anhänger dran. Einer davon ist ein Schlüsselanhänger, auf dem in glitzernden Buchstaben der Name *Kenzie* steht. Ich frage mich, ob er extra angefertigt wurde. Zufällig bemerke ich auch, dass an dem Schlüsselanhänger ein paar Schlüssel sind. Ihre Haustürschlüssel.

Ich riskiere wieder einen Blick auf Kenzie und Hudson. Sie reden noch, vollkommen gebannt voneinander. Ich hätte nie gedacht, einmal den Tag zu erleben, an dem Hudson einer ihrer Ergebenen wird – schlimmer noch, ihr *Freund*. Leise löse ich den Schlüsselanhänger vom Reißverschluss ihres Rucksacks und stecke ihn in meine Tasche.

Als ich weggehe, rechne ich damit, dass Kenzie mir hinterherschreit. Sie hasst mich ohnehin schon, aber wenn sie gesehen hat, dass ich ihre Schlüssel genommen habe, wird es das Fass zum Überlaufen bringen. Und was, wenn sie es der Schulleiterin meldet? Warum gehe ich so ein Risiko ein, wieder in Schwierigkeiten zu geraten?

Aber sie erwischt mich nicht. Ich lege unbehelligt den ganzen Weg zur Treppe zurück, und als ich den dritten Stock erreiche, weiß ich, dass ich es geschafft habe.

Der Schlüsselanhänger ist noch in meiner Tasche, als ich beim Treffen der Lyrikgruppe ankomme. Ich bin überrascht, wie wenige Schüler erschienen sind. So beliebt, wie Mr. Bennett ist, hätte ich gedacht, dass der Raum überfüllt ist. Aber andererseits betreut er auch die Schülerzeitung. Das bietet den Mädchen vielleicht genügend Gelegenheit, mit ihm zu flirten. Jedenfalls bin ich froh, dass nicht zu viele da sind. Dadurch ist es weniger einschüchternd.

Als ich den Raum betrete, spricht Mr. Bennett gerade mit einer anderen Schülerin, aber er blickt auf, und dieses tolle Lächeln breitet sich in seinem Gesicht aus. Er entschuldigt sich bei seiner Gesprächspartnerin und kommt zu mir herüber.

»Addie!«, sagt er. »Ich freue mich so, dass du gekommen bist!«

Ich bin so überwältigt von seiner Begeisterung, dass ich nur nicken kann.

»Komm rein«, sagt er, weil ich immer noch in der Tür stehe. »Wie du siehst, sind wir nicht viele. Aber jeder, der mitmacht, ist äußerst engagiert. Ich möchte, dass du unsere Chefredakteurin kennenlernst.«

Er führt mich zu einem Mädchen, das ich aus der Abschlussklasse kenne. Ich bin mir ziemlich sicher, dass ihr Name Mary ist. Sie hat pechschwarze Haare, die unten kurz geschoren sind und oben zottelig und ihr in die Augen fallen. Sie trägt ein Kapuzensweatshirt, dessen Reißverschluss bis zum Hals geschlossen ist. Vor ihr liegt ein Spiralblock, die aufgeschlagene Seite ist mit wütendem schwarzen Gekritzel und halb fertigen Zeichnungen von Skeletten bedeckt. Als sie mich sieht, blickt sie mürrisch drein.

»Hi, Mary«, sage ich und hoffe, ich beeindrucke sie damit, dass ich ihren Namen weiß.

Das Mädchen sieht *nicht* erfreut aus. »Ich heiße *Lotus.* Nicht Mary. Sehe ich wie eine Mary aus?«

Das klingt wie eine rhetorische Frage, aber ich schüttele trotzdem den Kopf. Ich bin mir ziemlich sicher, dass ihr richtiger Name Mary ist, aber ich werde sie Lotus nennen, wenn sie es will.

»Lotus, würdest du bitte Addie hier alles zeigen?«, sagt Mr. Bennett zu ihr. »Übrigens hat Addie ein phänomenales Gedicht in meinem Kurs abgegeben. Es könnte etwas für die erste Seite sein.«

Das zu erwähnen, war wahrscheinlich nicht gerade hilfreich, um mich bei dem feindseligen Mädchen beliebt zu machen, aber gleichzeitig bekomme ich bei dem Lob weiche Knie. Ich war immer eine mittelmäßige Schülerin, und es ist vielleicht das erste Mal in meinem Leben, dass ich das Gefühl habe, in etwas gut zu sein.

Ich stelle mir vor, wie ich meiner Mom sage, dass ich Dichterin werden will. Sie würde einen Schlaganfall bekommen.

Ich setze mich neben Lotus/Mary an den Tisch. Sie scheint nicht gerade begeistert, wendet sich mir aber widerstrebend zu. »Dann zeig mal das Gedicht«, sagt sie.

Ich wühle in meinem Rucksack und hole den dicken Ordner heraus, der die meisten meiner Schulunterlagen enthält. Ich war schon immer sehr ordentlich und liebe es, meine Aufzeichnungen mit Tabs in verschiedenen Farben zu unterteilen. Ich blättere zu Englisch und finde sofort das Gedicht über meinen Vater – das beste von Dutzenden wütenden Gedichten, die ich im Lauf der Jahre über ihn geschrieben habe.

Ich gebe es Lotus, die die Seite mit zusammengekniffenen Augen überfliegt. Sie trägt schwarzes Augen-Make-up, das mich an Kleopatra erinnert. Als sie fertig ist, bemerkt sie: »Das ist wirklich düster.«

Ich bin mir nicht sicher, ob es ein Kompliment ist oder nicht. »Ich weiß.«

»Ist das real?«

Ich nicke langsam.

Lotus atmet hörbar aus. »Okay, also, es ist ziemlich gut. Vielleicht muss man noch ein bisschen dran feilen. Mr. Bennett wird dir dabei helfen. Er macht immer gute Vorschläge. Und ich kann dir auch helfen. Du hast hier mit dem Blut, das in ihrem Gesicht fließt, ein starkes Farbmotiv. Aber du könntest es noch weiter treiben. Noch mehr Farben, verstehst du?«

Ich nicke heftig. »Ja, absolut.«

Sie sieht mich lange an. »Bist du nicht die, die was mit Mr. Tuttle hatte?«

Ich zucke zusammen. »Nein.«

»Doch, bist du. Addie Severson, stimmt's?«

»Stimmt, aber …« Ich kaue an meinem Daumennagel. »Es ist nichts passiert. Es war alles ein Missverständnis.«

»Okay, aber wieso ist er dann gefeuert worden?«

Ein schlechtes Gewissen überkommt mich. Es ist alles meine Schuld, aber ich konnte nichts daran ändern. Nichts, was ich sagen könnte, hätte es wiedergutgemacht. »Ich weiß es nicht.«

»Er ist ziemlich ekelhaft.« Sie fängt an, lustlos in ihrem Spiralblock herumzukritzeln. Sie hat ein Paar gekreuzte Knochen gezeichnet und fährt immer wieder um die Konturen herum. »Ich weiß nicht, wie du es ausgerechnet mit *ihm* machen konntest. Ich meine, *jeder* andere wäre besser.«

»Stimmt. Aber ich habe es nicht getan.«

Sie zuckt mit der Schulter, als würde sie mir nicht glauben. Einen Moment lang dachte ich, Lotus könnte vielleicht eine Freundin sein, aber ich bin mir nicht mehr sicher. Mein Ruf ist zu beschädigt, deshalb wollte ich unbedingt die Schule wechseln. Vielleicht ist es nicht zu spät. Vielleicht könnte ich im Frühjahr auf eine andere Schule gehen.

Aber als ich aufsehe, merke ich, dass Mr. Bennett vom anderen Ende des Raumes zu mir blickt. Er macht ein begeistertes Daumen-hoch-Zeichen. Ich stelle mir vor, wie enttäuscht er wäre, wenn ich ihm sagen würde, dass ich Caseham High verlasse.

Aber es sind Kenzies Schlüssel in meiner Tasche, die mir das Vertrauen geben zu bleiben.

16

Eve

Als Nate heute Abend von der Arbeit nach Hause kommt, hat er gute Laune.

Er pfeift, als er das Haus betritt, und obwohl es nicht eine unserer drei festgelegten Kusszeiten ist, kommt er zum Sofa, auf dem ich sitze, und küsst meine Wange. Aus Erfahrung weiß ich jedoch, dass ich deshalb nicht zu viel erwarten sollte.

»Guten Tag gehabt?«, frage ich.

»Phänomenal.« Er zögert und fügt dann hinzu: »Heute gab es ein Treffen der Lyrikzeitschrift. Es sind viele Talente dabei. Unter anderem auch ein Mädchen, dessen Arbeit ein bisschen an Carol Ann Duffy erinnert.«

Wer das auch sein mag. Nate hat sich schon immer für einen Dichter gehalten. Vor einigen Jahren hat er einen Gedichtband veröffentlicht, den seine Eltern und ungefähr fünf seiner Freunde gekauft haben. Vielleicht war es zu Shakespeares Zeiten anders, aber heutzutage bringt es kein Geld, Dichter zu sein.

Doch am Anfang unserer Beziehung war es romantisch. Er hat immer Gedichte für mich geschrieben. *Über* mich. Und dann hat er sie mir an extrem romantischen Orten vorgetragen, zum Beispiel im Ruderboot auf einem See. Ich fühlte mich wie eine Göttin – eine Frau, die es wert ist, dass man Gedichte über sie schreibt.

Ein paar davon habe ich aufgehoben. Ich bewahre sie in einem Schuhkarton hinten in meinem Schrank auf. Anfangs habe ich sie immer wieder gelesen, aber das tue ich schon seit Jahren nicht mehr. Jetzt deprimiert es mich, sie anzusehen. Nate hat schon lange kein Gedicht mehr über mich geschrieben. Allmählich denke ich, dass er es nie wieder tun wird.

»Was willst du zum Abendessen?«, fragt er. »Ich kann Pasta machen.« Ich blicke auf den Stapel Papiere auf meinem Schoß. Ich habe schon über die Hälfte korrigiert, prüfe aber bei den Hausaufgaben nicht jede einzelne Antwort, es sei denn, ich mache mir Sorgen um den Schüler. Addie Seversons Hausaufgaben habe ich geprüft. Sie hat ungefähr fünfzig Prozent richtig, was nichts Gutes für den ersten Test verheißt. Sie braucht so schnell wie möglich mein Feedback.

»Ich gehe heute Abend mit Shelby essen«, sage ich.

Die Lüge geht mir leicht über die Lippen.

Nate nickt gleichgültig. Er mag es, wenn ich abends ausgehe, und wenn ich wiederkomme, fragt er, wie das Essen war. Wenn ich »Gut« sage, stellt er keine weiteren Fragen. Er würde ganz sicher niemals Shelby anrufen, um sich bestätigen zu lassen, dass ich mit ihr zusammen war. Was gut ist, denn sie weiß nichts davon.

»Hast du heute Abend irgendetwas vor?«, frage ich ihn.

Er zuckt mit der Schulter. »Nichts Aufregendes. Obwohl … Ich bin inspiriert. Vielleicht schreibe ich etwas.«

»Dann werde ich dir nicht in die Quere kommen. Ich will dich nicht stören, wenn du versuchst zu schreiben.«

»Du störst mich nie, mein Liebling.«

Eine Stunde später habe ich alle Hausaufgaben durchgesehen und gehe zur Tür. Obwohl es erst September ist, ist es ein bisschen kühl geworden, also schnappe ich mir eine Jacke und schlüpfe in meine Manolo-Stiefel, die acht Zentimeter hohe Absätze haben. Meiner Meinung nach sollten Schuhe einen mindestens acht Zentimeter größer machen, sonst lohnt es sich nicht. Dann könnte man genauso gut in Socken gehen.

An der Haustür zögere ich und frage mich, ob ich mich von Nate verabschieden sollte. Aber er hat sich in seinem Zimmer eingeschlossen, und wenn er sich schon aufs Schreiben konzentriert, will ich ihn nicht stören. Er wird nicht traurig sein, wenn ich gehe, ohne mich zu verabschieden.

Es ist eine zwanzigminütige Fahrt mit meinem Kia zu Simon's Shoes. Ich kenne den Weg und brauche kein Navi. Während ich durch die Straßen steuere, läuft im Radio ein Tanzmusiksender, und die Autositze vibrieren mit dem Bass. Ich weiß nicht genau, ob es die Musik oder mein Herz ist, was bumpert. Vielleicht beides.

Die Sonne ist beinahe untergegangen, als ich den Schuhladen erreiche. Ich biege auf den Parkplatz ein, der sowohl dem Schuhgeschäft als auch der Pizzeria nebenan dient. Als ich aus dem Auto steige, steigt mir der Geruch von fettiger Tomatensoße und geschmolzenem Käse in die Nase, und mein Magen knurrt. Ich habe noch nicht zu Abend gegessen. Vielleicht genehmige ich mir nachher eine Pizza.

Ich stehe vor der Tür von Simon's Shoes und schaue auf das Schild mit den Öffnungszeiten. Dienstags schließen sie um sieben Uhr. Meine Armbanduhr zeigt zehn vor sieben.

Genau richtig. Ich öffne die Tür und stoße beinahe mit einer Frau mittleren Alters zusammen, die viel zu viele Schuhkartons trägt. Es müssen mindestens vier sein. Vier neue Paar

Schuhe. Ich spüre einen Anflug von Neid. Als ich sie anlächle, wirft sie mir einen entschuldigenden Blick zu und sagt: »Ich glaube, sie schließen in ein paar Minuten.«

»Das macht nichts«, erwidere ich. »Ich brauche nicht lange.«

Der Laden ist praktisch leer – es ist nur noch ein Kunde an der Kasse. Ich gehe schnurstracks auf die Designerschuhe zu, denn ich kenne mich im Laden aus, und finde schnell die Schuhe in meiner Größe. Sie haben ein Paar Pumps von Christian Louboutin, die denen, wegen derer ich im Einkaufszentrum beinahe festgenommen worden wäre, sehr ähneln, aber diese sind nicht so teuer.

Vielleicht sollte ich sie kaufen. Ich habe mir eine Belohnung verdient – seit den Schuhen, die ich am ersten Schultag trug, habe ich mir keine neuen mehr gekauft. Ich könnte eine andere Kreditkarte benutzen, damit Nate es nicht merkt.

Zumindest könnte ich sie anprobieren. Das kann nicht schaden.

»Die würden Ihnen gut stehen.«

Die Stimme gehört zu einem Mann, der ein Paar dunkelbraune Rockports trägt. Ich sehe zu dem Verkäufer hoch, der anerkennend auf die Schuhe blickt, die ich in der Hand halte. Er deutet mit dem Kopf in die Richtung des Lagerraums. »Ist das Ihre Größe, oder brauchen Sie ein anderes Paar?«

»Diese sollten passen …«

Er nimmt sie mir sanft aus den Händen. »Darf ich?«

Gehorsam setze ich mich auf die Holzbank, die für Schuhanproben vorgesehen ist. Bevor ich es selbst tun kann, öffnet der Verkäufer die Reißverschlüsse meiner Stiefel und zieht sie mir aus. Er hat muskulöse Unterarme und kräftig aussehende Hände. Seine Finger verweilen einen Moment zu lange auf meinem Fußgewölbe. Dann nimmt er einen der Pumps und zieht ihn mir an.

»Cinderella.« Er sieht mich mit einem schiefen Grinsen an. Rechts hat er einen leicht abgebrochenen Schneidezahn, aber ansonsten sind seine Zähne weiß und gut gepflegt. »Sie passen perfekt. Sie müssen sie nehmen.«

»Hm«, sage ich. »Ich wette, das sagen Sie zu jeder Kundin.«

»Ganz und gar nicht.«

Ich blicke über seine Schulter. Anders als bei meinem Eintreten ist es im Laden jetzt schummrig. Das Schild am Eingang wurde umgedreht, um anzuzeigen, dass das Geschäft geschlossen ist. Vermutlich sind die Türen also bereits verriegelt.

Er legt die rechte Hand auf mein Knie und fährt dann meinen Oberschenkel hoch. »Also, was sagst du?«

»Ich denke …« Mir stockt der Atem. »Ich muss vielleicht noch überzeugt werden.«

Dann packt er mich.

Und legt seine Lippen auf meine.

17

Eve

Mein Gott, er küsst so gut. Ich schmelze dahin. Ich dachte immer, Nate könnte gut küssen, aber ich habe mich geirrt. Dieser Mann ist viel besser.

»Eve«, murmelt er. »Ich war mir nicht sicher, ob du kommst.«

»Und mir das hier entgehen lassen? Niemals.«

Ein Lächeln umspielt Jays Lippen, während sich sein Blick mit Verlangen füllt. So hat mich mein Mann schon lange nicht mehr angesehen, und ich muss zugeben, es ist wie ein Rausch. Der Rausch ist so intensiv, dass ich in den letzten drei Monaten jede Woche hierhergekommen bin. Und ich fühle mich nicht mal schuldig.

Vielleicht ein *winziges* bisschen. Aber ich würde es nicht tun, wenn mein Mann sich nicht so benehmen würde, als hätte er Angst davor, mich zu berühren.

Jay wirft einen Blick zur Straße, wo jetzt jeder sehen könnte, wie wir uns küssen. Dann reicht er mir die Hand, um mir beim Aufstehen zu helfen. Ich trete den Pumps weg und folge ihm in den Lagerraum.

Wir lieben uns zwischen Bergen von Schuhen. Es ist ein kleiner Raum, aber das macht es umso erregender. Einmal bin ich allerdings auf den Absatz eines Stilettos gerollt und habe mich fast verletzt. Jay hat sich deswegen entschuldigt. Er versucht immer, behutsam zu sein, aber wenn wir uns eine Woche nicht gesehen haben, reißen wir uns praktisch die Kleider vom Leib.

Es dauert ungefähr so lange, wie Sex im Lagerraum eines Schuhladens dauern kann. Seltsamerweise will ich die Schuhe hinterher nicht mehr unbedingt haben. Wir liegen einen Moment lang auf dem kalten, harten Fußboden, um wieder zu Atem zu kommen. Jay schnappt nach Luft, als wäre er gerade einen Marathon gelaufen, und als er den Kopf dreht, um mich anzusehen, glänzt seine Haut vor Schweiß.

»Das hier ist der Höhepunkt meiner ganzen Woche.« Er küsst mich erneut. »Ich konnte den ganzen Tag an nichts anderes denken. Ich war mir nicht sicher, ob du kommen würdest.«

Ich setze mich auf und greife nach meinem BH, der an einem Schuhkarton auf dem zweiten Regal hängt. Ich will ihm nicht sagen, dass es auch für mich der Höhepunkt der Woche ist. Noch mehr als das. Ohne diese Treffen würde ich mich vom Dach des Schulgebäudes stürzen.

Es begann vor ungefähr vier Monaten. Zuerst war es ganz unschuldig. Ich war bei Simon's, um mir ein Paar Schuhe zu kaufen. Irgendwie denke ich immer, mit dem richtigen Paar Schuhe kommt alles in Ordnung. Als würde Nate mich plötzlich wieder attraktiv finden, wenn ich in den perfekten Pumps ins Haus spaziere.

Ich hatte mir zwei Paar Schuhe ausgesucht: ein Paar Riemchensandalen von Stuart Weitzman und ein Paar schwarze Lederpumps von Cole Haan. Da ich mir nur eins davon leisten konnte, sah ich sie mir immer wieder abwechselnd an und versuchte, zu einer Entscheidung zu kommen. Ich saß über eine Stunde lang da, unfähig zu entscheiden, welche Schuhe dafür sorgen könnten, dass Nate mich wieder liebt. Schließlich kam der Verkäufer zu mir.

Etwas an ihm kam mir vertraut vor, obwohl ich zuerst nicht sagen konnte, was es war. Natürlich war er der Typ Mann, den jede Frau bemerken würde. So gut aussehend wie Nate, aber auf andere Art. Breit und kräftig, während Nate dünner und schlaksiger ist. Er stand über mir und sagte mit herzzerbrechend sanfter Stimme: *Wir schließen in ein paar Minuten. Kann ich Sie anrufen?*

Es war alles zu viel für mich. Ich brach in Tränen aus.

Jay schloss den Laden, und die nächsten zwei Stunden redeten wir miteinander. Ich erzählte ihm nicht alles, aber genug. Er sagte, er verstehe nicht, wie es möglich sei, dass mein Mann mich nicht attraktiv finde. Ich nahm an, er wollte nur nett sein – bis er mich küsste.

Die Tatsache, dass ich mich ausgerechnet in einen Schuhverkäufer Hals über Kopf verliebt habe, ist nicht frei von Ironie.

Jays Handy klingelt, und er streckt die Hand aus, um es aus seiner Khakihose zu nehmen, die jetzt zerknüllt auf dem Boden des Lagerraums liegt. Als er den Namen auf dem Display sieht, holt er tief Luft. Er wirft mir einen Blick zu, bevor er den Anruf annimmt. Obwohl er das Handy dicht ans Ohr hält, kann ich die weibliche Stimme am anderen Ende hören, aber nicht verstehen, was sie sagt.

»Tut mir leid«, murmelt Jay ins Handy. »Ich wurde wieder bei der Arbeit aufgehalten.«

Er will nicht, dass ich höre, wie er eine andere Frau anlügt, aber es ist unvermeidlich. Zumindest wende ich mich ab, um ihm einen Anschein von Privatsphäre zu geben.

»Ich bin in ungefähr einer halben Stunde zu Hause.« Er fährt mit der Hand durch seine zerwühlten Haare. »Es sollte nicht viel Verkehr sein, also … ja, mach dir keine Gedanken wegen Abendessen. Ich hole mir nebenan eine Pizza.«

Wenn Jay und ich uns Pizza holen, muss ich nach ihm ins Restaurant gehen. Er will nicht, dass seine Lügen ans Licht kommen. Und die Wahrheit ist, ich will es auch nicht.

»Ja«, sagt er ins Handy. »Das werde ich. Ja … klar. Ich mach's, wenn ich nach Hause komme.« Er zögert, blickt zu mir herüber. »Liebe dich auch.« Als er auflegt, hat er einen knallroten Hals. »Mist, tut mir leid, Eve.«

»Muss es nicht«, sage ich, obwohl der Anruf mich schmerzlich an einen weiteren Grund erinnert, warum wir niemals zusammen sein können.

Die Euphorie nach dem Sex ist nach dem Anruf jedenfalls verflogen. Es ist komisch, dass ich in all den Monaten, in denen ich mich heimlich mit Jay getroffen habe, nie durch einen Anruf oder auch nur eine Textnachricht von Nate gestört wurde. Er scheint froh zu sein, wenn ich aus dem Haus bin.

Jay beißt sich auf die Unterlippe. »Nächste Woche?«

»Unbedingt.« Es ist der Höhepunkt meiner Woche – ich würde es niemals versäumen.

Während wir uns zwischen den Schuhkartons anziehen, muss ich daran denken, wie viel diese Treffen mir bedeuten. Es ist nicht nur das Beste an der ganzen Woche – es ist *alles* für mich. Kein Tag vergeht, an dem ich mir nicht wünsche, Jay und ich könnten zusammen durchbrennen.

Aber tief in meinem Innern weiß ich, dass dies alles ein schreckliches Ende nehmen wird.

18

Addie

Am Ende des heutigen Treffens von *Reflexionen* winkt Mr. Bennett mich zu sich. »Addie, kann ich dich kurz sprechen?«

Ich gehe jetzt schon seit ein paar Wochen zu den Treffen für die Lyrikzeitschrift und habe allmählich das Gefühl dazuzugehören. Lotus wartet danach manchmal auf mich, und wir gehen zusammen zu unseren Fahrrädern, obwohl ich immer noch nicht weiß, ob sie mich mag oder nicht. Manchmal denke ich, dass sie mich verachtet und mich im Schlaf ermorden würde, wenn sie die Gelegenheit hätte, dann wieder scheint sie ganz gern mit mir zusammen zu sein. Jedenfalls gebe ich ihr ein Zeichen, ohne mich zu gehen, obwohl ich in ihren Augen sehe, dass sie neugierig ist, was er mit mir besprechen will. Lotus vergöttert Mr. Bennett.

Ich bleibe im Kursraum, während er Papiere auf seinem Pult durchblättert. Er wartet, bis alle gegangen sind, bevor er sie hinlegt und mich anlächelt. »Addie«, sagt er. »Stell dir vor!«

Ich liebe die Falten um Mr. Bennetts Augen, wenn er lächelt. In dem einen Monat, seit ich in seinem Kurs bin, habe ich bemerkt, dass er zwei Arten von Lächeln hat. Eins benutzt er, um Schüler zu ermuntern, aber es ist nicht echt. Wenn er beim Lächeln Falten um die Augen hat, weiß ich, dass er sich wirklich freut.

»Gute Neuigkeiten?«, frage ich.

»Es gibt da diesen Lyrikwettbewerb, der im ganzen Bundesstaat ausgeschrieben wird.« Er reibt die Handflächen aneinander. »Und jedes Jahr habe ich die Möglichkeit, ein Gedicht aus meinen Kursen einzureichen. Und dieses Jahr soll es dein Gedicht sein.«

Mir bleibt der Mund offen stehen. Mr. Bennett gibt viele Englischkurse, und obendrein kann er noch unter all den Schülern auswählen, die bei der Lyrikzeitschrift mitmachen. Lotus zum Beispiel ist eine unglaublich talentierte Dichterin. Alle ihre Gedichte sind besser als jedes von mir. Hat er *den Verstand verloren*? Denkt er, dass ich irgendwie Lotus bin? »Meins?«, quieke ich schließlich.

Er strahlt mich an. »Ja! Ich will ›Er war da‹ einreichen. Ich finde es brillant. Eins der bewegendsten Werke, die ich je gelesen habe.«

Es ist das Gedicht über meinen Vater. Ich bin einen Moment lang überwältigt. Ich habe mich mittlerweile an sein Lob gewöhnt, aber nicht an so viel Lob. Es ist vielleicht zu viel. Ich könnte von so viel Anerkennung, wie ich sie gerade erhalte, platzen. Als würde ein hungernder Mensch plötzlich eine Menge zu essen bekommen und dann daran sterben.

»Sind Sie sicher?«, frage ich.

»Addie.« Er verschränkt die Arme vor der Brust. Irgendwann nach dem letzten Klingeln hat er seine Manschetten aufgeknöpft und die Ärmel seines Hemds hochgekrempelt, sodass ich die dunklen Haare auf seinen Unterarmen sehen kann. Keiner der Jungen in meiner Klasse hat so viele Haare auf den Armen. Hudson hat nur wenige, und sie sind hellblond, wie die auf seinem Kopf. »Addie, du musst ein bisschen mehr an dich glauben. Ich tue es jedenfalls.«

»Ja«, murmele ich.

»Dein Gedicht ist großartig.« Er blickt mit seinen braunen Augen unverwandt in meine. »*Du* bist großartig, okay? Du bist eine Meisterin dieser Kunst, selbst mit sechzehn.«

Wenn es jemand anders zu mir gesagt hätte, würde ich denken, er wäre herablassend. Aber wenn Mr. Bennett mir sagt, ich sei großartig, fühle ich mich tatsächlich so. Vielleicht gibt es tatsächlich etwas, das ich gut kann. Auch wenn es dumm und lächerlich wäre, wenn ich Dichterin würde, und ich besser Krankenschwester werden sollte, wie meine Mutter sagt.

»Ich bin nicht großartig in Mathe«, platze ich heraus.

Ich komme mir dumm vor, dass ich es gesagt habe, aber aus irgendeinem Grund bringt es Mr. Bennett zum Lachen. Er wirft den Kopf zurück und lacht lauthals, sodass ich eine winzige silberne Füllung in einem seiner Backenzähne sehen kann. »Macht meine Frau dir das Leben schwer?«

Ich zucke mit einer Schulter. »Sie kann nichts dafür, dass ich schlecht in Mathe bin.«

»Ich weiß, dass sie es tut. Sie ist streng, oder?«

Ich presse die Lippen zusammen. Ich will nur ungern etwas Negatives über seine Frau sagen. Aber die Wahrheit ist, dass Mr. Bennett der beliebteste Lehrer der ganzen Schule ist und nur die besten Matheschüler Fans von Mrs. Bennett sind. Sie ist wirklich streng und hat nicht viel Geduld mit Schülern, die den Stoff nicht sofort verstehen.

Aber das Schlimmste, was die Leute über sie sagen, ist, dass sie nicht verstehen, warum Mr. Bennett sie geheiratet hat. Ich meine, sie ist hübsch, aber nicht zu vergleichen mit ihrem

Mann. Und sie ist definitiv *nicht* beliebt. Tatsächlich ist sie irgendwie eine …

Nun ja, sie ist eine Bitch. Das ist die Wahrheit.

»Meine Frau ist ein sehr sachlicher Mensch«, sagt er. »Sie interessiert sich nur für Logik und Vernunft. Sie ist keine Träumerin wie wir. Für sie haben Wörter eine rein praktische Funktion.«

»Das ist schon in Ordnung«, versichere ich ihm. »Ich muss einfach mehr lernen.« Und beten, dass ein Wunder geschieht.

»Wenn sie mal zu streng mit dir ist, sag es mir. Das meine ich ernst«, sagt er.

Ich werde es ihm ganz sicher nicht sagen.

»Ich verstehe das vollkommen«, fügt er hinzu. »Ich war auch schlecht in Mathe, als ich auf die Highschool ging. Und in Biologie.«

»Wirklich?« Er hat die beiden Fächer genannt, die ich am wenigsten mag.

Er grinst mich an, und um seine Augen bilden sich die Falten, die ich so mag. »O ja. Ich habe mich geweigert, einen Frosch zu sezieren, weil ich fand, das wäre falsch. Der Lehrer wollte mich durchfallen lassen, deshalb musste ich eine Extraaufgabe machen, um mit Ach und Krach durchzukommen!«

Ich hätte nicht gedacht, dass es möglich wäre, Mr. Bennett noch mehr zu mögen. Ich habe mich geirrt.

»Jedenfalls …« Er sieht auf seine Armbanduhr und scheint überrascht von der Uhrzeit. »Entschuldige – ich habe gar nicht gemerkt, dass es schon so spät ist. Tut mir leid, dass ich dich aufgehalten habe. Soll ich dich nach Hause fahren?«

Ich bin so schockiert über sein Angebot, dass ich beinahe meinen Rucksack fallen lasse. Bietet er mir wirklich an, mich nach Hause zu fahren? Weiß er nicht, was mit Mr. Tuttle passiert ist? Ich werde mich auf keinen Fall noch einmal von einem Lehrer nach Hause fahren lassen, der sich wirklich Mühe mit mir gibt. Ich werde nicht zulassen, dass so etwas noch einmal passiert.

»Schon in Ordnung«, sage ich schnell. »Ich bin mit dem Fahrrad hier.«

»Bist du sicher? Es macht keine Umstände.«

»Ganz sicher.«

Er zuckt mit der Schulter. »Okay. Dann sehen wir uns morgen.«

Es scheint ihn so gleichgültig zu lassen, dass ich mich beinahe frage, ob ich überreagiert habe. Eine Fahrt im Auto ist schließlich nur eine Fahrt im Auto. Andere Schüler werden doch auch hin und wieder von Lehrern mitgenommen, ohne dass diese Lehrer in Ungnade fallen und ihren Job verlieren. Vielleicht habe ich der ganzen Sache zu viel Bedeutung beigemessen.

Aber es ist zu spät, um es mir anders zu überlegen. Also nehme ich meinen Rucksack und verlasse den Raum – und stoße beinahe mit Lotus zusammen, die an der Wand lehnt. Ihre Tasche steht neben ihren Doc Martens auf dem Boden, und sie hat einen leicht erregten Gesichtsausdruck.

»Hey«, sage ich. »Ich habe dir doch gesagt, du brauchst nicht auf mich zu warten.«

Sie reibt sich die Nase mit dem Handrücken. »Worum ging's denn?«

»Oh.« Ich muss ein Lächeln unterdrücken. »Es gibt einen Wettbewerb im Bundesstaat, und er will eins meiner Gedichte einreichen.«

»Warte.« Sie holt tief Luft. »Der Lyrikwettbewerb von Massachusetts?«

»Vielleicht?«

Lotus flucht leise. »Das ist Blödsinn, verstehst du?«

Ich verstehe *nicht*. »Was meinst du?«

»Ich meine …« Sie beißt die Zähne zusammen. Lotus hat viele kleine, scharf aussehende Zähne. »Dieser Lyrikwettbewerb ist eine große Sache, und er kann nur *ein* Gedicht von der ganzen Schule einreichen.«

»Ja …«

»Und du bist noch eine Anfängerin.« Ihre stark geschminkten Wimpern flattern. »Ich meine, du bist gut für eine Anfängerin, aber es gibt mindestens drei andere Schüler bei der Zeitschrift, die besser sind als du. Und ich bin im Abschlussjahr, und er hat noch *nie* eins von meinen Gedichten ausgewählt.«

Ich weiß nicht, was ich sagen soll. »Es war schließlich nicht meine Entscheidung.«

»Ja, aber es war eine *schlechte* Entscheidung.« Sie sieht mich mit zusammengekniffenen Augen an. »Du solltest ihm sagen, dass es eine schlechte Entscheidung ist. Er sollte dich nicht auswählen, nur weil du der Lehrerliebling bist.«

Ich habe Mr. Bennett bereits gesagt, dass andere Gedichte vielleicht besser sind, aber er bestand auf meinem. »Also was soll ich tun, Lotus?«

»Du sollst wieder in den Raum da gehen und ihm sagen, dass er das Gedicht von jemand anders einreichen soll.«

Ich weiß nicht, was schockierender ist: die Tatsache, dass Mr. Bennett mein Gedicht ausgewählt hat, oder das, wozu Lotus mich gerade aufgefordert hat.

»Das werde ich nicht tun«, sage ich.

Sie verschränkt die Arme vor der Brust. »Dann willst du, dass unsere Schule verliert?«

»Ich will nicht, dass wir verlieren, aber Mr. Bennett hat mein Gedicht nicht ohne Grund ausgewählt. Er muss denken, dass es möglicherweise gewinnen kann.«

Sie grinst mich höhnisch an. »Oh, denkst du wirklich, dass er deshalb dein Gedicht ausgewählt hat?«

Mir bleibt der Mund offen stehen. »Ja …«

»Ich meine, reicht es nicht, dass du dafür gesorgt hast, dass Mr. Tuttle gefeuert wird? Hast du es jetzt auch noch auf Mr. Bennett abgesehen?«

Mein Gesicht glüht. Ich hatte gedacht, Lotus und ich wären Freundinnen, aber ich habe mich geirrt. »Ich muss nach Hause«, murmele ich. »Wir sehen uns nächste Woche, *Mary*.«

Während ich mich von Lotus entferne, die Riemen meines Rucksacks umklammernd, rasen meine Gedanken. Ich muss zugeben, dass sie meine schlimmsten Befürchtungen ausgesprochen hat. Mr. Bennett hatte viele Gedichte zur Auswahl. Warum hat er sich für meins entschieden? Objektiv betrachtet glaube ich nicht, dass mein Gedicht das beste ist. Es stehen so viele andere gute zur Auswahl – einschließlich derer, die Lotus geschrieben hat.

Warum also meins?

Könnte sie recht haben? Ist es möglich, dass Mr. Bennett einen Hintergedanken dabei hatte, als er ein schlechteres Gedicht für den Wettbewerb ausgesucht hat? War es eine Bevorzugung? Oder sogar mehr als Bevorzugung?

Das Schlimmste ist jedoch, dass mich bei dem Gedanken, Lotus könnte vielleicht recht haben, ein Schauer der Erregung durchfährt.

19

Eve

Heute ist mein Geburtstag.

Ich werde dreißig, was mir ein bisschen wie ein Meilenstein vorkommt, obwohl sich mein Leben in den letzten acht Jahren oder so – seit ich angefangen habe, an der Caseham High zu unterrichten – nicht besonders geändert hat. Die Zeit ist rasend schnell vergangen. Mein erster Schultag als Lehrerin, und einen Wimpernschlag später bin ich seit fast einem Jahrzehnt an dieser Schule.

Meine Zwanziger sind vorbei. Noch ein Wimpernschlag, und ich bin vierzig. Dann werden meine Dreißiger auch vorbei sein. Eines Tages werde ich neunzig sein, auf diesem Bett liegen und mich fragen, was ich aus meinem Leben gemacht habe.

Ich starre in den Schrank, unentschlossen, welche Schuhe ich an meinem Geburtstag tragen soll. Da ich arbeiten werde, kann ich keine Sandalen anziehen – nicht, dass ich das mitten im Oktober tun würde. Ich betrachte die aufgereihten Schuhe am Boden des Schranks und zögere. Nate ist im Badezimmer und rasiert sich – er wird noch mindestens ein paar Minuten lang dort sein.

Ich ergreife die Gelegenheit und lange nach dem großen Koffer, der seitlich im Schrank verstaut ist. Ich nehme ihn heraus, und nach einem weiteren schnellen Blick zur Badezimmertür öffne ich den Reißverschluss. Beim Anblick des Inhalts stoße ich einen Seufzer aus.

In dem Koffer sind Dutzende Schuhe, von denen Nate nichts weiß. Er findet die vielen Schuhe am Boden des Schranks schon schlimm genug. Er überprüft die Kreditkartenrechnungen regelmäßig auf Schuhkäufe und hat bereits angedeutet, dass er denkt, ich habe ein Problem. Wenn er von diesem Koffer wüsste, hätte er mich vielleicht schon einweisen lassen.

Das bedeutet, dass ich nicht viel Zeit habe.

Ich hole meine Lieblingspumps von Louis Vuitton heraus. Na ja, ich habe nur ein Paar von Louis Vuitton, weil sie ein kleines Vermögen kosten. Sie sind aus schwarzem Lack-Kalbsleder, haben klare Linien und Stiletto-Absätze. Nate wäre niemals einverstanden gewesen, dass ich sie kaufe, deshalb habe ich Bargeld gespart, bis ich genug zusammenhatte. Ich verstecke sie vor ihm und trage sie nur zu besonderen Anlässen.

Ich ziehe die Pumps schnell an und verstaue den Koffer wieder im Schrank, gerade als Nate frisch rasiert aus dem Badezimmer kommt. Er hat ein weißes Handtuch um die Taille gewickelt, und obwohl er nicht ganz so muskulös ist wie Jay, sieht er unglaublich gut aus. Trotz allem fühle ich mich immer noch stark zu meinem Mann hingezogen.

Das einzige Problem ist, dass er offenbar nicht genauso empfindet.

Ich habe nur BH und Slip an und gehe in meinen Louis-Vuitton-Pumps zu ihm hinüber. Mit diesen Schuhen, die mich ein beträchtliches Stück größer machen, reiche ich an seine Größe fast heran, zumal er barfuß ist. Ich neige den Kopf leicht nach hinten, und er küsst mich flüchtig auf die Lippen.

Ich fahre mit dem Finger seine Brust hinunter. »Wie wär's mit einem kleinen Geburtstagsgeschenk?«

Er erstarrt. »Jetzt?«

»Klar. Nur einen Quickie.«

»Eve.« Er verdreht die Augen. »Das kann unmöglich dein Ernst sein.«

Stimmt. Wie konnte ich nur so dumm sein zu denken, dass mein Mann an meinem Geburtstag Sex mit mir haben will?

Wie immer, wenn er mich zurückweist, empfinde ich einen Anflug von Scham. Zumindest gibt es da draußen einen Mann, der mich will. Vielleicht liegt es nicht an mir, sondern an Nate. Vielleicht ist er asexuell. Gibt es so etwas nicht?

Natürlich hat er sich am Anfang unserer Beziehung nicht asexuell verhalten. Damals konnte er nicht genug von mir bekommen.

Nate bemerkt den Ausdruck in meinem Gesicht und fügt schnell hinzu: »Ich habe gerade geduscht, und wir müssen bald in der Schule sein. Aber ich führe dich heute Abend zum Essen aus.«

Er hat nichts von einem Geschenk gesagt, und mir dämmert, dass er keins hat. Vor ein paar Jahren meinte Nate einmal, dass Geschenke keinen Sinn ergeben, da wir uns ein Konto teilen. Auf jeden Fall hat er mir die letzten drei Jahre nichts zum Geburtstag gekauft. Ich vermute, das Abendessen ist mein Geschenk.

»Wir werden uns heute Abend blendend amüsieren.« Er legt die Hände auf meine Schultern und gibt mir großzügigerweise einen zweiten Kuss, indem er seine Lippen fest auf meine presst, ohne die Zunge zu benutzen. »Wir gehen, wohin du willst.«

»Toll«, erwidere ich und bin ein bisschen stolz, dass es mir gelungen ist, nicht sarkastisch zu klingen.

Während Nate sich anzieht, vibriert mein Handy. Ich reiße es vom Tisch und sehe, dass ich eine Nachricht bei Snapflash habe. Die App habe ich vor ungefähr vier Monaten installiert – die Schüler benutzen sie, weil die Nachrichten und Bilder dort, genau sechzig Sekunden nachdem man sie geöffnet hat, wieder verschwinden. Für Jugendliche die perfekte Art zu kommunizieren, ohne dass ihre Eltern erfahren, was sie vorhaben.

Es ist auch die perfekte Art, um mit einem attraktiven Schuhverkäufer zu kommunizieren, mit dem ich mich seit einigen Monaten treffe.

Ich halte den Atem an, als ich die App öffne. Ich habe Jay gebeten, mir nicht zu schreiben, wenn es nicht wichtig ist, aber als ich seine Nachricht lese, muss ich lächeln.

Jay: Herzlichen Glückwunsch zum Geburtstag!
Ich wünschte, wir könnten ihn zusammen verbringen.

Ich starre auf die Nachricht, bis sie nach sechzig Sekunden vom Display verschwindet. Es ist das erste Mal, dass ich lächle, seitdem ich heute Morgen aufgewacht bin. Obwohl es gefährlich für ihn ist, mir zu schreiben, ist es immer das Beste am Tag. Ich schreibe zurück.

Ich: Ich auch.

Ich starre wieder ein paar Sekunden lang aufs Display, und natürlich kommt noch eine Nachricht.

Jay: Ich habe etwas für dich.

»Eve?«

Ich lasse beinahe das Handy fallen. Nate ist angezogen und sieht mich neugierig an. Nicht ganz unberechtigt, wenn man bedenkt, dass ich immer noch in BH und Slip dastehe. »Ja?«, erwidere ich.

»Wir müssen los.« Er tippt auf seine Armbanduhr. »Du wirst zu spät kommen.«

Ich schnappe mir ein Kleid aus dem Schrank und ziehe es so schnell an, wie ich kann, während Nate immer wieder demonstrativ einen Blick auf seine Uhr wirft. Als ich erneut nach meinem Handy greife, ist die Nachricht von Jay verschwunden. Und nichts weiter auf dem Display.

20

Addie

Ausnahmsweise bin ich beim Sport ins Schwitzen gekommen.

Ich bin Runden gelaufen, was ich am wenigsten mag. Wir haben den ganzen Unterricht mit Laufen verbracht, und jeder sollte fünfzig Runden laufen. Ich bin mir fast sicher, dass Kenzie nicht die Hälfte davon geschafft hat, aber als sie Mrs. Cavanaugh sagte, sie sei fertig, gab die Lehrerin ihr ein Zeichen, sich auf die Tribüne zu setzen. Als ich dagegen nach achtundvierzig Runden versuchte, Mrs. Cavanaugh zu sagen, dass ich fertig sei, schüttelte sie den Kopf und befahl mir weiterzumachen.

Deshalb habe ich heute nichts dagegen, nach der Sportstunde zu duschen. Ich kann nicht glauben, dass ich noch drei weitere Unterrichtsstunden habe, bevor ich nach Hause fahren kann. Und das Schlimmste ist, dass ich den Rest des Abends nicht auf dem Sofa rumhängen kann. Mom hat frei und will mit mir auf den Friedhof gehen und meinen Dad besuchen. *Es ist zwei Monate her, dass wir dort waren*, hat sie mich erinnert. Als ob er in seinem Grab liegen, auf das Datum auf seiner Armbanduhr blicken und sich fragen würde, warum wir so lange nicht da waren.

Wie auch immer. Sobald ich achtzehn geworden bin, werde ich dieses Grab nie wieder besuchen.

Ich dusche schnell. In letzter Zeit habe ich versucht, meine

Beine häufiger zu rasieren, damit die Mädchen keinen Grund mehr haben, sich über mich lustig zu machen. Aber gleichzeitig erscheint es mir irgendwie dumm, mich nur für den Sportunterricht zu rasieren. Besonders da sie sich trotzdem über mich lustig machen, ob meine Beine nun babyglatt sind oder nicht. Heute sind meine Beine eher haarig, also versuche ich, mich zu beeilen.

Ich gehe zurück zu meinem Spind, um meine Jeans und mein übergroßes Sweatshirt wieder herauszuholen. Aber als ich da bin, sehe ich, dass das Schloss geöffnet ist.

Mit einem unguten Gefühl im Magen reiße ich die Tür auf. Sofort sehe ich, dass mein Rucksack noch da ist, was gut ist. Auch meine Sporthose, Unterwäsche und das verschwitzte T-Shirt liegen noch auf dem Rucksack. Aber das ist alles. Die Sachen, in denen ich zur Schule gekommen bin, sind weg.

In dem Moment sehe ich, wie Kenzie und ihre Freundinnen am anderen Ende des Raumes stehen, mich beobachten und kichern.

Ich straffe die Schultern und drehe mich zu ihnen um. »Würdet ihr mir bitte meine Sachen wiedergeben?«

Kenzie blinzelt mich mit ihren großen blauen Augen an. »Wo ist das Problem? Du hast was zum Anziehen dadrin. Hast du das nicht den ganzen Tag getragen?«

Ich beiße die Zähne zusammen. »Nein, habe ich nicht. Hör zu, ich brauche meine Sachen wieder, okay?«

»Ich habe eine Idee«, sagt sie. »Warum schreibst du nicht ein *Gedicht* darüber? Das kannst du doch gut, oder?« Sie tippt sich mit einem ihrer manikürten Finger ans Kinn. »Weh mir, was ist mit meinen Kleidern geschehen, jetzt kann jeder meine haarigen Beine sehen.«

Kenzies Freundinnen lachen und gehen dann hinaus. Einen Moment lang habe ich den fast unwiderstehlichen Drang, Kenzie nachzulaufen und ihr eine Handvoll ihrer blonden Haare auszureißen. Dann würde sie aufhören zu lachen. Außerdem würde ich wahrscheinlich von der Schule verwiesen.

Ehrlich gesagt, das Einzige, was mich davon abhält, ist der Gedanke daran, wie enttäuscht Mr. Bennett wäre.

Ich blicke wieder zu meinem Spind und überlege, was ich tun soll. Ich will wirklich nicht meine verschwitzten Sportsachen wieder anziehen. Aber was soll ich sonst tun? In ein Frotteehandtuch gehüllt in den Unterricht gehen? Alle anderen sind schon in ihre nächste Unterrichtsstunde gegangen, und jeden Moment wird die nächste Gruppe hereinströmen.

Ich beschließe, einen Rundgang durch den Umkleideraum zu machen, weil ich mir nicht vorstellen kann, dass Kenzie meine Sachen weggeworfen hat. Ich sehe in jedem Gang nach, aber keine Spur von meiner Jeans oder meinem Sweatshirt. Erst als ich zu den Duschen komme, entdecke ich ein kleines Knäuel Kleidung in der Ecke. Ich stürze in den Duschraum, und tatsächlich sind es meine Sachen von heute Morgen, aber jetzt klatschnass von der Dusche.

Dadurch sind meine Möglichkeiten ein bisschen eingeschränkt.

Die nächste Gruppe Schüler kommt gerade in den Umkleideraum. Da ich unmöglich meine nassen Sachen anziehen kann, bleibt mir nichts anderes übrig, als meine kurze Sporthose und das verschwitzte T-Shirt wieder anzuziehen. Das T-Shirt riecht schrecklich, aber was soll ich machen?

Und das Schlimmste? In der nächsten Stunde habe ich Mathe bei Mrs. Bennett.

Die Flure sind bereits leer, als ich in den dritten Stock zum Mathekurs trotte. Der Schweiß an meinem T-Shirt ist noch nicht ganz getrocknet, und es fühlt sich unangenehm auf der Haut an. Außerdem wusste ich nicht, wohin mit meiner nassen Jeans und dem nassen Sweatshirt, also habe ich sie in meinen Rucksack gestopft, der jetzt tausend Kilo zu wiegen scheint.

Von draußen sehe ich, dass Mrs. Bennett schon mitten im Unterricht ist. Sie schreibt etwas an die Tafel und dreht sich dann zur Klasse um. Uff, das wird schrecklich. Ich überlege fast zu schwänzen, aber sie hat uns am Anfang des Semesters unmissverständlich erklärt, dass ein unentschuldigtes Fehlen unsere Note um zehn Punkte verschlechtern würde (was aus meiner Note minus zehn machen würde). Ich öffne also in meinen verschwitzten Sportsachen die Tür zum Unterrichtsraum.

Mrs. Bennett dreht den Kopf herum und sieht mich an. Sie sieht *nicht* erfreut aus. Ich meine, sie sieht nie erfreut aus, aber jetzt gerade noch weniger als sonst. Sie faltet die Hände vor der Brust und guckt mich böse an. Sie scheint nicht begeistert von meiner Sportkleidung und meinen behaarten Beinen.

»Schön, dass du auch noch kommst, Addie«, sagt sie schnippisch.

»Tut mir leid«, murmele ich und setze mich so leise wie möglich auf meinen Platz.

Ich erwarte, dass Mrs. Bennett mit dem Unterricht fortfährt, aber sie starrt mich immer noch mit vor der Brust gefalteten Händen an. Ich weiß nicht, was sie von mir will. Ja, ich bin zu spät gekommen, aber daran kann ich jetzt nichts mehr ändern, oder soll ich irgendwie die Zeit zurückdrehen? Will sie, dass ich rückwärts um die Erde fliege, bis ich zehn Minuten früher ankomme und rechtzeitig zu ihrem Unterricht erscheine? Ist es das, was sie von mir erwartet?

»Deine Hausaufgaben, Addie«, sagt sie ungeduldig.

Oh.

Ich suche in meiner Tasche, bis ich ein Blatt Papier mit meinen Hausaufgaben finde. Aber als ich es herausziehe, stelle ich fest, dass ich einen fatalen Fehler gemacht habe. Das Blatt war nicht in meinem Ordner, weil ich in der Mittagspause noch daran gearbeitet habe. Und da ich meine nassen Sachen in den Rucksack gestopft habe, hat das Wasser die Schrift vollkommen unlesbar gemacht. Es ist total unleserlich, aber ich habe keine andere Wahl, ich muss es ihr geben.

»Ist das dein Ernst, Addie?«, fragt Mrs. Bennett, als sie auf die durchweichten Hausaufgaben blickt.

»Es ist nass geworden«, sage ich lahm.

»Das sehe ich.« Sie zerknüllt das Blatt und wirft es in den Mülleimer. »Nun, da ich das unmöglich benoten kann, gib mir morgen eine zweite Abschrift.«

Es kostet mich meine ganze Selbstbeherrschung, nicht laut aufzustöhnen. Die Hausaufgaben zu machen, war schon beim ersten Mal eine Quälerei. Und jetzt muss ich sie *noch mal* machen? Diesmal zusätzlich zu den unmöglichen Hausaufgaben von heute? Aber was soll ich tun? Ich kann mir keine fehlende Hausaufgabe leisten. Ich brauche jeden Punkt, den ich kriegen kann. »Ja, Ma'am«, sage ich.

Mrs. Bennett wirft mir noch einen Blick zu und fährt dann mit dem Unterricht fort. Ich würde ja sagen, dass sie mich mehr hasst als jeder andere, aber eigentlich scheint sie *keinen* Schüler besonders zu mögen. Sie scheint unglücklich zu sein. Ehrlich gesagt tut Mr. Bennett mir manchmal leid.

21

Eve

Mein Geburtstag war bisher nicht besonders schön.

Heute Morgen hat mein Mann meine Annäherungsversuche zurückgewiesen, dann ist einer meiner Strümpfe eingerissen, und gerade hat mich Addie Severson mit »Ma'am« angeredet. Das einzig Gute heute war die Textnachricht von Jay. Und dass er mir ein Geschenk angekündigt hat.

In meiner Freistunde rufe ich meine Eltern zurück. Es ist eine Ewigkeit her, dass wir miteinander gesprochen haben. Wenn ich raten müsste, würde ich sagen, wir haben seit dem Vatertag nicht telefoniert. Wir gehören jetzt zu den Familien, die nur an besonderen Feiertagen Kontakt haben. Deshalb werde ich vermutlich erst wieder an Weihnachten mit ihnen sprechen.

Ich kann mich nicht erinnern, wann wir uns das letzte Mal gesehen haben. Ich glaube, es ist drei Jahre her.

»Eve«, sagt meine Mutter, als sie den Anruf annimmt. Es ist ein Echo zu hören, also hat sie vermutlich den Lautsprecher aktiviert.

»Dad und ich haben angerufen, um dir zum Geburtstag zu gratulieren.«

»Danke«, antworte ich steif.

»Hallo, Eve«, mischt mein Vater sich ein. »Herzlichen Glückwunsch, Schatz.«

»Danke.«

Wir sind so befangen und förmlich miteinander. Ich hätte niemals gedacht, dass es einmal so kommen würde. Früher waren wir uns immer nahe.

»Hast du heute Abend noch etwas Besonderes vor?«, fragt meine Mutter.

»Nate führt mich zum Essen aus.«

»Wie geht's Nate?« Ich stelle mir vor, wie meine Mutter angewidert das Gesicht verzieht, während sie fragt.

»Es geht ihm gut.«

»Irgendwelche Neuigkeiten?«

Meine Mutter will wissen, ob ich schwanger bin. Dabei ist nicht klar, ob sie will, dass ich schwanger bin, oder nicht. Sie wünscht sich Enkelkinder, aber so, wie unsere Beziehung in letzter Zeit gewesen ist, weiß ich nicht, ob sie sie jemals zu Gesicht bekäme. Und ich bin sicher, ihr gefällt die Vorstellung nicht, dass ich Kinder mit Nate habe.

»Keine Neuigkeiten«, sage ich.

»Oh.« Sie seufzt. Sie ist erleichtert. »Na, ich bin froh, dass es dir gut geht. Kommt ihr vielleicht Weihnachten nach New Jersey?«

»Vielleicht.« Wir haben die letzten beiden Weihnachtsfeste mit Nates Familie verbracht, deshalb sind eigentlich meine Eltern dran. Aber ich bin nicht gerade wild darauf, sie zu sehen. Sie würden mich doch bloß kritisieren. »Ich sag dir Bescheid.«

Es herrscht Schweigen zwischen uns. Da ist so viel Ungesagtes zwischen meinen Eltern und mir. Doch das Wichtigste davon ist etwas, das ich nur ungern zugebe.

Ihr hattet recht. Ich hätte ihn niemals heiraten sollen.

22

Addie

O mein Gott, wenn ich noch eine Minute länger diese dummen Sportsachen tragen muss, springe ich aus dem Fenster.

Zumindest ist der Schweiß getrocknet. Aber jetzt fühlt der Stoff sich hart und krustig an. Außerdem rieche ich. Ich habe zwar geduscht, aber da meine Kleidung stinkt, rümpfen alle die Nase über mich. Es reichte nicht, dass ich das Mädchen bin, das mit Mr. Tuttle geschlafen hat. Jetzt bin ich das Mädchen, das nach Schweiß riecht und mit Mr. Tuttle geschlafen hat.

Außerdem ruinieren meine nassen Sachen meinen Rucksack und alles, was drin ist. Bevor ich in meine letzte Unterrichtsstunde gehe, versuche ich, sie in der Toilette über dem Waschbecken auszuwringen. Aber es gelingt mir nicht richtig, und das ganze Wasser läuft über mein T-Shirt. Ich stopfe die Sachen schließlich wieder in meine Tasche und renne dann zum Unterricht, bevor ich wieder zu spät komme.

Ich erreiche Mr. Bennetts Raum Sekunden nach dem Klingeln. Er steht gerade vom Pult auf, um die Tür zu schließen, als ich im Türrahmen auftauche. Er sieht mich mit seinen braunen Augen prüfend an, und als sie sich schockiert weiten, bin ich zutiefst beschämt. Mr. Bennett, mein absoluter Lieblingslehrer, hat mich jetzt in meinen nach Schweiß riechenden schmutzigen Sportsachen und mit unrasierten Beinen gesehen.

So schrecklich es auch war, als Mrs. Bennett mich im Matheunterricht angebrüllt hat, das hier ist viel schlimmer. Ich sterbe innerlich ein bisschen.

»Addie?« Seine Augenbrauen ziehen sich zusammen. »Alles in Ordnung?«

»Ja«, bringe ich hastig hervor. Ich will bloß schnell auf meinen Platz und für den Rest der Stunde unsichtbar sein. Nur noch vierzig Minuten, und dieser dumme Tag ist vorbei.

Mr. Bennett reibt sich das Kinn, als würde er überlegen, ob er meine Antwort akzeptieren soll. Schließlich geht er zum Pult, schreibt etwas auf ein Blatt Papier und gibt es mir.

»Du kannst früher nach Hause gehen«, murmelt er leise genug, dass die lärmenden Schüler hinter uns ihn nicht hören können. »Hier ist eine Erlaubnis für den Fall, dass jemand dir Schwierigkeiten macht.«

»Was?«, platze ich heraus.

»Du siehst aus, als ginge es dir gerade nicht gut«, bemerkt er. »Deshalb erlaube ich dir, in dieser Stunde zu fehlen. Es gibt heute keine Hausaufgaben, also entspann dich.«

»Aber …« Ich begreife es nicht ganz, will aber auch nicht mit ihm darüber streiten. Ich will tatsächlich nach Hause. Ich bin schmutzig und verschwitzt, und meine Schläfen beginnen zu pochen. »Okay. Hm, danke.«

Er zwinkert mir zu. »Kein Problem.«

Jedes Mal, wenn Mr. Bennett mir zuzwinkert, schlägt mein Herz höher. Das macht es umso schlimmer, dass er mich in diesen schrecklichen Sportsachen gesehen hat.

Jedenfalls nehme ich die Erlaubnis, die er mir ausgestellt

hat, und schiebe sie in meine Tasche. Aber ich werde sie nicht brauchen. Ich gehe früher, schwinge mich auf mein Fahrrad und fahre, so schnell ich kann, los, um mich umzuziehen.

Nur fahre ich nicht direkt nach Hause.

Ich weiß, wo Kenzie Montgomery wohnt. Es gibt ein Verzeichnis mit den Adressen von allen Schülern, und nachdem ich mir ihre Haustürschlüssel »ausgeliehen« hatte, habe ich nachgesehen, wo sie wohnt. Es liegt direkt auf meinem Nachhauseweg, und ich habe die Adresse schon einmal überprüft. Es ist schließlich nicht schlimm, einen Blick darauf zu werfen.

Und heute werde ich es mir genauer ansehen.

23

Addie

Natürlich ist Kenzies Haus viel größer als meins. Es ist praktisch eine Villa.

Wahrscheinlich passt unser Haus zwei- oder sogar dreimal in Kenzies. Selbst der Rasen sieht viel schöner aus als unserer – grün und saftig, obwohl alle anderen Rasenflächen jetzt im Herbst allmählich schlaff werden. Haben sie Kunstrasen? Gibt es so etwas?

Zögernd bleibe ich mit meinem Fahrrad an der Pforte zum Haus stehen. Die Fenster sind dunkel. Ihre Eltern haben beide einflussreiche Jobs, Anwälte oder Geschäftsführer. Sie hat damit angegeben, dass sie nie zu Hause sind, wenn sie Partys plant, zu denen nur ein exklusiver Kreis von Freunden eingeladen ist. Hudson und ich haben uns immer über diese Partys lustig gemacht. Jetzt ist er wahrscheinlich der Ehrengast.

Ich nehme meinen Rucksack ab, suche in der kleinen Tasche nach dem Hausschlüssel und nehme ihn heraus. Ich trage ihn mit mir herum, seitdem ich ihn geklaut habe. Was ich vorhabe, ist riskant. Kenzies Eltern sind vielleicht nicht zu Hause, aber sie haben wahrscheinlich eine ausgeklügelte Alarmanlage. Oder vielleicht springt mich in dem Moment, in dem ich über die Schwelle trete, ein Pitbull an. Bei dem Glück, das ich immer habe.

Nein, es ist die Sache nicht wert. Mein Leben wird nicht besser, wenn ich von einem Pitbull zerfleischt werde.

Ich setze stattdessen meinen Weg nach Hause fort. Als ich dort ankomme, sitzt meine Mom auf dem Sofa und liest. Sie liebt Lesen, was meinen Vater wahnsinnig gemacht hat. *Du verbringst lieber Zeit mit deinen Büchern als mit mir.* Ich glaube nicht, dass es so war, aber wer könnte es ihr verübeln?

»Addie.« Sie sieht auf, als ich komme, und legt ein Lesezeichen in ihr Buch. Ich mache immer Eselsohren, aber sie hasst das und geht sehr sorgsam mit ihren Büchern um. »Du kommst früh. Wollen wir dann jetzt deinen Dad besuchen?«

Ich hatte fast vergessen, dass sie zum Grab dieses Arschlochs fahren will. Dieser Tag wird immer schlimmer. Besonders als meine Mutter vom Sofa aufsteht, mich von oben bis unten mustert und sagt: »Bist du allen Ernstes so in die Schule gegangen?«

»Ja«, antworte ich, weil ich keine Lust habe zu berichten, was mir passiert ist. Es war demütigend genug, ich will es nicht auch noch jemandem erzählen – nicht mal meiner Mom.

Sie verdreht die Augen. »So kannst du nicht zum Friedhof. Warum ziehst du dich nicht um?«

Ich stelle meinen Rucksack auf dem Boden ab. »Nein. Ich werde mich nicht umziehen.«

»Also, so wirst du nicht gehen.«

»Gut, dann gehe ich nicht.«

»Adeline!«, ruft sie. »Was du da sagst, ist schrecklich!«

»Ich meine es ernst.« Ich zupfe am Saum meines verschwitzten T-Shirts. »Er war immer betrunken, und er hat dich geschlagen. Er verdient es nicht, dass wir ihn besuchen.«

Mein Vater war schrecklich. Die meiste Zeit meiner Kindheit war er betrunken. Hudson wurde wegen seines Vaters gehänselt, aber ich würde seinen peinlichen Vater mit seinen polnischen Flüchen und allem anderen sofort gegen meinen eintauschen. Mein Dad hat nie einen Job lange behalten – nicht mal als Hausmeister an einer Schule. Jedes Mal, wenn ihm jemand eine Chance gab, ist er betrunken zur Arbeit erschienen und wurde gefeuert. Meine gesamte Kindheit lang hat meine Mutter uns ernährt.

Ich war gerade bei Hudson und habe mit ihm gelernt, als der Anruf von meiner Mutter kam, dass sie meinen Vater am Fuß der Treppe gefunden hatten und dass er nicht mehr atmete. Ich war kein bisschen traurig.

»Addie«, sagt sie leise, und die Falten in ihrem Gesicht werden tiefer. »Er war immerhin dein Vater.«

Ich rühre mich nicht vom Fleck. Ich werde mich nicht umziehen. Nicht für ihn. Wenn sie mich dazu zwingt, werde ich vielleicht mitkommen, aber sobald ich achtzehn bin, wird es das letzte Mal sein.

»Gut.« Meine Mutter lässt die Schultern hängen. »Wir müssen nicht hin.«

Ich bin schockiert. Meine Mutter ist extrem starrköpfig, und ich habe erwartet, dass wir uns die nächste Stunde darüber streiten. Ich kann nicht glauben, dass sie es einfach so hinnimmt. »Wirklich?«

»Wirklich. Aber zieh dich bitte um. Du riechst schrecklich.«

»Okay …«

Sie lächelt. »Lass uns heute Abend essen gehen. Uns beiden würde es guttun, mal rauszukommen.«

Dem kann ich nur zustimmen.

24

Eve

Zu meinem Geburtstagsessen ziehe ich meine Pumps von Louis Vuitton und ein enges rotes Kleid an. Ich bin vielleicht nicht besonders kurvig, aber noch gut in Form, und dieses Kleid betont meine Figur – Jay würde es sehr gefallen. Aber Nate, der gerade fernsieht, als ich ins Wohnzimmer komme, sieht mich kaum an.

»Fertig?«, fragt er. Er trägt immer noch das Businesshemd und die Hose, die er zur Arbeit anhatte, aber zu seiner Verteidigung muss man sagen, dass er immer unglaublich gut aussieht.

»Ich bin fertig.« Ich greife nach meiner Handtasche, die auf dem Tisch neben der Haustür liegt. »Ich dachte, wir könnten heute Abend zu Maggiano's gehen.«

Nate sieht mich an, als hätte ich gerade vorgeschlagen, zum Abendessen nach Italien zu fliegen. »Maggiano's? Das ist ziemlich weit, oder? Und teuer.«

»Es ist mein Geburtstag«, bemerke ich, aber ich habe keine Lust zu streiten. Und die Wahrheit ist, ich bin auch nicht wild darauf, fünfundvierzig Minuten mit ihm im Auto zu sitzen. »Gut. Willst du lieber ins Piazza?«

Das Piazza ist ein beliebtes italienisches Restaurant ungefähr zehn Minuten von hier. Es ist billig und geht schnell. Nicht gerade die Art Restaurant, die ich mir zu diesem besonderen Anlass gewünscht habe, aber ich habe das Gefühl, dass nichts an diesem Abend etwas Besonderes sein wird. Warum also das Bild nicht vollständig machen?

»Klar«, sagt er.

Nate fährt, wie immer. Er stellt den Klassiksender im Radio so laut ein, dass wir uns nicht miteinander unterhalten müssen. Am Anfang unserer Ehe habe ich mir vorgestellt, wie zukünftige Geburtstage mit diesem Mann sein würden. Er war so liebevoll. Ich dachte, dass wir selbst mit dreißig oder vierzig oder sogar mit achtzig die Hände nicht voneinander lassen könnten. Ich habe mir nie vorgestellt, dass wir zu einem Geburtstagsessen in ein billiges italienisches Restaurant fahren würden und uns nichts zu sagen hätten.

»Wir haben dieses Jahr einige Talente unter den Schülern, die bei der Lyrikzeitschrift mitmachen«, sagt er.

»Oh, das ist toll«, erwidere ich, obwohl es mir nicht gleichgültiger sein könnte.

»Diese ungefilterten Gefühle sind so stark. Nur Teenager können etwas so komplett Mitreißendes schreiben.«

Ich nicke. »Diese ganzen Hormone. Ich kann mich gar nicht erinnern, wie es war, alles so stark zu empfinden. Aber ich weiß, dass es mir so ging.«

Mein Mann sagt nichts, er ist in Gedanken versunken. Er scheint in letzter Zeit immer Millionen Meilen entfernt zu sein. Wir haben denselben Beruf, also sollte es leicht sein, ein Gesprächsthema zu finden, aber wir schaffen es nicht. Wir sind einander fremd geworden.

Vielleicht ist es meine Schuld. Vielleicht muss ich mich mehr bemühen, ihn zu verstehen. Am Anfang unserer Beziehung haben wir immer aneinandergekuschelt unter einem Baum im Park gesessen, und er hat mir Gedichte vorgelesen.

Wenn er mir so etwas jetzt vorschlagen würde, dann würde ich die Augen verdrehen. Mir gefielen die Gedichte, die er für mich geschrieben hat, weil sie von ihm waren und von Herzen kamen, aber ansonsten habe ich nie etwas für Lyrik übriggehabt. Es schien alles so albern – besonders die Gedichte, die sich nicht mal reimen. Ich meine, ich bin schließlich Mathelehrerin. Eher würde ich mit ihm im Park sitzen und quadratische Gleichungen lösen.

Vielleicht sollte ich einen Vorschlag machen. Vielleicht können wir dieses Wochenende in den Park gehen und zusammen Gedichte lesen. Und vielleicht sollte ich die Sache mit Jay etwas abkühlen lassen. So viel mir die Treffen bedeutet haben, wenn ich meine Ehe retten will, sollte ich nicht mit einem anderen Mann schlafen.

Ich bin entschlossen: Morgen, am zweiten Tag meines vierten Lebensjahrzehnts, werde ich alles in Ordnung bringen. Ich werde mehr Zeit mit Nate verbringen und Jay sagen, dass es aus ist.

Als wir beim Piazza ankommen, parkt er so weit vom Restaurant entfernt wie möglich. Das macht er immer. Es sind viele Parkplätze in der Nähe des Eingangs frei, trotzdem parkt er einen Kilometer entfernt.

»Kannst du nicht ein bisschen näher parken?«, frage ich.

Er schaltet den Motor aus und sieht mich stirnrunzelnd an. »Wovon redest du? Ich habe schon geparkt.«

»Ja, aber es gibt Parkplätze, die näher dran sind.«

»Willst du wirklich, dass ich wieder rausfahre und einen anderen Parkplatz drei Meter entfernt nehme?«

»Es sind nicht drei Meter. Und du trägst keine Schuhe mit zehn Zentimeter hohen Absätzen.«

Sein Blick fällt auf meine Louis-Vuitton-Pumps. »Niemand hat dich gezwungen, sie anzuziehen.« Er kneift die Augen zusammen. »Sind die neu? Sie sehen teuer aus.«

»Die habe ich schon seit Ewigkeiten. Ich hatte sie auch letztes Jahr an meinem Geburtstag an.« Ich kann nicht umhin zu denken, dass *Jay* diese Schuhe erkennen würde.

»Ja, bestimmt«, murmelt er bei sich.

Nate steigt aus dem Auto, und ich laufe hinter ihm her, obwohl es in den Schuhen schwer ist, mit ihm Schritt zu halten. Sie sehen wunderschön aus, aber niemand wird behaupten, dass sie bequem sind. »Was soll das heißen?«

Er geht nicht langsamer, um mir die Chance zu geben, ihn einzuholen. »Das soll heißen, wir werden sehen, wie neu sie sind, wenn wir die Kreditkartenabrechnung bekommen, oder?«

Ich will ihm sagen, wie unfair das ist. Aber die Wahrheit ist, dass auf der Kreditkartenabrechnung ein paar Überraschungen für ihn sind. Ich hasse es, dass er immer alles erfährt. Nach der Hochzeit haben wir unsere Konten zusammengelegt. Ich kann nichts machen oder kaufen, ohne dass er davon weiß.

Ihm zu sagen, dass ich meine eigene Kreditkarte und mein eigenes Bankkonto haben will, ist vielleicht kein Schritt in die richtige Richtung, was unsere Ehe anbelangt. Andererseits scheinen ihn diese Dinge nicht mehr so zu interessieren wie früher. Wenn ich ohne ihn ausging, hat er mir immer so viele Fragen darüber gestellt, wo ich hinwollte und was ich vorhatte, aber jetzt scheint es ihn überhaupt nicht mehr zu kümmern. Er ist froh, wenn ich aus dem Haus bin.

Zumindest hält Nate mir die Tür auf, als wir beim Restaurant sind. Ich habe schon entschieden, dass ich das teuerste

Dessert auf der Karte nehme. Ich habe mir heute eine Belohnung verdient, wenn man bedenkt, dass das einzige Geschenk, das ich bekommen habe, ein Schlüsselanhänger von Shelby ist, den sie in Cape Cod gekauft hat.

»Einen Tisch für zwei«, sagt Nate zu der jungen Frau am Empfang. Sie ist blond und in den Zwanzigern, und ich bin froh, dass er zumindest nicht auf ihre Brüste starrt.

»Ich habe heute Geburtstag«, platze ich heraus.

Ich weiß nicht, warum ich das gesagt habe. Nate sieht ein bisschen verlegen aus, aber dieser Tag ist in ein paar Stunden vorbei, und irgendjemand soll anerkennen, dass es ein besonderer für mich ist. Es ist jedoch nicht besonders befriedigend, als die Frau mich kurz anlächelt und Happy Birthday sagt, bevor sie uns zu dem Tisch führt, den wir ohnehin bekommen hätten. Sie gibt uns keinen speziell für Geburtstage vorgesehenen Tisch mit Papierschlangen, was ich allerdings auch nicht erwartet habe.

Wir haben uns kaum hingesetzt, da erstarrt Nate und blickt mit großen Augen auf etwas an der anderen Seite des Raums.

»Was ist los?«

»Was? Nichts.«

Er hat ganz sicher irgendetwas angestarrt, auch wenn er es mir nicht sagen will. Einen Mitarbeiter, der mit ungewaschenen Händen von der Toilette gekommen ist? Ein Paar Schuhe, die ich ohne seine Zustimmung gekauft habe?

»Es ist eine meiner Schülerinnen«, sagt er schließlich. »Addie Severson. Sie ist anscheinend mit ihrer Mutter zum Essen hier.«

Jetzt bin ich es, die steif wie ein Brett wird. »Ich wusste gar nicht, dass Addie in deinem Kurs ist.«

»Ja. In der letzten Stunde.«

Ich weiß nicht, warum mir bei der Vorstellung, dass Addie in Nates Kurs ist, unbehaglich wird. Ich muss an Art Tuttles Warnung denken, als wir uns im Supermarkt trafen. *Dem Mädchen geht's nicht gut.*

»Sie ist wirklich talentiert«, sagt er. »Sie könnte eines Tages eine bedeutende Dichterin werden.«

»Das ist kein sehr nützlicher Beruf.«

Nate macht ein langes Gesicht. Meine Bemerkung hat ihn verletzt, aber was erwartet er? Dichterin ist *kein* vernünftiger Berufswunsch.

»Ich denke nur, es ist etwas, das ihr Freude machen könnte«, sagt er. »Sie hat einen lyrischen Geist. Und ihr Lieblingsdichter ist ebenfalls Poe, auch wenn sie eine besondere Vorliebe für ›Annabel Lee‹ hat.«

Wenn ich eines sicher über meinen Mann weiß, dann, dass sein Lieblingsdichter Edgar Allan Poe ist. Er liebt »Der Rabe«. Wenn ich eine Liste mit fünf Dingen machen müsste, die Nathaniel Bennett charakterisieren, würde das ganz oben stehen.

Ich muss gestehen, dass ich froh sein werde, wenn wir hier fertig sind, obwohl wir noch nicht mal Essen bestellt haben.

»Hör zu«, sage ich. »Du solltest mit Addie vorsichtig umgehen. Du hast gesehen, was mit Art Tuttle passiert ist. Er wollte nur nett zu ihr sein, und du siehst, was mit ihm passiert ist.«

Nates Blick verfinstert sich. »Art ist ein Widerling. Wenn du das nicht siehst, dann bist du blind.«

Seine Bemerkung verärgert mich. Art ist *kein* Widerling. Als ich anfing, an der Schule zu arbeiten, war er der Erste, der mir geholfen hat. Und er hat nie etwas Unpassendes gesagt oder getan. Er war einfach ein guter Freund. Ich wusste, dass er Addie Nachhilfe gab. Ich habe sogar mal gesehen, wie sie nach der Schule in sein Auto gestiegen sind, habe mir aber wirklich nichts dabei gedacht. Niemand hat das.

Das änderte sich, als ein Nachbar gesehen hat, wie Addie hinten um Arts Haus herumgeschlichen ist, und die Polizei gerufen hat. Es wirft kein gutes Licht auf einen Lehrer mittleren Alters, wenn seine fünfzehnjährige Schülerin spätabends hinter seinem Haus gesehen wird.

Aber am Ende konnte ihm niemand ein Fehlverhalten nachweisen. So albern es klingt, das Einzige, was man Art vorwerfen konnte, war, dass er sich »zu sehr gekümmert« hatte. Er wusste, dass Addie kein Geld für Nachhilfe hatte, deshalb versuchte er, ihr mit dem Stoff in Mathe selbst zu helfen. Er hat sie ein paarmal nach Hause gefahren, weil es geregnet oder geschneit hat und er nicht wollte, dass sie bei schlechtem Wetter mit dem Fahrrad fahren musste. Und die Abendessen waren so unschuldig, wie sie nur sein konnten – er lud Addie und ihre Mutter ein, mit ihm und seiner Frau zu essen.

Warum Addie hinter seinem Haus gesehen wurde, konnte Art allerdings nicht erklären. Als er und ich darüber sprachen, ließ er den Kopf hängen. *Ich habe versucht, nett zu ihr zu sein, weil sie vor Kurzem ihren Vater verloren hat, und ich glaube, sie hat sich einfach zu sehr an mich gehängt. Sie war fixiert auf mich.*

Ich misstraute ihm nicht. Es ist genau das, was einem gestörten Mädchen im Teenageralter passieren kann.

»Ich sage nur«, murmele ich, »das Mädchen hat Probleme. Sie hat kürzlich ihren Vater verloren und wird sich an jeden klammern, der ihr zu nahe kommt.«

»Also sollten wir sie isolieren?«

»Das will ich damit nicht sagen!«

Ich bin gezwungen, meine Tirade zu unterbrechen, als die Bedienung uns unsere Wassergläser bringt. Wie alle Kellnerinnen hier ist sie jung und attraktiv. Sie klärt uns eine gefühlte halbe Stunde lang über die Tagesempfehlungen auf und legt jedes Mal, wenn Nate sie etwas fragt, die Hand auf seine Schulter. Allmählich habe ich genug davon, dass Frauen sich direkt vor meiner Nase an meinen Mann heranmachen.

»Ich sage nur«, fahre ich fort, nachdem die Kellnerin uns endlich allein gelassen hat, »das Mädchen braucht Freunde in ihrem Alter – nicht einen Lehrer, der auf die vierzig zugeht. Sei einfach vorsichtig.«

»Notiert«, sagt Nate mit zusammengebissenen Zähnen.

Aber ich sehe ihm an, dass seine Stimmung getrübt ist. Obwohl ich nicht weiß, worüber er sich so aufregt. Ich versuche nur, ihn davor zu bewahren, dass es ihm so ergeht wie Art Tuttle.

25

Addie

Nachdem Mr. Bennett das Piazza betreten hat, kann ich im Grunde an nichts anderes mehr denken.

Lil Nas X könnte in der Ecke des Raums ein Konzert geben, und ich würde es nicht mal bemerken, so abgelenkt bin ich. Meine Mom wird langsam ärgerlich, weil sie die ganze Zeit versucht, sich mit mir zu unterhalten, und ich ständig nachfrage: »Was?«

»Addie!«, fährt sie mich an.

»Was?«, frage ich wieder.

Sie seufzt. »Du hast kaum etwas gegessen.«

Ich blicke auf den Teller vor mir. Ich habe eine Pizza mit Pesto und Tomaten bestellt, obwohl sie nicht besonders gut ist. Normalerweise hätte ich sie trotzdem verschlungen. Stattdessen habe ich nur ein klitzekleines Stück davon gegessen.

»Ich habe keinen Hunger«, sage ich schließlich.

Mr. Bennett hat eine Art Ravioli bestellt. Ich kann von hier nicht genau sehen, was es ist, und ich kann schließlich nicht hinübergehen und ihn fragen, obwohl ich neugierig bin. Sind es Käse-Ravioli oder welche mit Pilzen? Mag Mr. Bennett Pilze? Oder findet er es genauso seltsam wie ich, dass Leute Pilze essen?

Ich hoffe, es fällt nicht auf, dass ich ihn unentwegt anstarre, seitdem er hereingekommen ist. Aber es ist schwer, es nicht zu tun. Schließlich sieht er so unglaublich gut aus, dass ich bestimmt nicht die einzige Person hier bin, die es tut. Die Kellnerin flirtet jedenfalls mit ihm – einmal hat sie sogar die Hand auf seine Schulter gelegt. Es kam mir so vor, als sehe er genervt aus, aber ich war mir nicht sicher. Ich war froh, dass er trotz ihrer großen Brüste nicht von ihr entzückt war.

Außerdem bemerke ich, dass er sich mit Mrs. Bennett nicht zu amüsieren scheint. Sie ist nicht gerade mein Lieblingsmensch – Mathe ist schließlich mein schwächstes Fach, und sie macht es mir nicht leichter –, aber ich nahm an, dass er sie mag. Schließlich ist er mit ihr *verheiratet*. Zudem sieht sie heute Abend aufreizend hübsch aus, mit dunklem Augen-Make-up und einem roten Kleid, das ihre zierliche, schlanke Figur betont. Trotzdem sitzen sie jetzt schon seit mindestens zwanzig Minuten da und haben kaum ein Wort miteinander gesprochen.

Wenn Mr. Bennett und ich zusammen zu Abend essen würden, gäbe es vieles, worüber wir reden könnten. Ich würde einen Band mit Gedichten mitbringen – vielleicht Poe – und liebend gerne seine Gedanken zu jedem davon hören. Obwohl wir es jeden Tag im Unterricht tun, kann ich niemals genug davon haben. Nicht in einer Million Jahren.

Weiß Mrs. Bennett denn nicht, wie unglaublich ihr Mann ist? Als meine Kleidung heute durchnässt war und sie mich zwang, den Unterricht durchzustehen und sogar meine Hausaufgaben noch einmal zu machen, schien es sie nicht zu kümmern. Oder schlimmer noch, sie dachte, ich hätte es *verdient* zu leiden. Er war der Einzige, der bemerkte, wie unwohl ich mich fühlte, und hat mich nach Hause geschickt. Sie weiß nicht zu schätzen, dass sie einen Ehemann hat, der so mitfühlend und rücksichtsvoll ist, weil sie das genaue Gegenteil ist.

»Also, wenn du nichts mehr essen willst, kann ich ebenso gut zahlen«, sagt Mom.

Aber ich will das Restaurant nicht verlassen. Wenn ich hier sitze, kommt es mir fast so vor, als würde ich mit Mr. Bennett zu Abend essen. Auch wenn es irgendwie albern ist, denn er sitzt auf der anderen Seite des Raums und weiß nicht mal, dass ich hier bin. Wir sind so weit davon entfernt, miteinander zu Abend zu essen, wie möglich. Trotzdem will ich nicht gehen.

»Warte«, sage ich. »Ich gehe erst mal auf die Toilette, danach esse ich weiter.«

Meine Mutter sieht skeptisch aus, aber was soll sie schon sagen – dass ich nicht auf die Toilette darf? Ich folge den Schildern zu dem versteckten Gang mit den Gästetoiletten. Natürlich ist vor der einzigen Damentoilette eine Schlange, aber das ist mir nur recht, dann dauert es länger. Besonders da ich eigentlich gar nicht muss.

»Addie?«, schreckt mich eine vertraute Stimme auf, als ich auf meinem Handy herumscrolle.

Ich bin überrascht, Mr. Bennett hinter mir stehen zu sehen. Ich schätze, er musste auch auf die Toilette. Ich *wusste*, dass wir dieselbe Wellenlänge haben.

»Hey«, sage ich verlegen. Seit unserer letzten Begegnung habe ich geduscht und saubere Jeans angezogen. Dazu trage ich eine rosa Hemdbluse, die meinem Teint schmeichelt, wie meine Mutter sagt, obwohl ich da meine Zweifel habe.

»Ich hab dich da draußen gesehen«, sagt er. »Das ist deine Mutter, stimmt's?«

Bei dem Gedanken, dass Mr. Bennett mich in dem überfüllten Speiseraum bemerkt hat, erfasst mich eine leichte Erregung.

Ich frage mich, ob es in Ordnung ist, an diesem abgelegenen Ort mit ihm zu reden. Wenn uns jemand hier zusammen sehen würde, könnte er auf falsche Gedanken kommen. Ich will auf keinen Fall, dass es Mr. Bennett so ergeht wie Mr. Tuttle.

Er legt den Kopf schief. »Geht's dir gut? Heute in der Schule sah es so aus, als hättest du einen ziemlich harten Tag.«

Das ist eine starke Untertreibung, aber um ehrlich zu sein, will ich mich jetzt nicht über Kenzie und ihre Freundinnen beschweren. Ich will nicht, dass er mich für eine Loserin hält, die von den beliebten Schülerinnen gemobbt wird. »Irgendwie schon.«

»Was ist passiert?«

»Es war keine große Sache.« Ich versuche zu lachen, um nicht zu zeigen, wie sehr mich gekränkt hat, was passiert ist, doch mein Lachen klingt gekünstelt. »Einige Mädchen beim Sport haben meine Sachen in die Dusche geworfen, sodass sie klatschnass geworden sind.«

Mr. Bennett zuckt zusammen. »Herrgott, das ist ja schrecklich. Wer war das?«

Ich schüttele den Kopf. »Ich weiß es nicht.«

»Du kannst es mir ruhig sagen.« Als ich schweige, hebt er die Augenbrauen. »Es bleibt unter uns.«

Ich kann es ihm wirklich nicht sagen, obwohl mir die Vorstellung gefällt, dass wir ein Geheimnis teilen. Egal, was er sagt, er ist immer noch ein Lehrer und könnte mit Kenzie reden, wenn ich es ihm sage. Und wenn sie rauskriegt, dass ich sie verraten habe, wird alles noch schlimmer. Das Letzte, was ich will, ist, dass Kenzie mich noch mehr hasst. Es ist besser, wenn ich ihre Schikanen hinnehme.

»Ich weiß es nicht«, wiederhole ich.

Er blickt mir einen Moment lang in die Augen, und ohne zu wissen, warum, durchläuft mich wieder eine leichte Erregung. Vielleicht ist es einfach ein schönes Gefühl, wieder einen Lehrer auf meiner Seite zu haben. Oder überhaupt wieder *jemanden* auf meiner Seite. Nach der Sache mit Mr. Tuttle scheinen mich alle zu hassen.

»Weißt du, was«, sagt er. »Der Rest der Klasse hat heute eine andere Hausaufgabe bekommen, eine Gedichtanalyse. Aber für dich habe ich eine spezielle Aufgabe, die du bitte heute Abend erledigst.«

Wenn Mrs. Bennett – oder eigentlich jeder andere Lehrer – das zu mir gesagt hätte, wäre ich entsetzt gewesen. Aber jetzt gerade bin ich gespannt. »Okay …«

»Ich möchte, dass du einen zornigen Brief an die Person schreibst, die deine Sachen genommen hat«, sagt er. Ich will protestieren, aber dann fügt er hinzu: »Kein Gedicht, sondern einen Brief. Du musst sie nicht beim Namen nennen, aber ich möchte, dass du diesen Ärger loswirst. Lass deine Wut auf dem Papier raus. Sag mir, was du am liebsten mit dieser Person tun willst.«

»Was ich tun will?«

Er nickt. »Genau. Schreib einen Rachebrief. Sag mir, was du tun würdest, wenn du fünf Minuten mit dieser Person allein wärst und niemand jemals davon erfahren würde.«

Er hat keine Ahnung, dass ich Kenzies Hausschlüssel in meinem Rucksack habe. Ich stelle mir vor, was passiert wäre, wenn ich mich in ihr Zimmer geschlichen und im Schrank auf sie gewartet hätte. Ich wäre vielleicht fünf Minuten mit ihr allein gewesen. Und in diesen fünf Minuten hätte ich es ihr gründlich heimgezahlt.

Ein Lächeln umspielt meine Lippen. »Okay.«

Ich weiß schon, was ich schreiben werde.

Du hast alles, was man sich vorstellen kann. Und du bist in einer Beziehung mit dem tollsten Jungen, den ich kenne. Aber du verdienst nichts davon. Du verdienst, dass dir die Augen ausgekratzt werden. Nein, das ist noch zu milde.

»Jedenfalls«, sagt er, »sieht es so aus, als hättest du einen netten Abend mit deiner Mutter.«

»Ja«, sage ich und reibe mir den Ellbogen. »Und ich hoffe, Sie haben einen netten Abend mit Mrs. Bennett.«

Für einen Moment umwölkt sich sein Blick. »Sie hat heute Geburtstag.«

Ich bin mir nicht sicher, was das genau bedeutet. »Oh.«

»Also, ja.« Er hebt die Schultern. »Es ist in Ordnung. Das Essen ist gut hier.«

O Boy. Ich hatte *recht*.

Mr. Bennett amüsiert sich nicht mit seiner Frau. Mein Eindruck von ihr im Unterricht ist zutreffender, als ich dachte. Sie ist nicht jemand, der nach Hause geht und sich dann in die supernette Person verwandelt, die ganz anders ist als bei der Arbeit. Sie ist tatsächlich eine schreckliche Person. Mr. Bennett ist genauso ungern mit ihr verheiratet, wie ich sie als Lehrerin habe.

Das ist der Grund, warum er sich hier seit fünf Minuten im Gang zu den Toiletten mit mir unterhält, statt schnell die freie Herrentoilette aufzusuchen und dann zurück an seinen Tisch zu gehen, um bei ihr zu sein.

In dem Moment verlässt die Person vor mir die Damentoilette, und ich bin dran. Aber ich würde lieber noch hier draußen stehen bleiben und mich mit Mr. Bennett unterhalten. Vielleicht kann ich die Frau hinter mir vorlassen.

Doch bevor ich den Vorschlag machen kann, lächelt Mr. Bennett mich an. »Ich will dich nicht aufhalten, Addie. Wir sehen uns morgen im Unterricht. Und vergiss nicht, den Brief zu schreiben.«

Ich empfinde leises Bedauern, als Mr. Bennett in der Herrentoilette verschwindet. So wütend ich auf Kenzie bin, noch wütender bin ich auf Mrs. Bennett, weil sie ihn so unglücklich macht.

26

Eve

Nate schien während des Essens und anschließend auf der Fahrt nach Hause noch abgelenkter als sonst. Und sobald wir unser Haus durch die Garagentür wieder betreten, gähnt er übertrieben.

»O Mann«, sagt er. »Ich bin todmüde, Eve.«

Seine Versuche, Sex zu vermeiden, werden immer einfallsloser. Als Nächstes wird er mir erzählen, dass er Migräne hat.

»Schon in Ordnung«, sage ich. »Geh ins Bett – du bist aus dem Schneider.«

Er hebt die Augenbrauen. »Aus dem Schneider?«

»Ich meine nur, wir müssen heute Abend nicht miteinander schlafen.«

Nate sieht überrascht aus. »Wenn du das willst …«

Das Letzte, was ich an meinem Geburtstag will, ist ein großer, emotionsgeladener Streit mit meinem Mann. Deshalb schüttele ich den Kopf. »Ich bin auch müde. Wir sehen uns oben.«

An dem Tag, an dem ich dreißig geworden bin, gehe ich also um halb zehn ins Bett – eine rekordverdächtige Zeit.

Während Nate nach oben geht, vibriert mein Handy in der Handtasche. Als ich es herausnehme, sehe ich, dass ich eine neue Nachricht auf Snapflash habe. Es gibt nur einen, der mir

Nachrichten auf Snapflash schreibt, und zu Beginn des Abends hatte ich geschworen, mit diesem Mann Schluss zu machen.

Jay: Ich habe dir ein Geschenk vor die Tür gelegt.

Lächelnd betrachte ich die Nachricht, bis sie nach sechzig Sekunden verschwindet. Ich blicke die Treppe hinauf, um sicherzugehen, dass Nate im Schlafzimmer verschwunden ist. Dann schleiche ich zur Haustür und öffne sie.

Vor der Tür steht ein Schuhkarton.

Ich nehme ihn schnell von der Veranda, bevor ihn jemand sehen kann. Jay muss vorbeigekommen und ihn dort abgestellt haben, während wir essen waren, denn der Karton war definitiv noch nicht da, als wir losgefahren sind.

Als ich den Deckel abnehme, kann ich nicht umhin, einen Laut freudiger Überraschung auszustoßen.

Es sind glänzend rote Riemchenpumps von Sam Edelman. Ich hatte sie vor ein paar Wochen im Laden bewundert und war enttäuscht, als das letzte Paar weg war. Denn ich hätte sie mir gerade so leisten können.

Jetzt wird mir klar, wohin die Pumps verschwunden sind. Obwohl er nicht viel Geld hat, hat Jay mir ein Geburtstagsgeschenk gekauft, von dem er wusste, dass es mir gefallen würde.

Auf meinem Handy erscheint wieder eine Nachricht.

Jay: Hast du es gefunden?
Ich: Ich liebe sie. Vielen Dank.
Jay: Ich wusste, sie würden dir gefallen.

Ich bekomme feuchte Augen. Das Leben ist so ungerecht. Ich stecke in einer Ehe ohne Liebe fest, wie mir zunehmend bewusst wird, und gleichzeitig kann ich nicht mit dem Mann zusammen sein, den ich wirklich liebe.

Als ich gerade meine neuen Schuhe anprobieren will, höre ich ein Geräusch vor der Tür. Mein Herz schlägt schneller. Es ist mir egal, ob die Nachbarn es sehen – ich wünsche mir mehr als alles andere, dass Jay vor der Tür steht.

Ich reiße die Tür auf, drauf und dran, ihn mit einem dicken, fetten Kuss zu begrüßen. Aber es ist niemand da. Abgesehen von der Veranda-Beleuchtung ist alles dunkel.

»Hallo?«, rufe ich.

Keine Antwort.

»Jay?«, sage ich, diesmal leiser.

Keine Antwort.

Das ist seltsam. Ich war sicher, ein Geräusch direkt vor der Tür gehört zu haben, und bin schockiert, dass niemand da ist. Aber ich muss es mir wohl eingebildet haben.

Schließlich ist niemand da.

27

Addie

Als ich am Ende des Schultags zu meinem Spind komme, ist das Schloss aufgebrochen.

Ich starre es einen Moment mit großen Augen an. Das Schloss hängt noch an derselben Stelle wie beim letzten Mal, als ich hier war, aber der Metallbügel ist mit einem Bolzenschneider durchgeschnitten. Ich habe gehört, dass die Lehrer das manchmal tun, wenn sie den Verdacht haben, dass Drogen im Spind sind. Aber ich weiß nicht, warum jemand dies bei mir vermuten sollte.

Doch als ich die Tür öffne, weiß ich genau, wer es war.

Mein Spind ist voller Rasierschaum.

Beim Anblick der Menge an Schaum, die meinen ganzen Spind ausfüllt, verschlägt es mir fast den Atem. Es sind Bücher und Unterlagen drin, und auch meine Jacke, aber im Moment sieht es bloß aus wie ein Spind voller Rasierschaum. Ich werde meine Hand hineinstecken und geschätzte zwölf Liter Schaum durchforsten müssen.

Mehrere Schüler haben dieses Schauspiel beobachtet, und dem Gekicher nach zu urteilen, scheint es lustig zu sein. Ich muss nicht raten, wer mir das angetan hat. Kenzie hat im Sport genügend höhnische Kommentare über meine Beine gemacht, obwohl ich sie fleißig zweimal die Woche rasiert habe.

»O wow.« Noch bevor ich mich umgedreht habe, weiß ich, wem die Stimme hinter mir gehört. »Ich wette, der Rasierschaum kommt gerade recht. Jemand hat dir einen Gefallen getan.«

Ich blinzele die Tränen aus den Augen, bevor ich mich umdrehe, um Kenzie anzusehen. Sie und Bella beobachten mich an meinem Spind und rücken näher, als sich irgendeiner der anderen Schüler traut. Wie lange stehen sie schon da und warten darauf, dass ich das Desaster entdecke? Sie sollten mir leidtun, weil ihr Leben so armselig ist. Aber hauptsächlich tue ich mir selber leid.

Warum tut Kenzie mir das an? Ist sie eifersüchtig, weil sie denkt, dass Hudson mich lieber mag als sie? Das ist eindeutig nicht der Fall. Er ist mit *ihr* zusammen. Wenn er noch irgendwelche Gefühle für mich hätte, und sei es nur als Freund, würde mich das sehr überraschen. Er *spricht* nicht mal mit mir.

Um uns hat sich jetzt eine Menge gebildet. Alle wollen sehen, was ich als Nächstes tue. Sie schauen zu und sind froh, dass sie nicht diejenigen sind, deren Spind voller Rasierschaum ist. Niemand will Kenzie Montgomery zur Feindin haben. Trotzdem ist es passiert, und ich weiß nicht mal, warum.

»Entschuldigung!«, ertönt die Stimme eines Erwachsenen vom Rand der Menge. Oh, Gott sei Dank. »Würdet ihr mich jetzt bitte durchlassen?«

Meine Erleichterung darüber, dass ein Erwachsener auftaucht, der mir helfen könnte, mit der Situation umzugehen, schwindet, als ich sehe, wer sich einen Weg durch die Menge gebahnt hat. Es ist Mrs. Bennett – die denkbar schlechteste Person. Als sie den Inhalt meines Schranks entdeckt, sieht sie ausgesprochen genervt aus. Andererseits sieht sie *immer* genervt aus, es ist also schwer, den Unterschied zu erkennen.

»Addie!«, sagt sie scharf. »Was ist hier los?«

Kenzie rührt sich nicht. Man könnte sie für ziemlich mutig halten, aber in Wirklichkeit weiß sie genau, dass ich sie nicht verraten werde. Das wäre sozialer Selbstmord, besonders wenn ich es vor allen anderen täte. Wenn ich irgendeine Chance habe, aus einer Sache wie dieser wieder herauszukommen, dann ist sie dahin, wenn ich sie jetzt verpfeife. Außerdem wird sie es einfach abstreiten, und alle werden *ihr* glauben und nicht mir.

Zudem habe ich ihre Hausschlüssel. Ich kann mich rächen.

Mrs. Bennett verschränkt die Arme vor der Brust und wartet auf meine Antwort. »Addie ...«

»Ich weiß es nicht«, sage ich schließlich. »Ich schätze, jemand hat Rasierschaum in meinen Schrank gesprüht.«

»Wer?«, bedrängt sie mich.

Ich zucke mit der Schulter.

Sie neigt den Kopf zur Seite. »Wirklich? Du hast keine Idee, wer deinen Schrank aufgebrochen und ihn mit Rasierschaum gefüllt haben könnte?«

Ich schüttele langsam den Kopf.

Mrs. Bennett lässt den Blick über die Menge von Schülern schweifen, die Zeugen meiner Demütigung geworden sind. »Ihr geht alle nach Hause.« Sie sieht mich wieder mit strengen Augen an – ein starker Kontrast zu den freundlichen braunen Augen ihres Mannes. »Und *du* machst das hier wieder sauber, Addie.«

Im Ernst, was ist ihr Problem? Sie ist so *streng*. Dabei ist sie mit einem tollen Dichter verheiratet – dem nettesten Lehrer auf der ganzen Schule. Warum ist sie so? Warum ist sie immer so gemein?

Aber zumindest sorgt sie dafür, dass die anderen mich nicht mehr angaffen, das ist immerhin etwas. Obwohl Kenzie und ihre Freundinnen noch immer am Ende der Spindreihe herumstehen und mich beobachten. Ich höre sie kichern, während ich meine Situation überdenke. Was soll ich mit meinem Schrank voller Rasierschaum machen? Ich habe keine Ahnung, wie ich das alles wieder sauber machen soll. Ganz zu schweigen davon, dass meine Bücher ruiniert sind.

Ich schätze, ich könnte den Schaum herausschaufeln. Ich wünschte, ich könnte einfach einen Schlauch nehmen. Zu Hause wäre es einfacher, aber wie soll ich eine solche Menge Rasierschaum mitten auf dem Flur in der Highschool entfernen?

»Worauf wartest du?«, ruft Kenzie. »Sollen wir dir einen Rasierer holen?«

Bella lacht. »Gib ihr bloß keinen Rasierer. Am Ende schneidet sie sich noch die Pulsadern auf!«

Kenzie sagt etwas zu Bella. Ich kann es nicht richtig verstehen, aber es klingt wie: »Na und?«

Jedes Mal, wenn ich denke, es war der schlimmste Tag, folgt ein noch schlimmerer.

Um meine Demütigung vollständig zu machen, erscheint Hudson bei der kleinen Gruppe. Er trägt sein Footballtrikot, aber es ist noch nicht schmutzverkrustet, was bedeutet, dass er auf dem Weg zum Training ist. Bestimmt wollte er auch mein Gesicht sehen, wenn ich den Rasierschaum in meinem Schrank entdecke. Mist, wahrscheinlich war er derjenige, der das Schloss geknackt hat. Ich bezweifle, dass Kenzie es selbst getan hat.

»Was ist los?«, fragt er und sieht mich zur Abwechslung mit seinen blassblauen Augen direkt an.

Kenzie kichert. »Addie hat Probleme. Egal, wir gehen besser zum Training.«

Hudson starrt stirnrunzelnd in meine Richtung. In der Grundschule wurde er die meiste Zeit ziemlich übel gemobbt. Auf dem Spielplatz wurde er einmal so doll geschubst, nachdem es den ganzen Morgen geregnet hatte, dass er mit dem Gesicht in den Matsch fiel. Er hat sich nicht gewehrt. Ich war diejenige, die ihm aufhalf und ihn zur Toilette brachte, damit er sich waschen konnte.

Statt zu Kenzie zu gehen, kommt Hudson jetzt zu meiner Überraschung zu mir herüber. Einen Moment lang habe ich das Bedürfnis, die Arme um seine gepolsterten Schultern zu schlingen, so wie wir uns immer umarmt haben, bevor unsere Freundschaft auseinanderging. »Addie? Was ist los?«

»Nichts«, murmele ich. »Ich muss das hier nur sauber machen.«

Sein Blick wandert über die Unmengen von Rasierschaum in meinem Schrank. »Herrje.«

»Ja.«

Er wirft einen Blick zu Kenzie und ihren Freundinnen und sieht dann wieder mich an. »Ich helf dir beim Saubermachen.«

So viele Wörter hat Hudson seit Monaten nicht mehr zu mir gesagt. Er meint es gut, aber ihm muss klar sein, dass Kenzie ihm nicht erlauben wird, mir zu helfen.

Tatsächlich ertönt Kenzies Stimme: »Hudson, wir müssen zum Training!«

»Du solltest gehen«, sage ich. »Deine Freundin wird sonst wütend auf dich.«

Sein Blick verfinstert sich. »Sie ist nicht mein Boss. Ich werde dir helfen.«

»Hudson!« Sie kommt nicht näher zu uns, aber ihre schrille Stimme erfüllt den Flur. »Wir kommen zu spät, wenn du nicht sofort kommst!«

»Scheiß drauf«, murmelt er leise. »Komm. Wir machen das schnell.«

Ich sehe hinüber zu Kenzie, die ausgesprochen wütend zu sein scheint. Sie hat meinen Spind aufgebrochen und mutwillig verwüstet, obwohl ich ihr nichts getan habe. Unvorstellbar, was sie mir antun wird, wenn ich ihren Freund entführe.

»Hör zu«, sage ich, »du hast gleich Training. Du solltest gehen.«

»Nein«, sagt er entschieden. »Ich werde dir helfen. Ich will es.«

»Aber du machst es nur noch schlimmer.«

Er wirft den Kopf zurück. Er wollte ein guter Junge sein und einer alten Freundin helfen, muss aber einsehen, dass ich recht habe. Kenzie wird von Sekunde zu Sekunde wütender, und wenn ich zulasse, dass er mir hilft, wird sie sich rächen. So schmerzlich es ist, das hier ganz allein in Ordnung zu bringen, es ist besser so.

»Addie …«, sagt er.

»Wirklich. Geh zum Training. Du hast schon genug getan.«

Hudson scheint nicht glücklich darüber zu sein, aber er dreht sich um und geht zu Kenzie. Bevor er am Ende des Flurs verschwindet, schaut er mich noch einmal an. Und er sieht traurig aus.

Das überrascht mich. Ich meine, Hudson ist jetzt einer der beliebtesten Jungen in der Schule. Sein Leben ist unendlich viel besser als zu der Zeit, als wir zwei Loser zusammen rumhingen. Aber einen Moment lang frage ich mich, ob er die Zeit vermisst, als es nur uns beide gab. Ich frage mich, ob er mich so sehr vermisst wie ich ihn.

Doch wir werden nie wieder Freunde sein können. Es wird zwischen uns nie wieder so sein, wie es einmal war.

Nicht seitdem Hudson mir geholfen hat, meinen Vater zu töten.

28

Addie

Letztendlich verbrauche ich eine Menge Papiertücher.

Das Beste wäre, wenn ich einen Schlauch hätte und den ganzen Schrank abspritzen könnte. Ich habe die meisten Bücher herausgenommen und auf den Boden vor dem Schrank gestapelt. Größtenteils scheinen sie den Rasierschaum überlebt zu haben. Immerhin.

Es wäre leichter gewesen, wenn Hudson mir geholfen hätte. Natürlich wäre es das. Es hat mich fast umgebracht, ihn wegzuschicken, besonders da er mir das erste Friedensangebot gemacht hat, seitdem vor fast einem Jahr alles abbrach.

Ich werde den Tag nie vergessen. Der beste und schlimmste Tag meines Lebens.

Während ich den Rasierschaum aus dem Schrank entferne, schließe ich die Augen und erinnere mich an den Abend, als mein Vater zum hunderttausendsten Mal betrunken nach Hause gestolpert kam. Es war noch nicht mal besonders spät, aber das spielte ohnehin keine Rolle. Mein Dad konnte um zwei Uhr nachmittags betrunken sein.

Hudson war zum Lernen bei mir. Wir haben oft zusammen gelernt, obwohl er inzwischen Footballtraining und obendrein einen Teilzeitjob hatte, aber wann immer er konnte, kam er vorbei. Hudson war am besten in Mathe und am schwächsten in Englisch, das Gegenteil von mir, deshalb versuchten wir, uns gegenseitig zu helfen.

Er sah erschrocken aus, als er meinen Vater unten schreien hörte. Ich erinnere mich, dass ich zu ihm sagte: *Beachte ihn nicht. Er wird wahrscheinlich bald bewusstlos sein.*

Aber das geschah nicht.

Mein Vater kam schreiend und brüllend die Treppe herauf. Als er Hudson in meinem Zimmer fand, war er außer sich. Obwohl er wusste, dass wir Freunde waren und offensichtlich lernten, und Hudson zu mir kam, seitdem wir Kinder waren, schrie er, dass ich eine Schlampe sei und Hudson seine Tochter missbrauche. Er hörte einfach nicht auf.

Hudson war schließlich derjenige, der ihm die Stirn bot. Er spielte seit fast eineinhalb Jahren Football, war während des Sommers ziemlich gewachsen und jetzt größer als mein Vater. Er trat nah an ihn heran und knurrte leise: *So dürfen Sie nicht mit Addie reden.*

Jeder mit Verstand hätte da eingelenkt, aber nicht ein Mann, der gerade eine Flasche Whiskey getrunken hat. Hudson machte ihn nur noch wütender.

Die beiden schrien sich im Flur an. Es war mein Vater, der Hudson zuerst schubste. Ich weiß nicht, was Hudson als Nächstes getan hätte. Ich weiß nicht, ob er fähig gewesen wäre, meinen Vater ins Gesicht zu schlagen, obwohl er die Hand schon zur Faust geballt hatte.

Aber wie sich zeigte, war ich es, die meinen Vater zurückstieß.

Mir war nicht mal bewusst, wie nah wir an der Treppe waren, und ich war überrascht, als er rückwärtsstolperte und dann hinunterfiel. Hudson und ich zuckten beide zusammen, als wir den schrecklichen Aufprall am Fuß der Treppe hörten. Wir rannten hinunter und fanden meinen Vater dort, sein Körper ein zerknautschter Haufen, der Hals unnatürlich verdreht.

Hudson drehte völlig durch. In all den Jahren, in denen er gemobbt worden war, hatte er nie eine Träne vergossen, aber in diesem Moment sah er zum ersten Mal aus, als sei er dem Weinen nahe. *Er ist tot, Addie! Wir haben ihn umgebracht!*

Ich war mir nicht ganz sicher, dass er tot war. Aber ich würde ihm nicht nahe genug kommen, um es herauszufinden. Und ich würde nicht die Verantwortung dafür übernehmen, dass er bekommen hatte, was er verdiente.

Wir müssen hier weg, sagte ich zu Hudson.

Er starrte mich an, blinzelte mit seinen feuchten Augen. *Wovon redest du? Wir müssen die Polizei rufen. Oder … oder einen Rettungswagen …*

Willst du ins Gefängnis?

Ich musste Hudson durch die Hintertür hinauszerren. Wir nahmen die Abkürzung von meinem Haus zu seiner Hintertür, und zehn Minuten später waren wir in seinem Zimmer. Ich versuchte, möglichst ruhig zu bleiben, aber Hudson beruhigte sich nicht. *Das ist falsch*, sagte er immer wieder. *Wir müssen jemandem sagen, was passiert ist. Wir müssen die Polizei rufen, Addie.*

Eine Stunde später kam meine Mutter von ihrer Schicht im Krankenhaus nach Hause und fand meinen Vater tot am Fuß der Treppe. Es gab keinen Hinweis auf ein Verbrechen, und sein Blutalkoholspiegel ließ keinen Zweifel daran, dass er oben an der Treppe das Gleichgewicht verloren hatte und tragisch gestürzt war. Und soweit bekannt, waren Hudson und ich den ganzen Abend zusammen in seinem Zimmer gewesen und hatten gelernt. Niemand erfuhr jemals, welche Rolle wir bei seinem Tod spielten.

Aber Hudson hat mir nie vergeben.

Wir sind davongekommen, aber Hudson hat mich am nächsten Tag in der Schule kaum angesehen. Ich habe versucht, mit ihm zu reden, aber er sagte immer wieder: *Ich kann nicht, ich kann nicht*. Irgendwie war mir nicht ganz klar, wie erschüttert er war. Ich begriff nicht, dass es etwas war, über das er nie hinwegkommen würde.

Ohne Hudsons Hilfe war ich im nächsten Halbjahr in Mathe aufgeschmissen. Und ohne seine Freundschaft umso mehr. Die einzige Person, mit der ich hätte reden können, war meine Mutter, und sie trauerte. Ich hatte niemanden. Was sollte ich also tun, als Mr. Tuttle nett zu mir war? Ihn abweisen?

Er wollte nur nett sein. Auch wenn mir niemand geglaubt hat, er hat nie etwas Unangemessenes getan. Wenn ich einen Vater wie ihn gehabt hätte, wäre ich vielleicht nicht so verkorkst. Es macht mich fertig, dass sein Leben meinetwegen ruiniert ist.

Ich brauche über eine Stunde, aber schließlich ist mein Schrank einigermaßen sauber. Meine Bücher sind feucht, sie müssen über Nacht austrocknen. Mehr kann ich nicht tun.

Bei meinem letzten Gang zur Toilette, um Papiertücher zu holen, sehe ich durch eines der Fenster im Flur, dass es in Strömen regnet, natürlich. Jetzt muss ich mit dem Fahrrad nach Hause fahren, während es schüttet wie aus Eimern.

Gerade als ich ein letztes Mal den Schrank auswische, kommt niemand anders als Mr. Bennett den Flur entlang. Bei seinem Anblick blinzle ich überrascht. Er ist oft lange hier, weil er die Schülerzeitung betreut.

»Hallo, Addie«, sagt er. Er blickt in den Schrank, in dessen Ecken immer noch ein bisschen Rasierschaum klebt, den ich nicht ganz wegbekommen habe. »Was machst du?«

Mein Instinkt sagt mir, dass ich lügen sollte, aber stattdessen platze ich heraus: »Jemand hat meinen ganzen Schrank mit Rasierschaum vollgesprüht.«

Er zuckt zusammen. »Autsch. Wer war das?«

Ich schüttele nur den Kopf. Er hebt die Augenbrauen, aber ich werde es ihm auf keinen Fall sagen.

»Gut.« Er blickt in meinen Schrank. »Brauchst du Hilfe beim Saubermachen?«

Mr. Bennetts Reaktion steht in so starkem Gegensatz zu der Art, wie seine Frau mich vorhin angefahren hat. »Vielleicht kommen Sie an den Rasierschaum dahinten in der Ecke.«

»Klar.«

Mr. Bennett hilft mir schließlich, den Rest des Rasierschaums zu entfernen, und wir legen die Bücher so zurück in den Schrank, dass sie möglichst gut trocknen können. Es kommt mir ein bisschen so vor wie ein geometrisches Problem, von dem ich nicht weiß, wie ich es lösen soll, aber es wird in Ordnung kommen. Ich habe jedenfalls mein Bestes getan.

»Danke«, sage ich zu Mr. Bennett, während wir meinen Schrank verschließen. Ich muss das kaputte Schloss durch das von meinem Sportspind ersetzen. »Das wäre sonst schwierig gewesen.«

»Gerne.« Er hebt eine Augenbraue. »Soll ich dich nach Hause fahren?«

Ich zucke zusammen. Mr. Tuttle hat mich ein paarmal nach Hause gefahren; das zählte zu den Beispielen für *unangemessenes Verhalten*, die die Schulleiterin anführte. »Nein danke.«

»Aber es regnet in Strömen«, stellt er fest. »Und du hast kein Auto, oder?«

Ich schnaube. »Ich habe noch nicht mal einen Führerschein. Nur einen dämlichen Lernführerschein.«

»Na, dann solltest du vielleicht eine günstige Mitfahrgelegenheit nicht ablehnen.«

Ich weiß nicht, was ich sagen soll. Natürlich würde ich lieber in Mr. Bennetts Auto angenehm trocken nach Hause fahren als im Regen mit dem Fahrrad. Meine Mutter ist noch im Krankenhaus und kann mich in den nächsten paar Stunden keinesfalls abholen.

»Ich will nicht, dass Sie Schwierigkeiten bekommen«, sage ich schließlich.

Er nickt ernst. »Das weiß ich zu schätzen. Aber ganz ehrlich, es ist in Ordnung. Ich habe schon andere Schülerinnen nach Hause gefahren und deshalb nicht meinen Job verloren.«

So wie er es sagt, klingt es nicht nach einer großen Sache. Nur weil er mein Lehrer ist, darf er mich nicht nach Hause fahren? Das scheint lächerlich.

»Okay«, sage ich schließlich.

Es ist keine große Sache. Nichts Schlimmes wird passieren.

29

Addie

Obwohl Mr. Bennett in der Nähe des Hintereingangs der Schule geparkt hat, holt er noch einen Schirm hervor, und ich dränge mich dicht an ihn, um nicht nass zu werden. Natürlich nicht *zu* dicht.

Er fährt einen grauen Honda, was irgendwie seltsam ist. Ich hatte etwas Protzigeres erwartet, ein knallrotes Cabrio oder so. Was wiederum auch seltsam ist, denn Mr. Bennett ist – was sein Äußeres angeht – auch nicht protzig. Aber dieses Auto erscheint so sehr wie das Auto eines *Erwachsenen*, obwohl Mr. Bennett mir eher vorkommt wie einer der Schüler.

Innen riecht es jedoch nach ihm. Ich weiß nicht genau, was den Geruch ausmacht, vielleicht ein Eau de Cologne oder ein Aftershave oder so etwas, aber es ist ein angenehmer Geruch. Ich nehme es nicht wahr, wenn er hinter seinem Pult sitzt. Aber wenn er aufsteht und herumgeht, kann ich es auf meinem Platz in der ersten Reihe riechen.

»Tut mir leid, es ist unordentlich«, sagt er, während er ein paar Papiere vom Beifahrersitz nimmt. Verglichen mit dem Wagen meiner Mutter, ist es jedoch sogar ziemlich aufgeräumt. Ich habe noch nie erlebt, dass in ihrem Auto keine Pommes auf dem Boden lagen.

Ich setze mich auf den Beifahrersitz und schnalle mich

an. Es ist seltsam, aber als Mr. Bennett sich hinter das Steuer setzt, kommt es mir nicht mehr so vor, als seien wir Lehrer und Schülerin, sondern eher zwei Freunde, die zusammen nach Hause fahren. Die einzige Person, mit der ich so zusammen im Auto fahre, ist meine Mutter, und sie ist viel älter als Mr. Bennett. Mindestens zehn Jahre, vielleicht noch mehr.

Und er ist anders als jeder Erwachsene, den ich kenne. Ich bin mit Mr. Tuttle im Auto gefahren, aber er war alt, wie mein Vater oder vielleicht sogar fast wie mein Großvater oder so. Aber so ist Mr. Bennett nicht. Mr. Bennett sieht gut aus – im Grunde besser als alle Jungen in meinem Jahrgang –, und es ist schwer, das nicht wahrzunehmen.

Wenn wir Freunde wären, würde ich ihn natürlich nicht Mr. Bennett nennen. Sein Vorname ist Nathaniel. Nathaniel Bennett. Das erinnert mich an Nathaniel Hawthorne, der den Roman *Der scharlachrote Buchstabe* geschrieben hat, den ich letztes Jahr im Englischkurs lesen musste. Der Name Nathaniel hat etwas Poetisches.

Nathaniel und Adeline. Das klingt wie ein Paar vor Hunderten von Jahren.

Ich habe gehört, wie andere Lehrer ihn Nate genannt haben. Wenn wir Freunde wären, würde ich ihn wahrscheinlich auch so nennen. Aber da wir eigentlich keine Freunde sind, werde ich weiterhin Mr. Bennett zu ihm sagen.

»Danke noch mal«, sage ich, als er den Motor startet.

»Kein Problem.« Er fährt aus seiner Parklücke, die Scheibenwischer bewegen sich heftig hin und her. »Ich konnte dich doch bei diesem Wetter nicht zu Fuß nach Hause gehen lassen. Und ich hab's nicht eilig. Eve geht heute Abend mit einer Freundin aus.«

Er fährt auf die Straße. Ich habe ihm meine Adresse gesagt, und er scheint ohne Navi hinzufinden. Ich sitze da, spiele mit einem losen Faden an der Naht meiner Jeans und überlege, was ich sagen könnte, um ein Gespräch anzufangen. Aber alles, was mir einfällt, kommt mir unglaublich dumm vor. Ich bin sechzehn. Ich glaube nicht, dass ich irgendetwas Interessantes zu ihm sagen könnte. Normalerweise unterhalten wir uns über Lyrik, aber das scheint im Moment ein unpassendes Gesprächsthema.

»Also«, sagt er schließlich. »Ist die Person, die Rasierschaum in deinen Schrank gesprüht hat, dieselbe wie die, die deine Kleidung ruiniert hat?«

Ich zögere einen Moment, bevor ich nicke. Ich habe meinen Brief an Kenzie anstelle der Hausaufgabe abgegeben. Um ehrlich zu sein, waren einige der wütenden Gedanken auch an Mrs. Bennett gerichtet. Mr. Bennett hat den Brief nie benotet oder mir zurückgegeben, aber als ich ihn ihm gegeben habe, hat er zu mir gesagt: *Ich wette, es hat gutgetan, das zu schreiben.*

Das hat es wirklich.

Aber nicht so gut, wie es wäre, diese Dinge zu *tun.*

»Es tut mir leid, dass dir das passiert ist«, sagt er. »Du verdienst es nicht, so behandelt zu werden. Niemand verdient das. Und du solltest wissen, dass nichts falsch daran ist, sich zu wehren.«

»Es ist irgendwie schwierig, sich zu wehren, wenn die andere Person ihre eigene Truppe hat.«

Ich wappne mich für einen Motivationsvortrag, wie ihn jeder andere Erwachsene mir halten würde, aber Mr. Bennett nickt nur. »Ich will nicht lügen. Manchmal ist die Highschool hart.«

»Ich bin sicher, für Sie war sie nicht hart.«

»Hmm. Ich glaube, dir ist nicht klar, wie es für einen sechzehnjährigen Jungen war, der gerne Gedichte schrieb.«

Trotz allem muss ich lachen. Es ist schwer, sich Mr. Bennett als Sechzehnjährigen vorzustellen. Aber manchmal erscheint er sehr jung. Beinahe sehe ich ihn als Teenager vor mir, der unter einem Baum vor der Schule sitzt und Gedichte schreibt.

»Was war das erste Gedicht, das Sie je geschrieben haben?«, frage ich ihn.

Mein Gesicht glüht leicht, weil ich unsicher bin, ob ich eine dumme Frage gestellt habe. Aber er verhält sich nicht so, als hielte er sie für dumm. Er spitzt die Lippen, als würde er über eine Antwort nachdenken. Ich erlaube mir, ihn anzusehen, und bemerke einen kleinen abheilenden Schnitt an seinem Kinn, der vom Rasieren heute Morgen stammen muss. Viele Jungen in meiner Klasse rasieren sich noch nicht und haben nur einzelne dieser ekligen weichen Haare am Kinn.

»Ich habe mit sechs ein Gedicht geschrieben«, sagt er. »Für meine Mutter zum Muttertag. Sie hat es am Kühlschrank aufgehängt, wo es jahrelang hing. Deshalb erinnere ich mich noch daran. Lass mich nachdenken. *Ich liebe meine Mutter, und ich weiß, warum. Sie gibt mir zu essen, deshalb fall ich nicht tot um.*«

»Das ist das Süßeste, was ich je gehört habe«, kreische ich.

»Ich weiß. Ich war hinreißend.« Er grinst mich an. »Was ist mit dir?«

»Ich glaube nicht, dass ich irgendetwas so Süßes geschrieben habe. Jedenfalls bin ich keine ernsthafte Dichterin gewesen, bevor ich auf der Highschool war.« Jetzt fühlt sich mein Gesicht an, als wäre es feuerrot. »Ich wollte damit nicht sagen, dass ich eine Dichterin bin oder so. Das bin ich nicht.

Ich meinte nur, dass ich da erst angefangen habe, ernsthaft Gedichte zu schreiben. Irgendwie ernst.«

»Aber du bist eine Dichterin.« Das Lächeln weicht aus seinem Gesicht. »Sag nicht, dass du es nicht bist, denn das bist du absolut. Mehr als manche Erwachsene, die es von sich behaupten.«

Ich quetsche die Hände zwischen meine Knie. Manchmal sagen Erwachsene Dinge gönnerhaft, aber das hier klingt nicht so. Es klingt, als ob er es wirklich meinte.

Ich bin beinahe traurig, als unser Haus in Sicht kommt. Ich habe das Gefühl, ich könnte mich noch eine oder zwei Stunden mit Mr. Bennett im Auto unterhalten. Wenn ich mit meiner Mom im Auto fahre, schalte ich für gewöhnlich das Radio ein, weil unsere Gespräche peinlich werden können, aber bei Mr. Bennett habe ich nicht das Bedürfnis.

»Danke fürs Mitnehmen«, sage ich, als er am Straßenrand vor unserem Haus hält.

»Es war mir ein Vergnügen.«

Für den Bruchteil einer Sekunde fühlt es sich fast so an, als hätten wir ein Date gehabt und er würde mich am Ende des Abends zu Hause absetzen. Es ist absurd, aber es fühlt sich so an. Und einen Moment lang kommt es mir so vor, als sollte ich mich für einen Abschiedskuss vorbeugen.

Aber das ist lächerlich.

»Danke noch mal.« Ich greife nach meiner Tasche auf dem Boden und öffne die Tür des Autos. »Wirklich.«

»Jederzeit, Addie.«

Als ich vom Honda zu unserer Haustür sause, um dem Regen zu entkommen, der auf mich niederprasselt, erwische ich mich dabei, dass ich grinse wie eine Idiotin.

30

Eve

»Die passen perfekt.«

Jay hat gerade meine Füße in ein Paar grüne Calvin-Klein-Pumps gesteckt und kniet jetzt in einer der hinteren Reihen von Simon's Shoes neben mir. Wir tun das manchmal nach unseren Zusammenkünften im Lagerraum, wenn *sie* nicht angerufen hat, um ihn zu bitten, nach Hause zu kommen. Wir gehen nach vorn in den Laden, und er lässt mich Schuhe anprobieren. Neben mir auf dem Boden stehen bereits ein halbes Dutzend Kartons.

»Die kann ich mir nicht leisten«, erinnere ich ihn, obwohl sie zugegebenermaßen toll aussehen.

»Ich wünschte, ich könnte sie dir kaufen.« Unsere Blicke begegnen sich. »Ich wünschte, ich könnte dir alle diese Schuhe kaufen.«

»Und ich wünschte, ich müsste nicht zurück zu ihm.«

Ich platze damit heraus, ohne nachzudenken, aber als die Worte aus meinem Mund kommen, wird mir bewusst, wie wahr sie sind. An meinem Geburtstag hatte ich daran gedacht, mich wieder voll und ganz meiner Ehe zu widmen. Doch jetzt wird mir klar, dass Nate und ich nie wieder zueinander zurückkriechen können. Die Kluft zwischen uns wird täglich größer.

»Warum verlässt du ihn nicht?«

Ich schnaube, während ich die Pumps wieder ausziehe. Ich mag sie *zu* gerne, und es ist frustrierend. »Und was dann? Laufen wir zusammen weg?«

Ich sage es zwar in sarkastischem Ton, aber in Wahrheit träume ich davon, dass es für mich und Jay ein Happy End gibt. Es wird niemals passieren – wir sind beide zu sehr gefangen. Letztendlich könnte ich es Nate nicht antun. Ich könnte ihn nicht so demütigen.

Doch manchmal denke ich, dass er mich kaum vermissen würde. Er kam heute tropfnass nach Hause und erzählte mir, er habe zur Inspiration einen Spaziergang im Regen gemacht. Dann ist er in sein Arbeitszimmer im zweiten Stock gegangen und hat die Tür geschlossen. Ich habe angeklopft, um ihm zu sagen, dass ich gehe, aber er hat mich kaum wahrgenommen.

Wie aufs Stichwort klingelt Jays Handy. Diesmal höre ich im Hintergrund ein Baby schreien, während er spricht. Ich stütze das Kinn auf meine Hände und versuche, die Gewissensbisse zu verdrängen, die in mir nagen. Egal, was mit Nate wird, ich muss die Sache mit Jay beenden. Lieber früher als später.

»Du musst gehen«, sage ich, sobald Jay aufgelegt hat.

»Sie will, dass ich nach Hause komme.« Er seufzt. »Das Baby ist … Egal. Nächste Woche?«

Während er noch neben mir hockt, strecke ich die Hand aus und fahre mit den Fingern über die alte gezackte Narbe direkt unter seinem Haaransatz. Er hat mir erzählt, dass er sie sich als Kind zugezogen hat, als er versuchte, sich unter einem Zaun durchzuzwängen. Irgendwann in den kommenden Wochen werden wir uns das letzte Mal sehen. Aber ich hoffe, es wird nicht diese Woche oder die nächste Woche sein.

Aber es wird bald sein.

»Ja«, sage ich. »Wir sehen uns nächste Woche.«

Jay blickt auf die Schuhkartons zu meinen Füßen. »Ich räume die besser weg. Ich will keinen Ärger kriegen.«

Die Kartons stammen aus dem Lager, und wir nehmen jeder einige davon und tragen sie zurück. Fast wie ein pawlowscher Hund spüre ich sofort reflexhaft die Erregung, sobald wir in die Nähe des Lagers kommen. Es spielt keine Rolle, dass wir heute Abend schon zweimal Sex hatten. Ich will ihn immer noch. Und so, wie er mich ansieht, geht es ihm genauso.

»Nächste Woche ...« Er sagt es mehr zu sich selbst. »Ich kann es jetzt schon kaum erwarten.«

Wir verlassen den Laden gemeinsam. Er schließt ab und begleitet mich dann wie immer zuerst zu meinem Auto, das auf dem winzigen Parkplatz steht. Ich bin jedes Mal ein bisschen ängstlich, wenn Jay und ich zusammen in der Öffentlichkeit sind. Aber normalerweise sind wir das nur kurz, wenn wir zu unseren Autos gehen. Heute habe ich jedoch das ungute Gefühl, dass uns jemand beobachtet.

Als ich bei meinem Kia bin, ergreift Jay meinen Arm und beugt sich vor, um mich noch einmal zu küssen. Dann geht er zu seinem Auto, um nach Hause zu dem weinenden Baby zu fahren. Ich steige in meinen Kia und kehre zu meinem Mann zurück, der mich nicht liebt.

31

Addie

Heute habe ich eine Zwischenprüfung in Mathe und bin vollkommen aufgeschmissen.

Ich verstehe nichts von dem Stoff. Schon unter günstigen Bedingungen habe ich zu kämpfen. Als Hudson noch mit mir gesprochen hat, bevor ich ihn dazu gebracht habe, den (versehentlichen) Mord an meinem Vater zu vertuschen, hat er sich immer mit mir hingesetzt und mir den Stoff geduldig erklärt. Und dann hat Mr. Tuttle es getan. Aber es scheint, als hätte ich jeden, der mir freiwillig geholfen hat, vergrault.

Ich sollte meine Mutter um einen Nachhilfelehrer bitten; Mrs. Bennett wird meinetwegen das Tempo nicht reduzieren. Aber ich habe gezögert, sie zu fragen, denn das Geld war in letzter Zeit knapp. Mom hat sogar Extraschichten im Krankenhaus übernommen, und ich habe gehört, wie sie ein besorgniserregendes Gespräch mit der Bank wegen der Hypothekenzahlungen geführt hat. Deshalb will ich sie auf keinen Fall darum bitten, Geld für mich zu verpulvern, nur weil ich zu dumm für Trigonometrie bin.

Und selbst wenn ich Nachhilfe bekäme, würde es mir jetzt nicht mehr helfen, da Mrs. Bennett gerade die Aufgaben für die Zwischenprüfung verteilt. Jetzt kann mir nichts mehr helfen.

Ich sehe mir die erste Frage an, in der Hoffnung, dass der

Test wie durch ein Wunder einfacher ist, als ich erwartet habe. Vielleicht bin ich besser vorbereitet, als ich dachte. Hey, es sind schon verrücktere Dinge passiert.

Ein Schwimmer soll ein Objekt aus dem Wasser holen, das viereinhalb Meter von der Beckenwand entfernt ist. Wenn der Tiefenwinkel des Objekts vom Beckenrand 30 Grad beträgt, wie viel beträgt dann die vertikale Entfernung, die er schwimmen muss, um das Objekt zu bergen?

Das ist nicht schwer. Das schaffe ich.

Konzentrier dich, Addie!

Während ich auf die Testfragen vor mir starre, kann ich nicht umhin zu bemerken, dass ich einen perfekten Blick auf Kyle Lewis' Prüfungsarbeit habe. Er sitzt links vor mir, und da er Linkshänder ist, kann ich sein Blatt gut sehen. Kyle bekommt regelmäßig eine glatte Eins in Mathe.

Das würde natürlich bedeuten zu *mogeln*. Darüber gibt es keine zwei Meinungen – auf die Arbeit eines anderen Schülers zu schauen, wäre ein schweres Vergehen. Zwar habe ich in meinem Leben schon viele schlimme Dinge getan, doch ich hielt mich nie für jemanden, der *so etwas* tun würde.

Aber wenn ich es nicht tue, werde ich die Zwischenprüfung nicht bestehen.

Verdammt.

Okay. Was, wenn ich mir nur die Antworten auf ein paar Fragen ansehe? Ich muss nicht alles abschreiben, nur genügend, um zu bestehen. Es ist schließlich nicht so, dass Trigonometrie für mich in der Zukunft irgendeinen Nutzen hätte. Es ist nicht so, dass ich mich um eine extrem wichtige Alltagskompetenz bringen würde. Sogar Lyrik ist wahrscheinlich nützlicher als Trigonometrie, und das will etwas heißen.

Bevor ich mich bremsen kann, erwische ich mich dabei, wie ich Kyles Antworten abschreibe. Zum Glück sind es Multiple-Choice-Fragen, und die Lösungswege müssen nicht dazugeschrieben werden. Aber ich versuche trotzdem, ein paar Dinge hinzukritzeln, weil ich nicht will, dass es aussieht, als ob … Na ja, ich will nicht, dass es aussieht, als hätte ich die Antworten von dem Jungen, der vor mir sitzt, abgeschrieben.

Als Mrs. Bennett uns sagt, dass die Zeit um ist, gebe ich meinen Test zusammen mit allen anderen vorne ab. Obwohl die meisten meiner Antworten ausnahmsweise mal richtig sind, habe ich ein ungutes Gefühl im Magen.

Ich habe gemogelt. So etwas habe ich noch nie getan.

Vielleicht bin ich tief im Herzen genauso schlecht wie mein Vater.

Aber ich muss das Positive daran sehen. Es sah ganz danach aus, als würde ich die Prüfung nicht bestehen, und ich habe Kyles Antworten nicht vollständig abgeschrieben, denn das wäre extrem verdächtig gewesen. Doch ich bin ziemlich sicher, dass ich genug richtig habe, um eine Zwei zu bekommen.

Während ich meine Habseligkeiten einpacke, fällt ein Schatten auf mich. Als ich den Kopf hebe, sehe ich, dass Kenzie auf mich niederblickt. Sie sitzt zwei Plätze hinter mir auf der linken Seite, und ich hatte beinahe vergessen, dass sie da war. Abgesehen von der Tatsache, dass sie immer gegen meinen Rucksack tritt, wenn sie vorbeigeht. Aber jetzt geht sie nicht vorbei. Sie steht direkt über mir.

»Na, Addie«, sagt sie. »Konntest du Kyles Antworten gut sehen?«

Ich spüre, wie ich ganz blass werde. »Was?«

»Mann, das war *so* offensichtlich.« Sie verdreht die Augen.

»Bestimmt hat sogar Mrs. Bennett gesehen, wie du auf sein Blatt gestarrt hast. Aber für den Fall, dass nicht …«

Mir wird klar, worauf sie hinauswill. Kenzie hat gesehen, wie ich von Kyle abgeschrieben habe, und will mich verpetzen. Wenn ich ihr so etwas antun würde, dann würde ich dafür schikaniert werden. Aber Kenzie kommt mit allem durch.

»Bitte, tu das nicht.« Ich hasse es, sie zu bitten, aber ich kann mir nicht noch einen Skandal an der Schule leisten. Ich kann nicht. »Ich habe nicht … Ich meine, vielleicht eine oder zwei Antworten, mehr nicht.«

Sie zuckt mit der Schulter. »Ich weiß, was ich gesehen habe, Addie.«

Kenzie geht schnell aus dem Klassenraum. Mit ihren langen, schlanken Beinen ist sie viel schneller als ich. Sie ist körperlich so provozierend perfekt. Ich kann es Hudson nicht übel nehmen, dass er sie mag. Auch wenn ich sie hasse.

»Kenzie …« Schnaufend und keuchend versuche ich, mit ihr Schritt zu halten, während sie den Flur entlanggeht. Ich werde wahrscheinlich zu spät zu meinem nächsten Kurs kommen, aber ich muss Prioritäten setzen. »Bitte sag es nicht Mrs. Bennett. Bitte. Ich mache alles, was du willst.«

Kenzie bleibt abrupt stehen. »Alles?«

»Ja! Alles.«

»Gut.« Sie tippt mit dem Finger gegen ihre Zähne. Ihre Nägel sind eisblau lackiert. »Wenn wir heute Englisch haben, will ich, dass du auf Hände und Knie gehst und den Fußboden leckst.«

Mir bleibt der Mund offen stehen. »Den *Fußboden* lecken?«

Sie nickt. »Sechzig Sekunden lang.«

Ich weiß nicht, was ich sagen soll. Wenn es ein anderer Kurs wäre … Na ja, ich weiß nicht, ob ich es tun würde, denn das ist ekelhaft. Aber ich werde definitiv nicht den Fußboden vor Mr. Bennett lecken. Gott, was würde er von mir denken?

»Das mache ich nicht«, sage ich.

»In dem Fall«, ihre Augen funkeln, »werden Mrs. Bennett und ich uns mal unterhalten, schätze ich.«

»Bitte, Kenzie«, winsele ich. »Ich habe einen schrecklichen Fehler gemacht. Ich habe so etwas noch nie getan. Ich bin *kein* schlechter Mensch.«

»Das«, sagt Kenzie, »ist fraglich.«

Mit diesen Worten wendet sie sich von mir ab, wobei sie mir praktisch mit ihren blonden Haaren ins Gesicht schlägt. Warum hasst Kenzie mich so? Ich habe ihr nie etwas getan. Und es sieht nicht so aus, als wäre es wegen Mr. Tuttle. Es muss etwas mit Hudson zu tun haben.

Ist es möglich, dass Hudson ihr unser Geheimnis verraten hat?

Wenn das stimmt, ist die Möglichkeit, dass Mrs. Bennett erfährt, dass ich in der Mathe-Zwischenprüfung getäuscht habe, mein geringeres Problem.

32

Addie

Während ich in Mr. Bennetts Englischkurs sitze (und *nicht* den Boden lecke, obwohl Kenzie mir gezielte Blicke zuwirft), betritt eine Schülerin mit einem zusammengefalteten Blatt Papier den Raum und unterbricht Mr. Bennett mitten in der Besprechung eines Gedichts von Robert Frost. Als er die Augenbrauen hebt, sagt die Schülerin: »Ich habe eine Mitteilung für Adeline Severson.«

Mr. Bennett nimmt den Zettel, faltet ihn auseinander und liest ihn. Seine Mundwinkel bewegen sich nach unten. Unsere Blicke begegnen sich kurz. »Danke«, sagt er zu der Schülerin. »Ich werde dafür sorgen, dass sie sie bekommt.«

Ich habe mir noch nie übernatürliche Kräfte gewünscht, aber jetzt würde ich alles für einen Röntgenblick geben, um zu lesen, was auf dem Zettel steht. Doch Mr. Bennett legt ihn aufs Pult und fährt mit der Besprechung von Robert Frost fort. Als ob ich mich jetzt darauf konzentrieren könnte, dass nichts Goldenes bleibt.

Als es klingelt, winkt Mr. Bennett mich zu sich. Ich trotte zu seinem Pult, und er hält mir den Zettel hin. Als ich die Mitteilung lese, beginnen meine Hände unwillkürlich zu zittern.

Adeline,
komm bitte nach der letzten Stunde unverzüglich zu meinem Kursraum.
Eve Bennett

Oh nein. Ich kann nicht glauben, dass Kenzie es ihr so schnell gesagt hat.

»Was hat das zu bedeuten?«, fragt Mr. Bennett. Sein Ton ist freundlich, aber zwischen seinen Augenbrauen ist eine winzige Furche.

»Ich habe keine Ahnung«, lüge ich.

Mr. Bennett sieht nicht so aus, als ob er mir glauben würde, aber er bedrängt mich nicht weiter. »Du weißt, dass du es mir sagen kannst, wenn du irgendwelche Probleme hast, oder?«

Sein Angebot ist so freundlich, dass ich fast in Tränen ausbreche. Aber wenn er wüsste, was ich getan habe – dass ich von einem anderen Schüler abgeschrieben habe –, wäre er so enttäuscht von mir. Andererseits ist Mrs. Bennett seine Frau, da gibt es keine Verschwiegenheit. Wenn sie denkt, dass ich mich falsch verhalten habe, wird sie ihm alles darüber erzählen. Sie wird es *jedem* erzählen.

»Mir geht's gut«, sage ich. Eine weitere Lüge, aber egal.

Ich spüre Mr. Bennetts Blick im Rücken, als ich aus dem Raum gehe. Ich versuche, mir einzureden, dass es um etwas anderes gehen könnte. Die ominöse Mitteilung bedeutet nicht notwendigerweise, dass Mrs. Bennett weiß, dass ich von Kyle abgeschrieben habe. Vielleicht will sie mir nur Vorschläge für Nachhilfeunterricht machen. Aber warum würde sie mich deshalb »unverzüglich« sprechen wollen und mir durch eine Schülerin eine Nachricht zukommen lassen?

Als ich bei Mrs. Bennetts Kursraum ankomme, sitzt sie an ihrem Pult und korrigiert Zwischenprüfungstests, wie es scheint. Sie hat ihren Rotstift in der Hand und die Stirn vor Konzentration gefurcht. Wenn ich sie so anschaue, weiß ich wirklich nicht, was Mr. Bennett in ihr sieht. Sie ist recht attraktiv, aber ein Stirnrunzeln scheint in ihr Gesicht gebrannt. Wie hält er das aus?

»Mrs. Bennett?« Ich klopfe vorsichtig an die Tür ihres Kursraums, obwohl sie offen steht. »Sie wollten mich sprechen?«

»Ja.« Ihre Lippen sind ein gerader Strich in ihrem Gesicht, fast als wären sie im Mund verschwunden. »Setz dich, Adeline.«

Die Tatsache, dass sie mich mit meinem vollen Namen anspricht, macht mich nervös. Meine Mutter tut das auch, wenn sie denkt, ich habe mich schlecht benommen. Aber ich gehorche und setze mich an den Tisch direkt vor ihrem Pult.

»Nun.« Mrs. Bennett richtet ihre Aufmerksamkeit auf mich. Ihre Augen sind klein und wach. »Gibt es etwas, das du mir sagen willst?«

Ich starre sie an und sage kein Wort. Was immer Kenzie ihr erzählt hat, es gibt keinen Beweis.

Als klar ist, dass ich weder etwas bestätigen noch leugnen werde, zieht sie zwei Tests unten aus dem Stapel auf ihrem Pult heraus und wirft sie vor sich hin. »Du hast von Kyle abgeschrieben. Du sitzt direkt hinter ihm, hast auf sein Blatt gesehen und seine Antworten abgeschrieben.«

Ich öffne den Mund, um etwas zu sagen, aber es fühlt sich an, als ob mir etwas in der Kehle steckte, und nichts kommt heraus. Ich kann nicht glauben, dass das hier passiert. Ich habe in meinem ganzen Leben noch nie gemogelt, und das eine

Mal, wo ich es getan habe, werde ich ungefähr eine Stunde später erwischt. Ich bin wirklich der größte Pechvogel.

Fairerweise muss ich zugeben, ich bin damit davongekommen, dass ich meinen Dad getötet habe.

»Also?« Ihre Augenbrauen schießen nach oben. »Hast du irgendetwas zu deiner Verteidigung zu sagen?«

Ich bringe immer noch kein Wort heraus. Was soll ich sagen? Ich habe gemogelt. Ich will nicht obendrein noch lügen. »Es tut mir so leid«, bringe ich schließlich mühsam hervor.

Mrs. Bennett sieht vollkommen ungerührt aus. Das überrascht mich nicht. Sie erinnert mich an eine der bösen Hexen in den Disney-Filmen. Sie braucht nur noch einen Umhang. »Mogeln ist eine äußerst schwerwiegende Angelegenheit. Ich werde es morgen früh mit der Schulleiterin besprechen.«

Die Schulleiterin Mrs. Higgins mag mich ohnehin nicht. Dabei mochte sie mich mal. Na ja, die ersten eineinhalb Jahre, die ich auf die Caseham High ging, wusste sie kaum, wer ich war, was wahrscheinlich das Beste ist. Als ich das erste Mal bei ihr war, war sie so freundlich zu mir. Und jetzt hält sie mich für eine Unruhestifterin, weil ich Mr. Tuttle das angetan habe.

Was wird sie tun, wenn sie herausfindet, dass ich obendrein auch noch gemogelt habe?

»Du kannst gehen«, sagt Mrs. Bennett.

Ich stehe mit zittrigen Beinen auf und schaffe es irgendwie, ihren Kursraum zu verlassen, ohne zusammenzubrechen. Ich weiß nicht, was morgen passieren wird, aber es wird schrecklich sein. Die Schulleiterin wird erfahren, dass ich von Kyle abgeschrieben habe. Sie werden wahrscheinlich meine Mutter informieren, und dann werde ich diesen furchtbar enttäuschten Ausdruck auf ihrem Gesicht sehen.

Und vielleicht das Schlimmste von allem: Mr. Bennett wird ebenfalls davon erfahren.

Ich bin so wütend auf Kenzie. Sie hätte Mrs. Bennett nichts erzählen müssen. Sie hätte den Mund halten können. Ich verstehe nicht, warum sie mich so sehr hasst.

Ich werde nicht länger ein Fußabtreter sein. Ich werde Kenzie nicht damit davonkommen lassen.

33

Eve

Als ich nach Hause komme, ist Nate zu meiner Überraschung schon da und wartet auf mich.

Ich bin fast immer vor ihm zu Hause. Manchmal kommt er so spät, dass ich mich frage, was er so lange in der Schule macht. Aber heute sitzt er bereits auf dem Sofa, als ich nach Hause komme. Und als ich das Wohnzimmer betrete, steht er auf, um mich zu begrüßen. Er küsst mich sogar.

»Wie war dein Tag?«, fragt er.

»Gut.« Ich werfe einen Blick in die Küche, um zu sehen, ob er schon mit Kochen angefangen hat. »Was willst du heute zu Abend essen?«

»Eigentlich«, sagt er, »dachte ich, wir könnten etwas bestellen. Wo du willst.«

Normalerweise findet Nate, dass die Restaurants mit Lieferservice zu teuer sind.

»Klingt großartig.«

Ein Lächeln umspielt seine Lippen. Seine Augen wandern an mir hinunter, und er hat einen Ausdruck im Gesicht, den ich lange nicht bei ihm gesehen habe. »Du siehst heute hübsch aus, Eve.«

Wirklich? Ich trage eine weiße Bluse zur beigen Hose. Allerdings habe ich meine Schuhe von Manolo Blahnik an, die ich nicht häufig trage, aber heute brauchte ich eine Aufmunterung. »Danke.«

Dann küsst er mich erneut. Ein langer, inniger Kuss diesmal. Im nächsten Moment öffnet er den obersten Knopf meiner Bluse.

»Nate«, stoße ich hervor.

»Lass uns nach oben gehen«, flüstert er in mein Ohr. »Okay?«

Ich werde nicht Nein sagen.

Eine halbe Stunde später liegen wir beide atemlos auf unserem Bett. Nate war so entschlossen, sich über mich herzumachen, dass ich meine Manolos weggetreten habe, statt sie vorsichtig auszuziehen und liebevoll zurück in den Schrank zu stellen. Der Rest der Kleidung ist im Zimmer verstreut. Als ich zu Nate hinübersehe, glänzt er am ganzen Körper vor Schweiß. Er erwidert meinen Blick und grinst.

»Puh«, sagt er. »Das war …«

Ich nicke zustimmend. Ich weiß nicht, was sich heute geändert hat, aber vielleicht gibt es für uns noch einen Weg, unsere Ehe zu retten. Nicht, dass ich Jay nicht liebe, aber er und ich haben keine gemeinsame Zukunft. Nate ist die Zukunft, auf Gedeih und Verderb.

»Gut, dass wir Essen bestellen«, sage ich. »Ich bin viel zu müde, um zu kochen.«

Nate lacht. »Ich weiß.«

»Wir sollten …« Ich sehe ihm in die Augen. »Wir sollten das öfter machen.«

»Absolut.«

Ich kuschele mich an meinen Mann, und er legt den Arm um mich. Ich lehne den Kopf an seine Schulter und bin zum ersten Mal seit Langem zufrieden mit ihm. Wir haben einmal im Monat Sex, aber so ist es sonst nie. Normalerweise ist es sehr geordnet, als würden wir uns die Zähne putzen.

Das hier fühlt sich wie früher an, am Anfang unserer Beziehung.

»Übrigens«, murmelt Nate in meine Haare. »Ich hab heute diese seltsame Mitteilung bekommen. Dass du Addie Severson unverzüglich sprechen musstest. Alles in Ordnung?«

Addie Severson ist die letzte Person, über die ich in diesem glückseligen Zustand nach dem Sex sprechen will, aber es erscheint mir unfreundlich, ihm nicht zu antworten. Außerdem will ich, dass er weiß, was das Mädchen getan hat. Er muss wissen, wozu sie fähig ist.

»Nicht wirklich«, sage ich. »Sie hat in der Zwischenprüfung gemogelt.«

Er schweigt einen Moment. »Wie gemogelt?«

»Sie hat auf das Blatt eines anderen Schülers gespäht. Ich habe es gesehen und anschließend gleich beide Tests verglichen. Die Antworten waren fast identisch. Der andere ist ein brillanter Schüler, und sie hätte ohne Hilfe nicht so viele richtige Antworten gehabt.«

»Wow. Was wirst du tun?«

»Ich gehe zur Schulleiterin.« Ich muss bis morgen früh warten, aber so ist das Prozedere, wenn Schüler beim Schummeln erwischt werden. »Ich werde Higgins sagen, was passiert ist, und sie kann dann tun, was sie für richtig hält.«

Nate schüttelt den Kopf. »Wow, das ist hart. Musst du es wirklich der Schulleiterin melden?«

»Ich muss. So sind die Regeln.«

»Na ja«, sagt er nachdenklich, während er meinen Körper

fest an seinen drückt, »sie hat ja nichts Böses im Sinn. Sie hatte keine Betrugsstrategie und sich im Voraus überlegt, wie sie an eine Reihe richtiger Antworten kommt. Sie saß in der Prüfung, wusste nicht, wie sie die Aufgaben lösen sollte, was ich sehr gut nachvollziehen kann, und geriet in Panik.«

»Sie hat gemogelt, Nate.«

»Aber du hast keine Beweise, oder?« Er runzelt die Stirn. »Du sagst, sie hat von jemand anderem abgeschrieben. Aber vielleicht hat sie das ja gar nicht. Vielleicht hat sie tatsächlich gelernt. Hat sie es zugegeben?«

Genau genommen hat Addie nicht zugegeben, dass sie gemogelt hat. Aber ich konnte sehen, wie sie auf Kyles Blatt geschaut hat. Aufgrund meiner langjährigen Erfahrung als Lehrerin war es für mich schmerzlich offensichtlich. Zudem ist das Mädchen außerstande, allein eine solche Note zu erreichen. Und ich habe ihren Gesichtsausdruck gesehen, als ich sie damit konfrontiert habe. »Nicht direkt.«

»Sie hat zu kämpfen.« Er drückt mich enger an seinen warmen Körper. »Wir waren doch alle mal in der Situation, Eve. Hattest du in der Highschool nicht in Englisch zu kämpfen und brauchtest Nachhilfe?«

Ich weiß nicht, was ich dazu sagen soll. Es stimmt im Grunde. »Sie hätte Nachhilfe nehmen können. Sie hätte nicht mogeln müssen.«

»Nicht jeder Schüler kann sich einen Nachhilfelehrer leisten. Ich glaube, wir sind uns einig, dass Addie letztes Jahr viel durchgemacht hat.«

Unter anderen Umständen würde mich diese Unterhaltung wütend machen. Zu mogeln ist falsch, und die Tatsache, dass mein Mann eine Schülerin verteidigt, die von einem anderen abgeschrieben hat, ist lächerlich. Besonders da er Addie anscheinend zu seinem Lieblingsprojekt gemacht hat, obwohl ich ihn vor ihr gewarnt habe. Aber in seine Arme gekuschelt hält sich meine Wut oder gar Empörung in Grenzen. Nate engagiert sich sehr für seine Schüler, und ich kann ihm deswegen keinen Vorwurf machen. Das ist eine der Eigenschaften, aufgrund derer ich mich in ihn verliebt habe.

»Was schlägst du also vor?«, frage ich.

»Na ja«, sagt er. »Natürlich kann sie die Note nicht behalten, aber wenn du ihr null Punkte gibst und sie ernsthaft verwarnst, bezweifle ich, dass sie es je wieder tun wird. Es ist wie ein Schlag ins Gesicht und wird ihr signalisieren, dass sie sich zusammenreißen muss.«

»Glaubst du wirklich?« Addie scheint manchmal einfach so unglaublich hoffnungslos.

»Ich bin mir sicher.« Er küsst mich auf die Stirn. »Ich weiß, tief im Innern willst du, dass sie und alle deine anderen Schüler gut abschneiden. Und ich denke, das ist das Beste für sie. Du willst doch nicht ihr Leben ruinieren, oder? Auch wenn du immer noch wütend darüber bist, was mit Art passiert ist. Dir ist doch klar, dass es nicht *ihr* Fehler war, oder?«

Ist es das? Ich schätze, er hat recht. Addie Severson hat letztes Jahr eine Menge durchgemacht, und die Wahrheit ist, dass ich sehr streng zu ihr gewesen bin. Vielleicht weil ich wütend war, dass mein Mentor wegen ihr seinen Job verloren hat.

»Gut«, stimme ich zu. »Ich werde nicht zur Schulleiterin gehen. Ich werde nach dem Unterricht mit ihr reden und ihr sagen, dass sie null Punkte bekommt, aber dass ich sie nicht melden werde.«

»Du tust das Richtige, Eve.«

Er küsst mich noch einmal auf die Stirn, rollt sich aus dem Bett und geht ins Badezimmer. Eine Sekunde später höre ich die Dusche, und mein Handy vibriert auf dem Nachttisch. Ich greife danach. Es ist eine Nachricht auf Snapflash.

Jay: Sehen wir uns morgen Abend?

Ich werfe einen Blick hinüber zur Tür des Badezimmers, wo die Dusche immer noch läuft. Ich habe lange auf solche Leidenschaft bei Nate gewartet. In vielerlei Hinsicht war es absolut perfekt. Genau das, was ich wollte, und ich habe die Hoffnung, dass es zukünftig häufiger so sein wird.

Und doch stört mich etwas an der ganzen Geschichte.

Vielleicht ist es die Tatsache, dass er sofort, nachdem wir fertig waren, von Addie gesprochen hat. Und dann direkt unter die Dusche gegangen ist.

Aber letztendlich geht es gar nicht um ihn, sondern um den Mann, der mir hier Nachrichten schreibt. Jay hat das Geld zusammengekratzt, um mir wunderschöne Schuhe zum Geburtstag zu kaufen, während mein Mann mir nichts geschenkt hat. Ich musste mich nie fragen, ob Jay einen Hintergedanken hat. Ich sehe ihm an, wie sehr er mich will. Deshalb zögere ich nur eine Minute, bevor ich zurückschreibe.

Ich: Ich werde da sein.

34

Addie

Kenzie hat Cheerleader-Training bis mindestens fünf Uhr, vielleicht länger. Und auch ihre Eltern werden erst spät von ihren einflussreichen Jobs nach Hause kommen.

Ich dagegen habe absolut nichts zu tun, während ich darauf warte zu erfahren, ob die Schulleiterin Mrs. Higgins mich morgen von der Schule verweisen wird.

Ich stelle mein Fahrrad am Ende der Straße ab, wo Kenzie wohnt, und kette es an einem Laternenpfahl an. Meinen Rucksack nehme ich mit. Während ich die Straße entlang zu dem großen Haus gehe, schnüren die Tragriemen durch das Gewicht der Bücher in meine Schultern. Ich gehe zielstrebig vorwärts, als sollte ich hier sein. Als wäre ich eine Freundin von Kenzie und wollte sie besuchen.

Auch wenn nichts weniger der Wahrheit entspricht.

Ich klingele an der Tür und warte auf das Geräusch von Schritten. Um sicherzugehen, klingele ich noch einmal, aber es herrscht Stille. Genau wie ich vermutet habe – niemand ist zu Hause. Das Haus ist vollkommen leer.

Ich werfe einen Blick zu den angrenzenden Häusern, die genauso dunkel und still aussehen wie das der Montgomerys. Als ich sicher bin, dass mich niemand beobachtet, schleiche ich ums Haus herum und stapfe durch den saftig grünen Garten.

Als ich an die Hintertür komme, wühle ich in der kleinen Tasche meines Rucksacks und hole die Schlüssel heraus. Den Schlüsselanhänger habe ich weggeworfen, aber die Schlüssel habe ich behalten. Es ist natürlich möglich, dass sie die Schlösser ausgetauscht haben, nachdem Kenzie ihre Schlüssel verloren hat. Andererseits wohnen sie in einer sicheren Gegend. Vielleicht haben ihre Eltern angenommen, dass sie ihre Schlüssel irgendwo liegen gelassen hat, und sich nicht den Stress gemacht, die Schlösser auszutauschen.

Wie auch immer, ich werde es herausfinden.

Es sind drei Schlüssel am Bund, aber einer ist größer als die anderen. Ich hole tief Luft und stecke ihn ins Schloss. Ich zähle lautlos bis zehn und versuche dann, ihn zu drehen.

Es funktioniert.

Ich halte einen Moment lang inne, lausche, ob ich einen Hund bellen höre, aber da ist nichts. Also drehe ich den Schlüssel ganz herum, öffne die Tür und betrete die Küche der Montgomerys.

Sobald ich drin bin, sehe ich mich nach einer Alarmanlage um. Wenn ich die nicht abstelle, wird entweder ein Alarm ausgelöst oder die Polizei lautlos benachrichtigt. So oder so will ich nicht, dass das passiert. Aber ich sehe keine Tastatur an der Wand oder andere Hinweise auf eine Alarmanlage.

Was dumm ist, denn dieses Haus *braucht* eine Alarmanlage. Ich bin beeindruckt. Von der glänzenden offenen Küche aus kann ich in das riesige, mit teuren Möbeln ausgestattete Wohnzimmer blicken. Unser Haus wurde vor über hundert Jahren gebaut, und ich bezweifle, dass sich die Innenausstattung seitdem sehr verändert hat. Seitdem ich denken kann, haben wir denselben Kühlschrank, und ich habe das Gefühl, er wird mich und alle meine Lieben noch überleben.

Ich lasse meine Sneaker an der Hintertür stehen, denn die Montgomerys haben einen sehr hellen Teppich, und ich habe mit meinen schmutzigen Schuhen schon ein paar Flecken auf dem Küchenfußboden gemacht. Ich schleiche mich durchs Wohnzimmer hinüber zur mit Teppich belegten Treppe und beginne, sie hinaufzugehen.

Ich kann nicht glauben, dass ich das hier tue. Es ist schlimm genug, dass ich zum ersten Mal im Leben in einem Test gemogelt habe (und erwischt wurde). Und jetzt, nur wenige Stunden später, breche ich in ein Haus ein, um Himmels willen. Aber das ist alles Kenzies Schuld. Sie hätte mich nicht bei Mrs. Bennett verpetzen müssen, und sie hätte auch nicht all die anderen Dinge tun müssen, die sie mir dieses Halbjahr angetan hat. Sie *verdient*, was sie bekommt.

Als ich das oberste Stockwerk erreiche, stoße ich zuerst aufs Badezimmer. Ich gehe hinein und bewundere die glänzend weiße Einrichtung und die bunten Zahnbürsten, die auf dem Waschtisch aufgereiht sind. O mein Gott, ist das etwa eine Toilette mit Sitzwärmer? Wäre es verrückt, ihn auszuprobieren?

Ja, wahrscheinlich.

Einen Moment lang starre ich mich im Spiegel über dem Waschbecken an. Es ist derselbe Spiegel, in dem Kenzie sich jeden Tag betrachtet. Aber wenn sie in den Spiegel schaut, sieht sie perfekte Wangenknochen, klare blaue Augen und seidige blonde Haare. Und nicht meine unscheinbaren Gesichtszüge, schlammbraunen Augen und Haare.

Ich öffne den Medizinschrank und bin nicht überrascht, dass er mit diversen Hautcremes und Haarpflegeprodukten gefüllt ist. Im oberen Fach stehen ein paar Pillenfläschchen. Ich greife nach dem ersten.

Ondansetron. Im Bedarfsfall dreimal täglich eine Tablette gegen Übelkeit nehmen.

Als ich mich schon frage, warum Kenzie Tabletten gegen Übelkeit nehmen muss, sehe ich beim Umdrehen des Fläschchens, dass die Pillen für ihren älteren Bruder sind. Natürlich braucht Kenzie keine Medikamente gegen Übelkeit. Sie hat sich wahrscheinlich in ihrem ganzen Leben noch nicht übergeben.

Ich brauche nicht lange, um Kenzies Zimmer zu finden. Oben gibt es mehrere Schlafzimmer. Eins davon ist eindeutig das der Eltern, das andere gehört einem Jungen im Teenageralter – vermutlich ihrem Bruder –, und Kenzies ist das mit dem Himmelbett und dem großen rosa Schmuckkasten auf dem Schreibtisch. Es ist wirklich das hübscheste Jugendzimmer, das ich je gesehen habe.

Ich setze mich an Kenzies weißen Schreibtisch und sinke in dem Ledersessel ein. Hier sitzt Kenzie immer, macht ihre Hausaufgaben und hält es wahrscheinlich für selbstverständlich, dass sie so ein Glück hat.

Ich ziehe die obere Schublade ihres Schreibtisches auf und finde ein Blatt Papier, auf das etwas gekritzelt ist: *Ich kann nicht aufhören, an dich zu denken. Ich kann es nicht erwarten, dich heute Abend zu sehen.* Uff, genau was ich finden wollte – eine Liebesbotschaft von Hudson. Ich kann immer noch nicht glauben, dass er mit ihr zusammen ist.

Mit mir und Hudson war es komisch. Als wir jünger waren, mochte ich ihn und fand ihn auf eine allgemeine Art süß, mit seinem eifrigen Lächeln und den zerzausten blonden Haaren, aber ich war nicht in ihn verknallt oder so. Wir spielten zusammen, wie zwei Kinder das eben tun, spielten Nintendo oder machten Hausaufgaben zusammen. Im Sommer spielten wir Ball bei ihm im Garten, gingen zusammen zum nächsten Laden, um Süßigkeiten zu kaufen, oder krochen unter dem Zaun hindurch zum Garten des Nachbarn, um seinen Swimmingpool zu benutzen.

Aber als wir auf die Highschool kamen, schoss Hudson in die Höhe, sodass er schließlich größer war als ich – *viel* größer als ich –, und ich begann plötzlich, anders über ihn zu denken. Ich stellte mir vor, wie es wäre, ihn zu küssen. Und ich hatte das Gefühl, dass er genauso über mich dachte.

Es war nicht Kenzies Schuld, dass mein bester Freund nicht mehr mit mir sprach. Der Grund war die Sache mit meinem Vater und das, wozu ich Hudson gezwungen hatte. Aber das macht es jetzt nicht weniger schmerzlich, die beiden zusammen zu sehen.

Ich blicke hinüber zu einer Keramikfigur auf ihrem Schreibtisch, ein hellblau und violett bemalter Vogel. Als ich ihn in die Hand nehme, sehe ich, dass ihre Initialen *KM* unten eingebrannt sind, was bedeutet, dass sie sie selbst im Kunstunterricht gemacht hat. Kenzie ist sogar richtig gut im Töpfern. Aus einer Laune heraus schleudere ich die Figur auf den Boden, wo sie in fünf Teile zerbricht.

Ich dachte, ich würde mich vielleicht besser fühlen, wenn ich etwas von ihr zerstöre, aber das ist nicht der Fall. *Überhaupt* nicht. Merkwürdigerweise bin ich auch nicht mehr so traurig darüber, dass sie und Hudson zusammen sind. Ich vermisse Hudson als Freund, aber wenn ich mir vorstelle, mit wem ich gerne zusammen wäre, dann ist es nicht mehr Hudson.

Es ist Nathaniel Bennett.

Natürlich könnten Mr. Bennett und ich niemals etwas miteinander haben. Der Gedanke ist mehr als dumm. Aber ich denke die ganze Zeit an ihn. Nachts, bevor ich einschlafe, stelle ich mir vor, wie er mich anlächelt und sich dabei Falten um seine Augen bilden. Der Gedanke, er könnte erfahren, dass ich gemogelt habe, ist so beschämend. Mir ist nichts wichtiger, als was er von mir denkt.

Ich stehe vom Ledersessel auf und gehe hinüber zu Kenzies Schrank. Sie hat natürlich einen riesigen begehbaren. Ich durchforste die tollen Designersachen, die sie hineingestopft hat. Sie ist nicht nur hübsch und beliebt, sondern noch dazu reicher als die meisten anderen in der Schule. Es fühlt sich irgendwie ungerecht an.

Ich nehme ein rosa Top aus dem Schrank. Es ist sehr weich, und ich weiß, dass es bei mir an den richtigen Stellen eng anliegen wird. Es hat ungefähr die richtige Größe. Wenn ich es mitnehmen würde, würde sie es nicht mal bemerken. Ich meine, sie hat ungefähr zigtausend Oberteile in ihrem Schrank. Dieses hat sie wahrscheinlich seit Jahren nicht mehr getragen. In Wirklichkeit würde ich ihr einen Gefallen tun. Ich helfe ihr zu *entrümpeln*. Eigentlich könnte ich hier noch ein bisschen mehr entrümpeln.

Und dann, während ich weiter ihre Oberteile durchforste, höre ich unten ein Poltern.

35

Addie

Jemand ist zu Hause.

O mein Gott, das ist schrecklich. Ich dachte, ich wäre in Schwierigkeiten, als ich beim Mogeln erwischt wurde, aber das hier ist viel schlimmer. Das Schlimmste, was wegen Mogelns hätte passieren können, wäre ein Schulverweis gewesen, und selbst das wäre unwahrscheinlich.

Aber das hier ist Einbruch. Ich könnte ins Gefängnis kommen. Dies ist ein schweres Verbrechen.

Warum habe ich das getan? Ich hatte diese verrückte Idee, mich an Kenzie zu rächen, aber letztlich habe ich nur einen Keramikvogel zerbrochen und ihren Schrank durchgesehen. Ich habe nicht den Mut, mich an Kenzie für das, was sie mir angetan hat, zu rächen.

Ich bin wie erstarrt und weiß nicht, was ich als Nächstes tun soll. Das Geräusch kam von unten, also kann ich nicht dorthin gehen, ohne den Montgomerys in die Arme zu laufen.

Ich könnte mich verstecken. Kenzies Schrank ist groß genug für mich und das halbe Footballteam. Ich könnte mich darin einschließen und hoffen, dass, wer immer unten ist, wieder weggeht, und mich dann rausschleichen. Aber was, wenn es Kenzie ist? Dann bin ich in ihrem Schrank gefangen, und es ist nur eine Frage der Zeit, dass mich jemand entdeckt.

In Kenzies Haus erwischt zu werden, ist schlimm genug. Aber in ihrem Schrank gefunden zu werden, wäre ein Albtraum.

Nein, ich muss hier raus.

Ich werfe die Schlüssel in den Schrank und schleiche mich aus Kenzies Zimmer. Ich frage mich, ob ich schnell durch die Hintertür hinausschlüpfen kann. Wenn es Kenzie ist, bin ich erledigt. Aber wenn es ihre Eltern sind oder ihr Bruder, kann ich behaupten, sie hätte mich hergeschickt. Schließlich sehe ich keineswegs furchterregend aus.

Mein Herz schlägt wie wild, während ich langsam nach unten gehe. Alle paar Stufen bleibe ich stehen und lausche. Aber da war ganz sicher ein Poltern. Laut genug, dass es nicht nur der Wind sein konnte.

Ist es möglich, dass genau in dem Moment, in dem ich hier eingebrochen bin, ein echter Einbrecher ins Haus eingedrungen ist?

Nein, nicht sehr wahrscheinlich.

Ich bin am Fuß der Treppe angelangt und sehe oder höre noch immer niemanden im Haus. Es fühlt sich an, als sei niemand da, obwohl ich dieses Geräusch gehört habe. Ich schleiche um die Treppe herum zur Küche, um zur Hintertür zu gelangen.

Und da sehe ich sie.

Eine weiße, flauschige Katze sitzt mitten in der Küche neben einem Wassernapf, der vorher auf dem Tresen gestanden haben muss und jetzt auf dem Fußboden liegt. Die Katze sieht zu mir hoch und miaut, als wolle sie sich entschuldigen.

Es war die *Katze*.

Mein ganzer Körper entspannt sich vor Erleichterung. Ich

werde nicht wegen Einbruchs festgenommen und komme auch nicht in Jugendhaft. Niemand ist im Haus. Nur eine Katze, die Anspruch hat, versorgt zu werden.

Trotzdem werde ich kein Risiko eingehen. Ich schnappe mir meine Sneaker, schleiche so leise wie möglich durch die Hintertür und schließe sie hinter mir. Da ich die Schlüssel in den Schrank geworfen habe, bin ich nicht versucht wiederzukommen.

36

Eve

Am nächsten Tag kommt Addie in meinen Kursraum, als wäre sie auf dem Weg zum elektrischen Stuhl.

Unwillkürlich überkommt mich Mitgefühl für das Mädchen. Sie hatte in meinem Kurs zu kämpfen, und ich wusste es. Vielleicht bin ich diejenige, die Schuld hat, weil ich nicht mehr getan habe, um ihr zu helfen. Wenn es in der Vergangenheit Schüler gab, die so zu kämpfen hatten wie sie, habe ich ihnen immer Vorschläge für mögliche Unterstützung unterbreitet. Also habe ich eine Liste von Peer-Tutoren gemacht, die zu einem vernünftigen Preis mit ihr arbeiten würden.

Sobald es zum Ende der Stunde klingelt, winke ich Addie zu mir. Sie sieht aus, als würde sie lieber aus dem Fenster springen, aber sie gehorcht.

»Addie«, sage ich.

Sie sieht mich mit feuchten Augen an.

»Ich habe beschlossen, die Sache nicht der Schulleiterin zu melden«, sage ich.

Sie macht große Augen. »Sie …«

»Ich gebe dir null Punkte in der Zwischenprüfung«, sage ich. Das ist ein ziemlicher Schlag und macht es fast unmöglich, dass sie den Kurs besteht. Wenn ich ein Herz habe, muss ich es abmildern. »Und ich habe eine Liste mit Peer-Tutoren gemacht. Wenn sich deine Noten zum Ende hin deutlich verbessern, werde ich die Zwischenprüfung nicht berücksichtigen.«

Ich gebe Addie die Liste von Tutoren, und sie nimmt sie mit zitternden Fingern. »Vielen Dank, Mrs. Bennett. Ich bin Ihnen wirklich dankbar.«

Ich seufze. Wenn Nate gestern Abend nicht so überzeugend gewesen wäre, würde ich sie jetzt zu Higgins bringen. Aber er hatte recht. Sie hat es getan, weil sie verzweifelt war, sie hat es nicht geplant. Ich kann es ein Mal durchgehen lassen. »Wenn es noch mal passiert …«

»Das wird es nicht.« Sie sieht aus, als würde sie gleich auf die Knie fallen und meine Füße küssen. »Ich schwöre, ich werde mich bessern.«

»Gut.«

Ich bin bereit, diesen einen Ausrutscher zu vergessen, aber ich werde mich nicht mit dem Mädchen anfreunden. Sie hat Glück, dass Nate irgendetwas in ihr sieht. Denn das kann ich von mir weiß Gott nicht behaupten.

37

Addie

Ich muss zu viele Lucky Charms gegessen haben, denn ich habe eine echte Glückssträhne.

Zuerst wurde ich nicht erwischt, als ich in Kenzies Haus eingebrochen bin.

Dann hat Mrs. Bennett sich entschieden, nicht der Schulleiterin zu melden, was ich getan habe. Ich hatte das nicht mal für möglich gehalten, aber sie war tatsächlich nett zu mir. Natürlich hat sie nicht gelächelt – das wäre zu viel verlangt –, aber sie hat mir einige billige Tutoren empfohlen, die ich mir vielleicht leisten könnte. Sie hat mir außerdem gesagt, dass sie die Zwischenprüfung nicht berücksichtigen wird, wenn ich mich bis zum Ende des Halbjahres zusammenreiße.

Und jetzt bin ich beim Gruppentreffen für die Lyrikzeitschrift, und Mr. Bennett meint, dass das Gedicht, an dem ich die letzten beiden Wochen gearbeitet habe, in diese Ausgabe kommen sollte. Ich hatte solche Angst, dass Mrs. Bennett ihm erzählen würde, was ich getan habe, und er deshalb weniger von mir hält. Aber ich schätze, sie hat es ihm nicht erzählt, denn er sieht mich genauso an wie immer.

»Ich liebe diese Zeile«, sagt er. »›Mir blutet das Herz bei jedem Schlag.‹ Was für ein starkes Bild.«

Ich blicke hinüber zu Lotus, um zu sehen, ob sie zuhört,

aber sie sieht woanders hin. Sie war so wütend darüber, dass Mr. Bennett mein Gedicht für den Wettbewerb einreicht, dass sie nicht mal mehr mit mir spricht. Sie scheint kein Interesse daran zu haben, dass wir Freundinnen sind. Was sehr viel aussagt, denn Lotus ist vielleicht die Einzige an der Schule, die noch unbeliebter ist als ich.

Das Treffen für *Reflexionen* ist offiziell um halb fünf zu Ende, aber die engagierteren Schüler der Gruppe bleiben für gewöhnlich noch bis fünf und sprechen über Gedichte für die Zeitschrift und Sachen, die wir sonst noch lesen und die uns gefallen. Lotus geht als Letzte, hängt ihren Rucksack über die Schulter und verlässt den Raum, ohne sich zu verabschieden. Ich will ihr schon folgen, als Mr. Bennett mich anspricht.

»Addie«, sagt er. »Warte kurz.«

Ich halte inne, neugierig, was er zu sagen hat. Ich werde noch neugieriger, als er hinübergeht und die Tür des Kursraums schließt. Als wir allein sind, sieht er mich mit hochgezogenen Augenbrauen an. »Also, was ist passiert? Was hat Eve zu dir gesagt?«

Es ist seltsam, dass er sie Eve statt Mrs. Bennett nennt. Ich meine, natürlich würde er nicht *Mrs. Bennett* zu ihr sagen, aber mir scheint, er sollte sie mir gegenüber so nennen. Doch das ist weniger wichtig als die Tatsache, dass er weiß, was passiert ist. Sie muss ihm erzählt haben, was ich getan habe.

Gott, das ist *so* peinlich.

»Ähm«, sage ich. »Es war … in Ordnung.«

Er senkt die Stimme. »Sie war nicht zu streng mit dir, oder? Sie informiert nicht die Schulleiterin?«

Ich schüttele wortlos den Kopf.

Er nickt zufrieden. »Ich habe ihr gesagt, dass das letzte Jahr hart für dich war und dass sie dir noch mal eine Chance geben soll, es wiedergutzumachen.«

Alles ergibt jetzt Sinn. Ich habe mich gewundert, warum Mrs. Bennett plötzlich Mitleid mit mir hatte. Es war wegen *ihm*. Er hat ihr *gesagt*, sie soll nicht zur Schulleiterin gehen.

»Sie haben mir geholfen«, platze ich heraus.

»Natürlich, Addie.« Er lächelt mich an, und um seine Augen bilden sich Falten. »Ich würde doch nicht zulassen, dass meine Lieblingsschülerin von der Schule verwiesen wird. Ich musste mich für dich einsetzen.«

In meinem Kopf dreht sich alles. Mr. Bennett weiß, was ich getan habe, und hasst mich nicht. Nicht nur das, ich bin auch noch seine *Lieblingsschülerin*. Ich würde am liebsten in Freudentränen ausbrechen.

»Danke«, bringe ich hervor. »Vielen Dank.«

»Keine Ursache«, sagt er. »Ich habe nur getan, was richtig ist.«

Die Welle von Gefühlen, die mich überkommt, ist fast überwältigend. Bevor ich mich bremsen kann, schlinge ich die Arme um Mr. Bennett. In meinen Augen steigen Tränen auf, und ich klammere mich an ihn. Ich habe meinen Vater nicht umarmt, seit ich ein kleines Mädchen war, und ich habe Mr. Tuttle nie umarmt. Aber ich war einem anderen Menschen noch nie so dankbar. Er hat an mich geglaubt. Er hat Partei für mich ergriffen.

Mr. Bennett erwidert meine Umarmung und schiebt mich auch nicht weg, als ich mich an ihn klammere. Die Umarmung dauert länger als geplant, aber ich will ihn nicht loslassen, und er scheint auch nichts dagegen zu haben. Aber dann spüre ich etwas Festes an meinem Bein. Wie eine Toilettenpapierrolle.

O mein Gott. Ist das …?

Entsetzt löse ich mich von ihm. Ich hatte gehofft, dass ich mich irre, aber als ich den Blick senke, sehe ich die verräterische Beule in seiner Hose. Ich sehe ihm an, dass er gemerkt hat, was passiert ist. Er sieht äußerst beschämt aus.

»Es tut mir so leid, Addie!«, ruft er aus. Er wendet sich von mir ab und versucht, es zu verbergen, aber dafür ist es zu spät. »Das ist vollkommen … Es ist inakzeptabel. Es tut mir so leid.«

»Ja«, sage ich leise.

»Es ist keine Entschuldigung«, sagt er leise, »aber du musst wissen, dass meine Frau … Wir haben nichts mehr gemeinsam. Ich empfinde nichts für sie. Und dann begegnest du mir, und es ist wie … Zum ersten Mal in meinem Leben spüre ich eine Verbindung zu jemandem.« Er riskiert es, mich anzusehen. Selbst wenn er nervös ist, sieht er gut aus.

»Aber das ist keine Entschuldigung. Es tut mir so leid.«

Ich wünschte, er würde den Mund halten und aufhören, sich zu entschuldigen.

»Stimmt.«

»Du solltest jetzt gehen«, sagt er.

Ich tue, was er von mir verlangt. Ich greife nach meinem Rucksack und verlasse leise den Kursraum, obwohl sich in meinem Kopf jetzt alles noch mehr dreht. Während ich den schwach beleuchteten Flur entlanggehe, versuche ich, das Ganze zu verstehen.

Mr. Bennett ist der attraktivste Lehrer an der Schule. Jeder weiß es. Und er ist mit einer erwachsenen Frau verheiratet, mit der er vermutlich Sex hat. Aber aus irgendeinem Grund hat es ihn erregt, als ich ihn umarmt habe. *Ich* habe ihn erregt. Und dann hat er gesagt, dass er sich noch nie jemandem so verbunden gefühlt hat wie mir.

Das Seltsame ist, dass ich genau dasselbe gedacht habe.

Ich bleibe mitten im Flur stehen. Ich weiß nicht, was ich als Nächstes tun soll, aber ich kann jetzt nicht gehen. Ich muss herausfinden, was dadrin gerade passiert ist. Das schulde ich uns beiden.

Ich kehre um und gehe zurück zum Kursraum. Niemand ist mehr in der Schule. Alle Sport-AGs sind zu Ende, obwohl einige Teams noch draußen auf dem Spielfeld zusammenstehen. Mr. Bennett sitzt auf seinem Pult, und als er mit seinen sanften braunen Augen zu mir aufblickt, kommt es mir vor, als seien wir beide die einzigen Menschen in der ganzen Schule. Auf der ganzen Welt.

»Hi«, sage ich.

»Addie.« Er runzelt die Stirn. »Ich glaube nicht, dass wir noch weiter darüber reden sollten. Wie ich schon sagte, es tut mir furchtbar leid.«

»Aber ich *möchte* darüber sprechen.«

Mr. Bennett steht auf. Er kann nicht verbergen, dass er immer noch erregt ist. Er starrt mich durch den Raum an. »Schließ die Tür«, fordert er mich auf.

Ich tue, was er sagt.

Ich schwebe durch den Raum, bis ich direkt vor ihm stehe. Er ist ungefähr einen halben Kopf größer als ich, und ich muss den Kopf nach hinten neigen, um ihn anzusehen. Seine Lippen sehen feucht aus. Mit Hudson gab es Momente, in denen sich etwas in mir regte, aber nie so wie jetzt. Es ist ähnlich, aber viel stärker.

»Ich versuche, dir zu widerstehen«, murmelt er. »Du hast keine Ahnung, wie sehr ich mich anstrenge.«

»Das müssen Sie nicht.«

Ich dachte, ich würde diejenige sein, die den ersten Schritt machen muss, deshalb bin ich überrascht, als Mr. Bennett seine Lippen auf meine legt. Es ist das erste Mal, dass ich einen Jungen – na ja, einen Mann – küsse. Zuerst sind nur seine Lippen auf meinen, aber ein paar Sekunden später ist seine Zunge in meinem Mund. Ich wusste immer, dass Menschen mit der Zunge küssen, aber ich habe mir nie vorgestellt, wie es sich anfühlen würde. Zuerst ist es äußerst seltsam, als würde sich ein fremdes Objekt seinen Weg in meinen Mund bahnen, und ich weiß nicht, ob es mir gefällt. Ich will fast zurückweichen, aber er hält mich fest an seinen Körper gedrückt, und es wäre dumm, sich zurückzuziehen. Er wäre so enttäuscht.

Kurz darauf fängt mein Körper an zu kribbeln. Es ist … unglaublich. Es fühlt sich an, als ob mein ganzer Körper brennen würde, als würde er gleich explodieren. Ich will nicht, dass es aufhört, aber da zieht er sich zurück.

»Es ist falsch«, sagt er.

Das macht mich wütend. Ja, er ist mein Lehrer, und er ist viel älter als ich. Und verheiratet. Okay, das klingt schlimm. Aber gleichzeitig verbindet uns etwas. Wenn zwei Menschen sich so verbunden fühlen wie wir, haben sie dann nicht eine *Verpflichtung*, etwas damit anzufangen, egal unter welchen Umständen? »Ich glaube nicht, dass es falsch ist«, sage ich.

»Das ist es.« Seine Augenbrauen ziehen sich zusammen. »Aber ich kann dir nicht widerstehen. Ich bin hilflos.«

Ich kann dir nicht widerstehen. Ich bin hilflos.

Ich habe nur Angst, dass wir erwischt werden. Man muss sich nur anschauen, was Mr. Tuttle passiert ist, dabei ist zwischen ihm und mir nicht mal etwas in dieser Art gewesen. Aber vielleicht ist das der Unterschied. Mr. Tuttle und ich haben nichts Unrechtes getan, deshalb waren wir nicht vorsichtig. Aber Mr. Bennett und ich werden vorsichtig sein.

Als würde er meine Gedanken lesen, blickt Mr. Bennett ängstlich zur Tür. »Wir sollten es nicht hier tun.«

»Ich weiß, wo.«

Er sieht überrascht aus, folgt mir aber gehorsam durch die Tür des Kursraums. Es gibt einen Ort in der Schule, wo zwei Menschen allein sein können und von dem niemand etwas weiß. Letztes Jahr hatte ich Fotografie als Wahlfach, und der Kurs war komplett digital, aber das war nicht immer so. Neben dem Kursraum gibt es eine Dunkelkammer, die Schüler früher benutzten, um Fotos zu entwickeln. Doch jetzt ist es nur noch ein kleiner leerer Raum mit einem großen Waschbecken und alten Chemikalien. Vielleicht wird er irgendwann wieder für einen anderen Zweck genutzt, aber in der Zwischenzeit ist er ein Paradies für Heimlichkeiten.

Ich schließe die Tür hinter uns.

»Du bist wirklich erstaunlich, Addie«, flüstert er.

Er lockert seine Krawatte und öffnet den obersten Knopf am Kragen, während mein Herz einen Moment aussetzt. Er wird doch nicht etwa sein Hemd ausziehen, oder? Bei dem Gedanken ist mir nicht wohl, aber zum Glück hört er nach dem ersten Knopf auf.

»Es freut mich, dass Ihnen der Raum gefällt, Mr. Bennett«, sage ich.

Er grinst mich an. »Du musst mich hier drinnen nicht Mr. Bennett nennen.«

»Oh.« Ich komme mir dumm vor. Natürlich sollte ich ihn nicht Mr. Bennett nennen, wenn wir in der Dunkelkammer knutschen. »Dann Nathaniel?« Es fühlt sich komisch an, seinen Vornamen zu sagen. Selbst nachdem ich ihn geküsst habe, erscheint mir *Mr. Bennett* richtiger.

Er grinst mich an. »Die meisten nennen mich Nate. Aber du kannst es dir aussuchen.«

»Mir gefällt Nathaniel«, sage ich nachdenklich.

»Okay«, stimmt er zu. »Und was ist mit dir? Ziehst du Adeline vor?« Sein Grinsen wird breiter. »Sweet Adeline …«

Ich habe den Namen Adeline immer gehasst, aber mir gefällt, wie er aus seinem Mund klingt. *Sweet Adeline …*

Doch das trifft nicht wirklich zu, oder? Es ist nichts Süßes an dem, was wir hier in der Dunkelkammer tun. »Ich ziehe Addie vor.«

»Klar.« Er neigt seinen Kopf zur Seite und sieht mich an. »Vorhin im Kursraum, war das … war das dein erster Kuss?«

Mein Gesicht brennt. Ich hasse den Gedanken, dass er mich für unerfahren hält, aber ich will ihn nicht anlügen. Ich habe das Gefühl, er weiß, wann ich die Wahrheit sage.

»Du schienst dich anfangs unwohl zu fühlen«, sagt er schnell.

Wirklich? Das wollte ich *nicht* hören, auch wenn er eigentlich recht hat. »War ich schlecht?«

»Nein. *Nein.* Du warst toll.« Er schüttelt den Kopf. »Und es spielt keine Rolle, ob es dein erster Kuss war oder nicht. Vergiss, dass ich gefragt habe. Ich … Ich fühle mich nur schlecht. Ich will nichts tun, was du nicht willst.«

Ich strecke ihm mein Kinn entgegen. »Ich will es.«

Er zögert für den Bruchteil einer Sekunde und denkt über meine Antwort nach. Dann drückt er mich gegen den Tisch, der benutzt wurde, um Fotos zu entwickeln, und küsst mich erneut.

38

Addie

Wir verbringen die nächsten vierzig Minuten in der Dunkelkammer. Anschließend fährt Mr. Bennett – ich meine, Nathaniel – mich nach Hause. Es ist ein bisschen riskant, aber andernfalls komme ich zu spät, und meine Mom wird sich total aufregen, wenn sie von ihrer Schicht nach Hause kommt und ich nicht da bin. Es ist ein Risiko, das wir eingehen müssen.

Während der Fahrt muss ich unentwegt daran denken, was in der Dunkelkammer passiert ist. Die Art, wie Mr. Bennett – ich meine, *Nathaniel* – mich berührt hat. Seine Lippen auf meinen zu spüren, hat jeden einzelnen Nerv in meinem Körper in Brand gesteckt. Und tatsächlich haben wir uns nur geküsst. Er hat nicht ein Mal versucht, weiter zu gehen.

So süß ist er. Es stört ihn nicht, dass wir uns nur küssen. Er will nur mit mir zusammen sein, weil wir diese besondere Verbindung haben.

Als wir an einer Ampel halten, greift er hinüber und nimmt meine Hand in seine. Er wirft mir einen beunruhigten Blick zu. »Ist das okay?«, fragt er.

Ich erwidere seinen Händedruck, um es ihm zu zeigen. »Ja.«

Seine Schultern entspannen sich. »Tut mir leid, es ist … Es ist Neuland für mich. Ehrlich, ich komme mir wie ein schlechter Mensch vor. Ich bin dein Lehrer …«

»Ich war diejenige, die den ersten Schritt gemacht hat«, sage ich. »Du hast mich weggeschickt.«

Er stößt einen tiefen Seufzer aus und wendet den Blick kurz von der Straße ab, um mich anzusehen. »Ich habe Eve geheiratet, weil von mir erwartet wurde, dass ich ein geordnetes Leben führe. Mir ist zuvor nie jemand wirklich Besonderes begegnet. Und jetzt bin ich achtunddreißig und treffe meine Seelenverwandte, aber sie ist erst sechzehn.« Er verzieht das Gesicht. »Wie grausam ist diese Welt?«

Er hat mich gerade seine Seelenverwandte genannt. Es ist verrückt, denn ich empfinde genauso. Aber ich hätte gedacht, dass ich es mir nur einbilde, wenn er es nicht gesagt hätte. »Du hast keinen Einfluss darauf, zu wem du eine besondere Verbindung spürst. Stimmt's?«

»Glaub mir, ich wünschte, jeder würde so darüber denken. Aber sie werden es nicht verstehen.«

Er hat recht. Wenn irgendjemand das mit uns herausfindet, würde man ihn feuern. Und ich bin mir ziemlich sicher, mein Leben würde auch viel schlechter. »Ich werde es niemandem erzählen.«

»Du hast keine Ahnung, wie sehr du mein Leben verändert hast«, sagt er. »Bevor ich dir begegnet bin, hatte ich eine totale Blockade. Und jetzt schreibe ich wieder Gedichte! Zum ersten Mal seit langer Zeit.«

Das ist unglaublich. Denn alles, was ich will, ist Gedichte über Nathaniel Bennett schreiben. Ich könnte einen ganzen Collegeblock mit Versen darüber füllen, wie sich Falten um seine Augen bilden, wenn er lacht. »Wirst du mir eines deiner Gedichte zeigen?«

»Ich will nichts lieber.« Er lächelt. »Eve … interessiert sich nicht für meine Gedichte. Das hat sie nie getan. Bei ihr muss alles nützlich sein, und Gedichte hält sie für unnütz.«

Ich mochte Mrs. Bennett nie, und jetzt hasse ich sie beinahe. Nathaniel liebt Lyrik – welche Ehefrau würde ihn darin nicht unterstützen?

Nathaniel hält einen ganzen Block von unserem Haus entfernt am Straßenrand. »Ich denke, ich sollte mich nicht weiter nähern.«

Ich nicke, denn er hat recht. Ich hasse es, dass wir uns verstecken müssen, aber es hat auch etwas Aufregendes. »Schon in Ordnung.«

»Addie …« Er streckt die Hand aus, um mein Gesicht zu berühren, zieht sie aber in letzter Sekunde zurück. »Du darfst keinem davon erzählen. Keiner Seele. Nicht deiner Mom, nicht deinen Freunden – niemandem.«

»Das werde ich nicht.«

»Ich meine es ernst.« Er starrt mich durch die Schatten im Auto an. »Meine gesamte Karriere liegt in deinen Händen. Ich zähle auf dich.«

Er hat seine Hand während der Fahrt zurückgezogen, jetzt greife ich danach. »Du kannst mir vertrauen.«

Ich merke, dass er mich küssen will, aber wir wissen beide, dass es klüger ist, sich nicht mitten auf der Straße im Auto zu küssen, selbst im Schutz der Dunkelheit. Wir können uns Momente in der Dunkelkammer stehlen, aber mehr nicht. Alles andere ist ein zu großes Risiko.

Aber vielleicht wird es nicht immer so sein. Vielleicht wird einmal eine Zeit kommen, in der wir zusammen sein können.

39

Eve

Ich korrigiere gerade Tests auf dem Sofa im Wohnzimmer, als Nate nach Hause kommt.

Die Haustür schlägt zu, und im nächsten Moment steht er direkt vor mir. »Hey«, sagt er.

»Hey.« Ich lächle ihn kurz an und mache dann mit den Tests weiter. In einer Stunde verlasse ich das Haus, um mich mit Jay zu treffen, und hoffe, bis dahin mit einem großen Batzen der Zwischenprüfungen durch zu sein. »Vergiss nicht, dass ich heute Abend ausgehe.«

Nate lässt sich neben mir aufs Sofa fallen und lächelt mich an – er sieht blendend aus, wenn er lächelt.

»Was machst du?«

»Zwischenprüfungen benoten.«

Er nimmt mir den Stapel Papiere aus der Hand. »Willst du nicht eine Pause machen?«

»Was?«

Ich weiß wirklich nicht, wovon er spricht, bis ich seinen Gesichtsausdruck sehe. Er wirft die Prüfungsarbeiten auf den Couchtisch, packt mich und drückt mich aufs Sofa. Seine Lippen landen auf meinen, und er küsst mich hart.

»Langsam!« Ich habe Mühe, mich zu befreien. »Nate, ich bin gerade beschäftigt!«

»Na und?« Er bringt mich mit einem weiteren Kuss zum Schweigen. »Das kannst du später machen.«

Das ist so verrückt. Normalerweise haben wir ungefähr ein Dutzend Mal im Jahr Sex, und jetzt will er mich plötzlich zwei Tage hintereinander. Sein Verhalten ist seltsam. Es kommt mir fast so vor, als sei er wirklich *heiß* auf mich, als wolle er mir die Kleider vom Leib reißen, was sehr ungewöhnlich für ihn ist. Eine solche Leidenschaft habe ich seit vielen Jahren nicht mehr bei ihm erlebt.

Ich weiß nicht, was los ist. Hat er einen Hirntumor? Denn das ist das Einzige, womit ich es erklären könnte.

Ich würde wahrscheinlich mit ihm ins Schlafzimmer gehen, wenn ich nicht heute Abend schon etwas vorhätte. Aber die Wahrheit ist, dass ich mich auf Jay freue. Ich will ihm nicht absagen, obwohl ich noch nie in einem solchen Dilemma gesteckt habe wie heute.

»Nate.« Ich stoße ihn mit aller Kraft weg. »Vielleicht … könnten wir das ein anderes Mal machen? Ich will mit diesen Arbeiten durch sein, bevor ich gehe …«

»Im Ernst?«

»Ja!«

Nate sieht mich ungläubig an, während er zulässt, dass ich mich aus seiner Umarmung befreie. »Ich verstehe dich nicht, Eve. Du beklagst dich immer, dass wir nicht genug Sex haben, und jetzt, wenn ich es will, stößt du mich weg.«

»Nate …«

»Nein. Nein, vergiss es.« Er klettert mit finsterem Gesicht umständlich von mir herunter. »Dann kümmere ich mich selbst darum.«

Ich springe von der Couch und rufe seinen Namen, während er davonstürmt. Ich höre die Schlafzimmertür oben, und jetzt bin ich diejenige, die ungläubig blickt.

Was in aller Welt war das?

40

Addie

Die Treffen für *Reflexionen* waren immer das Beste am ganzen Tag, aber jetzt will ich nur, dass es vorbei ist, damit ich mich mit Nathaniel in die Dunkelkammer davonschleichen kann.

»Dieses Gedicht«, sagt Lotus zu mir, »ist zu … kitschig.«

»Kitschig?«, wiederhole ich. Das Gedicht, das sie sich gerade ansieht, habe ich geschrieben, während ich an Nathaniel dachte. Es ist ein Liebesgedicht, aber doch nicht kitschig.

Deine Augen sind braun
wie frisch gefallene
Herbstblätter.
Ich sehne mich nach deiner Umarmung
in nebliger Nacht.
Ich sehe dich jeden Tag,
aber wenn ich nicht bei dir sein kann,
sehne ich mich danach, in deinen Armen zu liegen.
Meine Liebe für dich ist
wie ein schwarzes Loch.
So tief,
und ich falle immer tiefer.

»Ja.« Sie kräuselt die Nase. »Zum Beispiel: ›Meine Liebe für dich ist wie ein schwarzes Loch.‹ Im Ernst, Addie? Das klingt, als hätte es ein liebeskranker Teenager geschrieben. Normalerweise schreibst du nicht solchen Mist.«

Ich reiße ihr das Blatt Papier aus der Hand, mein Gesicht glüht. Ich hatte überlegt, das Gedicht Nathaniel zu zeigen, aber jetzt bin ich mir nicht mehr sicher. Ich fand es nicht kitschig. Ich dachte nicht, dass ich den Eindruck eines liebeskranken Teenagers erwecke. Andererseits versteht Lotus etwas von der Sache.

»Ich versuche nur zu helfen«, sagt sie. »Du brauchst ein dickes Fell, wenn du Schriftstellerin werden willst. Die Leute werden dir noch viel schlimmere Dinge sagen.«

»Ja …« Ich blicke zur anderen Seite des Raums, wo Nathaniel gerade mit einem Schüler spricht. Er bemerkt, dass ich ihn beobachte, und wirft mir den Hauch eines Lächelns zu. »Ich glaube, du hast recht.«

Sie blickt auf ihre Armbanduhr und stellt fest, dass es halb fünf ist. Das Treffen ist gleich zu Ende. Zum Glück. »Hey«, sagt sie. »Wollen wir irgendwo eine Pizza essen?«

Es ist das erste Friedensangebot, das Lotus mir macht. Aber ich will es nicht annehmen. Wenn ich mich mit Lotus anfreunde, würde es schwieriger, mich mit Nathaniel zu treffen. Und keine Freundschaft ist es wert, das zu gefährden.

»Ich muss zum Abendessen zu Hause sein«, erwidere ich.

»Oh. Okay.« Lotus sieht enttäuscht aus, was mich überrascht. Ich dachte, sie hasst mich. »Na, dann lass uns gehen.«

Sie nimmt ihre Tasche, hängt sie sich über die Schulter und wartet auf mich. Aber ich kann nicht mit Lotus gehen. Ich werde nicht die Gelegenheit verpassen, mit Nathaniel zusammen zu sein.

»Ich muss noch kurz etwas mit Mr. Bennett besprechen«, sage ich. »Vielleicht hole ich dich ja noch ein.«

Lotus sieht mich komisch an, bedrängt mich aber nicht weiter. Sie hat kein echtes Interesse daran, mit mir befreundet zu sein.

Nachdem sie gegangen ist, verlasse ich ebenfalls den Kursraum, ohne auf Nathaniel zu warten, und gehe direkt in die Dunkelkammer. Es wäre verdächtig, wenn wir zusammen hineinschleichen würden.

Während ich auf ihn warte, streiche ich mein Shirt glatt und fahre mit den Fingern durch meine Haare. Als wir das letzte Mal hier waren – es war das dritte Mal –, habe ich mein Shirt ausgezogen, aber mein BH war mir irgendwie peinlich. Es war ein hautfarbener, zweckmäßiger BH, im Grunde das Gegenteil von sexy. Ich wünschte, wenn ich mein Shirt ausziehe, würde ich darunter etwas Süßes mit Spitze tragen, aber so etwas besitze ich nicht. Und meine Mom würde mir niemals so etwas kaufen, selbst wenn ich sie darum bitten würde. Sie würde mir wahrscheinlich auf der Stelle Hausarrest geben.

Meistens küssen wir uns, und er legt die Hände auf meine Brüste. Manchmal unterhalten wir uns nur, oder er trägt Gedichte vor. Er kennt so viele auswendig, natürlich auch sein Lieblingsgedicht »Der Rabe«. Er ist äußerst geduldig und sagt ständig, dass wir nichts tun müssen, was ich nicht will. Er will nur mit mir zusammen sein. Er hat gesagt, es sei okay, wenn wir niemals Sex haben. Ich glaube, irgendwann wird es passieren, aber es gefällt mir, dass er so geduldig ist.

Während ich warte, vibriert mein Handy in der Hosentasche. Ich hole es heraus und sehe, dass ich eine Nachricht auf Snapflash habe. Viele junge Leute benutzen Snapflash, damit ihre Eltern sie nicht kontrollieren können, aber ich benutze die App nur, um mit *einem* Menschen zu kommunizieren: Nathaniel. Es war seine Idee, weil die Nachrichten nach sechzig Sekunden verschwinden und es der sicherste Weg ist, miteinander zu kommunizieren.

Ich lese die Nachricht, die er mir geschickt hat.

Nathaniel: Ich bin hier gerade fertig. Werde in zwei Minuten da sein.

Ich starre auf den Text, bis er vom Display verschwindet. Ich liebe die Nachrichten, die er mir schickt. Jedes Mal, wenn ich eine bekomme, lese ich sie immer wieder, bis sie nach sechzig Sekunden nicht mehr da ist.

Nachdem die Nachricht verschwunden ist, hole ich das Gedicht hervor, das ich für Nathaniel geschrieben habe, und lese es noch einmal. Lotus hat gesagt, es sei kitschig, aber das finde ich nicht. Meine Liebe zu Nathaniel fühlt sich tatsächlich an wie ein endloses schwarzes Loch. Lotus versteht es nur nicht, weil sie noch nie verliebt war. Sie tut mir leid.

Die Tür zur Dunkelkammer wird geöffnet, und ich bin plötzlich ganz aufgeregt, wie immer, wenn ich Nathaniel treffe. Aber besonders hier drinnen, weil er mich hier berühren wird. Und ich liebe es, wie er strahlt, wenn er mich sieht.

»Addie«, flüstert er. »My sweet Adeline.«

»Hi.« Ich bin immer merkwürdig schüchtern, wenn er hereinkommt, und brauche ein paar Minuten, um aufzutauen. »Wie geht's dir?«

»Gut, jetzt, da ich hier bin.« Er durchquert den kleinen

Raum und küsst mich, ohne Zeit zu verlieren. Gut, dass *er* nicht schüchtern ist. »Ich will dir etwas zeigen.«

»Was ist es?«

Er errötet im schummrigen Licht. »Ich habe ein Gedicht geschrieben – für dich.«

Es verschlägt mir den Atem. Er hat ein Gedicht für mich geschrieben? Wie kann das sein? Ich bin niemand, für den man Gedichte schreibt. Doch er meint es ernst. Nathaniel Bennett hat ein Gedicht für mich geschrieben.

Ich vergehe vor Glück.

»Willst du es hören?«, fragt er, jetzt auch schüchtern.

Ich nicke. »Sehr gerne.«

Er zieht ein Stück Papier aus der Tasche, und ich erkenne seine Handschrift auf dem Blatt. Worte, die er einzig und allein für mich geschrieben hat. Ich höre gespannt zu, als er die Verse vorträgt.

Das Leben zog an mir vorbei
Dann kam sie
Jung und lebendig
Mit sanften Händen
Und roten Wangen
Hat mir gezeigt, wer ich bin
Mir den Atem genommen
Mit kirschroten Lippen
Mir das Leben wiedergeschenkt.

Als er fertig ist, kann ich kaum noch atmen. Es ist so ein wunderschönes Gedicht. Noch nie hat jemand so etwas für mich geschrieben. Hudson war mein Freund, aber er war kein Dichter. Selbst wenn zwischen uns etwas gewesen wäre, hätte er nie so etwas für mich geschrieben.

»Ich liebe es«, flüstere ich. »Sehr.«

»Ich meine es wirklich«, sagt er leise. »Du hast mir mein Leben zurückgegeben. Du hast keine Ahnung, wie trostlos meine Welt war, bevor du kamst.«

Er verschränkt seine Finger mit meinen. Einen Moment lang stehen wir nur so da und starren uns an. Nachdem ich seine wunderschönen Zeilen gehört habe, kann ich ihm unmöglich zeigen, was ich geschrieben habe. Es erscheint vergleichsweise dumm und unreif. Ich muss noch daran arbeiten, bis ich etwas habe, das seiner würdig ist.

»Ich denke die ganze Zeit an dich.« Er streckt die Hand aus, um eine Haarsträhne hinter mein Ohr zu schieben. »Denkst du auch an mich?«

»Jeden Augenblick des Tages«, antworte ich wahrheitsgemäß.

Er küsst mich wieder und beginnt, mir mein Shirt auszuziehen. Er hat es letztes Mal auch gemacht, deshalb habe ich es erwartet. Aber nicht erwartet habe ich, dass er versucht, mir die Jeans aufzuknöpfen. Ich trete einen Schritt zurück und lächle entschuldigend, aber er merkt es nicht, sondern ist vollkommen darauf konzentriert, meine Hose zu öffnen. Ich trete noch einen Schritt zurück und stoße gegen den Tisch hinter mir. Es gibt keinen Ausweg. Nachdem es Nathaniel gelungen ist, den Knopf aufzumachen, öffnet er auch den Reißverschluss, während ich tief Luft hole.

Er blickt auf, um mich anzusehen. »Du bist das schönste Mädchen, das mir je begegnet ist, Addie.«

Ich halte die Luft an, als er mir zuerst die Jeans und dann

meinen Slip runterzieht. Aber ich bitte ihn nicht, es zu lassen, weil … Wie könnte ich? Ja, er hat gesagt, Sex bedeute ihm nichts, aber ich wusste, dass es in gewisser Weise nicht stimmte. So dumm bin ich nicht.

An diesem Nachmittag verliere ich meine Jungfräulichkeit in der Dunkelkammer. Die ganze Zeit rezitiere ich im Kopf das Gedicht, das er nur für mich geschrieben hat.

Das Leben zog an mir vorbei
Dann kam sie
Jung und lebendig
Mit sanften Händen
Und roten Wangen
Hat mir gezeigt, wer ich bin
Mir den Atem genommen
Mit kirschroten Lippen
Mir das Leben wiedergeschenkt.

41

Addie

Obwohl Englisch mein Lieblingsfach ist, wird es immer schwieriger, mich zu konzentrieren.

Wenn ich Nathaniel ansehe – den ich im Kurs Mr. Bennett nennen muss –, kann ich nur daran denken, wie es ist, wenn er mich berührt. Ich zähle die Sekunden, bis wir wieder zusammen in der Dunkelkammer sind.

Früher hat Nathaniel mich oft angelächelt und mir zugezwinkert, wenn wir zusammen im Kursraum waren. Er gab mir das Gefühl, etwas Besonderes zu sein. Jetzt tut er das nicht mehr, und obwohl ich verstehe, warum, regt es mich auf, wenn er andere Mädchen anlächelt. In den Schulstunden kommunizieren wir fast gar nicht mehr, nur auf höchst professionelle Weise. Wenn er mir etwas Persönliches mitteilen will, schickt er mir eine Nachricht auf Snapflash, die nach sechzig Sekunden verschwindet.

Ich kann es nicht erwarten, dass wir endlich allein sind. Wir schleichen uns jetzt seit drei Wochen fast jeden Tag zusammen in die Dunkelkammer. An den Tagen, an denen er die Schülerzeitung betreut, gehe ich in die Bibliothek, mache meine Hausaufgaben und warte, bis er fertig ist. Ich habe vorgeschlagen, auch bei der Schülerzeitung mitzumachen, aber Nathaniel fand, es sei keine gute Idee. Er sagte, je mehr Zeit wir vor anderen zusammen verbringen, desto wahrscheinlicher ist es, dass sie darauf kommen.

Seitdem wir uns das erste Mal in der Dunkelkammer geliebt haben, haben wir es jedes Mal getan. Wenn er in den Raum kommt, fängt er sofort an, mich zu küssen und mir die Hose herunterzuziehen, manchmal noch bevor wir zwei Wörter miteinander gesprochen haben. Es war dumm von mir zu denken, dass wir uns immer nur küssen würden. Es macht ihn so glücklich. Mir gefällt es auch, aber am meisten erregt es mich, wie sehr er es genießt. Er sagt, dass er und Mrs. Bennett keinen Sex mehr haben. Dass sie schon lange keinen mehr haben.

Während ich jetzt im Englischunterricht sitze und Mühe habe, mich zu konzentrieren, ertönt aus dem Lautsprecher eine Ansage. Ich erkenne die Stimme der Schulleiterin Higgins.

»Ich bitte um Aufmerksamkeit!«, sagt sie. »Ich möchte der Gewinnerin des Massachusetts-Lyrikpreises, die Schülerin unserer Caseham High ist, meinen herzlichen Glückwunsch aussprechen …«

Ich setze mich mit klopfendem Herzen gerade hin. Das ist der Wettbewerb, bei dem Nathaniel mein Gedicht eingereicht hat. Für den er mein Gedicht aus allen anderen ausgewählt hat. Er konnte nur eins auswählen. Wenn der Gewinner also von unserer Schule kommt, bedeutet es, dass ich gewonnen habe. Ich habe tatsächlich einen angesehenen Lyrikwettbewerb gewonnen!

Die Schulleiterin fährt fort: »Wir gratulieren Mary Pickering!«

Was?

Mary Pickering? Das ist *Lotus*. Aber er hat nichts von Lotus für den Wettbewerb eingereicht – deshalb war sie so aufgebracht. Ich verstehe das nicht. Wie kann sie gewonnen haben, wenn er ihr Gedicht gar nicht eingereicht hat?

Ich sehe hinüber zu Nathaniel, aber er schaut weg. Es scheint, als würde er meinen Blick meiden.

Wenn ich mich vorher schon nicht konzentrieren konnte, so ist es jetzt ungefähr tausendmal schlimmer. Ich verstehe nicht, was passiert ist. Hat er gelogen?

Nein, Nathaniel würde mich nie anlügen. Dafür kennen wir uns zu gut. Aber ich finde keine andere Erklärung.

Ich versuche, ihn zu erwischen, als es klingelt, aber er ist blitzschnell weg, und ich bleibe zurück. In meinem Kopf dreht sich alles. Wir wollten uns eigentlich treffen, wenn die Schülerzeitungs-AG zu Ende ist, aber so lange kann ich nicht warten. Deshalb schreibe ich ihm eine Nachricht auf Snapflash.

> **Ich:** Was ist passiert? Ich dachte, du hättest mein Gedicht für den Wettbewerb eingereicht?

Zum Glück antwortet er gleich.

> **Nathaniel:** Ich verspreche, ich erkläre es dir, wenn wir uns treffen.

Ich starre die Worte auf dem Display an, die nichts erklären. Aber zumindest gibt er zu, dass er mir eine Erklärung schuldig ist.

Obendrein kommt er zwanzig Minuten zu spät zu unserem Treffen in der Dunkelkammer. Während ich dastehe und auf ihn warte, werde ich immer wütender, und als sich die Tür endlich öffnet, bin ich kurz davor, aus der Haut zu fahren.

»Addie.« Er versucht, mich an sich zu ziehen. »Ich bin so froh, dich zu sehen. Es war ein langer Tag.«

Normalerweise schmelze ich in seinen Armen dahin, sobald er mich berührt, aber diesmal widerstehe ich. Ich bin verdammt wütend auf ihn. »Was war das mit dem Lyrikwettbewerb? Du sagtest, du würdest mein Gedicht einreichen.«

»Ich weiß, und es tut mir so unglaublich leid.« Er lässt den Kopf hängen. »Du musst wissen, dass du meine erste Wahl warst. Ich habe dein Gedicht geliebt, und ich glaube, du hättest leicht gewonnen. Aber Lotus ist zur Schulleiterin gegangen und hat sich beschwert, dass ich ein Gedicht von einer Schülerin aus dem elften Jahrgang ausgewählt habe, während traditionell Schüler der Abschlussklasse am Wettbewerb teilnehmen. Ich wollte mich für dich einsetzen, aber im Hinblick auf meine Gefühle für dich war ich in Sorge, es wäre ein Interessenkonflikt. Und du hast immer noch die Möglichkeit, nächstes Jahr am Wettbewerb teilzunehmen. Für Lotus war es die letzte Gelegenheit.«

Ich war die letzten zwei Stunden wütend auf Nathaniel, aber jetzt wird mir klar, dass ich falschgelegen habe. Lotus ist zur Schulleiterin gegangen und hat sich beschwert. Das ist *so* mies, besonders wenn man bedenkt, dass sie kürzlich versucht hat, mit mir Freundschaft zu schließen.

»Es tut mir so leid.« Er legt die Hände auf meine Wangen und zieht mein Gesicht an seines heran. »Ich hätte für dich kämpfen sollen. Aber ich fürchtete, in der Sekunde, in der ich der Schulleiterin deinen Namen nenne, würde sie mich durchschauen und wissen, wie viel ich für dich empfinde.«

Trotz allem bin ich von seinen Worten gerührt. Er empfindet etwas für mich – *viel.*

»Es ist schon in Ordnung«, sage ich schließlich. »Es ist nicht deine Schuld. Ich verstehe, in welcher Lage du warst.«

»Oh, Gott sei Dank.« Seine Schultern entspannen sich. »Ich dachte, du wärst wütend auf mich und würdest mir nie verzeihen. Bei dem Gedanken, dass du nicht hier sein könntest, wenn ich herkomme, habe ich fast den Verstand verloren.«

»Das würde ich niemals tun.«

Als er seine Lippen auf meine presst, ist jede Zelle meines Körpers elektrisiert. Ich habe nicht gewusst, dass es so sein könnte, wenn man einen anderen Menschen küsst. Ich wette, Nathaniel wusste es auch nicht. Er spricht viel darüber, wie schwer es ist, mit jemandem verheiratet zu sein, zu dem er nie eine Verbindung gespürt hat. Und dass er so etwas wie mit mir noch nie zuvor erlebt hat.

»Du bist so wichtig für mich geworden, Addie«, flüstert er, als er seine Lippen von meinen nimmt. »Wir lieben uns heißer, als Liebe liebt. Lieben uns so, dass die Engel im Blau bedräuen mich und dich.«

Er zitiert aus Poes »Annabel Lee«. Schon seit vielen Jahren ist das mein Lieblingsgedicht, aber noch nie habe ich die Worte so tief empfunden. Schließlich denke ich an nichts anderes, als ihn zu lieben und von ihm geliebt zu werden. Es macht mir beinahe Angst, wie sehr ich Nathaniel mit Haut und Haaren verfallen bin. Er ist mein erster Gedanke, wenn ich morgens aufwache, und das Letzte, an das ich vorm Einschlafen denke. Ich schreibe dieser Tage nur Gedichte über ihn. So sehr liebe ich diesen Mann.

»Ich wünschte, ich wäre dir begegnet, als ich sechzehn war«, murmelt er. »Wie ungerecht ist die Welt? Endlich treffe ich meine andere Hälfte, und ich bin zwei Jahrzehnte älter als sie.«

»Zumindest haben wir uns jetzt gefunden«, stelle ich fest. »Das ist mehr, als die meisten Menschen erleben.«

»Sehr wahr.«

Wir haben nicht viel Zeit, bevor wir beide nach Hause müssen, und da ist immer die Angst, entdeckt zu werden, deshalb verlieren wir normalerweise keine Zeit. Es dauert nicht lange. Nathaniel sagt, das sei normal, wenn man jemanden so sehr liebt wie er mich. Ich denke daran, wie glücklich ich ihn mache und wie unglücklich er zu Hause mit seiner Frau ist. Sie kann ihn nicht so glücklich machen wie ich. Und sie liegt ihm immer in den Ohren, nach Hause zu kommen, deshalb können wir nicht so lange zusammen sein, wie wir wollen.

Andererseits wäre auch nicht alles vollkommen einfach, wenn er nicht verheiratet wäre. Meine Mutter würde misstrauisch werden, wenn ich zu spät nach Hause komme, und natürlich dürfte es niemand in der Schule erfahren. Aber wenn er nicht mit Mrs. Bennett verheiratet wäre, könnte ich zu ihm gehen, und wir könnten in einem richtigen Bett Sex haben statt in der unbequemen Dunkelkammer. Die Vorstellung, in einem Bett Sex mit Nathaniel zu haben, ist aufregend und erscheint mir erwachsen.

Außerdem werde ich irgendwann die Schule abschließen und kann zusammen sein, mit wem ich will. Aber wenn Nate dann immer noch mit seiner Frau zusammen ist, sitzt er in der Falle.

Wenn es doch Mrs. Bennett nicht gäbe. Alles wäre so viel besser.

42

Addie

Während ich in der Cafeteria sitze, allein wie immer, verteilt Kenzie mein gesamtes Mittagessen auf dem Boden.

Wer nicht genau hinsieht, könnte es für einen Unfall halten. Sie geht an meinem Tisch vorbei und stößt versehentlich gegen mein Tablett, woraufhin es zu Boden fällt. Aber so war es nicht. Als sie vorbeigeht, greift sie nach meinem Tablett, schiebt es über den Tisch und lässt es hinunterfallen.

Und das Schlimmste ist, dass es heute Chili gibt. Pommes und Hotdogs wären schlimm genug gewesen, doch jetzt befindet sich ein großer Haufen Hackfleisch-Bohnen-Pampe auf dem Boden, den ich beseitigen muss, und niemand wird mir helfen.

»Oje«, sagt Kenzie, und ihre Freundinnen kichern. »Das tut mir leid! Aber, Addie, du solltest dein Tablett wirklich nicht so nah an die Tischkante stellen.«

Ich blicke sie zornig an, während ich aufspringe und mein Tablett vom Boden aufhebe. Ich habe ein paar Servietten auf dem Tisch, aber die werden nicht reichen.

Während ich auf dem Boden hocke, greift Kenzie nach meinem Collegeblock, der auf dem Tisch liegt. Als sie das Blatt Papier sieht, das obenauf liegt, wird mir ganz elend. Es ist das Gedicht, das Nathaniel für mich geschrieben hat. Ich hatte einen harten Vormittag und wusste, dass ich ihn später nicht sehen würde, weil Mrs. Bennett ihn gebeten hat, wegen irgendeines dummen Abendessens früh nach Hause zu kommen. Es tröstet mich, etwas von ihm bei mir zu haben, und ich habe es immer wieder gelesen, bis meine Augen brannten.

»Was ist *das*?«, platzt Kenzie heraus. Sie wedelt so heftig mit dem Blatt, dass es zerknittert.

»Nichts.« Ich reiße ihr das Gedicht aus der Hand, bevor sie es beschädigt. »Es ist nur ein Gedicht.«

»Wer hat es geschrieben?«

Ich würde ihr nur zu gerne erzählen, dass es von Nathaniel Bennett ist und er es für mich geschrieben hat, weil ich seit Jahren die erste Person bin, die ihn inspiriert hat. Aber das kann ich ihr natürlich nicht sagen. Deshalb erwidere ich nur: »Ich weiß nicht, ich habe es aus einem Buch abgeschrieben.«

Sie blickt mich mit zusammengekniffenen Augen an. »Du solltest die Schweinerei hier beseitigen. Und wie gesagt, pass nächstes Mal besser auf.«

Während Kenzie und ihre Freundinnen lachend davongehen, blicke ich auf das Blatt Papier in meiner Hand und stelle entsetzt fest, dass eine Ecke mit Chili beschmiert ist. Es hätte mich umgebracht, wenn sie das Gedicht beschädigt hätte. Ich lese es mindestens vier oder fünf Mal am Tag, obwohl ich es inzwischen auswendig kann.

Das Leben zog an mir vorbei
Dann kam sie
Jung und lebendig
Mit sanften Händen
Und roten Wangen

Hat mir gezeigt, wer ich bin
Mir den Atem genommen
Mit kirschroten Lippen
Mir das Leben wiedergeschenkt.

Ich stelle mir vor, wie er diese Worte aufs Papier schreibt und dabei an mich denkt. Ich lese es so oft, dass das Blatt allmählich abgenutzt ist, und jetzt ist es auch noch mit Chili beschmiert. Aber wenn ich es kopieren würde, wäre es nicht dasselbe. Es wäre nicht dasselbe Blatt Papier, auf das er geschrieben hat, als er an mich dachte.

Nachdem ich eine Unmenge Papiertücher verbraucht habe, um das Chili aufzuwischen, stelle ich mich für Versuch Nummer zwei bei der Essenausgabe an. Ich habe keine Zeit mehr für einen weiteren Teller Chili, aber ich könnte mir ein Sandwich holen und es auf dem Weg zum Mathekurs essen. Ich hatte fast noch nichts vom Chili in den Magen bekommen, bevor Kenzie es hinuntergeworfen hat, und auch das Frühstück ausgelassen. Deshalb muss ich jetzt etwas essen. Zumindest ist jetzt nicht mehr so ein Andrang, denn die Mittagspause ist in zehn Minuten zu Ende. Ich nehme mir ein abgepacktes Putensandwich. Das mag ich zwar nicht besonders, aber meine Auswahlmöglichkeiten sind jetzt begrenzt. Ich gehe zur Kasse, und die Küchenhilfe sagt, es koste zwei Dollar.

Ich greife in meine Jeanstasche und hole mein Portemonnaie heraus. Es enthält genau eine Dollarnote.

»Ich habe nur einen Dollar«, sage ich.

Die Küchenhilfe sieht äußerst unfreundlich aus. »Tut mir leid, das Sandwich kostet zwei Dollar.«

»Kann ich morgen bezahlen?«

»Ich fürchte, nein.«

Großartig. Ich habe den ganzen Tag zwei Löffel Chili gegessen, und jetzt muss ich gehen und versuchen, Mathe zu verstehen. Aber das Schlimmste ist, dass ich Nathaniel später nicht sehen werde. Ich könnte alles ertragen, wenn ich mich darauf freuen könnte. Er sah genauso unglücklich aus wie ich, als er mir sagte, er müsse früh nach Hause, um seiner Frau beim Abendessen zu helfen. Anscheinend kommen ein paar Freunde zu ihnen, aber er fügte hinzu: »Es sind eigentlich *ihre* Freunde.«

Während ich sehnsüchtig das Putensandwich anblicke, kommen mir die Tränen. Ich kann nicht glauben, dass ich wegen eines Putensandwiches weine, und komme mir ein bisschen albern vor. Aber ich bin *wirklich* hungrig.

»Hier ist noch ein Dollar, Vera.«

Ein Arm, der einen Dollar hinhält, streift mich. Als ich aufblicke, sehe ich, dass es Hudson ist, seine weißblonden Haare so zerzaust wie immer. Mir bleibt der Mund offen stehen.

»Oh«, sage ich. »Ähm, du musst nicht …«

»Doch, muss ich«, sagt er entschieden. »Du musst etwas zu Mittag essen.«

Vera nimmt den Dollar von ihm, und das Sandwich gehört mir. »Ich gebe es dir zurück«, sage ich.

»Es ist nur ein Dollar.« Aber für ihn ist ein Dollar nicht nur ein Dollar, wahrscheinlich auch jetzt noch nicht. Seine Familie war immer knauserig. Wenn er Geld für sich brauchte, musste er es sich mit einem Teilzeitjob verdienen. Selbst in der Grundschule hat Hudson für alle in der Straße ständig Schnee geschippt, Laub geharkt und Rasen gemäht.

Trotzdem hat es keinen Sinn, ihm zu widersprechen.

»Danke«, sage ich, kann mir aber nicht verkneifen hinzuzufügen: »Sag besser Kenzie nichts davon.«

Darauf antwortet er nicht, sondern fragt stattdessen: »Alles in Ordnung, Addie?«

»Mir geht's gut«, sage ich, und es entspricht mehr der Wahrheit als je zuvor. Hudson war mein bester Freund, und ich brenne darauf, ihm zu erzählen, dass ich zum ersten Mal verliebt bin, aber das kann ich nicht. Ich kann niemandem dieses Geheimnis verraten. »Und dir?«

»Gut«, sagt er, aber mit stockender Stimme, sodass ich mich frage, ob es eine Lüge ist.

Bevor ich noch etwas sagen kann, klingelt es. Ich werde das Sandwich mitnehmen müssen. »Wir sehen uns, Hudson«, sage ich. »Danke für das Sandwich.«

Er öffnet den Mund, als wollte er noch etwas sagen, aber bevor er dazu kommt, renne ich in Richtung Kursraum. Ich hoffe, zumindest noch zwei Minuten Zeit zu haben, um mein Sandwich zu essen, bevor der Unterricht beginnt.

Wie durch ein Wunder bin ich kurz vor dem zweiten Klingeln auf meinem Platz. Mein Magen knurrt, und ich lege mein Sandwich aufs Pult und packe es aus. Ich habe noch ungefähr zweieinhalb Minuten, um es hinunterzuschlingen.

»Addie!« Mrs. Bennetts scharfe Stimme unterbricht mich, bevor ich einen Bissen nehmen kann. »Kein Essen in meinem Kursraum. Leg das weg.«

»Ich muss nur das Sandwich aufessen«, erkläre ich.

Vereinzeltes Gekicher ist zu hören, aber Mrs. Bennett scheint nicht amüsiert zu sein. Nicht, dass es meine Absicht war, sie zu unterhalten. Ich wollte nur mein Sandwich essen. »Leg es weg, Addie.«

»Aber ich hatte kein Mittagessen!«

»Wessen Schuld ist das?« Sie seufzt vernehmlich. »Es klingelt jede Sekunde. Leg das Sandwich weg.«

Ich überlege, was ich tun kann, frage mich, ob ich das Sandwich hinunterschlingen soll, obwohl sie mich anbrüllt, es nicht zu tun. Wenn ich es trotzdem tue, wird sie mich wahrscheinlich zur Schulleiterin schicken. Und ich bewege mich bei Mrs. Bennett bereits auf dünnem Eis. Aufgrund der null Punkte in der Zwischenprüfung kann sie mich mit vollem Recht durchfallen lassen. Und obwohl ich Nachhilfeunterricht bekomme, wird hier kein Wunder geschehen. Wenn ich den Kurs bestehe, dann mit einer Vier.

Man kann Mrs. Bennett zu Recht eine schreckliche Person nennen, und ich sage das nicht nur wegen meiner Beziehung zu Nathaniel. Aber er hat mir eine Menge Dinge über sie erzählt, die sie mir noch unsympathischer machen.

Sie ist eine schreckliche Köchin.

Sie lächelt ihn fast nie an oder sagt etwas Nettes.

Sie ist besessen von Schuhen. Er sagt, sie kauft sich ständig teure Schuhe, obwohl sie es sich nicht leisten können. Selbst wenn er sich eines Tages von ihr scheiden lassen würde, hätte er kein Geld mehr, weil sie alles für Schuhe ausgegeben hat. Und das Verrückte ist, dass ihre Schuhe nicht mal hübsch sind! Es sind einfach gewöhnliche Schuhe.

Und jetzt lässt sie mich nicht zu Ende essen.

Es hat noch nicht mal geklingelt, und wenn sie mich einfach hätte essen lassen, wäre das Putensandwich längst in meinem Bauch. Stattdessen fühlt sich mein Magen vollkommen leer an, und ich weiß nicht, wie ich mich konzentrieren soll. Aber das ist ihr egal. Nicht, dass ich etwas anderes erwarten würde.

Ich habe Nathaniel einmal gefragt, ob er überlegt, sie zu verlassen. Er sagte, es wäre schwierig. Er sagte, es wäre unwahrscheinlich, dass sie ihn gehen ließe. Er sagte, er würde vielleicht den Rest seines Lebens an sie gekettet sein.

Glaub mir, ich wünschte, es wäre nicht so, sagte er. *Ich wünschte, ich könnte die ganze Zeit mit dir zusammen sein statt mit ihr.*

Es ist nicht fair. Es ist nicht fair, dass eine so schreckliche Frau mit dem tollsten Mann verheiratet ist, der mir je begegnet ist, und es nicht mal zu schätzen weiß. Trotzdem lässt sie ihn nicht gehen.

Ganz ehrlich, ich hasse Mrs. Bennett.

43

Eve

Ein Abendessen mit Shelby und ihrem Mann Justin schien eine gute Idee zu sein. Aber es war schrecklich.

Als ich an der Highschool anfing, waren Shelby und ich eng befreundet. Doch in der Zwischenzeit hat sie ein reiches Tech-Genie geheiratet und einen Sohn bekommen, der jetzt drei Jahre alt ist. Und dieses Kind ist ihr einziges Gesprächsthema. Während des ganzen Essens konnte Justin seine Hände nicht von Shelby lassen, was mir die Tatsache, dass Nate mich anscheinend nicht mal mehr berühren *will*, umso deutlicher bewusst macht. Das einzig Positive ist, dass Nate zumindest noch keine Glatze bekommt wie Justin, obwohl ich Glatzen irgendwie sexy finde.

Deshalb bin ich unglaublich froh, als Shelby das Dessert ablehnt, weil die beiden wegen des Babysitters nach Hause müssen. Nate sieht auch erleichtert aus, obwohl er seinen Teil zum Gespräch beigetragen hat. In einem sind wir uns anscheinend einig: Wir sind nicht gerne unter Leuten.

Ich bringe Shelby und ihren Mann zur Tür, und wir beide bleiben zum Abschied noch auf der Veranda stehen, während Justin vorausgeht und das Auto startet. Shelby streckt die Hände aus, um mich zu umarmen, obwohl ich gerade nicht in der Stimmung für eine Umarmung bin. Ich will nur, dass sie geht.

»Das war schön«, schwärmt Shelby. »Wirklich. Wir sollten es bald wiederholen.«

»Definitiv«, lüge ich.

»Ich gehe jetzt besser.« Sie blickt auf ihre Armbanduhr. »Der Babysitter macht immer solchen Wirbel, wenn wir zu spät kommen. Du hast Glück, dass du dich damit nicht herumschlagen musst. Aber ich wette, das wirst du bald!« Sie kichert. »Wie steht's übrigens damit?«

Ich wünschte, ich hätte Shelby nicht erzählt, dass ich letztes Jahr die Pille abgesetzt habe. (Jay und ich benutzen ein Kondom, denn *die* Situation will ich mir nicht mal vorstellen.) Ich dachte, dass ich wahrscheinlich ziemlich schnell schwanger werden würde. Dass wir immer noch kinderlos sind, ist der Tatsache geschuldet, dass wir kaum Sex haben. Oder vielleicht ist meine Gebärmutter einfach verkümmert und vertrocknet. Wer weiß?

Und es sieht nicht danach aus, dass unser Sexleben besser wird. Ich hatte einen Hoffnungsschimmer, als Nate zwei Tage hintereinander Lust hatte, aber seitdem haben wir die bisher schlimmste Dürreperiode durchlaufen. Der erste Samstag im Monat kam, und Nate jammerte, sein schlimmer Rücken spiele verrückt. Ich fing an, mich zu fragen, ob wir jemals wieder miteinander schlafen würden.

»Kein Glück bisher«, sage ich zu Shelby.

Sie spitzt die Lippen. »Vielleicht solltest du zum Arzt gehen? Es gibt doch diese Kinderwunschspezialisten, oder?«

Ich brauche keinen Arzt, um mir zu sagen, dass zur Empfängnis Geschlechtsverkehr notwendig ist. »Ja, vielleicht.«

Shelby umarmt mich noch einmal und läuft dann zum Auto, das sie zurück in ihr perfektes Leben bringt. Ich bleibe zurück und beobachte, wie sie wegfährt.

Sobald die Scheinwerfer des Mercedes in der Ferne verschwunden sind, verlässt die Anspannung meinen Körper. Zum Glück ist sie weg. Ihr Gerede über zukünftige Abendessen ist nicht ernst zu nehmen, denn sie hasst es, ihren Sohn abends allein zu lassen. Ich bin also mindestens die nächsten sechs Monate fein raus.

Da morgen der Müll abgeholt wird, gehe ich zurück ins Haus, um die Reste unseres Abendessens wegzuwerfen, und zerre dann die Mülltonne an den Straßenrand. Es ist der perfekte Abschluss eines glamourösen Abends.

Als ich zur Straße komme, habe ich dieses seltsame Gefühl. Ein Kribbeln im Nacken, als ob mich jemand beobachtete. Ich drehe mich um und blicke hinauf zu unserem Schlafzimmerfenster, um nachzusehen, ob Nate da oben ist, aber ich sehe ihn nicht.

Dann höre ich ein lautes Krachen.

Ich trete einen Schritt zurück und suche mit klopfendem Herzen den Rasen vor unserem Haus ab. Ich sehe niemanden, aber ich habe definitiv ein Geräusch gehört. Könnte es ein wildes Tier gewesen sein? Ich habe Kaninchen im Garten herumhüpfen sehen, aber das klang schrecklich laut für ein Kaninchen.

»Hallo?«, rufe ich.

Da ich ein Kleid trage, habe ich keine Taschen. Mein Handy liegt im Haus, und es ist nichts in der Nähe, das als Waffe dienen könnte. Das Einzige, was ich benutzen könnte, wären die Absätze meiner Stilettos, obwohl ich mich lieber von einem Straßenräuber überwältigen ließe, als meine Pumps zu ruinieren. Ich habe einmal einen Selbstverteidigungskurs gemacht, aber manchmal fürchte ich, er hat mir nur ein falsches Selbstvertrauen vermittelt. Wenn mich jemand wirklich angreifen würde, könnte er mich leicht überwältigen.

Ich spähe zu unserer Haustür. Sie ist wahrscheinlich weniger als sechs Meter entfernt. Ich könnte laufen.

Dann sehe ich Bewegung in den Büschen.

Da ist etwas. Es ist kein Tier – ich sehe deutlich den Schatten einer ausgewachsenen Person. Jemand lauert in unseren Büschen, und ich stehe hier draußen am Straßenrand unserer Sackgasse in nichts als einem Fetzen von Kleid – eine leichte Beute.

Ich überlege zu schreien, aber wenn ich das tue, könnte ich die Situation noch verschlimmern. Der Eindringling würde mich vielleicht angreifen, um mich zum Schweigen zu bringen. Ich werfe einen Blick zum Nachbarhaus – die Lichter sind aus. Wenn ich schreie, würde es jemand hören, bevor der Angreifer mich überfallen hat?

Ich kann es nicht riskieren.

Ich zähle in Gedanken bis fünf. Dann renne ich los Richtung Haustür. Der Absatz meines rechten Stilettos bleibt an den Stufen hängen, aber wie durch ein Wunder fange ich mich. Das Rascheln wird lauter, und ich greife mit zitternder Hand nach dem Türknauf. Er dreht sich nicht.

Nein.

Ich habe nicht abgeschlossen, oder? Ich habe nicht mal meine Schlüssel bei mir. Es sei denn, Nate hat abgeschlossen, als ich das Haus verlassen habe. Aber warum sollte er das tun?

Warum sollte mein Mann mich aus unserem Haus aussperren?

Ich drehe kräftiger, und diesmal bewegt sich der Knauf. Gott sei Dank – er hat nur geklemmt. Ich dränge mich ins

Haus, und bevor ich die Tür zuschlage, erhasche ich einen flüchtigen Blick auf eine Gestalt, die durch unseren Vorgarten flitzt. Einen Moment lang kann ich ihr Gesicht im schwachen Mondlicht erkennen.

Es ist Addie Severson.

44

Eve

In meinem ganzen Leben war ich noch nie so in Panik. Ich habe sogar meine Stilettos ausgezogen, um ordentlich im Schlafzimmer auf und ab gehen zu können. Es muss schon meine zwanzigste Runde sein, und ich fühle mich noch kein bisschen besser.

»Bist du sicher, dass sie es war?«, fragt Nate.

Sobald ich zurück im Haus war, bin ich nach oben ins Schlafzimmer gerannt und habe Nate erzählt, was ich draußen gesehen habe. Für ihn ist es jedoch nicht mal alarmierend genug, um aus dem Bett zu steigen. Es beunruhigt ihn nicht im Geringsten, dass meine Schülerin in den Büschen vor unserem Haus gehockt hat. Er denkt, ich bilde mir das Ganze nur ein.

»Ich weiß, was ich gesehen habe, Nate.« Ich bleibe stehen und blicke ihn zornig an. »Addie war im Gebüsch. Sie hat mich beobachtet. Mich *gestalkt*.«

»Warum sollte sie das tun?«

Ich balle die Fäuste. Ich erkenne an, dass Nate nicht so ein angespanntes Verhältnis zu dem Mädchen hat wie ich, aber ich bin es leid, dass er sie ständig verteidigt. Ich hätte meinem Bauchgefühl folgen und sie zur Schulleiterin zerren sollen, als ich herausgefunden habe, dass sie in der Zwischenprüfung gemogelt hat. Ich hätte die ganze Sache im Keim ersticken sollen.

»Sie hasst mich«, sage ich.

Er lacht. »Komm schon. Warum sollte sie dich hassen?«

»Ich sehe es in ihren Augen.« Ich habe die Wut darin gesehen, als ich sie heute aufgefordert habe, das Sandwich wegzulegen. Sie war wütend, aber was sollte ich tun? Schülern erlauben, meinen Kursraum in die Cafeteria zu verwandeln? Ich komme stimmlich nicht gegen das Knirschen von Kartoffelchips an. »Sie ist ein Teenager, und ihre Hormone spielen verrückt. Ich habe sie beim Mogeln erwischt, und sie ist nie für meinen Unterricht vorbereitet. Jedes Mal, wenn ich sie anspreche, sieht sie mich böse an.«

»Sie sieht dich böse an?« Nate zieht eine Augenbraue hoch. »Das ist dein Beweis?«

Ich lasse mich auf den Bettrand plumpsen. »Hör zu, Nate. Wir wissen, dass das Mädchen um Art Tuttles Haus herumgeschlichen ist. Es ist also nicht weit hergeholt. Mir ist egal, ob du mir glaubst oder nicht – ich weiß, was ich gesehen habe.«

Mein überzeugter Tonfall sorgt dafür, dass das spöttische Lächeln aus seinem Gesicht verschwindet. Er setzt sich aufrecht im Bett hin. »Okay, angenommen, sie war es. Was wirst du tun?«

»Ich muss die Schulleiterin informieren.«

»Die Schulleiterin? Das scheint mir drastisch.«

»Nate«, sage ich mit zusammengebissenen Zähnen. »Das Mädchen war *im Gebüsch vor unserem Haus*. Art hat schon seinen Job wegen ihr verloren. Die Sache ist ernst.«

Er schweigt einen Moment, denkt nach. Aber ich verstehe nicht, worüber. Dies ist eine äußerst heikle Situation, mit der korrekt umgegangen werden muss. Es ist jetzt unerlässlich, die Schulleiterin zu informieren.

»Ich will Addie einfach nicht noch mehr Schwierigkeiten machen«, sagt er. »Sie wird bereits wegen der Sache im letzten Jahr von den anderen ausgegrenzt.«

»Vielleicht braucht sie psychologische Betreuung«, sage ich. Es ist das Freundlichste, was mir einfällt. Ich will ihm nicht sagen, dass Addie einfach ein schwarzes Schaf ist, das nicht wieder eingegliedert werden kann.

»Psychologische Betreuung?« Er verzieht das Gesicht, als hätte er gerade etwas Saures gegessen. »Jetzt willst du das Mädchen zum Psychiater schicken?«

Ich weiß nicht, warum Nate sich deswegen mit mir streitet. Wenn Addie Probleme hat, wird psychologische Betreuung ihr helfen. Warum will er nicht, dass sie die Hilfe bekommt, die sie braucht? So etwas ist längst kein Stigma mehr.

»Ich gehe zu Higgins«, sage ich. »Ende der Diskussion.«

Nate steigt aus dem Bett und setzt sich neben mich auf den Rand. Ich weiß nicht, was er sagen wird, aber wie sich herausstellt, sagt er überhaupt nichts mehr. Er legt nur seine Hände auf meine Schultern und beginnt, mich zu massieren.

»Was tust du?«, frage ich.

»Es war ein langer Abend«, sagt er. »Du wirkst in letzter Zeit so angespannt, Eve. Und ich habe ein schlechtes Gewissen. Ich habe das Gefühl, es ist meine Schuld.«

»Es ist nicht deine Schuld«, sage ich, und das ist nur zum Teil eine Lüge.

Nate knetet meine Schultern kräftiger. »Hilft das ein bisschen?«

Ich will ihm sagen, dass ich gerade nicht massiert werden will, aber tatsächlich fühlt es sich ganz angenehm an. Ich hatte gar nicht bemerkt, wie verspannt meine Schultern sind, bis er angefangen hat, sie zu reiben. Ich habe vergessen, wie gut Nate massieren kann.

»Leg dich hin«, fordert er mich auf.

Gehorsam lege ich mich auf den Bauch, den Kopf auf dem Kissen. Nate kriecht neben mich, und seine Finger bearbeiten meine Schulter- und Rückenmuskeln. Alle Anspannung, an der ich festgehalten habe, verlässt mich. Gegen meinen Willen stoße ich einen kleinen wohligen Seufzer aus.

»Außerdem«, fügt Nate hinzu, »dachte ich, nachdem ich den ganzen Abend Gespräche über Kinder gehört habe, dass wir uns ein bisschen mehr anstrengen müssen.« Er beugt sich über mich, sodass ich seinen warmen Atem im Nacken spüre. »Verstehst du?«

Nate schien in letzter Zeit so vollkommen desinteressiert an Sex, dass mich seine Worte schockieren. Aber als er den Reißverschluss am Rücken meines Kleides öffnet, habe ich keinen Zweifel an seinen Absichten.

45

Addie

Es war ein Fehler, dass ich gestern Abend zu Nathaniels Haus gegangen bin.

Ich hätte es niemals tun sollen. Ich habe so etwas auch noch nie getan. Okay, das ist gelogen. Aber es ist nicht mal annähernd so wie beim ersten Mal, als ich beim Haus eines Lehrers war, ohne dass er es wusste. Es hat Mr. Tuttle in große Schwierigkeiten gebracht.

Uff, ich fühle mich deswegen immer noch schrecklich. Ich weiß nicht, was ich an jenem Abend bei Mr. Tuttles Haus wollte. Ich hätte niemals hingehen sollen. Es ging mir an dem Abend einfach schlecht, und meine Mom weinte um meinen Vater, was lächerlich war, denn er war der schlechteste Vater auf der Welt und ein noch schlechterer Ehemann. Ich weiß nicht, warum sie ihn immer noch liebt. Sie hat noch seine gesamte Kleidung im Schrank und will sein Auto, das in unserer Garage steht, nicht verkaufen.

Ich wollte nur in der Nähe eines Erwachsenen sein, der freundlich zu mir sein würde. Doch als ich zu seinem Haus kam und durchs Fenster blickte, sah ich ihn nett mit seiner Frau beim Essen sitzen und dachte, dass er bestimmt nicht mit mir reden wollte. Dann beschloss ich zu warten, bis sie mit dem Essen fertig waren, und als ich schließlich zu dem

Schluss kam, dass ich besser gehen sollte, hatte jemand bereits die Polizei gerufen.

Ich dachte, ich wäre in großen Schwierigkeiten, doch es stellte sich heraus, dass Mr. Tuttle derjenige war, der nun in Schwierigkeiten steckte. Schulleiterin Higgins stellte mir all diese Fragen über ihn und unsere »Beziehung«. Ich wusste zuerst nicht, wovon sie sprach, aber dann fragte sie mich, ob Mr. Tuttle mich jemals berührt habe. Da wusste ich, was sie meinte. Sie fragte mich, ob er mich jemals auf unangemessene Weise angefasst habe, was er nie getan hat. Aber er hat mich berührt. Einmal, als wir nach der Schule gelernt haben, habe ich ihm von meinem Vater erzählt, und wie schwierig es war, wenn er betrunken nach Hause kam. Als ich angefangen habe zu weinen, hat Mr. Tuttle mich an der Schulter berührt. Also ja, er hat mich *angefasst*, aber nicht so – nicht mal annähernd.

Dennoch bemerkte die Schulleiterin mein Zögern beim Beantworten der Frage. Und eh ich mich's versah, glaubten alle in der Schule, ich hätte eine Affäre mit Mr. Tuttle. Und die, die es nicht glaubten, hielten mich für eine Lügnerin, die versuchte, Aufmerksamkeit zu bekommen.

Aber das Schlimmste war, was mit Mr. Tuttle passierte. Er wollte mir nur helfen. Ich tat ihm leid, wegen meines Vaters und weil ich keine Freunde hatte und in Mathe durchzufallen drohte. Ich erzählte jedem, dass er nur freundlich gewesen war, weiter nichts. Aber dann forderten immer mehr Eltern ihn auf zu kündigen. Er hatte keine Wahl.

Und jetzt habe ich es wieder getan. Schlimmer noch, es ist nicht das erste Mal. Ich war schon zweimal bei Nathaniels Haus, ohne dass er es wusste.

Ich weiß nicht, was ich mir dabei gedacht habe. Ich habe es

vermisst, mich mit Nathaniel nach dem Unterricht zu treffen, wie wir es normalerweise tun. Und ich war neugierig, wie ein Abendessen bei ihm zu Hause aussehen würde. Es sind nur fünf Minuten mit dem Fahrrad von mir, und als meine Mom nach oben in ihr Zimmer ging, bin ich aus der Hintertür geschlichen und hinübergefahren.

Dumm, dumm, dumm.

Es war deprimierend, Nathaniel mit seiner Frau als glückliches Paar beim Abendessen mit Mrs. Maddox und ihrem Mann zu sehen. Das einzig Positive war, dass Mrs. Maddox' Mann sehr liebevoll mit ihr umging, während Nathaniel Mrs. Bennett kaum berührt hat. Das habe ich genau gesehen.

Jedenfalls habe ich unheimliches Glück gehabt, dass ich nicht erwischt wurde. Es gab einen Moment, als Mrs. Bennett den Müll raustrug, da befürchtete ich, sie habe mich gesehen, aber es ist nichts passiert. Sie dachte, sie habe etwas gesehen, aber es war zu dunkel. Sie wusste nicht, wer es war.

Zumindest dachte ich das. Bis ich in der zweiten Stunde eine Nachricht von Nathaniel bei Snapflash bekomme.

Nathaniel: Du warst gestern Abend bei meinem Haus. Das war ein großer Fehler.

Ich starre die Worte auf dem Display an, bis sie verschwunden sind. Es war keine Frage. Er weiß, dass ich da war. Entweder hat er mich durchs Fenster gesehen, oder Mrs. Bennett hat es ihm gesagt.

Ich schreibe zurück.

Ich: Es tut mir leid.

Da ich Angst habe, dass mein Geschichtslehrer mich am Handy erwischt und es konfisziert, stecke ich es schnell wieder in die Tasche, obwohl es mich umbringt, nicht zu sehen, was Nathaniel zurückschreibt. Ich bin mir sicher, dass er wütend auf mich ist. Aber wie wütend? Er kann unmöglich so wütend sein, dass er Schluss macht.

Oder?

Nein, das kann ich nicht glauben. Aber bei dem Gedanken bekomme ich ein ungutes Gefühl in der Magengrube. Unsere Beziehung ist aus vielerlei Gründen riskant. Er hat mich gewarnt, dass wir uns nicht mehr treffen könnten, wenn irgendjemand Wind davon bekommt. Die Vorstellung, ihm nie wieder nahe zu sein, bereitet mir körperlich Schmerzen.

Lieber würde ich im Meer begraben sein.

Sobald es klingelt, reiße ich mein Handy geradezu aus der Tasche. Tatsächlich habe ich eine Nachricht. Ich öffne sie.

Nathaniel: Die Schulleiterin wird darüber mit dir sprechen. Ich habe alles versucht, um es abzuwenden. Leugne alles.

Und dann eine zweite Nachricht.

Nathaniel: Meine ganze Existenz liegt in deinen Händen.

Tatsächlich habe ich es kaum zur dritten Unterrichtsstunde geschafft, als eine Lautsprecheransage mich auffordert, zum Büro der Schulleiterin zu kommen. Ich habe weiche Knie, als ich ins Erdgeschoss gehe, vorbei an der Informationstheke, wo Annie, die Empfangssekretärin, mit einem Beutel Orangen sitzt. Annies Lächeln ist gezwungen, als sie mich grüßt, und es überrascht mich nicht, dass Mrs. Bennett mich erwartet, als ich beim Büro von Schulleiterin Higgins ankomme. Ich habe gedacht, dass auch Nathaniel da sein würde, und weiß nicht, was es bedeutet, dass es nicht so ist.

»Adeline.« Die Schulleiterin sieht mich über ihren Brillenrand an und deutet auf einen der Plastikstühle vor ihrem Schreibtisch. »Setz dich bitte. Und schließ die Tür hinter dir.«

Schließ die Tür hinter dir. Das sieht bisher nicht gut aus. Besonders da Mrs. Bennett aussieht, als wäre sie stocksauer. Ihre ohnehin dünnen Lippen sind vollkommen verschwunden.

Während ich mich auf den quietschenden Plastikstuhl setze, versuche ich, ein ahnungsloses Gesicht zu machen. Ich denke daran, was Nathaniel mir gesagt hat. *Leugne alles*. Es muss bedeuten, Mrs. Bennett ist nicht ganz sicher, dass sie mich gesehen hat.

»Addie.« Die Schulleiterin ist bei meinem Anblick offenbar ebenso wenig erfreut wie Mrs. Bennett. Ich erinnere mich noch daran, wie sie mich wegen Mr. Tuttle das erste Mal in ihr Büro gerufen hat. Sie war lieb und freundlich zu mir – das änderte sich jedoch, als sie herausfand, dass ich ihn (ein bisschen) gestalkt habe. Jetzt sieht sie aus, als habe sie etwas mit mir zu klären. »Mrs. Bennett sagt, sie habe dich gestern Abend in den Büschen bei ihrem Haus gesehen. Stimmt das?«

Leugne alles. »Nein, natürlich nicht. Ich war den ganzen Abend mit meiner Mutter zu Hause.«

Mrs. Bennett schnaubt wütend. »Ich habe dich *gesehen*, Addie. Du warst im Gebüsch, und dann bist du über den Rasen gelaufen.«

Leugne alles. »Ich … Ich weiß nicht, was ich Ihnen sagen

soll. Ich war den ganzen Abend zu Hause. Wie ich schon sagte, mit meiner Mutter. Sie können sie fragen.«

Wenn sie meine Mutter fragen, wird sie bestätigen, dass ich den ganzen Abend zu Hause war. Es ist leicht, sich hinauszuschleichen, ohne dass sie es merkt.

Ein leiser Zweifel huscht über Mrs. Bennetts Gesicht. Ich bin froh, dass Nathaniel mich gewarnt hat. Wenn er es nicht getan hätte, dann hätte ich vielleicht alles zugegeben. Aber je mehr ich darüber nachdenke, desto klarer wird mir, dass Leugnen das Richtige ist. Es war gestern Abend dunkel. Sie weiß nicht, was sie gesehen hat.

Die Schulleiterin sieht skeptisch aus. »Mrs. Bennett sagte mir, dass du Probleme mit ihr hattest. Dass du Probleme im Kurs hattest, dich nicht angestrengt hast und sogar dabei erwischt wurdest, wie du bei einem Test von der Arbeit eines Mitschülers abgeschrieben hast.«

»Ich … Ich habe einen Blick darauf geworfen«, gebe ich zu und lasse beschämt den Kopf hängen. »Aber Mrs. Bennett war nett. Sie hat mir sogar geholfen, einen Tutor zu finden.«

Ich riskiere es, Mrs. Bennett einen Blick zuzuwerfen, und schenke ihr ein Lächeln. Sie erwidert es nicht.

»Es tut mir leid, dass Sie dachten, ich würde zu Ihrem Haus kommen«, sage ich. »Das würde ich niemals tun.« Mir wird bewusst, wie schwach meine Worte klingen müssen, besonders im Hinblick darauf, dass ich vor dem Haus eines anderen Lehrers von der Polizei aufgegriffen wurde. Deshalb füge ich schnell hinzu: »Nach dem letzten Mal habe ich meine Lektion gelernt.«

Schulleiterin Higgins wirft Mrs. Bennett einen Blick zu. Keine von beiden scheint überzeugt, aber sie hat keinen Beweis.

Leugne alles.

»In Ordnung, Addie.« Die Schulleiterin lehnt sich in ihrem Sessel zurück. »Was immer gestern Abend vorgefallen ist, ich erwarte, dass es nicht noch einmal vorkommt. Du kannst jetzt wieder in deinen Kursraum gehen.«

Erstaunt, dass sie es darauf beruhen lässt, stehe ich von dem Plastikstuhl auf. Das Wichtigste ist, dass sie mich nicht nach Nathaniel gefragt hat. Dabei war ich sicher, es würde wie letztes Mal sein, als Higgins all diese Fragen über mich und Mr. Tuttle stellte.

Aber Mrs. Bennett hat angenommen, dass ich nur ihretwegen dort war. Weil sie weiß, dass ich sie verachte. Dass ich mir nichts mehr wünsche, als dass sie aus meinem Leben verschwindet.

So gesehen hat sie recht.

46

Addie

Nach dem Gespräch mit der Schulleiterin antwortet Nathaniel nicht auf meine Textnachrichten.

Als die Mittagspause sich nähert, bin ich fast hysterisch vor Sorge, dass er mich jetzt hasst. Aber er hat versucht, mich zu beschützen. Er hat mir gesagt, ich solle alles leugnen, und die Strategie hat funktioniert. Trotzdem bin ich äußerst angespannt.

Während ich in der Cafeteria sitze und einen Cheeseburger hinunterzuwürgen versuche, der schmeckt, als wäre er drei Tage alt, lässt sich Lotus mit einem Tablett, auf dem sich ein Veggie-Burger befindet, mir gegenüber nieder. Ich habe keine Lust, mich mit ihr zu unterhalten, nachdem sie mich so betrogen hat. Besonders heute nicht. Mein Gedicht hätte vielleicht den Wettbewerb gewonnen, wenn sie nicht eingegriffen hätte.

»Hi, Addie«, sagt sie.

»Hey«, murmele ich, ohne von meinem Burger aufzusehen.

»Alles in Ordnung?«

»Mir geht's gut.« Ich ziehe eine Pommes durch den kleinen Klacks Ketchup, den ich auf mein Tablett gegeben habe. »Ich hab nur keine Lust, mit jemandem befreundet zu sein, der ein doppeltes Spiel spielt.«

Lotus bleibt der Mund offen stehen. »Wie bitte? Wieso spiele ich ein doppeltes Spiel?«

Normalerweise behalte ich meine Meinung für mich, aber ich habe einen harten Tag. Lotus soll wissen, dass ich von ihrem Betrug weiß. Und es ist irgendwie eine Genugtuung zu sehen, wie nervös sie ist. »Nath… Mr. Bennett wollte mein Gedicht bei dem Lyrikwettbewerb einreichen. Und dann bist du zur Schulleiterin gegangen und hast dafür gesorgt, dass er stattdessen deins einreicht.«

Sie starrt mich einen Moment lang erstaunt an. Sie hatte offenbar keine Ahnung, dass ich weiß, was sie getan hat.

»Ist das dein Ernst?« Sie schiebt die Unterlippe vor. »So ist es *überhaupt* nicht gewesen.«

»Ja, klar.«

»Nein!«, beharrt sie. »Ich habe nie ein Wort gesagt. Mr. Bennett hat mich, eine Woche nachdem du mir von dem Wettbewerb erzählt hast, beiseitegenommen und gesagt, er habe beschlossen, stattdessen mein Gedicht einzureichen.«

Ich kann nicht glauben, dass sie mir ins Gesicht lügt. Ich stehe auf und nehme mein Tablett mit dem Essen, das ich kaum angerührt habe. Ich habe keinen Appetit, selbst wenn der Burger genießbar wäre. Und die Pommes sind merkwürdig ungar und trotzdem durchgeweicht. »Wie auch immer«, sage ich.

»Addie!« Sie ruft meinen Namen, aber sie folgt mir nicht oder versucht, mich von ihren Lügen zu überzeugen. Ich bin froh, denn ich würde ihr niemals glauben. Nathaniel hat mir gesagt, was passiert ist.

Nathaniel. Ich muss ihn unbedingt sehen.

Nathaniel hat jetzt eine Freistunde, und ich habe ihm schon

öfter vorgeschlagen, dass wir uns zusammen davonschleichen, da ich zu der Zeit auch freihabe. Aber er beharrte, dass es zu riskant sei, sich während der Schulstunden zu treffen. Ich glaube nicht, dass ich den Tag überstehe, ohne ihn zu sehen. Also gehe ich durch die leeren Flure zu seinem Kursraum, in der Hoffnung, ihn dort statt im Lehrerzimmer zu finden.

Tatsächlich sitzt Nathaniel an seinem Pult, sieht Arbeiten durch und isst dabei ein Sandwich. Ich beobachte ihn einen Moment lang, so wie ich es gestern Abend getan habe und jeden Tag im Unterricht. Er sieht so gut aus. Ich liebe seine Gesichtszüge, seine dicken dunklen Haare, und wie seine braunen Krawatten zu seinen Augen passen. Und wenn er mich anlächelt, gibt er mir dieses wunderbar warme Gefühl.

Dies Mädchen lebt für ihn allein, und er lebt allein für sie.

Aber als er jetzt aufsieht, lächelt er nicht.

»Addie«, faucht er mich an. »Was machst du hier?«

Ich schleiche in den Raum und schließe die Tür hinter mir. »Es tut mir leid. Ich … Ich drehe noch durch …«

»Na, hierherzukommen wird es nicht besser machen.« Er steht auf, die Lippen geschürzt. »Du hättest gestern Abend nicht zu unserem Haus kommen sollen. Das war ein Riesenfehler.«

Ich kaue auf meiner Unterlippe. »Ich weiß …«

»Jetzt haben sie dich auf dem Schirm. Sie haben *uns* auf dem Schirm.« Er schüttelt den Kopf. »Ich kann nicht glauben, dass du so etwas Dummes getan hast.«

Ich bin bereits den Tränen nahe, seit ich zum Büro der Schulleiterin musste, aber jetzt drohen sie zu fließen.

Nathaniel bemerkt es und wird dadurch milder gestimmt. Er wirft einen Blick durch das kleine Fenster in der Tür des

Kursraums, um sicherzugehen, dass nach wie vor niemand auf dem Flur ist. Dann geht er ums Pult herum.

»Addie, wein doch nicht.«

»Ich …« Ich wische mir mit dem Handrücken über die Nase, bevor eine Rotzblase rauskommt. Wenn er eine Rotzblase bei mir sieht, ist es definitiv aus. Nein, das sollte ich nicht sagen. So oberflächlich ist er nicht. »Ich will nicht, dass du mich hasst. Ich habe einen dummen Fehler gemacht.«

»Addie …«

Seine Augen werden sanfter, und nach einem weiteren Blick zur Tür greift er nach meinen Händen. Es war dumm, mir Sorgen zu machen. Nathaniel und ich sind Seelenverwandte. Er wird wegen eines dummen Fehlers nicht alles wegwerfen, was wir haben. Wir sind einander zu wichtig.

»Ich könnte dich niemals hassen«, sagt er. »Du bist alles für mich geworden. Du bist meine Seelenverwandte. Aber wir müssen jetzt ein bisschen vorsichtiger sein. Nur für eine kleine Weile. Ich will nicht, dass Eve Verdacht schöpft.«

»Dann … können wir uns heute nicht treffen?«

Ich hoffe, dass er mir widerspricht. Es ist Freitag, und meine Mutter lässt mich freitags länger ausbleiben, weil ich am nächsten Tag keine Schule habe.

Er zögert und schüttelt dann den Kopf. »Besser nicht. Vielleicht nächste Woche.«

O Gott. Ich werde vorher *sterben*. »Nächste *Woche*?«

Er grinst mich schief an. »Ich weiß. Ich werde den Verstand verlieren.«

Bei der Vorstellung, ihn eine ganze Woche nicht berühren oder küssen zu können, würde ich am liebsten schreien. Unwillkürlich strecke ich die Hand aus und ergreife seine braune

Krawatte. Ich ziehe ihn näher an mich heran, und obwohl es ihn anscheinend beunruhigt, dass wir in seinem Kursraum sind, lässt er es geschehen. Wenn wir eine ganze Woche nicht in die Dunkelkammer gehen können, brauche ich etwas, woran ich mich festhalten kann.

Ihm muss es genauso gehen, denn er beugt sich vor und küsst mich leidenschaftlicher, als er es jemals getan hat. Er schiebt seine Finger in meine Haare und drückt seine Lippen heftig auf meine. Der Kuss scheint eine Ewigkeit zu dauern, und es ist fast schmerzlich, sich von ihm zu lösen.

Ich könnte ein Gedicht über den Kuss schreiben. Ich wette, ich würde damit den dummen Wettbewerb gewinnen.

»Wir können das nicht mehr tun«, sagt Nathaniel streng. »Zumindest eine Weile nicht. Ich lass dich wissen, wenn es sicher ist.«

»Können wir uns noch schreiben?«

Er denkt eine Weile darüber nach. »Ein bisschen. Ein- oder zweimal am Tag. Und natürlich nur bei Snapflash.«

Ich nicke und versuche, einen Kloß im Hals hinunterzuschlucken. Was werde ich eine Woche ohne ihn machen? Nathaniel ist nicht nur das *Beste* an meinem Leben – er ist das *Einzige*.

Und das alles ist Eve Bennetts Schuld.

»Du gehst jetzt besser«, sagt er.

Er drückt noch einmal meine Hand, und in dem Moment klingelt es. Ich straffe die Schultern und verlasse den Kursraum. Ich werde das durchstehen. Und eines Tages werden wir beide zusammen sein. Das hat er mir versprochen.

47

Eve

Nach dem Gespräch mit Higgins bin ich höchst unzufrieden.

Addie Severson war gestern Abend draußen vor unserem Haus. Ich war mir noch nie in meinem Leben einer Sache so sicher. Ich habe sie *gesehen*. Und sie hat viele Gründe, mich zu hassen.

An jenem Tag im Supermarkt hat Art Tuttle mich vor ihr gewarnt. Er hatte allen Grund, mich zu warnen. Sie hat sein Leben zerstört, ob gewollt oder ungewollt.

Und heute hat mir das Mädchen ins Gesicht gelogen.

Sobald Addie gegangen war, habe ich Debra Higgins angesehen und gesagt: »Sie lügt.«

Debra hat den Kopf geschüttelt. »Ich stimme dir zu, Eve. Aber was sollen wir tun? Dein Wort steht gegen ihres. Und sie hat gesagt, sie war mit ihrer Mutter zu Hause.«

Was für ein absoluter Müll. Als ich Teenager war, habe ich eine Menge Dinge getan, während meine Mutter dachte, ich sei in meinem Zimmer. Was mich betrifft, wäre das kein Alibi. Selbst wenn ihre Mutter die Geschichte bestätigen würde, was sie nicht getan hat.

Sobald ich das Büro der Schulleiterin verlassen hatte, habe ich Nate geschrieben.

Ich: Sie hat alles geleugnet.

Da gerade eine kurze Unterrichtspause war, hat er sofort zurückgeschrieben.

Nate: Vielleicht war sie es nicht?

Seine Antwort hat mich so wahnsinnig gemacht, dass ich am liebsten das Handy weggeworfen hätte.

Gleich beginnt meine sechste Stunde Mathe, in der ich Addie wieder gegenüberstehen werde, und ich fühle mich der Herausforderung nicht gewachsen. Debra hat mir gesagt, dass sie Addie im zweiten Halbjahr einem anderen Lehrer zuteilen wird, aber bis dahin sind es noch zwei Monate. Zwei Monate, in denen ich mich mit ihr auseinandersetzen muss.

»Sie war es, ganz sicher«, raune ich Shelby im Essbereich für die Lehrer zu. Ich habe mir einen Salat in einer Tupperdose zum Lunch mitgebracht, ihn aber kaum angerührt. »Wie kann sie so lügen?«

Shelby zuckt mit der Schulter. »Sie ist ein Teenager. So was machen die eben. Für sie ist es wie Atmen.«

»Sie hasst mich.« Ich erschaudere leicht bei dem Gedanken an den bösen Blick, den sie mir gestern im Unterricht zugeworfen hat. »Sie hasst mich wirklich. Und jetzt stalkt sie mich auch noch.«

»Aber warum?« Shelby beißt von einem ihrer Möhrenstäbchen ab. »Ich meine, sie ist Art gefolgt, weil er *nett* zu ihr war.«

»Ja, und?«

»Und du bist nicht nett zu ihr. Warum sollte sie also zu deinem Haus gehen?« Sie nippt an ihrer Cola light. »Ich meine, sie ist nicht gefährlich. Glaubst du wirklich, sie würde dich stalken, weil du ihr nicht erlaubt hast, im Kursraum ihr Sandwich zu essen? Das ist ein bisschen extrem, selbst für einen Teenager.«

»Vielleicht …«

»Nun, wenn sie Nate stalken würde – das würde ich dir abkaufen.« Sie zwinkert mir zu. »Ich meine, alle Schülerinnen sind mächtig in ihn verknallt. Und du hast erzählt, dass sie bei der Lyrikzeitschrift mitmacht. Ich kann mir gut vorstellen, dass sie sich ein bisschen verliebt hat.«

Ich erstarre, und ein Salatblatt liegt schlaff in meinem Mund. Ich weiß nicht, wieso ich nicht darauf gekommen bin. Vielleicht, weil ich das Gefühl hatte, dass sie mich beobachtet hat, als ich am Straßenrand stand. Irgendwie kam mir nicht in den Sinn, dass sie beim Haus war, um jemand anders zu sehen.

O mein Gott, sie stalkt Nate.

Das ergibt deutlich mehr Sinn. Ich habe ihn gewarnt, zu nett zu ihr zu sein, und jetzt macht sie mit ihm dasselbe wie mit Art Tuttle. Und wenn er nicht aufpasst und richtig damit umgeht, wird er genauso enden wie Art.

Ich muss ihn warnen. Er muss sich sofort um die Sache kümmern.

Ich entschuldige mich, und Shelby ist wahrscheinlich froh, über etwas anderes reden zu können als Addie Severson. Die Unterrichtsstunde dauert noch ungefähr zehn Minuten, und Nate ist bestimmt in seinem Kursraum. Wir haben nicht mehr viel Zeit zum Reden, aber ich kann ihn zumindest warnen, bevor sie in seinen Kurs kommt.

Die Flure sind fast leer, da es mitten in der fünften Stunde ist, und die Absätze meiner Lederstiefel von Givenchy hallen wie Gewehrschüsse von den Wänden wider. Ich begegne einem Mädchen mit zu viel schwarzem Augen-Make-up, aber das ist bei Weitem nicht das Schlimmste, was diese jungen Mädchen tun. Als ich bei Nates Kursraum ankomme, ist die Tür geschlossen, was mir ein bisschen merkwürdig vorkommt. Ich spähe durchs Fenster der Tür, und tatsächlich ist Nate nicht allein.

Addie Severson ist bei ihm.

Ich hebe die Hand, um anzuklopfen, aber etwas hält mich davon ab. Ich trete einen Schritt zurück und ducke mich leicht, um nicht gesehen zu werden.

Nate und Addie sind ins Gespräch vertieft. Ich weiß nicht, was sie sagen, aber es sieht so aus, als würde sie weinen. Was sagt er zu ihr, das sie zum Weinen bringt? Andererseits braucht es nicht viel, um Teenager zum Weinen zu bringen. Meiner Erfahrung nach reicht es schon, ihnen das Handy wegzunehmen.

Dann greift Nate nach ihrer Hand.

Okay, das ist nicht zwangsläufig verdächtig. Sie weint, und er will sie trösten. Zugegeben, es ist nicht die passendste Art, einen Schüler zu trösten, aber es ist auch nicht das Schlimmste, was ich je gesehen habe. Doch er tätschelt ihre Hand nicht. Es sieht mehr so aus, als würde er sie halten. Mindestens sechzig Sekunden sind vergangen, und er hält ihre Hand immer noch? Damit ist die Obergrenze an Angemessenheit erreicht.

Dann passiert jedoch etwas, das mich all das Händchenhalten vergessen lässt. Etwas geschieht, das Händchenhalten erscheinen lässt wie … nun ja, Händchenhalten. Etwas, bei dessen Anblick mir die paar Salatblätter, die ich hinuntergewürgt habe, wieder hochkommen.

Er küsst sie.

Nein, er küsst sie nicht. Es sieht aus, als ob er herausfinden wollte, wie ihr Mittagessen geschmeckt hat. Dieser Kuss ... ist nicht der erste Kuss. Es ist ein Kuss zwischen zwei Menschen, die sich schon oft geküsst und wahrscheinlich noch viele andere Dinge getan haben.

Jetzt ergibt alles einen Sinn.

Ich verstehe, warum Addie mich so sehr hasst. Ich verstehe, warum sie um unser Haus herumgeschlichen ist. Ich verstehe, warum Nate sie jedes Mal verteidigt, wenn ich ihm erzähle, was sie getan hat. Ich verstehe, warum mein Mann null Interesse an Sex hat, außer wenn er mich dazu bringen will, ihr zu helfen.

Der Mistkerl betrügt mich. Mit *ihr.*

48

Eve

Ich weiß nicht, ob ich jemals so wütend gewesen bin.

Ein Teil von mir will in den Raum stürzen und die beiden vor allen Schülern und Lehrern, die gleich aus den Klassenzimmern strömen werden, auffliegen lassen. Genau das verdient er. Ich stelle mir den Schrecken in seinem Gesicht vor, der sich in Scham verwandelt, wenn alle entdecken, was er getan hat.

Aber ich tue es nicht.

Mir wird klar, wenn ich Nate jetzt hier auffliegen lasse, ruiniere ich drei Leben: seines, meins und Addies. Er verdient es, dass sein Leben ruiniert wird, aber ich nicht. Wenn ich eine Szene mache und ihn auf diese Art bloßstelle, werde ich niemals an der Schule weiterarbeiten können. Es wäre zu demütigend. Seine Schande würde auf mich abfärben.

Und Addie verdient es auch nicht. Was immer ich sonst über sie sagen kann, sie ist erst sechzehn. Sie ist ein *Kind*. Es ist nicht ihre Schuld, dass sie sich in ihren gut aussehenden Englischlehrer verliebt hat. Es war Nates Verantwortung zu verhindern, dass das passiert.

Deshalb stelle ich die beiden nicht vor allen bloß. Aber eines tue ich: Ich mache ein Foto.

In unserem Bundesstaat ist das sechzehnte Lebensjahr die

Grenze für Unzucht mit Minderjährigen. Nate wird dafür also nicht ins Gefängnis gehen. Aber seine Lehrerlaufbahn wird beendet sein. Mein Mann wird mit Schimpf und Schande davongejagt, und jeder wird davon erfahren.

Mein Leben, so wie ich es kenne, ist vorbei.

Wie in Trance gehe ich zurück zu meinem Kursraum. Ich weiß nicht, wie ich in fünf Minuten Mathe unterrichten soll. Ich werde den Schülern irgendwelche Aufgaben geben müssen, die sie dann für den größten Teil der Stunde bearbeiten. Meine Unterrichtsplanung ist zum Teufel.

An der Tür zu meinem Kursraum stoße ich mit Addie Severson zusammen. Ein Lächeln umspielt ihre Lippen – die eben noch meinen Mann geküsst haben und dabei heftig gequetscht wurden –, aber das Lächeln weicht aus ihrem Gesicht, als sie mich sieht. Sie will ebenso wenig in meinem Kurs sein, wie ich sie hier haben will. Sie senkt den Kopf, geht schweigend an ihren Platz und lässt ihre Tasche auf den Boden fallen.

Ich muss mich wieder daran erinnern, dass es nicht ihre Schuld ist. Nate hat ihre Verletzlichkeit ausgenutzt. Ich bin lange genug Lehrerin, um zu wissen, dass einige Mädchen beeinflussbarer sind als andere. Einige von ihnen verlieben sich eher in ihren Lieblingslehrer.

Es ist nicht ihre Schuld. Wirklich nicht.

»Nehmt bitte eure Bücher raus und löst die Aufgaben auf Seite einunddreißig«, sage ich den Schülern. »Und zwar still.«

Ich gebe ihnen viel zu viele Aufgaben, sodass sie bis zum Klingeln beschäftigt sind. Es gibt Mathelehrer, die das bedenklich häufig machen, aber ich habe noch nie auf diese Methode zurückgegriffen – ich bin verzweifelt. Ich lasse mich auf den

Stuhl hinter dem Pult fallen und hole mein Handy hervor. Nach kurzem Zögern schicke ich Jay eine Nachricht.

Ich: Ich muss dich heute Abend sehen.

Ich halte den Atem an und warte auf seine Antwort. Ich weiß nicht, ob er mir mitten am Tag zurückschreiben kann. Aber zum Glück kommt ein paar Minuten später die Nachricht.

Jay: Ich schließe den Laden heute nicht ab, deshalb können wir uns dort nicht treffen.
Ich: Das ist mir egal. Wir können irgendwo hinfahren.
Jay: Bist du dir sicher, Eve?
Ich: Bitte.

Wir verabreden uns an einem abgelegenen Ort. Jay ist die einzige Person, mit der ich darüber reden kann. Bei jedem anderen wäre das Geheimnis nicht sicher. Aber Jay vertraue ich, er wird diskret damit umgehen. Ich kenne zu viele seiner eigenen Geheimnisse.

Jay wird mir helfen herauszufinden, was ich tun soll. Er kennt sich vielleicht nicht mit Schulpolitik aus, aber er hat gesunden Menschenverstand und ist ein anständiger Mann. Wie auch immer, ich werde Nate nicht damit davonkommen lassen.

49

Eve

Nach der Schule treffen Jay und ich uns auf einem McDonald's-Parkplatz nicht weit vom Schuhgeschäft.

Wir parken an unterschiedlichen Enden. Ich gehe hinüber zu seinem Auto, steige auf der Beifahrerseite ein, und er fährt los. Unter anderen Umständen würde ich diese Geheimnistuerei aufregend finden. Aber im Moment kann ich nur die Lippen meines Mannes auf denen des kleinen Mädchens sehen.

»Danke, dass du gekommen bist«, sage ich, während ich die Absätze meiner Stiefel in den Teppich drücke. Ich weiß nicht, was er für mich sausen gelassen hat, aber ich bin ihm dankbar.

»Also, was ist los?«, fragt Jay.

Ich öffne den Mund, um ihm alles zu erzählen, aber bevor ich ein Wort herausbringen kann, breche ich in Tränen aus. Jay sieht etwas erschrocken zu mir herüber. Er fährt weiter, bis er eine stille Straße findet, wo wir nicht gesehen werden, und hält an.

»Eve.« Er greift herüber, um mich in die Arme zu nehmen. »Was ist passiert? Rede mit mir.«

Ich schluchze in seine starken Arme, während er mir übers Haar streicht, um mich zu beruhigen. Es dauert einige Minuten, bis ich mich genügend unter Kontrolle habe, um ihm die ganze Geschichte zu erzählen. Er kennt den ersten Teil, die

Probleme, die ich mit Nate hatte, und wie distanziert er gewesen ist. Aber als ich zu dem Teil komme, wie ich Nate und Addie heute küssend im Kursraum entdeckt habe, erstarrt er. Er sieht mich ungläubig an.

»Du machst Witze«, sagt er. »Das hast du wirklich gesehen?«

Ich nicke bedächtig.

»Dieses Stück Scheiße.« Er lässt die Knöchel seiner rechten Hand knacken, und ein Teil von mir befürchtet, dass er zu Nate gehen und ihm einen Schlag ins Gesicht versetzen könnte. Und ein Teil von mir will, dass er es tut. »Das ist unglaublich.«

»Ich weiß.« Ich schließe die Augen, aber sofort sehe ich wieder das Bild vor mir, wie die beiden sich küssen. Ich bezweifle, dass ich es jemals wieder aus dem Kopf bekommen werde. »Ich weiß nicht, was ich machen soll.«

»Vielleicht solltest du ihn umbringen.«

Ich blicke zu ihm hoch, er lächelt nicht. Aber er meint es nicht ernst. Obwohl der Gedanke im Moment verführerisch ist. »Im Ernst. Was, denkst du, soll ich tun? Soll ich zur Schulleiterin gehen?«

Er schüttelt den Kopf. »Wenn du zur Schulleiterin gehst, wird alle Welt davon erfahren. Willst du das?«

Mit der Schulleiterin zu sprechen, ist in diesem Fall das ordnungsgemäße Vorgehen, aber er hat recht. Es gäbe keine Möglichkeit, die Sache diskret zu behandeln, sosehr sie es vielleicht versuchen würden. Art Tuttle ist ein Beweis dafür, obwohl er nie etwas Falsches getan hat. »Das will ich nicht.«

»Dann«, sagt er, »musst du ihm ein Ultimatum stellen. Du musst alles dir Mögliche tun, um dafür zu sorgen, dass es sofort aufhört und nie wieder passiert. Außerdem …« Er nimmt meine Hand. »Musst du aus dieser Ehe raus.«

Damit hat er recht. Ich muss Nate verlassen. Das steht fest. Ich hebe den Kopf und sehe Jay in die Augen. Zum ersten Mal frage ich mich, ob es nicht doch eine gemeinsame Zukunft für uns gibt. Ich weiß, dass es nicht so ist, aber manchmal stelle ich mir gerne vor, dass es möglich sein könnte.

Doch das spielt jetzt keine Rolle. Ob ich mit Jay zusammen sein kann oder nicht, ich kann nicht mehr mit Nate zusammen sein.

»Du kannst das.« Er drückt meine Hand. »Hab keine Angst vor ihm. Du *schaffst* das.«

Er hat Vertrauen in mich. Das Problem ist nur, dass er meinen Mann nicht so kennt, wie ich ihn kenne.

50

Eve

Als Nate nach Hause kommt, bin ich mehr als angetrunken.

Es sind fast drei Stunden seit Unterrichtsschluss vergangen, und das wirft die Frage auf, was er die ganze Zeit gemacht hat. Ich weiß nicht, ob er mit ihr zusammen war oder sich mit schulischen Dingen beschäftigt hat. Wenn er kein Idiot ist, weiß er, dass er sich von Addie Severson fernhalten sollte, nachdem sie vor unserem Haus entdeckt wurde. Er scheint jedoch nicht bei klarem Verstand, wenn er sie in seinem eigenen Kursraum geküsst hat.

Was mich angeht, ich bin eine Weile herumgefahren, nachdem Jay mich wieder zu dem McDonald's gebracht hat, um mein Auto zu holen, und schließlich zurück nach Hause.

Ich habe versucht, einige Arbeiten durchzusehen, aber es war sinnlos. Kurz darauf habe ich mir eine Flasche Wein geholt. Leider hatten wir nur noch eine viertel volle Flasche Cabernet. Doch ich habe noch eine halbe Flasche Wodka gefunden.

Als ich höre, wie die Haustür geöffnet wird, probiere ich gerade alle meine Schuhe an. Ja, alle. Ich weiß nicht, warum, aber eine Modenschau für meine Füße hat etwas Tröstliches. Immer wenn ich mich aus irgendeinem Grund schlecht fühle, gehe ich zu meinen Schuhen. Nate hat das nie verstanden, aber Jay versteht es.

Nate ruft beim Hereinkommen nicht nach mir. Das tut er nie. Vielleicht hofft er, dass ich nicht zu Hause bin, damit er sich einen runterholen und dabei an sie denken kann. Ich will nicht wissen, was ihm durch den Kopf geht. Ich will ihn nur aus meinem Leben haben.

Ich werfe meine Schuhe zurück in den Schrank, bis auf die Louis-Vuitton-Pumps, die ich an meinem Geburtstag getragen habe. Ich schlüpfe hinein und gehe dann nach unten.

Nate ist im Wohnzimmer und zieht gerade seine schwarze Jacke aus. Er nimmt die Mütze vom Kopf und fährt durch seine dicken Locken, um sie zu glätten. Als ich die Treppe herunterkomme, muss ich daran denken, wie ich ihn zum ersten Mal gesehen habe und wie gut er aussah. Es war Liebe auf den ersten Blick – zumindest dachte ich es. Ich dachte, wir würden für immer zusammenbleiben.

Ich war so dumm.

»Hallo.« Erst als das Wort raus ist, bemerke ich, dass ich leicht lalle. Ich hätte das letzte Glas Wodka nicht trinken sollen. Ich brauche jetzt einen klaren Kopf. »Du bist zu Hause.«

»Hm, ja.« Er hängt seine Jacke im Flurschrank auf. »Hast du schon mit dem Abendessen angefangen?«

»Nein.« Ich halte mich am Geländer fest, um nicht zu schwanken. »Ich muss mit dir reden.«

»Okay.« Er lockert seine Krawatte und blinzelt mich an. »Hast du getrunken?«

So sollte das Gespräch eigentlich nicht laufen, aber das macht nichts. Ich warte keine Minute länger, um mit ihm zu reden. Es muss heute Abend beendet werden. Ich gehe auf ihn zu und halte mich am Sofa fest, um das Gleichgewicht zu halten.

»Ich weiß von dir und Addie Severson«, platze ich heraus.

Nates Hände erstarren an seiner Krawatte. »Wie bitte?«

»Ich weiß es«, wiederhole ich. Ich muss mich konzentrieren, um nicht zu lallen, denn er muss wissen, wie ernst es mir ist. »Ich weiß, was du mit ihr machst. Ich weiß, dass sie deswegen neulich Abend bei unserem Haus war.«

»Das ist … das ist verrückt!« Er lacht. »Komm schon, Eve. Denkst du wirklich, ich würde so etwas tun? Mit *Addie*?« Er schüttelt den Kopf. »Wie kommst du auf so eine dumme Idee? Ich glaube, du hast zu viel getrunken. Soll ich dir eine Tasse Kaffee machen?«

Oh, er ist gut. Mein Mann ist aalglatt. Wenn es nur ein Gerücht wäre, das ich zufällig gehört habe, würde ich es jetzt wahrscheinlich abtun. Andererseits wusste ich immer, dass er ein Lügner ist.

»Ich habe dich *gesehen*«, fauche ich ihn an. »Ich habe gesehen, wie du sie geküsst hast. In deinem Kursraum in der fünften Stunde.«

»Oh.« Das lässige Lächeln verschwindet aus seinem Gesicht. »Ich verstehe.«

»Was hast du zu deiner Verteidigung zu sagen?«

Nate zupft an seiner Krawatte, bis sie offen ist, und lässt sie dann auf den Boden fallen. Er lässt den Kopf hängen. »Ich weiß nicht, was ich sagen soll. Ich habe einen Riesenfehler gemacht. Addie war in mich verliebt, und ich dachte, ich könnte damit umgehen; dann hat sie mich heute geküsst. Ich habe es eine Sekunde zu lange zugelassen – ich weiß. Das war dumm, und es wird nicht wieder vorkommen. Ich werde ihr klarmachen, wie unpassend es war.«

Ich balle die Fäuste – ich würde damit am liebsten gegen

seine Brust schlagen, bis er blutet. »Ich habe es gesehen. *Du* hast *sie* geküsst.«

»Du warst nicht da. Du weißt nicht, was passiert ist.«

»Ich habe es gesehen!«

Eine Ader pocht an meiner Schläfe. Es fühlt sich an, als würde sie gleich platzen und mich töten, bevor wir dieses Gespräch beendet haben. Bevor mir mein Mann gesteht, dass er getan hat, wobei ich ihn beobachtet habe. Ein Teil von mir wünscht sich, dass genau das passiert.

Aber ein anderer Teil will, dass er leidet.

»Hast du es Higgins gesagt?«, fragt Nate schließlich.

»Noch nicht.«

»Ich verstehe.« Er runzelt die Stirn. »Wirst du?«

»Ich weiß es noch nicht.« Ich lehne mich gegen die Sofalehne, weil ich weiche Knie habe. »Ich habe mich noch nicht entschieden.«

»Gibt es …« Er macht mit einem leicht ausgestreckten Arm einen Schritt auf mich zu. »Gibt es irgendetwas, das ich tun kann, um dich davon abzuhalten?«

Ich blicke auf seinen Arm, als würde er mir Gift reichen. »Wenn du mich noch einmal anfasst, kratze ich dir die Augen aus.«

»Ja, tut mir leid.« Er tritt wieder zurück. »Okay, gut. Was willst du?«

»Ich will die Scheidung.«

Er zögert nicht einmal. »Abgemacht.«

Wow, das war ein Schlag. Sosehr ich will, dass er aus meinem Leben verschwindet, habe ich doch irgendwie gedacht oder vielleicht sogar gehofft, er würde ein bisschen mehr um unsere Ehe kämpfen.

»Und das Haus gehört mir.«

»Aber dieses Haus …«

»Das Haus gehört mir.«

Er beißt die Zähne zusammen. »Gut. Nimm das Haus.«

»Außerdem«, füge ich hinzu, »musst du deine Beziehung mit Addie *sofort* beenden. Heute Abend oder morgen. Du musst dich rücksichtsvoll von ihr trennen, aber ganz deutlich machen, dass du sie nie wiedersehen wirst. Es muss *jetzt* geschehen. Warte nicht bis Montag, wenn wieder Unterricht ist.«

Diesen Punkt hatte er vorausgesehen. »Gut«, sagt er. »Ist das alles?«

Ich habe eine letzte Forderung, auf die ich gekommen bin, nachdem ich mit Jay gesprochen hatte. Es ist die härteste für ihn, aber sie ist nicht verhandelbar.

»Du musst an der Caseham High kündigen«, sage ich. »Du kannst nie wieder als Lehrer von Kindern arbeiten.«

Nate holt tief Luft. »Was? Das kann nicht dein Ernst sein. Das ist mein Leben, Eve.«

»Du kannst immer noch unterrichten. In der Erwachsenenbildung. Aber keine Kinder. Nie wieder.«

»Eve, komm schon«, bringt er mühsam hervor. »Dem kann ich unmöglich zustimmen. Alles andere – in Ordnung. Aber ich werde nicht aufhören, an der Caseham High zu unterrichten.«

»Gut, dann gehen wir zur Schulleiterin und lassen *sie* entscheiden.«

Nate drängt sich an mir vorbei zum Sofa und sinkt in die Kissen. Er beugt sich vor und presst die Fingerspitzen in seine Schläfen. »Bitte tu das nicht. Sei vernünftig. Du musst vernünftig sein.«

»Vernünftiger wird es nicht. Eigentlich gehörst du ins Gefängnis.«

»Sie ist sechzehn. In Massachusetts ist man in diesem Alter erwachsen.«

»Ja, ich bin sicher, dafür hältst du sie. Für eine *Erwachsene.*« Ich schüttele angewidert den Kopf. »Du musst dich entscheiden. Wenn du nicht kündigst, gehe ich damit zur Schulleiterin.«

Er hebt den Kopf und starrt mich an. »Und du bist sicher, dass sie dir glauben würde?«

»Warum sollte sie nicht?«

Er steht vom Sofa auf und schnaubt. »Jeder an der Schule weiß, dass du eine vollkommene Chaotin bist, Eve. Du bist nicht gerade vertrauenswürdig.«

»*Wie* bitte? Was soll *das* bedeuten?«

»Zunächst mal bist du um sechs Uhr abends betrunken.« Er zählt es an den Fingern ab. »Außerdem hortest du Schuhe. Es ist wirklich verrückt. Wenn jemand einen Blick in deinen Schrank werfen würde, würde man dich einsperren.«

Mein Gesicht glüht. Er hat offenbar beschlossen, ein schmutziges Spiel zu spielen. Ich hätte damit rechnen müssen. »Ich habe nur ungefähr ein Dutzend Paar Schuhe. Viele Frauen haben so viele Schuhe.«

»Hm, denkst du, ich weiß nichts von all den Schuhen, die du in dem Riesenkoffer aufbewahrst?«

Ich hätte nicht gedacht, dass er von diesen Schuhen weiß. Aber es ist gut möglich. Ich kann mir vorstellen, wie er eines Tages im Schrank nach einem Koffer für eine Reise gesucht und mein Versteck entdeckt hat. Bei dem Gedanken, dass er mein Geheimnis kennt, brenne ich vor Scham, aber es ändert nichts.

»Eigentlich«, sagt er, »steht dein Wort gegen meins. Also, meins und Addies. Sie wird nie etwas zugeben.«

»Ja, dann …« Ich hebe eine Schulter. »Gut, dass ich ein Foto davon gemacht habe, wie ihr beide euch küsst.«

Ich hätte wirklich gerne auch ein Foto von Nate, als ich diese kleine Bombe platzen lasse. Die Farbe weicht aus seinem Gesicht, und sein ganzer Körper scheint zusammenzusacken. Ja, ich habe ein Foto, wie er eine sechzehnjährige Schülerin küsst. Er hat keine Macht über mich.

»Gut«, knurrt er leise. »Du hast gewonnen, Eve. Ich werde kündigen.«

Mit diesen Worten dreht er sich um und stapft die Treppe hinauf. Ich habe keine Ahnung, was er vorhat, deshalb folge ich ihm, immer zwei Stufen auf einmal nehmend. Ich finde ihn in unserem Schlafzimmer. Er hat eine Reisetasche aus unserem Schrank geholt und wirft wahllos Kleidung hinein.

»Was machst du?«, frage ich.

»Packen.« Er sieht mich an, als wäre ich völlig dumm. »Du schmeißt mich raus, richtig? Kann ich ein paar Sachen einpacken, oder darf ich nur das Hemd mitnehmen, das ich am Leib trage?«

»Du kannst packen.«

»Sehr großzügig von dir.« Nate durchwühlt eine Kommodenschublade, greift nach seinem Lieblings-Hoodie – der mit dem Loch in der Tasche – und wirft ihn in die Tasche. »Ich war immer gut zu dir. Ich habe nie die Beherrschung verloren. Ich habe mich nie beklagt, wenn du dir fünf Milliarden Paar Schuhe gekauft hast.« Er tritt gegen den Koffer mit meiner heimlichen Schuhsammlung. »Ich bin jeden Abend zu dir nach Hause gekommen. Was hast du sonst noch von mir erwartet?«

Er sieht mich an, und mir wird klar, dass es keine rhetorische Frage ist. Er glaubt wirklich, all das macht ihn zu einem guten Ehemann. Dass man alle Punkte auf einer Checkliste abhaken kann und damit alles in Ordnung ist, selbst wenn man seine Frau nicht liebt. Selbst wenn man sie mit einem kleinen Mädchen betrügt.

Es hat keinen Sinn, ihm zu erklären, warum es falsch ist, was er getan hat. Stattdessen gehe ich wieder nach unten und lasse ihn in Ruhe packen. Nach dem heutigen Tag wird er nie wieder mein Problem sein.

51

Addie

Ich mache gerade meine Hausaufgaben für Geschichte, als ich die Nachricht auf Snapflash erhalte.

Ich bin überrascht. Nathaniel ist der Einzige, der mir dort schreibt, und er sagte heute, dass wir uns eine Weile ein bisschen zurückhalten müssen. Deshalb verstehe ich nicht, warum ich eine neue Nachricht habe. Aber natürlich kann ich nicht widerstehen nachzusehen. Besonders da ich mich sonst mit den Feudalstaaten beschäftigen müsste.

Ich öffne die App und lese die Nachricht. Sie ist kurz und auf den Punkt.

Nathaniel: Eve weiß es.

Ein kalter Schauer läuft mir über den Rücken. *Eve weiß es.* Das ist die Katastrophe, die wir unbedingt vermeiden wollten. Mrs. Bennett weiß von uns. Das bedeutet …

Nathaniel: Tut mir leid, Addie, aber wir können uns nie wieder treffen.

Wenn jemand ein Messer aus der Küche geholt und mir direkt in die Brust gestochen hätte, wäre es ungefähr genauso schmerzhaft. Ich verstehe nicht, wie es einfach so vorbei sein kann. Ja, ich verstehe, dass es schlimm ist, dass seine Frau von uns weiß. Aber Nathaniel und ich sind Seelenverwandte. Es kann doch nicht sein, dass seine Frau mit den Fingern schnippt und es einfach aus ist.

Nathaniels Worte verschwinden vom Display, und es scheint fast, als hätte ich sie mir eingebildet. Aber das habe ich nicht. Mit zitternden Händen tippe ich eine Frage.

Ich: Hat sie es Schulleiterin Higgins gesagt?
Nathaniel: Nein. Sie hat es ihr nicht gesagt, aber sie wird es tun, wenn ich nicht alles mache, was sie sagt.
Ich: Und was sollst du tun?

Lange erhalte ich keine Antwort, sodass ich mich schon frage, ob er das Gespräch beendet hat. Aber schließlich erscheint eine Nachricht auf dem Display.

Nathaniel: Sie sagte, dass ich sofort mit dir Schluss machen und an der Schule kündigen muss.

Das Erste ist schlimm genug, aber das Zweite trifft mich zutiefst. *Kündigen?* Nathaniel ist ein unglaublicher Lehrer. Er war der einzige Lehrer, der wirklich an mich geglaubt hat, und er ist der beste Dichter an der Schule. Vielleicht der einzige Dichter an der Schule. Wie kann Mrs. Bennett ihn zwingen zu kündigen?

Sie ist böse. Und zwar nicht normal böse. Sie ist böse wie ein *Cartoon-Bösewicht.*

Eine weitere Nachricht von Nathaniel erscheint auf dem Display.

Nathaniel: Sie hat mich außerdem aus dem Haus geworfen. Ich hoffe, die Decke stürzt über ihr ein und tötet sie.

Ich schreibe zurück.

Ich: Das hoffe ich auch.
Nathaniel: Wenn sie tot wäre, könnte ich meinen Job behalten, und wir könnten zusammen sein.

Ich starre die Worte auf dem Display an. *Wenn sie tot wäre, könnte ich meinen Job behalten, und wir könnten zusammen sein.* Ich lese sie fünf Mal, bevor sie verschwinden, und frage mich immer wieder, was er damit gemeint hat.

Wenn sie tot wäre, könnte ich meinen Job behalten, und wir könnten zusammen sein.

Ja, das stimmt. Mrs. Bennett ist offenbar die Einzige, die von uns weiß. Und wenn es sie nicht gäbe …

»Addie?«

Die Stimme meiner Mutter ertönt von der anderen Seite meiner geschlossenen Zimmertür. Sie klopft ein Mal, und als sie keine Antwort erhält, platzt sie herein. Sie kann sich anscheinend nicht vorstellen, dass ich etwas tun könnte, bei dem ich nicht gestört werden möchte. Sie hat keine Ahnung, dass ich keine Jungfrau mehr bin.

Aber jetzt, da ich Nathaniel nicht mehr treffen darf, könnte ich genauso gut wieder Jungfrau sein. Denn es gibt niemanden sonst, mit dem ich zusammen sein will. Vielleicht wächst es nach.

Meine Mutter verhält sich wie immer, wenn sie in mein

Zimmer kommt: Sie blickt in alle vier Ecken des Raums, als wäre sie in Sorge, in einer davon Drogen zu entdecken. Sie verschränkt die Arme vor der Brust. Ich dachte, sie würde glücklicher sein, wenn mein Vater tot ist, aber das ist sie offenbar nicht. Ich verstehe nicht, dass eine kluge Person wie meine Mom einen so schrecklichen Menschen lieben konnte.

»Addie«, sagt sie. »Ich wollte dir nur sagen, dass ich jetzt gehe.«

»Gehst?«

Mom sagt immer, dass ich zu viel seufze, aber sie tut es viel häufiger als ich. »Wie ich dir schon sagte, habe ich heute Nachtschicht.«

»Oh. Stimmt.«

Sie runzelt die Stirn. »Bist du sicher, dass es für dich in Ordnung ist, hier allein zu sein? Gibt es vielleicht eine Freundin, die bei dir schlafen könnte?«

Es gibt keine. Natürlich könnte Nathaniel die Nacht mit mir verbringen. Er ist sogar ein Erwachsener. Aber etwas sagt mir, dass meine Mutter davon nicht begeistert wäre. Sie müsste es jedoch nicht unbedingt wissen …

»Ich komme klar, Mom«, sage ich. »Geh zu deiner Arbeit. Kümmere dich um kranke Menschen. Mir geht es gut.«

Es ist erst das zweite Mal, dass sie mich während einer Nachtschicht allein lässt. Früher war normalerweise mein Vater zu Hause, aber das war schlimmer, als allein zu sein.

»Okay …« Moms Hand ruht noch auf dem Türknauf. »Aber ich habe mein Handy dabei. Wenn irgendetwas ist …«

Als ob sie mitten in der Schicht nach Hause kommen könnte, weil ich mich einsam fühle. Aber wenn sie sich besser fühlt, wenn sie es anbietet, meinetwegen.

Meine Mutter kann es nicht lassen, noch einmal ins Zimmer zu kommen und mich auf die Stirn zu küssen, was mir äußerst unangenehm ist. Ich halte den Atem an, bis sie gegangen ist. Dann schnappe ich mir mein Handy und schreibe eine Nachricht.

Ich: Meine Mutter ist gerade gegangen.
Willst du vorbeikommen?

Ich starre aufs Handy und warte auf die Antwort. Sie kommt eine Minute später.

Nathaniel: Ich habe dir gesagt, dass es nicht geht.
Eve meint es ernst. Sie wird mich ruinieren, wenn ich dich wiedersehe.
Ich: Wie soll sie es herausfinden?
Nathaniel: Ich kann das Risiko nicht eingehen.
Außerdem bin ich nicht in der Stimmung.
Ich: Bitte! Ich muss dich sehen.

Ich starre mein Handy an und warte auf eine Antwort, aber es kommt keine. Für ihn ist das Gespräch beendet.

Ich werfe das Telefon frustriert aufs Bett und spüre, wie Tränen aufsteigen. Es gelingt mir, sie zurückzuhalten, bis meine Mutter mit dem Auto weggefahren ist. Dann lasse ich ihnen vollen Lauf und weine mit lauten, hässlichen Schluchzern, die das Haus in den Grundfesten erschüttern.

Ich liebe Nathaniel. Ich liebe ihn so sehr, dass es fast schmerzt. Es gibt viele Menschen da draußen, die eine Beziehung haben oder verheiratet sind, aber ich bin mir sicher, er und ich lieben uns mehr als jeder von ihnen. Sie haben nicht so eine Verbindung wie wir. Ja, er ist viel älter als ich, aber das spielt keine Rolle. Was wir haben, geht über das Alter hinaus.

Zu seiner Frau hatte er nie diese Verbindung. Er hat sie nur geheiratet, weil er das Gefühl hatte, dass es von ihm erwartet wird. Und jetzt hat sie ihn in der Hand. Hat *uns* in der Hand.

Es ist so ungerecht. Ich könnte schreien.

52

Addie

Wenn selbst Eiscreme nicht hilft, steht es wirklich schlecht.

Eine Stunde später sitze ich mit einem leeren Becher Rocky-Road-Eis in der Küche, und es geht mir kein bisschen besser. Eigentlich geht es mir sogar noch schlechter, da ich jetzt Bauchschmerzen habe. Nach drei Vierteln der Packung habe ich es bereits bereut und trotzdem weitergegessen.

Der Schmerz darüber, dass ich nie wieder mit Nathaniel zusammen sein werde, geht tief in meine Seele. Es schmerzt mehr als alles, was ich bisher erlebt habe. So schlecht ging es mir nicht mal, als mein Vater starb, das steht fest.

Na ja, als ich ihn getötet habe, um genau zu sein.

Aber es war ein Unfall. Ein Unfall, der meine Freundschaft mit Hudson zerstört hat, was schmerzlich war, aber zumindest hat es mich zu Nathaniel geführt. Auch wenn meine Mutter es nicht zugeben würde – seitdem er gestorben ist, geht es uns viel besser. Durch den Tod meines Vaters kam alles in Ordnung.

Und wenn Mrs. Bennett sterben würde, käme auch alles in Ordnung.

Außer mein verdorbener Magen. Ich lecke die letzten Reste Eiscreme vom Löffel, weil ich noch etwas anderes als den Herzschmerz spüren möchte. Aber da ist nicht nur die Trauer über den Verlust der Liebe meines Lebens, sondern ein anderes Gefühl, das noch stärker ist als diese Trauer.

Hass.

Ich hasse Mrs. Bennett. Wenn ich bisher dachte, ich würde sie hassen, kannte ich die wahre Bedeutung des Wortes nicht. Sie ist die schlimmste Person, die mir je begegnet ist. Sie ruiniert unsere beiden Leben, und es scheint ihr vollkommen gleichgültig zu sein.

Wenn sie tot wäre, könnte ich meinen Job behalten, und wir könnten zusammen sein.

Aber ich könnte ihr nie etwas antun. Ich meine, ja, ich war für den Tod meines Vaters verantwortlich, aber es war ein *Unfall.* Ich würde nie …

Ich könnte nie …

Nein. Auf keinen Fall. Ausgeschlossen.

Ich könnte jedoch versuchen, mit ihr zu reden. Sie denkt wahrscheinlich, dass Nathaniel mich ausnutzt, aber das stimmt nicht. Vielleicht könnte ich es ihr erklären. Wenn ich ihr klarmache, wie viel er und ich einander bedeuten, versteht sie es vielleicht. Sie will ihn anscheinend nicht mehr, wenn sie ihn rausgeworfen hat.

Ich muss daran glauben, dass Mrs. Bennett einen Funken Anstand hat. Schließlich hat sie versucht, mir im Mathekurs zu helfen. Sie hat mich nicht gemeldet, als ich gemogelt habe, und mir geholfen, einen Tutor zu finden.

Vielleicht lässt sie mit sich reden.

Ich muss es versuchen. Es ist meine einzige Hoffnung.

53

Eve

Dieser ganze Tag kommt mir surreal vor.

Ich habe meinen Mann dabei erwischt, wie er eine sechzehnjährige Schülerin küsst. Er hat Sex mit ihr gehabt. Jetzt habe ich ihn rausgeworfen, und sobald ich kann, werde ich die Scheidung einreichen. Ich brauche keinen Anwalt. Er wird mir alles geben, was ich verlange – alles, was ich verdiene.

Andernfalls …

Aber ich kann das Ende meiner Ehe nicht feiern. Ich lasse das Abendessen ausfallen und esse schließlich ein Fürst-Pückler-Eis, um den Alkohol in meinem Bauch zu absorbieren. Ich schalte einen Film auf Netflix ein, und drei Stunden später bin ich ein bisschen nüchterner.

Ich dachte, ich würde die ganze Nacht nicht schlafen können, aber die Kombination aus Alkohol und Milch macht mich extrem müde. Meine Augenlider sind schwer wie Blei, und fast gegen meinen Willen schlummere ich auf dem Sofa ein.

Bis ich von einem lauten Geräusch geweckt werde.

Ich rappele mich vom Sofa auf und werfe den Eisbehälter zur Seite. Ich habe nur die Hälfte gegessen, der Rest hat sich in Eiscremesuppe verwandelt. Aber das ist mein geringstes Problem.

Was war das für ein Geräusch?

Mir war nicht klar, wie angenehm es ist, einen Mann im Haus zu haben, wenn man nachts verdächtige Geräusche hört. Und das war mehr als ein Geräusch. Es war ein Krachen. Und es hörte sich an, als käme es aus der Küche.

Ich blicke in Richtung Küchentür. Habe ich es mir nur eingebildet? Ich habe fast geschlafen, und außerdem lief der Fernseher. Das Geräusch könnte von dem Film gekommen sein, obwohl es mir wirklich so schien, als käme es aus der Küche.

Aber ich höre nichts weiter.

Ich lasse mich aufs Sofa fallen, mein Herz pocht immer noch. Am Montagmorgen werde ich als Erstes eine Alarmanlage kaufen. Eine von denen, bei denen die Nationalgarde an deiner Tür erscheint, wenn nicht beim Betreten innerhalb von fünf Sekunden der Code eingegeben wird. Ich brauche Nate nicht.

Der einzige Mensch, von dem ich wünschte, dass er hier wäre, ist Jay. Ich würde mich sicher vor Einbrechern fühlen, wenn er bei mir im Wohnzimmer wäre. Mit Jay würde sich niemand anlegen. Aber dass Jay und ich zusammenleben, ist so fernab des Möglichen, dass es fast zum Lachen ist.

Als ich nach meinem Handy Ausschau halte, um nach Firmen zu suchen, die Alarmanlagen einbauen, höre ich ein klirrendes Geräusch.

Diesmal habe ich es mir nicht eingebildet. Es kam eindeutig aus der Küche. Und jetzt noch ein weiteres Geräusch.

Schritte.

O Gott. Es ist eindeutig jemand im Haus.

Ich suche auf dem Couchtisch nach meinem Handy, sehe es aber nicht. Es könnte sein, dass ich es in der Küche gelassen habe, als ich mir Eiscreme geholt habe. Wir haben kein Festnetz, also habe ich keine Möglichkeit, einen Notruf abzusetzen, ohne in die Küche zu gehen.

Ich sollte das Haus verlassen. Das raten sie doch in Horrorfilmen, oder? Das dumme Opfer läuft immer dem Einbrecher in die Arme statt zur Haustür hinaus wie eine Person mit Verstand. Doch es widerstrebt mir, das Haus zu verlassen, *mein* Haus. Ich will es nicht unbewacht zurücklassen, während ich weglaufe, ohne auch nur mein Handy bei mir zu haben.

Aber ich wage es auch nicht, mich der Küche zu nähern.

Schließlich greife ich entschlossen nach meiner Handtasche und verfluche die Tatsache, dass ich alle meine Schuhe oben gelassen habe. An der Tür stehen nur meine schmutzigen Sneaker, die ich eigentlich nicht anziehen will. Ich trage sie nur bei der Gartenarbeit draußen auf dem Rasen. Ich will das Haus nicht ohne meine schönen Schuhe oben verlassen. Was, wenn jemand meine Christian-Louboutin-Pumps stiehlt? Kann ich meine Schuhe mitnehmen, wenn ich wegrenne?

O mein Gott, wie kann ich nur an *Schuhe* denken, wenn ein Einbrecher in meinem Haus ist? Vielleicht brauche ich wirklich Hilfe.

Während ich überlege, was ich als Nächstes tue, höre ich ein weiteres Geräusch aus der Küche. Diesmal höre ich ganz deutlich ein Mädchen fluchen.

Addie?

54

Eve

Addie Severson ist in meiner Küche.

Ich bin mir sicher, dass sie es ist. Es gibt keine andere Jugendliche, die um neun Uhr abends in meiner Küche herumschleichen würde. Sie hat es schon einmal getan. Vielleicht denkt sie, dass Nate noch hier ist, und will ihn sehen. Ich habe keine Ahnung, ob er ihr gesagt hat, dass ihre Beziehung zu Ende ist, aber ich wäre nicht überrascht, wenn er es nicht getan hätte.

Ich gebe den Versuch auf, meine Sneaker anzuziehen. Ich will wegen Addie nicht die Polizei rufen. Sie hat das schon einmal durchgemacht, und das hier ist nicht ihre Schuld. Es ist Nates Schuld, weil er sie verführt hat. Weil er ihr nicht gesagt hat, dass ein achtunddreißigjähriger Mann nicht das Recht hat, ein sechzehnjähriges Mädchen zu küssen.

Ich war in diesem Halbjahr nicht freundlich zu Addie, und mich überkommt jetzt ein Schuldgefühl. Sie hatte Mühe, in meinem Kurs mitzukommen, und ich hätte mehr tun können, um ihr zu helfen. Ich hätte mehr tun *sollen*, um ihr zu helfen. Ich war ihr gegenüber voreingenommen, weil sie den Ruf des Mannes ruiniert hat, zu dem ich an der Schule am meisten aufgesehen habe, aber letztlich war es nicht ihre Schuld.

Das Mädchen hat das ganze Jahr um Hilfe gerufen, und

ich hätte ihr helfen können. Mein Mann hat sie einfach ausgenutzt.

Ich werde es in Ordnung bringen.

Ich gehe in Richtung Küche. Da ich barfuß bin, sind meine Schritte auf dem Holzfußboden nicht zu hören. Ich öffne vorsichtig die Küchentür, denn ich will sie nicht erschrecken. Tatsächlich kauert sie auf dem Fußboden. Es sieht aus, als hätte sie die schmutzige Bratpfanne umgeworfen, die ich gestern Abend auf dem Herd stehen gelassen habe. Ich muss in der Aufregung vergessen haben aufzuräumen, nachdem ich Addie im Gebüsch bei unserem Haus entdeckt hatte.

Als sie hört, wie die Tür hinter mir zuklappt, sieht sie abrupt auf. Sie rappelt sich auf und blinzelt mich wütend an. Addie ist einige Zentimeter größer als ich und kräftig gebaut. Sie sieht aus wie eine Sportlerin, aber sie ist in keiner der Schulmannschaften. Seitdem ich sie kenne, habe ich sie immer nur in Jeans und Sweatshirts gesehen, die eine Nummer zu groß sind. Sie trägt nie Make-up. Sie ist hübsch, aber auf eine unprätentiöse Art. Addie sieht nicht aus wie ein Mädchen, von dem man denken würde, dass es eine Affäre mit seinem Lehrer hat.

Doch ich habe es mit meinen eigenen Augen gesehen.

»Mrs. Bennett«, stößt sie hervor. Sie nimmt die Bratpfanne vom Boden und stellt sie auf den Küchentresen. »Ich …«

Ich hebe eine Hand. »Es ist in Ordnung. Ich weiß, warum du hier bist.«

»Ja?«

Ich nicke. »Ich weiß von dir und Nate.«

Sie presst die Hände zusammen und weicht meinem Blick aus. »Wir lieben uns, Mrs. Bennett. Es tut mir leid.«

»Addie …« Dieses Mädchen ist unsterblich verliebt. Vielleicht sollte ich doch zu Higgins gehen. Vielleicht ist es der einzige Weg, um es zu beenden, aber ich will versuchen, ihr das zu ersparen. »Nate ist viel älter als du. *Viel* älter. Und er ist dein Lehrer. Es ist sehr unangemessen, eine Beziehung mit ihm zu haben, und ganz ehrlich … er nutzt dich aus.«

Es ist nicht überraschend, dass sie das nicht gerne hört. »Er nutzt mich nicht aus. Ich schwöre. Sie … Sie verstehen es nicht. Vielleicht haben Sie nie so etwas erlebt, wie wir es haben, denn sonst würden Sie es verstehen.«

O Gott. Sie ist einer Gehirnwäsche unterzogen worden.

»Ich verstehe«, sage ich ruhig. »Ich weiß, wie du dich fühlen musst, aber es ist einfach nicht gesund. Du solltest einen Freund in deinem Alter haben.«

»Es geht nicht darum, einen Freund zu haben.« Ihre runden Wangen werden rot. »Sie verstehen es nicht. Nathaniel und ich haben eine *Verbindung*. Ich weiß, dass er älter ist als ich, aber ich verstehe ihn auf eine Art, wie Sie ihn vielleicht niemals verstehen werden. Es tut mir leid, aber so ist es. Und … es ist grausam von Ihnen, uns auseinanderzubringen.«

»Das denkst du, aber …«

»Es ist *wahr*«, sagt sie mit zusammengebissenen Zähnen. »Es tut mir leid, dass Sie ein Mensch sind, der für die Liebe, die wir beide füreinander empfinden, kein Verständnis hat. Aber das ist nicht meine Schuld. Sie müssen uns nicht auseinanderreißen. Wenn Nathaniel Ihnen überhaupt etwas bedeutet, dann gönnen Sie uns das, was wir haben.«

Es ist, als würde ich mit einem Sektenmitglied reden. Ich dachte, ich könnte vernünftig mit ihr sprechen, aber ich bin mir nicht mehr sicher. Vielleicht ist es das Beste, ehrlich zu sein.

»Nate hat dich angelogen, Addie. Er sagt dir, was du hören willst. Ein Mann in seinem Alter kann keine normalen erwachsenen Gefühle für einen Teenager haben, besonders nicht für eine seiner Schülerinnen. Er manipuliert dich.«

»*Nein, das tut er nicht!*« Ihre zuvor leicht geröteten Wangen sind jetzt knallrot. »Sie haben keine Ahnung, wovon Sie reden!«

»Addie, ich lebe schon viel länger als du und kenne Nate viel länger als du. Und ich sage dir …«

»Nein!«, schreit sie mich an. »Sie kennen ihn überhaupt nicht!«

Meine Güte.

Ich hole tief Luft. Ich darf mich nicht davon aus der Ruhe bringen lassen, dass sie hysterisch wird. Sie muss wissen, dass diese »Beziehung« beendet werden muss. »Addie«, beginne ich wieder. »Ich glaube, das Beste wäre, am Montag mit Schulleiterin Higgins zu sprechen. Ich wollte es vermeiden, aber ich glaube, es ist besser so.«

Ich wollte ihr das nicht antun, aber mir wird jetzt klar, dass es der einzige Weg ist. Ihre Mutter und die Schulleiterin müssen wissen, was los ist, denn sie braucht eindeutig Hilfe. Ich wollte ihr die Peinlichkeit ersparen, aber es gibt keinen anderen Weg.

Addies Gesicht ist jetzt fast violett. »Das können Sie nicht tun! Sie können es nicht der Schulleiterin sagen!«

»Ich muss«, sage ich ruhig.

Addie stößt einen herzzerreißenden Schrei aus. Der Klang geht mir durch und durch – er klingt fast unmenschlich. Ich mache einen Schritt auf sie zu und strecke die Hand aus, um sie zu trösten, obwohl ich weiß, dass ich der letzte Mensch bin, den sie jetzt in ihrer Nähe haben will. Aber bevor ich sie berühren kann, reißt sie die Bratpfanne vom Tresen.

Es geht alles so schnell, dass ich nicht reagieren kann. Mit der ganzen Kraft ihres jugendlichen Körpers schlägt Addie mir mit der Bratpfanne auf den Kopf. Sie trifft meinen Schädel mit solcher Wucht, dass mein Trommelfell zu platzen scheint. Den Bruchteil einer Sekunde später wird alles schwarz.

55

Addie

Eve Bennett geht in derselben Sekunde zu Boden, in der ich sie mit der Bratpfanne treffe.

Sie ist schwer, und der Schlag hat gesessen. Sie krümmt sich und bricht auf dem Boden zusammen, verdreht dabei die Augen. Aber selbst nachdem ich sie geschlagen habe, spüre ich noch die Wut in den Fingerspitzen. Deshalb schlage ich noch einmal zu.

Und noch einmal.

Nach dem dritten Schlag liegt sie regungslos am Boden. Ich blicke auf die Bratpfanne, an der noch die Reste des gestrigen Abendessens kleben. Jetzt klebt auch Blut daran. Und es tropft aus Mrs. Bennetts Kopf auf den Boden.

Oh nein.

Ich wollte das nicht. Ich bin nicht mit der Absicht hierhergekommen, meine Mathelehrerin mit einer Bratpfanne auf den Kopf zu schlagen. Ich wollte nur mit ihr *reden*. Aber dann fing sie an, all diese schrecklichen Dinge zu sagen. Dass Nathaniel mich ausnutzt und anlügt. Wie konnte sie so etwas sagen? Sie hatte keine Ahnung, wovon sie redet.

Aber eines war sicher: Sie würde mich niemals mit Nathaniel zusammen sein lassen. Ob sie ihn noch wollte oder nicht, sie würde nicht zulassen, dass ich ihn habe.

Ich hocke mich neben Mrs. Bennett auf den Boden. Sie bewegt sich nicht. Ich blicke mit zusammengekniffenen Augen auf ihr Gesicht hinunter und versuche herauszufinden, ob sie noch atmet. Ich bin mir nicht sicher.

O mein Gott. Sie atmet nicht.

Habe ich sie getötet?

Ich wollte sie nicht töten. Ich schwöre es. Ich weiß, Nathaniel hat gesagt, wenn sie tot wäre, könnten wir zusammen sein, und es würde all unsere Probleme lösen. Und vielleicht habe ich für den Bruchteil einer Sekunde gedacht … Aber nicht wirklich. In Wirklichkeit habe ich nie daran gedacht, ihr etwas anzutun. Aber einen Moment lang war ich sehr wütend. Ich wollte, dass sie aufhört zu reden.

Es kommt mir wie ein Déjà-vu dessen vor, was mit meinem Vater passiert ist. Doch das hier ist viel schlimmer. Außerdem war damals Hudson bei mir, um zu helfen. Jetzt bin ich allein. Wenn sie herausfinden, was ich getan habe, komme ich ins Gefängnis. Nicht ins Jugendgefängnis, sondern in ein richtiges Gefängnis für *Erwachsene*, vielleicht für den Rest meines Lebens.

Es gibt nur einen Menschen, der mir helfen kann.

Ich habe Nathaniels Handynummer nicht. Er wollte sie mir nicht geben. Und selbst wenn ich sie hätte, wäre es wahrscheinlich keine gute Idee, ihn mit meinem Handy anzurufen. Meine Mutter hat Zugang zu den Einzelnachweisen meiner Telefongespräche. Aber auf dem Küchentresen liegt Mrs. Bennetts Handy. Ich könnte es benutzen, um ihn anzurufen.

Ich reiße das Handy vom Tresen, aber es ist natürlich gesperrt. Anscheinend hat es eine Fingerabdruck-Sperre. Also lege ich vorsichtig Mrs. Bennetts Finger auf das Display, und wie durch ein Wunder wird es entsperrt. Jetzt habe ich Zugang zu ihrem Handy einschließlich ihrer Kontakte. Nathaniels Name ist einer der Favoriten, was mir einen kleinen Stich versetzt. Aber dafür ist jetzt keine Zeit. Ich klicke seinen Namen an.

Es klingelt lange, und ich fürchte schon, dass er nicht abnimmt. Schließlich hat sie ihn rausgeworfen. Er ist wahrscheinlich wütend auf sie. Als ich schon damit rechne, auf die Mailbox weitergeleitet zu werden, höre ich seine wütende Stimme: »Was gibt's, Eve?«

»Nathaniel? Hier ist Addie.«

Langes Schweigen am anderen Ende. Dann: »Addie? Warum rufst du mit Eves Handy an?«

»Es ist etwas passiert.« Ich schlucke einen Angstkloß tief in der Kehle hinunter. Was ich getan habe, ist so unglaublich schrecklich. Ich brauche Nate, um es in Ordnung zu bringen. »Du musst nach Hause kommen. Ich … Ich glaube, sie atmet nicht mehr.«

»Addie«, stößt er hervor. »Wovon sprichst du? Was ist passiert?«

»Es war nicht meine Schuld«, sage ich mit erstickter Stimme. »Bitte, du musst kommen …«

Wieder herrscht langes Schweigen am anderen Ende. Ich bin sicher, er wird sagen, dass er die Polizei ruft, und ich würde es ihm nicht verübeln. Oder vielleicht müssen wir einen Rettungswagen rufen. Ich weiß nicht, ob sie noch lebt oder nicht, jedenfalls ist sie schwer verletzt.

»Okay«, sagt er schließlich. »Ich bin gleich da.«

56

Addie

Ich weiß nicht genau, wo er war, aber nach kaum zwanzig Minuten höre ich, wie sich das Schloss der Haustür dreht. Ich habe die ganze Zeit in der Ecke der Küche gesessen, die Knie an die Brust gezogen. Von dort kann ich Mrs. Bennetts Gesicht nicht sehen, nur ihre bloßen Füße. Ich habe Angst, dass sie tot ist, und noch mehr, dass sie als Zombie wieder zum Leben erwachen könnte, wenn ich den Raum verlasse.

Ich kann nicht glauben, dass ich Mrs. Bennett vielleicht getötet habe. Es ist viel schlimmer als das, was mit meinem Vater passiert ist. Denn das war ein reiner Unfall, aber dies hier … Ich habe ihr dreimal mit der Bratpfanne auf den Kopf geschlagen. Das ist kein Unfall. Jedes Gericht würde das genauso sehen.

Und während mein Vater ein nutzloser Trinker war, ist es schwieriger, zu behaupten, dass Mrs. Bennett es verdient hat. Ich denke zwar nicht, dass sie ein wunderbarer Mensch war, aber sie hatte gute Eigenschaften. Ich hatte zwar Mühe mit dem Stoff in ihrem Kurs, aber ich habe gemerkt, dass sie eine leidenschaftliche Lehrerin war.

Und jetzt ist sie tot.

O Gott, sie ist tot.

»Addie?«, ruft Nathaniel.

»Hier!«, antworte ich mit erstickter Stimme. »In der Küche …«

Die Küchentür geht auf, und Nathaniel platzt in den Raum. Er sieht anders aus als in der Schule. Er hat die Krawatte abgenommen, die oberen drei Knöpfe seines Hemds sind offen und seine Haare zerzaust. Trotz allem kann ich nicht umhin zu bemerken, wie sexy er aussieht.

»Addie?« Er starrt mich an, wie ich da zusammengerollt sitze und leicht schaukele. »Was …?«

»Sie liegt da drüben.«

Nathaniel schleicht durch die Küche, dorthin, wo Mrs. Bennett liegt. Ich stehe auf und folge ihm in sicherem Abstand, beobachte seine Miene, als er sie erblickt.

»Eve …«, murmelt er. Dann: »Gott. Was ist passiert?«

»Ich … Irgendwie …« Es hat keinen Sinn zu lügen – nicht ihm gegenüber. »Ich habe ihr mit einer Bratpfanne auf den Kopf geschlagen.«

Nathaniels Augenbrauen schießen fast bis zum Haaransatz hoch. »Du hast *was*?«

»Sie hat gedroht, es der Schulleiterin zu sagen!« Ich wische eine Träne weg. »Ich … Ich wollte sie nicht verletzen, aber ich musste etwas tun.«

Nathaniel kniet sich neben sie und legt eine Hand auf ihre Brust, um zu prüfen, ob sie atmet. Ich habe erwartet, dass er traurig oder erschrocken oder *irgendwie* betroffen aussehen würde, aber seine Miene ist vollkommen ausdruckslos.

»Ich spüre nichts«, sagt er.

Es überrascht mich nicht, trotzdem wird mir ganz anders. Wenn sie nur verletzt wäre, könnten wir sie ins Krankenhaus bringen. Aber wenn sie nicht atmet …

»Wo ist ihr Handy?«, fragt er.

Ich habe es die ganze Zeit umklammert gehalten. Jetzt reiche ich es ihm. Das Display ist noch entsperrt. Nachdem ich ihren Fingerabdruck gescannt hatte, habe ich den Sperrbildschirm ausgeschaltet.

Nathaniel reißt mir das Handy aus der Hand und beginnt sofort zu scrollen, den Blick hoch konzentriert aufs Display gerichtet.

»Was tust du?«, frage ich.

»Sie sagte, sie habe Fotos.« Seine Finger halten inne, und ein kleines Lächeln erhellt sein Gesicht. Er tippt aufs Display. »Aber jetzt nicht mehr.«

Anscheinend hat Nathaniel die verräterischen Fotos von uns gelöscht. Aber eine Affäre mit meinem Lehrer zu haben, verblasst im Vergleich zu dem viel größeren Verbrechen, meine andere Lehrerin getötet zu haben. Ich blicke hinunter auf Mrs. Bennett, und Panik erfasst mich.

»Was sollen wir tun?«, murmele ich.

»Es wird alles gut«, sagt er entschieden. Und ich beginne, ihm zu glauben. »Aber wir müssen unsere Spuren verwischen.«

»Unsere Spuren verwischen?«

Seine braunen Augen sind noch auf seine Frau geheftet. »Ich werde mit ihrem Handy ein Zugticket nach New York kaufen. Ihre Familie lebt in New Jersey, und ich werde sagen, dass sie vorhatte, sie zu besuchen. Wir werden ihr Auto zum Pendler bahnhof fahren und dort stehen lassen.«

»Aber …« Ich kann Mrs. Bennett nicht ansehen. Es ist zu schrecklich. »Was wird aus *ihr*?«

»Wir begraben sie an einem Ort, wo niemand sie finden wird.«

In seiner Stimme ist eine Kälte, die mich überrascht. Es geht um seine Frau, Herrgott noch mal. Irgendwann hat er sie so geliebt, dass er sie heiraten wollte. Und jetzt spricht er davon, ihre Leiche zu vergraben.

»Ich … Ich weiß nicht«, stammele ich.

Er sieht mich scharf an. »Warum nicht?«

»Weil … es … Es ist nicht richtig.«

»Okay, gut.« Er kratzt sich am Kopf. »Dann rufen wir die Polizei und sagen ihnen, was du getan hast und warum. Dann bekommst du fünfundzwanzig Jahre bis lebenslänglich.«

Er hat recht. Die Wahrheit ist vernichtender als alles andere.

Nathaniel wartet nicht auf meine Antwort. »Geh nach oben«, sagt er. »Im Wäscheschrank findest du frische Laken. Hol eins, in das wir sie einwickeln können.«

Ich will es nicht tun. Ich will nicht dabei mitmachen. Aber er tut es, um mir zu helfen. Um mich vor dem Gefängnis zu bewahren, damit er und ich zusammen sein können, wie wir es immer wollten.

Ich tue alles, was er sagt.

57

Eve

Ich wache ganz verwirrt auf.

Erstens bin ich nicht in meinem Bett, wie sonst beim Aufwachen. Stattdessen liege ich ausgestreckt auf einem harten Untergrund, den ich schnell als meinen Küchenfußboden identifiziere.

Das Nächste, was ich spüre, ist ein pochender Schmerz an meiner rechten Schläfe. Es fühlt sich an, als ob jemand mir mit einem Ziegelstein gegen den Kopf geschlagen hätte. Mehrmals. Ich fasse mir an den Kopf, und meine Haare fühlen sich nass und klebrig an. An meinen Fingern sehe ich Blut.

Schließlich merke ich, dass mein Mann da ist. Ich liege auf dem Boden, und er steht über mir. Er hat mein Handy in der rechten Hand und scrollt auf dem Display.

Was macht er? Warum liege ich auf dem Boden?

Und was macht Nate mit meinem Handy?

Ich versuche, mich aufzusetzen, aber ich habe ein Stechen im Kopf. Einen Moment lang habe ich das Gefühl, als müsste ich mich übergeben, aber es geht vorbei. Der Boden unter mir fühlt sich so kalt an. Ich wünschte, ich wäre in meinem Bett. Was ist hier los?

»Nate?«, krächze ich.

Nate klimpert vor Überraschung mit den Wimpern. Er

muss aus irgendeinem Grund zurückgekommen sein und hat mich bewusstlos auf dem Küchenfußboden gefunden. »Eve?«

»Was …?« Meine Kehle fühlt sich ausgedörrt an. Wieder überkommt mich Schwindel wie eine übermächtige Welle. »Was ist passiert?«

Nate antwortet nicht. Er hilft mir nicht aufzustehen, sondern starrt auf mich herunter.

Was ist hier los? Warum sollte er …

Moment.

Ich erinnere mich an ein Gespräch mit Nate früher am Abend. *Ich will die Scheidung.* Das waren meine Worte. Ich habe meinem Mann gesagt, dass er ausziehen soll. Warum habe ich das gesagt?

Und dann, während ich auf dem kalten Küchenfußboden liege, kommt die Erinnerung allmählich zurück. Das Gespräch mit Higgins, wie ich Addie und Nate beim Küssen im Kursraum erwischt habe, das Ultimatum, gefolgt von Nates Auszug, und zuletzt Addies Einbruch in mein Haus. Ich habe versucht, vernünftig mit ihr zu reden, und dann …

Hat sie mich geschlagen! Das Mädchen hat mir mit einer Bratpfanne direkt auf den Kopf geschlagen!

Und jetzt bin ich verwirrt. Denn ich habe Nate gesagt, dass er ausziehen soll, und das hat er getan. Trotzdem steht er jetzt mit meinem Handy in der Hand über mir. Wie lange liege ich schon hier? Ich habe ihn jedenfalls nicht gebeten zurückzukommen.

»Gib mir mein Handy«, krächze ich.

Wieder antwortet er nicht. Er sieht mich nur mit finsterer Miene an.

»Ich … Du musst …« Mein Kopf schmerzt bei jedem Wort.

Mein Gott, Addie hat mich schwer getroffen. »Wähle den Notruf.«

Er sieht mich mit zusammengekniffenen Augen an. »Erinnerst du dich, was passiert ist?«

Ich versuche wieder, mich hinzusetzen, und diesmal gelingt es mir. »Nate, das … das Mädchen ist schwer gestört. Wir müssen mit Higgins über sie reden.«

»Du hast gut reden.« Er sieht mich höhnisch an, und einen Moment lang weiß ich nicht, warum ich ihn jemals geliebt habe. »*Dein* Leben wird dadurch nicht ruiniert.«

Mein Kopf schmerzt zu sehr, um mit ihm zu streiten. »Das tut mir leid.«

»Gott, bist du herzlos.« Er schüttelt den Kopf. »Was soll ich tun, Eve? Willst du, dass ich dich anflehe?« Er kniet sich neben mich auf den Boden. »Bitte, Eve. Ich *flehe* dich an. Informiere Higgins nicht.«

»Nate«, stöhne ich.

»Bitte, tu es nicht.«

»Ich habe keine Wahl, Nate. Es ist das Richtige.«

»Du hast keine Wahl.« Sein Ton ist spöttisch und sein hübsches Gesicht wutverzerrt. »Du *hast* eine Wahl. Dir *gefällt* die Vorstellung, mich zu ruinieren. Ich wette, du hast Spaß daran.«

Es fühlt sich an, als würde ein Eispickel in meinen Kopf stechen. Ich kann dieses Gespräch jetzt nicht führen. »Können wir das später besprechen?« Ich fasse mir seitlich an den Kopf, presse die Hand gegen meine schmerzende Kopfhaut. »Du musst einen Rettungswagen rufen. Sie hat hart zugeschlagen.«

Nates Augen sind glasig. Er blickt wie betäubt zu Boden. »Nein.«

»Nein? Was soll das heißen?«

»Das heißt …« Er blickt auf und sieht mich an. »Das heißt, dass ich nicht zulassen werde, dass du mein Leben ruinierst.«

Ich verstehe nicht ganz, was er damit meint. Zumindest nicht, bis er die Hände um meinen Hals legt.

»Du wirst niemandem davon erzählen, Eve«, knurrt er. »Ich werde es nicht zulassen.«

Sein Griff um meinen Hals wird fester, und ich kriege keine Luft mehr. Es fühlt sich an, als ob meine Augen aus ihren Höhlen quellen würden, und ich sehe kleine schwarze Punkte. Ich umklammere verzweifelt seine Hände, aber Nate ist viel stärker als ich, besonders nachdem ich gerade bewusstlos geschlagen wurde.

Die nächsten fünf Sekunden scheinen wie eine Ewigkeit, während mir bewusst wird, dass mein Mann die feste Absicht hat, mich zu erwürgen. Er wird alles tun, um mich davon abzuhalten, seinen Ruf zu ruinieren – selbst das.

Mir wird langsam schwarz vor Augen. Ich sterbe. Dieser Mann tötet mich, hier und jetzt. Ich kann nicht einmal einen letzten Atemzug tun, da er meine Luftröhre zerquetscht. Während ich sterbe, frage ich mich, wer um mich trauern wird. Meine Eltern, die nur noch an Feiertagen mit mir sprechen, nicht. Jay vielleicht, aber irgendwie wird er auch erleichtert sein.

Und bestimmt nicht mein Ehemann, der gerade das Leben aus mir herausquetscht und der Letzte ist, den ich sehe, bevor ich sterbe.

58

Addie

Ich wähle ein marineblaues Laken, um die Frau einzuwickeln, die ich getötet habe.

Sie haben überwiegend weiße und cremefarbene Laken, und erst nach einigem Suchen finde ich eine dunklere Farbe. Ihre Haare sind voller Blut, und auf den weißen Laken wäre es sofort zu sehen. Marineblau ist besser.

Als ich mit dem Laken die Treppe hinuntergehe, bekomme ich einen Schwindelanfall. Ich kann nicht glauben, was gerade passiert. Ich kann nicht glauben, dass Mrs. Bennett tot in der Küche liegt und es meine Schuld ist. Jedes Mal, wenn ich daran denke, zittere ich am ganzen Körper.

Zum Glück ist Nathaniel besonnen genug, um zu wissen, was zu tun ist. Natürlich hat er recht. Wenn wir die Polizei rufen, würde es nicht gut für mich ausgehen.

Ich trete in der Erwartung in die Küche, alles so vorzufinden, wie ich es verlassen habe. Aber Mrs. Bennett liegt nicht mehr auf dem Boden, und Nathaniel steht nicht über ihr. Er hockt jetzt mit zitternden Schultern neben ihr.

»Nathaniel?«, frage ich. »Alles in Ordnung?«

Eine Sekunde lang ist es, als würde er mich nicht hören. Als er sich dann umdreht, sind seine Augen etwas feucht. Hat er geweint? Er wirkt verstörter als vorhin, als ich den Raum verlassen habe, aber das ist verständlich. Wahrscheinlich ist ihm gerade klar geworden, dass seine Frau tot ist. Selbst nach allem, was sie getan hat, muss er sie auf irgendeine Weise noch geliebt haben.

Nach gefühlt endlosem Schweigen steht er wieder auf. »Mir geht's gut. Lass uns weitermachen.«

Großartig.

Als Nächstes müssen wir Mrs. Bennett in das Laken einwickeln. Das bedeutet, dass ich ihrem toten Körper ganz nahe kommen muss. Schon bei dem Gedanken übergebe ich mich fast, aber ich muss es tun. Wenn ich es nicht tue, komme ich für den Rest meines Lebens ins Gefängnis.

Ich hole also tief Luft und gehe zu Nathaniel. Das Merkwürdige ist, dass Mrs. Bennett an einer etwas anderen Stelle liegt als vorher. Ich dachte, sie läge näher an der Kücheninsel.

»Hast du sie bewegt?«, frage ich.

Er nickt. »Ich dachte, es sei einfacher, sie hier einzuwickeln.«

Er hat an alles gedacht.

Ich hocke mich mit klopfendem Herzen neben Mrs. Bennett. Ihre Züge sind schlaff, ihre Lippen blau gefärbt. In ihren Haaren klebt Blut, das auch auf dem Küchenfußboden verschmiert ist. Und ich bemerke noch etwas anderes.

Dunkelrote Male an ihrem Hals.

Ich starre sie einen Moment lang an. Als ich geprüft habe, ob Mrs. Bennett noch lebt, bin ich ihr körperlich sehr nahe gekommen, und ich bin mir fast sicher, dass diese Male nicht da waren. Ich hätte sie bestimmt bemerkt.

»Was ist das an ihrem Hals?«, platze ich heraus.

Nathaniel senkt den Blick, während er die roten Male untersucht. Er runzelt die Stirn. »Gott, wer weiß?«

»Sie waren vorher nicht da, oder?«

Er reißt mir das Laken aus der Hand und faltet es auseinander. »Doch, waren sie.«

Wirklich? Ich kaue auf meiner Unterlippe und kann den Blick nicht von diesen bösen roten Malen losreißen. Sie haben fast die Form von … Fingern.

Das ist merkwürdig.

»Hey«, fährt Nate mich an. Er hat das Laken auseinandergefaltet und neben Mrs. Bennetts Körper gelegt. »Hilfst du mir oder nicht?«

Plötzlich dreht sich alles in meinem Kopf. Sollen wir das wirklich tun? Sollen wir Mrs. Bennetts Leiche wirklich entsorgen und die ganze Sache vertuschen? Es klingt nicht richtig.

»Ich glaube«, sage ich ruhig und stehe wieder auf, »dass wir die Polizei rufen sollten.« Nathaniel steht auch auf und folgt mir, als ich durch die Küche eile, um so weit wie möglich von der Leiche wegzukommen, wie ich kann. Ich bin schon fast im Wohnzimmer, als er mich am Arm packt.

»Addie«, sagt er scharf.

Ich kann ihn nicht ansehen. Warum will er überhaupt noch mit mir zusammen sein, nachdem ich das getan habe? Ich muss mich stellen. Ich habe jetzt schon zwei Menschen getötet. Ich bin eine *Gefahr*.

»Addie.« Sein Ton ist jetzt sanfter. »Addie, bitte sieh mich an.«

Widerstrebend drehe ich mich um. Nathaniel starrt zu mir hinunter, eine tiefe Furche zwischen den Augenbrauen. »Ich mache das für dich.«

»Das musst du nicht.«

»Addie, du musst wissen …« Sein Griff an meinem Arm

lockert sich. »Eve war krank. Sie war kein guter Mensch. Sie hätte uns beide lieber zerstört, als zuzulassen, dass wir zusammen sind. Obendrein hätte sie darüber gelacht.«

Meine Unterlippe zittert. »Das weißt du nicht.«

»Doch«, beharrt er. »Ich bin sicher, was du auch getan hast, sie hat dich provoziert … und jetzt sollst du den Rest deines Lebens dafür im Gefängnis verbringen? Das kann ich nicht zulassen.«

Ich habe einen Kloß im Hals, deshalb fällt es mir schwer zu sprechen.

Er tippt mit dem Finger gegen mein Kinn und zieht mein Gesicht zu sich hoch, sodass ich gezwungen bin, ihn anzusehen. »Ich würde niemals zulassen, dass sie dir wehtut. Ich würde niemals zulassen, dass irgendjemand dir wehtut, Addie. Das weißt du, oder?«

»Ich weiß«, bringe ich schließlich heraus.

Er beugt sich herunter und presst seine Lippen auf meine. Zum ersten Mal spüre ich kein Kribbeln oder Erregung, wenn er mich küsst. Ich habe nur ein dunkles, schreckliches Gefühl in der Magengrube.

»Ich lasse nicht zu, dass sie dich ins Gefängnis werfen«, sagt er entschieden. »Wir vertuschen es, und dann können wir zusammen sein. Aber wir müssen es richtig angehen. Glaubst du, das kannst du, Addie?«

»Ja«, antworte ich mit heiserer Stimme.

»Gutes Mädchen.« Er fährt mit der Fingerspitze meinen Kiefer entlang. »Meine süße Adeline. Wir werden so glücklich zusammen sein. Ich habe so ein Glück, dass ich dich gefunden habe.«

Ich nicke wortlos.

»Denk dran«, sagt er, »falls die Polizei kommen sollte, leugne alles.«

Ich werde alles tun, was er will. Und wenn es vorbei ist, können wir endlich zusammen sein.

TEIL II

59

Nate

Ich habe noch nie zuvor jemanden getötet.

Ich hätte nicht gedacht, dass ich es jemals tun würde. Ich bin schließlich kein gemeingefährlicher Irrer. Aber Schriftsteller empfinden Gefühle stärker als andere, deshalb habe ich mir immer gedacht, dass es unter gewissen Umständen in mir stecken könnte. Schriftsteller wenden überdurchschnittlich oft Gewalt gegen sich selbst an – sie begehen Selbstmord. Ernest Hemingway hat sich erschossen, Virginia Woolf hat sich ertränkt, und David Foster Wallace sich erhängt, um nur ein paar Beispiele zu nennen.

Interessanterweise habe ich Selbstmord nie in Erwägung gezogen. Selbst als Eve drohte, meine Existenz zu zerstören, ist mir nie der Gedanke gekommen. Ich glaube nicht an ein Leben nach dem Tod – ich denke, wenn man tot ist, ist man tot. Und nach dem Tod kommt nichts mehr. Nichts als ein Abgrund, aus dem es kein Zurück gibt.

Ich stelle mir vor, zu sterben ist, wie am Rand dieses Abgrunds zu stehen und zu wissen, dass du jeden Moment fallen wirst. Es ist meine größte Angst, nach der vor Schlangen.

Als ich das Leben aus meiner Frau herausgequetscht habe, konnte ich die Angst in ihren Augen sehen. Ich konnte sie am Abgrund stehen sehen, voller Angst hinunterzufallen.

Nur sie selbst ist schuld.

Und jetzt liegt ihre Leiche in ein Laken gewickelt in meinem Kofferraum. Eve hat das Laken selbst gekauft, und ich erinnere mich, dass ich ihr gesagt habe, wie sehr ich Marineblau hasse. Ob sie geahnt hat, dass dieses Laken einmal ihre Leiche einhüllen würde? Fraglich. Die größte Genugtuung verschafft mir die Tatsache, dass sie barfuß ist. Meine Frau war krankhaft besessen von Schuhen, und es ist eine angemessene Strafe für ihre Vergehen, dass sie für alle Ewigkeit barfuß sein wird.

Wenn die Polizei mich anhalten würde, würde die Fassade des marineblauen Lakens nicht lange halten, aber zum Glück habe ich in Kürze andere Pläne mit ihr. Wir haben ihr Blut vom Küchenfußboden entfernt, bevor wir das Haus verlassen haben, und Addie war wahnsinnig darauf bedacht, dass nichts davon zurückbleibt. Während sie wie besessen schrubbte, dachte ich: *Fort, verdammter Fleck! Fort, sag ich!* Aber ich bezweifle, dass sie die Anspielung verstanden hätte. Shakespeare wird in der Schule kaum noch unterrichtet. Ich würde es versuchen, aber ich beschenke meine Schüler schon mit Poe – man kann von mir nicht alles erwarten.

Addie fährt den Wagen hinter mir. Eves Kia. Sie hat nicht mal einen Führerschein, nur einen Lernfahrausweis, aber wir müssen dieses Risiko eingehen. Wir müssen Eves Auto zum Pendlerbahnhof bringen. Ich habe mit Eves Handy ein Amtrak-Ticket für einen Zug gekauft, der kurz vor Mitternacht von der South Station abfährt und vier Stunden später Penn Station erreicht. Ich erwarte nicht, dass alles einer genauen Überprüfung standhält, aber bis mehr ans Licht kommt, wird es reichen.

Ich halte meine Geschwindigkeit knapp unter der Höchstgrenze. Addie folgt zwei Autolängen hinter mir. Ich stelle mir vor, wie sie das Lenkrad in der Neun-Uhr- und Drei-Uhr-Position hält, ihr rechter Fuß zwischen Gas und Bremse wechselt. Selbst jetzt, selbst mit der Leiche meiner Frau im Kofferraum, erregt es mich, an Addie zu denken. Es ist wirklich ein Jammer.

Wenn wir den Pendlerbahnhof erreichen, haben wir es geschafft.

Oder ich zumindest.

Wie erwartet ist der Bahnhof fast leer. Addie manövriert den Kia vorsichtig in einen der freien Außenparkplätze. Ich halte außerhalb des Parkplatzes, für den Fall, dass es dort Kameras gibt. Ich warte, dass sie aus dem Auto steigt und dann herüber zu meinem Accord rennt, dabei ihre weite Jacke an die Brust presst.

Einen Moment lang erwäge ich, sie einfach hierzulassen. Aber nein. Ich brauche sie für den nächsten Teil.

Addies Wangen sind von der Kälte stark gerötet, als sie sich auf den Beifahrersitz setzt. Ihre Augenlider flattern, als sie mich erwartungsvoll ansieht, und einen Moment lang überkommt mich eine tiefe Traurigkeit, weil es das letzte Mal ist, dass wir zusammen sind. Das alles ist Eves Schuld. Warum konnte sie nicht alles so lassen, wie es war? Ich war ein guter Ehemann. Kein Trinker wie Addies Vater. Ich habe sie nicht angeschrien oder geschlagen oder unsere Ersparnisse verspielt. In Wahrheit verdiene ich eine Auszeichnung dafür, dass ich es so lange mit ihren Neurosen ausgehalten habe.

Und dann hatte sie die Frechheit, meine Existenz zu bedrohen. Meine berufliche *Laufbahn*. Als ich meine Hände um ihren Hals legte, habe ich nur tiefe Erleichterung gespürt.

»Okay«, sagt Addie leise. »Ich hab's gemacht.«

Sie denkt immer noch, dass sie Eve getötet hat. Wenn ich ihr erzählen würde, dass der Mond aus Käse besteht, würde sie mir glauben.

»Sehr gut«, sage ich. »Jetzt müssen wir die Leiche loswerden.«

Sie wird grün im Gesicht. »Loswerden ...«

»Wir werden sie begraben«, korrigiere ich mich. »Eine Art Beerdigung.«

»Oh.« Addie blickt hinunter auf ihre Hände. »Okay.«

Ich habe keine bestimmte Stelle im Kopf, aber ich weiß, in welcher Gegend. Es gibt eine lange, einsame Straße, die zu einem Kürbisfeld führt, wo ich als Junge häufig war. Das Feld ist jetzt jedoch überwuchert, und da schon November ist, wird jeder, der nach Kürbissen sucht, enttäuscht sein. Ich glaube, ich finde die Straße dorthin. Es wird der letzte Ruheplatz meiner Frau, wenn sie für alle Ewigkeit in den Abgrund stürzt.

60

Addie

Wir sind auf einem Kürbisfeld.

Oder zumindest war es mal ein Kürbisfeld – vor vielen Jahren, als Nathaniel noch ein Kind war. Jetzt ist das Schild mit der Aufschrift *Kürbisse zum Selberernten* mit Unkraut überwuchert und mit einer gesunden Schicht Schmutz und Dreck bedeckt. Ich weiß nicht, wann hier jemand zum letzten Mal einen Kürbis geerntet hat, aber es ist viele, viele Jahre her.

Nate hat seinen Honda einen knappen Kilometer entfernt von hier geparkt, wo die Straße zu unwegsam wurde, um weiterzufahren. Er hat den Kofferraum geöffnet und mir zwei Schaufeln in die Hände gedrückt, dann den Leichnam seiner Frau hochgehoben. Er hat ihn die letzten fünfzehn Minuten getragen, und ich frage mich, ob tote Körper schwerer oder leichter sind als lebendige.

Auf diesem Feld sind früher vielleicht viele pralle Kürbisse gewachsen, aber die übrig gebliebenen sind zerschmettert und angefault – teilweise von Tieren angefressen. Als ich mit meinen Sneakern direkt ins Innere eines Kürbisses trete, zucke ich zusammen. Wenn ich nach Hause komme, muss ich sie irgendwie wieder sauber kriegen. Jetzt sind sie mit Schmutz und Kürbisglibber bedeckt, und wahrscheinlich auch mit Mrs. Bennetts Blut.

»Wie wär's hier?« Nathaniel tritt auf einen Flecken Erde. Wegen des nahenden Winters ist der Boden schon hart geworden, aber hier scheint er etwas lockerer. Vielleicht.

Ohne auf eine Antwort zu warten, legt Nathaniel seine Frau auf den Boden. Er streckt die Hand aus, und ich gebe ihm eine der beiden Schaufeln. Er stößt das Schaufelblatt in die Erde und ächzt dabei leicht, dann gibt sie nach. Nachdem er drei Schaufeln Erde ausgegraben hat, sieht er mich an.

»Worauf wartest du?«, fragt er. »Ich habe nicht ohne Grund zwei Schaufeln mitgebracht.«

Ich blicke zweifelnd auf die Schaufel in meiner Hand. Ich will das hier nicht tun. Ich will kein Grab für meine Mathelehrerin schaufeln. Ich will einfach nur nach Hause. Warum bin ich heute Abend nicht zu Hause geblieben? Ich könnte gemütlich in meinem Bett liegen und einen Gedichtband lesen.

»Mir ist kalt«, sage ich, denn diese Entschuldigung ist so gut wie jede andere.

»Beim Graben wird dir warm werden.« Er nimmt seine Mütze ab, um zu demonstrieren, wie warm ihm ist. »Komm schon, ich will nicht die ganze Nacht hier verbringen.«

Er sieht mich an, als hätte ich keine andere Wahl. Ich steche das Schaufelblatt in die Erde. Nicht überraschend, dass es sich anfühlt, als würde ich versuchen, in hartem Fels zu graben. Aber da Nathaniel mich beobachtet, versuche ich es noch einmal. Beim zweiten Mal habe ich mehr Erfolg und beim dritten Mal noch mehr. Während ich die Erde auf die Seite schaufele, versuche ich, die in das marineblaue Laken gewickelte Leiche nicht zu treffen.

»Na also«, sagt er. »Wir sollten uns beeilen. Wir wollen schließlich nicht mehr graben, wenn die Sonne aufgeht.«

Ich weiß nicht, wann genau die Sonne aufgeht, aber es ist erst kurz nach Mitternacht. Die Vorstellung, dass wir die nächsten sechs oder sieben Stunden graben könnten, ist absolut schrecklich und führt dazu, dass ich einen Gang zulege.

Wir graben neunzig Minuten oder so überwiegend schweigend. Sobald wir die oberste Erdschicht geschafft haben, geht es viel leichter, und wir kommen gut voran. Schon bald haben wir ein Loch in der Erde, das ungefähr einen Meter achtzig lang, sechzig Zentimeter breit und jetzt ungefähr sechzig Zentimeter tief ist. Wir sind beide in das Loch geklettert, als wir eine Tiefe von dreißig Zentimetern erreicht hatten, und es fühlt sich ein bisschen so an, als würden wir unser eigenes Grab schaufeln.

Nathaniel hält inne und wischt sich den Schweiß von der Stirn. Trotz der Minustemperatur haben wir beide vor ungefähr einer Stunde unsere Jacken ausgezogen. »Okay«, sagt er. »Leg dich hin.«

Ich starre ihn an, als hätte er den Verstand verloren. »Was?«

»Wir müssen sichergehen, dass das Loch die richtige Größe hat«, sagt er ungeduldig. »Deshalb musst du dich hinlegen, damit wir es sehen können. Sie ist genauso groß wie du.«

»Ich will das nicht«, sage ich leise.

Nathaniel wirft seine Schaufel zu Boden. »Muss ich bei jedem Schritt, der zu tun ist, mit dir kämpfen, damit du mitmachst?«

Da ist etwas Dunkles in seinem Blick, das ich nicht kenne. Ich dachte, ich würde ihn besser verstehen als jeder andere. Ich dachte, ich sei seine Seelenverwandte. Aber mir wird allmählich klar, dass es eine Seite von Nathaniel gibt, von der ich nichts weiß.

»Was waren das für rote Male an ihrem Hals?«, frage ich ihn zum wiederholten Mal. Jetzt mit mehr Nachdruck.

»Was?«, fragt er.

Ein Windstoß pfeift mir um die Ohren, und ich zittere. »Die roten Male an ihrem Hals. Ich bin mir sicher, dass sie vorher nicht da waren. Sie sahen beinahe wie Fingerabdrücke aus ...«

Nathaniel versteinert und starrt mich an. »Was meinst du damit?«

»Nichts, ich ...«

Er blinzelt mich an. »Willst du sagen, dass ich für die Male an ihrem Hals verantwortlich bin?«

Ich öffne den Mund, um etwas zu sagen, aber es kommt nur ein leiser Piepser heraus.

»Willst du sagen«, fährt er fort, »dass sie nicht tot war, als du den Raum verlassen hast?« Er senkt die Stimme. »Und dass sie aufgewacht ist, während du oben warst, und gedroht hat, mich zu ruinieren?« Er senkt die Stimme noch mehr. »Und dass ich somit keine andere Wahl hatte, als sie zu erwürgen ... mit meinen bloßen Händen?«

Ich kann nicht mal atmen, als er mich ansieht. Seine sonst sanften braunen Augen sehen im schwachen Mondlicht, das ins Innere des Grabes fällt, finster aus. Wir starren uns eine gefühlte Ewigkeit lang durch den Dunst des kalten Kürbisfelds an. Die Art, wie er es gesagt hat, jagt mir einen schrecklichen Schauer über den Rücken. *Und dass ich somit keine andere Wahl hatte, als sie zu erwürgen ... mit meinen bloßen Händen.* Es klingt so echt – als ob er es ernst meinte.

Dann kommt mir ein anderer schrecklicher Gedanke.

Wenn Nathaniel seine Frau wirklich getötet hat, bin ich der einzige Mensch, der genau weiß, was heute Abend passiert ist.

Er verlässt sich jetzt darauf, dass ein Teenager ihn nicht bei der Polizei verrät. Wir sind zusammen in seinem Auto hier rausgefahren, und ich habe meiner Mutter vor einer halben Stunde geschrieben, dass ich gleich zu Bett gehe und alles in Ordnung ist. Keiner weiß, dass ich mit ihm hier bin.

Mich hier gleich zu töten, wäre in vielerlei Hinsicht das Klügste, was er tun kann.

»Nate«, flüstere ich. »Bitte …«

Seine Augen sind wie schwarze Löcher. »Bitte was?«

Ich stelle mir vor, wie seine Finger den Hals seiner Frau umschließen, ihr die Luft abschnüren. »Bitte…«

Ich habe weiche Knie und fürchte, sie könnten nachgeben. Ich wage nicht zu *atmen*. Noch mehr fürchte ich, ich könnte mir in die Hose machen. Gerade als ich es keine weitere Millisekunde länger aushalten kann, schüttelt Nate den Kopf und tritt ins Mondlicht, sodass seine Augen wieder normal aussehen.

»Sei nicht albern, Addie«, sagt er. »Du weißt, dass ich sie nicht getötet habe. *Du* warst es.«

Ich schlucke. »Oh.«

»Herrgott, deine Fantasie geht mit dir durch.«

»Tut mir leid«, murmele ich.

Während mein Herzschlag sich langsam wieder normalisiert, versuche ich, mir einzureden, dass er recht hat. Ich fantasiere. Nathaniel würde seine Frau nicht erwürgen. Das würde er nicht tun.

Und wenn er es getan hat – wenn diese Fingerabdrücke von ihm stammen –, hat er einen guten Grund. Wenn er es getan hat, dann geschah es, um mich zu beschützen. Um *uns* zu beschützen. Ich vertraue ihm.

Zumindest glaube ich das.

Er starrt auf die Erde, als denke er über den nächsten Schritt nach. Ich will mich nicht in das Grab legen – wirklich nicht. Schließlich zuckt er mit der Schulter. »Okay. Ich denke, das Loch ist groß genug.«

Gott sei Dank.

»Hey, hör zu«, sagt er. »Mir ist gerade eingefallen, dass ich ihre Handtasche nicht aus dem Kofferraum genommen habe. Es wäre wahrscheinlich besser, wenn wir sie mit hier hineinwerfen. Wir können ihr Handy ausschalten.«

»Okay.«

Er wirft einen Blick auf seine Uhr. »Lass sie mich schnell holen. Ich bin gleich zurück.«

»Ich komme mit.«

Nathaniel sieht mich an, als wäre ich nicht bei Verstand. »Addie, du musst weitergraben. Wir müssen hier fertig werden. Wie gesagt – ich bin gleich zurück.«

Ich will nicht allein auf diesem dummen Kürbisfeld bleiben. Aber Nathaniels Miene gibt mir deutlich zu verstehen, dass er mich nicht mitnehmen will. Und er hat nicht ganz unrecht. Ich muss weitergraben.

»Beeil dich«, sage ich.

»Das werde ich, versprochen.« Er sieht mich lange an. »Denk dran, egal was passiert: Leugne alles.«

Mit diesen weisen Worten klettert er aus dem Loch. Er nimmt seine Jacke vom Boden und zieht sie wieder an. Ich beobachte, wie er weggeht, bis das Knirschen seiner Stiefel auf den Blättern sich im Wind verliert.

61

Addie

Eine Stunde. Eine Stunde ist vergangen.

Ich habe weitere dreißig Zentimeter unseres notdürftigen Grabes ausgehoben, aber Nathaniel ist noch nicht zurückgekommen. Unter keinen Umständen würde er eine ganze Stunde brauchen, um zu seinem Auto und zurück zum Kürbisfeld zu gehen.

Wo ist er also?

»Nathaniel?«, rufe ich. Ich will nicht schreien, aber ich muss ihn finden. Erstens muss er mich wieder nach Hause bringen. Und zweitens, wo zum Teufel ist er? Zum Auto zu gehen, dauert nicht länger als fünfzehn Minuten.

Ist es möglich, dass er einfach weggefahren ist?

Nein, das ist nicht möglich. Das würde Nathaniel mir nicht antun. Er würde mich nicht einfach im Stich lassen.

Ich klettere aus dem Loch, wobei ich mit den Knien einen angefaulten Kürbis zerquetsche. Das Loch könnte groß genug sein, aber ich bin mir nicht sicher. Ich habe angenommen, Nathaniel würde es mir sagen.

»Nathaniel!«, rufe ich wieder.

Keine Antwort.

Ich will ihn suchen, aber ich weiß nicht, wohin ich gehen muss. Ich bin mir nicht sicher, ob ich diese Stelle wiederfinde.

Eve Bennetts Leiche liegt immer noch in das marineblaue Laken gewickelt da. Weil Nathaniel nicht hier ist, muss ich sie hineinlegen. Schließlich haben wir dafür das Loch gegraben.

Ich hocke mich neben sie. Ich will sie nicht berühren. Ich weiß, es ist dumm. Mit dem Tod kann man sich nicht anstecken. Als mein Vater am Fuß der Treppe lag, wollte ich ihn auch nicht anfassen. Es war Hudson, der nachgesehen hat, ob er noch atmet.

Los, Addie. Du musst es tun.

Ich hole tief Luft und rolle sie. Ihr Körper ist immer noch sehr schlank, wie eine Stoffpuppe. Ich habe gehört, dass Leichen irgendwann steif werden, aber bei ihr ist es noch nicht der Fall. Nachdem ich sie noch zweimal gerollt habe, liegt sie am Rand des Grabes, das wir ausgehoben haben. Es passt perfekt. Deshalb rolle ich sie direkt hinein.

Der Körper plumpst mit einem lauten Aufprall ins Grab. Dabei fällt etwas aus dem Laken. Ich muss noch einmal ins Grab klettern, um nachzusehen, was es ist. Entsetzt stelle ich fest, dass es sich um Mrs. Bennetts Tasche handelt.

Wir haben sie gar nicht im Kofferraum gelassen.

Ich verstehe das nicht. Nathaniel sagte, ihre Handtasche sei noch im Kofferraum, aber offensichtlich war sie es nicht. Hat er sich geirrt? Oder hat er mich angelogen?

Ich muss ihn finden. Ich kann das hier nicht mehr allein machen.

Ich lasse die Handtasche wieder ins Grab fallen. Ich will nichts mehr ohne Nathaniel tun, aber ich kann das Loch nicht so lassen. Ich kann kein offenes Grab mit einer Leiche darin zurücklassen, besonders da die Möglichkeit besteht, dass ich nicht wieder hierherfinde.

Ich klettere also aus dem Grab und schaufele so viel Erde wie möglich zurück ins Loch, bis die Leiche mit einer hinreichenden Schicht Erde bedeckt ist – mehr als genug, um Tiere fernzuhalten. Aber es scheint immer noch möglich, dass jemand darauf stößt. Ich meine, falls jemand hier zwischen den sterbenden Kürbissen herumwandert.

Die Blätter sind kürzlich von den umliegenden Bäumen gefallen, und überall sind ganze Berge davon. Statt mich weiter mit der Erde abzumühen, benutze ich meine Schaufel, um das Loch mit so vielen Blättern wie möglich zu füllen, und mache weiter, bis es ganz voll ist.

So. Auch aus der Nähe ist das Grab jetzt vollkommen unsichtbar.

Nachdem dafür gesorgt ist, mache ich mich auf den Rückweg zum Eingang des Kürbisfelds. Ich bin sicher, dass wir links abgebogen sind, als wir aufs Feld kamen. Das bedeutet, dass ich jetzt rechts gehen sollte. Oder?

Mann, ich wünschte, ich wäre besser in Mathe.

Ich stolpere den Weg entlang, der voller Steine und rutschiger Blätter ist. Da ist eine Lichtung, über die wir gegangen sind, aber ich bin mir nicht sicher, dass ich auf dem richtigen Weg bin. Nach ein paar Minuten sind meine Sneaker vollkommen durchweicht und voller Matsch. »Nathaniel?«, rufe ich wieder.

Ich bin schon ungefähr zwanzig Minuten gegangen, und immer noch keine Spur von ihm. Ich habe ihn weder herumirren sehen noch seine Leiche gefunden, an der sich die Eichhörnchen gütlich tun – er ist nirgendwo. Ich gerate in Panik, aber als ich zufällig nach unten blicke, sehe ich etwas Vertrautes am Boden.

Reifenspuren.

Sein Auto war hier. Er war hier. Er ist zum Auto zurückgekehrt und weggefahren. Aber warum hat er das getan? Er muss einen Grund gehabt haben, aber ich kann mir nicht vorstellen, was es war. Zumindest finde ich jetzt den Weg zurück.

Ich folge den Reifenspuren noch zwei Kilometer. Es ist jetzt drei Uhr morgens, und als ich die Hauptstraße erreiche, ist sie total verlassen. Kein einziges Auto, das ich anhalten könnte, um mitgenommen zu werden. Nicht, dass ich es will. Wenn Mrs. Bennett erst einmal vermisst wird, wäre es nicht gut, wenn jemand sagen würde, dass er mich hier um drei Uhr morgens gesehen hat. Das wäre äußerst verdächtig.

Ich ziehe mein Handy aus der Tasche. Zumindest habe ich wieder Empfang. Aber was soll ich damit anfangen? Ich kann schlecht ein Taxi von hier nach Hause nehmen. Und ich kann meine Mutter nicht anrufen und ihr erklären, dass ich am Ende der Welt bin und abgeholt werden muss. Ich sollte zu Hause im Bett sein und schlafen.

Ich öffne Snapflash und sende Nathaniel eine Nachricht.

Ich: Wo bist du? Ich muss nach Hause.

Ich starre aufs Display, warte darauf, dass er antwortet und mir erklärt, warum er mich mitten im Nirgendwo zurückgelassen hat. Aber es kommt keine Antwort. Was immer er getan hat und aus welchem Grund auch immer, er antwortet nicht. Und ich habe seine Handynummer nicht.

Das bedeutet, dass es praktisch nur einen Menschen auf der Welt gibt, den ich jetzt anrufen kann.

Hudson.

Wir haben bereits ein schreckliches gemeinsames Geheimnis. Da kommt es auf eines mehr nicht an.

Ich zögere, versuche zu entscheiden, ob ich ihn um drei Uhr morgens aufwecken sollte. Ich tue es ihm nur ungern an, aber es ist Freitagnacht. Er kann morgen ausschlafen.

Ich wähle seinen Namen aus der Liste meiner Kontakte. Er gehört immer noch zu meinen Favoriten, obwohl ich ihn schon seit fast einem Jahr nicht mehr angerufen habe. Ich frage mich, ob ich noch auf seiner Liste bin. Vielleicht hat er mich blockiert. Vielleicht rufe ich ihn umsonst an.

Tatsächlich klingelt und klingelt das Handy, aber keine Antwort.

Toll.

Das war es dann wohl. Es gibt niemanden sonst, den ich anrufen kann. Hudson war mein einziger Rettungsanker, und er nimmt aus irgendeinem Grund nicht ab. Also muss ich selbst eine Möglichkeit finden, nach Hause zu kommen.

Als ich kurz davor bin, mich an den Straßenrand zu setzen und in Tränen auszubrechen, klingelt mein Handy. Nathaniel! Ich wusste, er würde sich melden. Ich wusste, er würde mich nicht einfach hier zurücklassen.

Aber zu meiner Überraschung erscheint nicht Nathaniels Name auf dem Display. Es ist Hudson.

»Addie?« Er klingt müde und verwirrt. »Hast du … hast du mich gerade angerufen?«

»Ja.« Ich halte das Handy so fest, dass ich fürchte, es könnte zerbrechen. »Ich … Ich brauche deine Hilfe.«

»Es ist drei Uhr morgens«, stellt er fest, nicht gerade hilfreich.

»Ich weiß.«

Er gähnt ausgiebig. »Also, was brauchst du um drei Uhr morgens?«

»Du musst mich abholen.«

»Äh, meine Eltern werden mir um drei Uhr morgens nicht das Auto geben. Und ich habe nur eine eingeschränkte Fahrerlaubnis, also darf ich praktisch auch gar nicht fahren.«

»Ich weiß.«

Es herrscht langes Schweigen am anderen Ende. »Wo bist du?«

Ich sehe auf meinem GPS nach. Wenn ich es nicht hätte, dann hätte ich absolut keine Ahnung, wo ich bin. Ich nenne ihm den Standort. Ich weiß, er gibt ihn jetzt in seinem Handy ein, und dann höre ich ihn leise fluchen.

»Addie, ich brauche fast eine Stunde, um dorthin zu kommen.«

»Ich weiß.«

Ich halte den Atem an, während ich warte, wie er sich entscheidet. Hudson und ich sind nicht mehr befreundet. Seine Freundin scheint mich zu verachten. Und wenn er dabei erwischt wird, wie er sich mitten in der Nacht aus dem Haus schleicht und mit dem Auto wegfährt, bekommt er für immer Hausarrest. Er hat eine Million Gründe, Nein zu sagen. Und doch …

»Ich bin auf dem Weg«, sagt er.

62

Addie

Er schafft es in achtundvierzig Minuten.

Er durfte nicht zu schnell fahren, denn wenn er angehalten worden wäre, hätten sie ihm wahrscheinlich den Führerschein ganz entzogen. Aber wie ich Hudson kenne, ist er so schnell gefahren, wie er konnte. Als sein ramponiertes Auto vor mir hält, weine ich beinahe vor Erleichterung.

Ich nehme auf dem Beifahrersitz neben Hudson Platz und sehe, wie müde er aussieht. Seine weißblonden Haare sind zerzaust, und er hat Schlaf in den Augen. Kein Wunder, wenn man bedenkt, dass ich ihn aus dem Bett geholt habe.

»Danke«, sage ich. »Ich schulde dir was.«

Er sieht mich an.

»*Noch* was«, füge ich schnell hinzu.

Sein Blick wandert an mir herunter, von meinen dreckigen, mit Blasen übersäten Händen zu meinen schmutzigen Jeans und schließlich meinen mit Kürbisglibber bedeckten Sneakern. Aber er sagt nichts, sondern fährt einfach zurück auf die Straße.

Während der nächsten Minuten fahren wir schweigend weiter. Das Radio läuft, und weil es so spät ist, gibt es kaum Werbung. Ich lehne den Kopf gegen den Sitz und lasse mich von der Musik berieseln.

»Also«, sagt Hudson. »Was ist passiert?«

»Es ist … hm … eine lange Geschichte.«

»Wir fahren noch eine Stunde, wir haben also Zeit.«

Ich wünschte so sehr, ich könnte Hudson erzählen, was heute Abend passiert ist. Ich wünschte, ich könnte es ihm erzählen und er würde es verstehen und mir sagen, was ich tun soll. Wir hatten diese Art Freundschaft – die Art, bei der er absolut alles für mich tun würde. Aber dann hat er alles für mich getan, und jetzt sind wir keine Freunde mehr.

»Ich habe einige falsche Entscheidungen getroffen«, sage ich schließlich.

»Okay …«

Ich kann es ihm nicht erzählen. Ich möchte es, aber ich kann nicht. Trotz der Tatsache, dass Nathaniel mich hier zurückgelassen hat, kann ich ihn nicht verraten.

Statt seine Frage zu beantworten, wende ich mich ab und blicke aus dem Fenster. Wir schweigen für den Rest der Fahrt. Ungefähr fünfzehn Minuten bevor wir unser Ziel erreichen, vibriert sein Handy, und ich fürchte schon, seine Eltern haben gemerkt, dass er weg ist, und nun bekommt er für alle Ewigkeit Hausarrest. Aber er sieht nicht einmal nach, wer ihm eine Nachricht geschickt hat. Ich merke, dass er an den Ampeln in meine Richtung blickt, versuche aber, es zu ignorieren. Es ist besser für ihn, wenn er nichts weiß. Und wenn er etwas wüsste, würde er bestimmt nie wieder mit mir sprechen. Für den Rest unseres Lebens.

Als wir bei mir ankommen, wendet Hudson sich ein letztes Mal an mich. Seine blassblauen Augen blicken traurig. »Du kannst immer noch mit mir reden, Addie, wenn du willst«, sagt er.

Ich verkneife mir die Bemerkung, dass es seiner Freundin nicht gefallen würde. »Okay.«

Er runzelt die Stirn. »Ich meine es ernst. Ich bin für dich da, wenn du mich brauchst. Tut mir leid, dass ich mich letztes Jahr wie ein Idiot benommen habe. Was passiert ist … Ich war eine Weile ganz schön durcheinander. Ich konnte dich nicht mal ansehen, ohne … du weißt schon.«

Ich senke den Kopf. »Ich weiß.«

»Aber …« Er presst seine langen Finger gegen seine Oberschenkel. »Du bist immer noch meine beste Freundin, Addie.«

Wieder habe ich das Bedürfnis, ihm alles zu erzählen. Ich würde es so gerne. Aber er hat mir gerade erst verziehen, und ich kann das nicht aufs Spiel setzen. Ich muss ihn jedoch unbedingt um einen weiteren Gefallen bitten.

»Da ist noch etwas, was du für mich tun musst«, sage ich.

»Alles.«

Ich sehe ihm direkt in die Augen. »Du darfst absolut niemandem erzählen, dass du mich heute Nacht abgeholt hast.«

Er legt eine Hand auf seine Brust. »Ich schwöre es.«

Ich hoffe, er steht immer noch dazu, wenn wir Montagmorgen in die Schule kommen und er erfährt, dass Mrs. Bennett vermisst wird.

63

Nate

Als die Morgensonne am Horizont aufgeht, bin ich für einen Moment überrascht, dass der Platz neben mir im Bett leer ist.

Obwohl es mir in letzter Zeit an Zuneigung zu meiner Ehepartnerin mangelte, hatte ich mich doch an ihre Gesellschaft gewöhnt. Sie lag jeden Morgen neben mir im Bett – ich auf der linken und sie auf der rechten Seite. Ihre Abwesenheit ist so irritierend, dass ich einen Moment lang auf ihrer Seite des Bettes nach ihren Umrissen taste.

Als meine Hand nur das kalte Laken berührt, spüre ich plötzlich Erleichterung.

Eve ist weg.

Sie hatte sich vorgenommen, mein Leben zu zerstören, und ich habe es geschafft, das Problem in einer einzigen Nacht zu lösen. Eve ist tot – Addie hat sie entweder begraben oder ist dabei erwischt worden, wie sie es versucht hat, nachdem ich weggefahren bin. Und die Fotos, die Eve mit ihrem Handy gemacht hat, sind von ihrem Gerät gelöscht, und es ist mit ihr begraben.

Ich bin ein freier Mann.

Ich stehe aus dem Bett auf und recke mich genüsslich. Wenn es gestern Abend anders gelaufen wäre, würde ich jetzt aus einem Motelzimmer stolpern und wahrscheinlich an meinen schmerzenden Rücken fassen. Als Addie mich angerufen hat, saß ich in einer Bar bei einem Glas Scotch und habe darüber nachgedacht, was ich als Nächstes tun soll. Mir war nicht klar, dass der Anruf all meine Probleme lösen würde.

Aus Neugierde greife ich nach meinem Handy, das gerade auf dem Nachttisch lädt. Es überrascht mich nicht, um drei Uhr morgens mehrere Nachrichten von Addie zu sehen. Sie variieren alle leicht, laufen aber auf dieselbe Frage hinaus.

Addie: Wo bist du?

Arme Addie. Saß mitten in der Nacht auf diesem Kürbisfeld fest. Ehrlich gesagt habe ich ihr das nur ungern angetan. Ich bin schließlich kein Monster. Ich hoffe sehr, dass sie heil nach Hause gekommen ist. Auch wenn es mein Leben einfacher machen würde, wenn es letzte Nacht böse mit ihr geendet hätte, als sie versuchte, von einem Lastwagenfahrer mitgenommen zu werden. Ich starre auf das Handy und frage mich, ob ich eine letzte Textnachricht an sie riskieren sollte.

Nein, das kann ich nicht. Ich weiß nicht, wer ihr Handy jetzt hat. Ich muss einfach darauf vertrauen, dass sie meine letzten weisen Worte beherzigt.

Leugne alles.

Aber selbst wenn sie einknickt – und das ist nicht unwahrscheinlich –, gibt es keinen Beweis für meine Verbindung zu Adeline Severson. Eve war die Einzige, die die Wahrheit kannte, und sie hat es niemandem gesagt. Die Fotos sind gelöscht. Und Addie hat bewiesen, dass sie psychisch krank ist. Sie hat schon mal einen Lehrer gestalkt und dafür gesorgt, dass er gefeuert wird, obwohl ihm kein Fehlverhalten nachgewiesen werden konnte. Und das Mädchen hat überhaupt keine Freunde.

Ich ertappe mich dabei, dass ich pfeife, als ich mit großen Schritten Richtung Badezimmer gehe. Ich habe es heute Morgen für mich allein – Eve ist nicht hier und verbraucht das ganze heiße Wasser, sodass ich im günstigsten Fall noch lauwarm duschen kann. Ich hätte die Ehe schon lange beenden sollen, obwohl ich meine Gründe hatte, sie weiterzuführen. Eve wusste ein bisschen mehr über mich, als mir angenehm ist.

Nachdem ich meine Blase geleert habe, reiße ich den Duschvorhang auf, um das Wasser anzustellen. Aber noch bevor ich die Hand auf den Wasserhahn lege, erstarre ich.

Was zum Teufel?

In der Dusche steht ein Paar Schuhe von Eve.

Ich starre auf die roten Pumps in der Duschwanne. Ich habe in jedem Winkel des Hauses Schuhe von ihr gefunden, aber die Duschwanne ist neu für mich. Ich verstehe nicht, warum sie sie dort gelassen haben sollte.

Offenbar war meine Frau noch gestörter, als sie sich hat anmerken lassen. Umso besser, sie endlich los zu sein.

Ich kann der Versuchung, die Schuhe einfach zu überfluten, nur schwer widerstehen, aber im letzten Moment rette ich sie aus der Wanne. Unseren Kreditkartenabrechnungen nach sind Eves Schuhe ein kleines Vermögen wert. Ich kann sie vielleicht bei eBay verkaufen und möglicherweise sogar einen Gewinn machen.

Als ich die Schuhe aus der Wanne hole, höre ich hinter mir ein Geräusch. Ich drehe mich zur geschlossenen Badezimmertür um. Es klingt fast so, als wäre jemand direkt dahinter. Aber das ist unmöglich. Eve ist nicht hier, und niemand sonst hat einen Schlüssel.

Aber ich bin sicher, dass ich etwas gehört habe. Es klang fast wie ein Klopfen.

Ich rücke meine Boxershorts zurecht und gehe auf die Badezimmertür zu. Vorsichtig öffne ich sie und blicke ins Schlafzimmer. Wie zu erwarten, ist es leer. Einen Moment lang werde ich an mein Lieblingsgedicht »Der Rabe« des berühmten Edgar Allan Poe erinnert.

Dunkel da und sonst nichts mehr.

Ich atme aus, gehe hinüber zum Schrank und werfe Eves Schuhe hinein. Die letzte Nacht war nervenaufreibend, und ich habe schlecht geschlafen, es ist also nicht verwunderlich, dass meine Ohren mir einen Streich spielen.

Ich gehe unter die Dusche und lasse das kochend heiße Wasser über meine Haut laufen. Ich habe heute viel zu tun. Nach dem Frühstück muss ich einen Stapel Arbeiten korrigieren. Anschließend gehe ich vielleicht irgendwo zu Mittag essen. Vielleicht halte ich kurz beim Supermarkt.

Danach werde ich die Polizei anrufen.

64

Addie

Ich kann nicht schlafen. Nicht mal eine Minute.

Stattdessen liege ich wach im Bett und wälze mich hin und her. Jedes Mal, wenn ich die Augen schließe, sehe ich Mrs. Bennetts Leiche am Boden jenes Grabes auf dem alten Kürbisfeld liegen, mit den bösen roten Malen am Hals.

Meine Mutter kommt am frühen Morgen nach Hause. Sie schlüpft leise in mein Zimmer, um nach mir zu sehen, und ich tue so, als ob ich schlafen würde. Ich kann jetzt nicht mit ihr reden. Sie würde mir ansehen, dass etwas nicht stimmt.

Ich liege fast bis Mittag im Bett, dann muss ich aufstehen. Was immer der Tag bringt, ich muss mich ihm stellen und mich zwingen, etwas zu essen.

Ich werfe die Beine zur Seite und greife nach meinem Handy. Ich habe eine Textnachricht von Hudson bekommen.

Hudson: Geht's dir gut?

Nein, mir geht es überhaupt nicht gut. Aber mir ist heute Morgen nicht danach, seine Fragen zu beantworten. Ich schulde ihm viel, aber ich kann mich nicht mit ihm beschäftigen. Und wenn er Montagmorgen erfährt, dass Mrs. Bennett vermisst wird, dann wird er eins und eins zusammenzählen.

Nathaniels Plan wirkte gestern Abend vernünftig, aber jetzt, im Licht des Tages, kann ich mir nicht vorstellen, wie wir damit davonkommen sollen.

Ich öffne die Snapflash-App, in der Hoffnung, eine Nachricht von ihm zu sehen. Nach allem, was letzte Nacht passiert ist, schuldet er mir eine Erklärung, oder? Aber da ist keine.

Also schreibe ich selbst eine.

Ich: Was ist letzte Nacht passiert? Bitte sag mir, was los ist.

Ich drücke auf Senden, aber die Nachricht wird nicht gesendet. Stattdessen erscheint eine Fehlermeldung auf dem Display.

Der Account, an den die Nachricht gesendet wurde, existiert nicht mehr.

Was?

Ich habe das Gefühl, als müsste ich mich übergeben. Nathaniel hat seinen Account gelöscht? Wie konnte er das tun?

Aber ich sollte nicht in Panik geraten. Es ist vernünftig, dass er seinen Account gelöscht hat. Und ich sollte eigentlich dasselbe tun. Es darf keine Hinweise darauf geben, dass wir beide eine Affäre hatten. Es würde uns beide verdächtig machen.

Trotzdem bringe ich es nicht über mich, meinen zu löschen. Obwohl die Nachrichten alle weg sind, will ich den Account behalten, für den Fall, dass er wieder mit mir sprechen will.

Ich stolpere barfuß nach unten in die Küche und stecke Brot in den Toaster. Ich bin kein bisschen hungrig, aber mein Körper signalisiert mir etwas anderes – mein Magen knurrt.

Da meine Mutter, erschöpft von der Nachtschicht, fest schläft, habe ich das Haus für mich allein.

Nathaniel weiß schon, was er tut. Er hat seinen Account nicht gelöscht, um mich zu quälen. Er hat es getan, um unsere Spuren zu verwischen. Mrs. Bennett ist tot, daran können wir nichts ändern. Aber wenn wir erwischt werden, könnten wir beide für den Rest unseres Lebens ins Gefängnis kommen. Ich muss daran denken, was Nathaniel gesagt hat.

Leugne alles.

65

Nate

Die Zivilstreife hält um vier Uhr nachmittags vor meinem Haus.

Die Polizei anzurufen, war ein riskanter Schritt. Die Polizei anzurufen und das Verschwinden einer Person zu melden, die ich getötet habe, und sie zu bitten, eine Leiche zu suchen, die ich selbst begraben habe … Dazu gehört Mut.

Gleichzeitig ist es ein wohlüberlegter Schritt. Ich kann nicht so tun, als sei Eve tagelang einfach zu Hause gewesen, wenn ihr Auto auf dem Parkplatz des Pendlerbahnhofs steht. Das Beste ist, wenn ich den verstörten Ehemann spiele. Zum Glück habe ich schon an einigen Schauspielkursen teilgenommen, das wird mir jetzt von Nutzen sein.

Ich trage ein Sweatshirt und Jeans, als ich zur Tür gehe. Ich will nicht übertreiben. Es ist unbedingt nötig, genau das richtige Maß an Besorgnis zu zeigen.

Als ich die Tür öffne, stelle ich fest, dass ich das Glück wieder einmal auf meiner Seite habe. Vor mir steht eine Kriminalbeamtin, und beim anderen Geschlecht komme ich immer gut an.

»Mr. Bennett?«, fragt sie.

»Ja.«

»Ich bin Detective Sprague.« Die Kriminalbeamtin ist klein –

reicht mir kaum bis zum Kinn – und muss den Kopf neigen, um mich anzusehen. Wenn sie die Haare offen tragen würde statt in einem schrecklich strammen Dutt und etwas Make-up auflegen würde, könnte sie sehr attraktiv sein – aber überhaupt nicht mein Typ. »Ich habe die Meldung, dass Ihre Frau vermisst wird.«

»Das stimmt«, bestätige ich.

»Darf ich reinkommen?«

Einem Polizisten ist es nicht erlaubt, ohne ausdrückliche Einwilligung des Bewohners ein Haus oder eine Wohnung zu betreten, aber ich habe nichts zu verbergen. Ich trete beiseite und lasse die Kriminalbeamtin herein.

»Nun, Mr. Bennett«, sagt sie. »Ich will nur über den zeitlichen Ablauf im Klaren sein. Sie sagen, Sie haben Ihre Frau seit gestern Abend nicht gesehen?«

Ich nicke zur Bestätigung. »Das stimmt. Sie wollte ihren Eltern, die in New Jersey leben, einen Überraschungsbesuch abstatten. Sie hatte vor einigen Jahren einen Streit mit ihnen und war entschlossen, die Dinge in Ordnung zu bringen. Aber sie wollte ihnen nicht sagen, dass sie kommt, weil sie fürchtete, sie würden das ablehnen. Jedenfalls hat sie einen Sitzplatz in einem späten Zug reserviert und wollte frühmorgens ankommen. Ich habe schon den ganzen Tag versucht, sie anzurufen – die Anrufe gingen direkt auf die Mailbox –, und ich habe bei ihren Eltern nachgefragt. Doch sie sagen, sie sei nicht aufgetaucht.«

Ich habe tatsächlich einige Male Eves Handy angerufen, ebenso wie kurz bei ihren Eltern, falls meine Geschichte überprüft wird. Sie waren überrascht und ein bisschen skeptisch, als ich ihnen sagte, dass Eve vorgehabt habe, sie zu besuchen.

Jedenfalls war das Gespräch schnell beendet. Sie sind nicht gerade angetan von mir.

»Ich verstehe«, sagt Sprague. »Und Sie sagen, sie nahm die S-Bahn in die Stadt?«

Wieder nicke ich. »Ja, Geld ist knapp, und sie wollte für den ganzen Weg in die Stadt kein Taxi nehmen. Sie dachte, so wäre es besser. Ich war auswärts essen, weil sie früh loswollte, um die Bahn zu kriegen.«

Die Kriminalbeamtin legt nachdenklich den Kopf auf die Seite. »Okay, wir haben tatsächlich ihr Auto beim Pendlerbahnhof gefunden, aber sie war nicht da. Und sie hat tatsächlich diese Amtrak-Tickets gekauft, aber es sieht nicht so aus, als ob sie im Zug gewesen wäre. Ihre Tickets wurden nie gescannt.«

Hier kommen meine schauspielerischen Fähigkeiten ins Spiel. Ich schlage die Hand vor den Mund. »Sie machen Witze.«

»Ich fürchte nicht. Und es sieht auch nicht so aus, als hätte sie die S-Bahn genommen, soweit ich sagen kann.«

Ich stolpere rückwärts und halte mich schließlich am Treppengeländer fest. »O mein Gott. Glauben Sie, sie wurde auf dem Pendlerbahnhof überfallen?«

»Das ist eine Möglichkeit, ja.«

»Ich hätte sie niemals allein zum Bahnhof fahren lassen sollen.« Meine Stimme bricht. »Ich habe angeboten, sie zu fahren, aber sie sagte, es sei nicht nötig. Sie wollte mir nie Unannehmlichkeiten bereiten, verstehen Sie?«

Ich sehe die Kriminalbeamtin an, um herauszufinden, ob sie mir irgendetwas von dem, was ich sage, abnimmt. Aber ihre Miene ist undurchdringlich.

»Ich muss Sie das fragen, Mr. Bennett«, sagt sie. »Wo waren Sie gestern Abend?«

»Wie ich schon sagte, da meine Frau nicht zu Hause war, ging ich zum Essen in eine Bar.« Ich bin sicher, die Barkeeperin wird bestätigen, dass ich stundenlang dort war. Ich habe sogar mit ihr geflirtet, obwohl sie nicht mein Typ war. »Ich kam spät nach Hause, und Eve war schon weg.«

»Und wie ist die Beziehung zu Ihrer Frau?«, fragt sie mich. »Haben Sie sich gestritten oder …«

Ich lache laut. »Gestritten? Himmel, nein. Eve und ich führen die glücklichste Ehe von allen Paaren, die ich kenne. Sie können alle unsere Freunde fragen. Tatsächlich …« Ich schlucke, sodass mein Adamsapfel sichtlich hüpft. »Haben wir versucht, ein Kind zu bekommen.«

Spragues Miene ist immer noch ausdruckslos. Ich habe vielleicht Schauspielkurse besucht, aber sie hat das beste Pokerface, das ich je gesehen habe. Es ist schwer zu sagen, ob sie mir den besorgten Ehemann abnimmt oder ob sie mich auf der Liste der Hauptverdächtigen vormerkt. »Und gibt es jemanden, der ihr vielleicht etwas hätte antun wollen?«

Ich zögere absichtlich.

Sie zieht die Augenbrauen hoch. »Mr. Bennett?«

»Ich wollte nicht darauf zu sprechen kommen«, sage ich, »aber Sie werden es früher oder später herausfinden. Es gibt eine Schülerin, die anscheinend einen Groll gegen sie gehegt hat. Ihr Name ist Adeline Severson.«

»Ich verstehe.« Sie zieht ein kleines Tablet aus dem Gürtel und macht sich ein paar Notizen. »Und was genau ist zwischen Ihrer Frau und der Schülerin vorgefallen?«

Ich seufze. »Ich glaube nicht, dass dieses Mädchen etwas damit zu tun hat. Aber die Wahrheit ist, dass es ein bisschen beängstigend war. Eve hat sie dabei erwischt, wie sie bei einem

Test gemogelt hat. Und obwohl sie letztlich nur eine minimale Strafe verhängt hat, scheint es, dass Adeline ihr nicht verziehen hat. Vor zwei Tagen haben wir sie dabei erwischt, wie sie sich abends draußen vor unserem Haus versteckt hat. Aber sie hat es geleugnet, als wir unseren Verdacht gegenüber der Schulleiterin geäußert haben.«

»Hm, hm …«

»Und da ist noch etwas.« Ich gehe hinüber zum Schreibtisch, der in der Ecke des Wohnzimmers steht, und öffne die obere Schublade. Ich hole ein beschriebenes Blatt Papier heraus und gebe es der Kriminalbeamtin. »Das hat sie in Eves Postfach in der Schule gelegt.«

Sprague überfliegt, was auf dem Blatt steht, und atmet hörbar ein. »Das ist eine ernste Sache, Mr. Bennett. Warum sind Sie damit nicht zur Polizei gegangen?«

»Adeline hatte ein schweres Jahr, und die meisten anderen Schüler haben sie ausgegrenzt. Wir wollten ihr Leben nicht noch schwerer machen und haben versucht, es innerhalb der Schule zu regeln.«

Sprague schreibt sich alles auf. Sie unterstreicht sogar einiges. Wenn eine Frau getötet wird, ist der Ehemann oder der Freund – *ich* – immer der Hauptverdächtige. Es sei denn, ein anderer möglicher Täter wird präsentiert.

Ich präsentiere Adeline.

»In Ordnung«, sagt sie schließlich. »Ich werde wohl Miss Severson mal einen Besuch abstatten. Vorher würde ich mich hier gerne kurz umsehen, wenn Sie nichts dagegen haben.«

»Natürlich. Tun Sie das.«

Ich weiß nicht, wonach sie genau sucht. Vielleicht nach der Leiche meiner Frau, ausgestreckt mitten im Wohnzimmer?

Sprague geht schnell ein Mal durchs Wohnzimmer. Dann sieht sie im Badezimmer nach, was äußerst uninteressant ist. Schließlich zeigt sie auf den Raum, in dem ich meine Frau vor weniger als vierundzwanzig Stunden erwürgt habe. »Ist das die Küche?«

»Ja, richtig.«

Sie öffnet die Tür zur Küche, und als sie die Mitte des Raums erreicht hat, fällt ihr Blick auf etwas, das auf dem Boden liegt. Als ich sehe, was es ist, wird mir ganz anders.

66

Nate

Ein weiteres Paar von Eves Pumps. Mitten in der Küche.

Diese Schuhe sind leuchtend blau. Eines ihrer Lieblingspaare. An den Sohlen klebt Dreck.

Mir wird ganz übel. Was machen Eves Schuhe mitten in der Küche? Die Pumps in der Dusche waren schon merkwürdig, aber meine Frau macht ständig merkwürdige Dinge. Doch das hier ist etwas anderes. Ich war vorhin in der Küche, um mir Frühstück zu machen. Wenn die Schuhe da gewesen wären, hätte ich sie ganz sicher bemerkt.

Oder etwa nicht?

»Gehören die Schuhe Ihrer Frau?«, fragt Sprague mich.

»Ja«, bringe ich hervor.

Sie hockt sich neben die Schuhe, während ich versuche, meine Panik in den Griff zu bekommen. »Das sind teure Schuhe«, sagt sie. »Es wundert mich, dass sie sie draußen trägt, wo sie so schmutzig werden.«

»Ich … Ich weiß nicht, was ich sagen soll.«

Ich halte den Atem an und warte auf eine weitere Frage, die ich nicht beantworten kann. Aber zum Glück scheint die Kriminalbeamtin das Interesse an den Schuhen zu verlieren. Ich führe sie durch den Rest des Hauses, muss aber die ganze Zeit an die Schuhe in der Küche denken. Ich kann mich kaum darauf konzentrieren, was unmittelbar vor mir geschieht. Jedes Mal, wenn die Polizistin mich etwas fragt, wirke ich wahrscheinlich nervös und schrecklich schuldig.

Aber ich kann es nicht ändern. Was zum Teufel machen die Schuhe in meiner Küche?

Als ich Detective Sprague endlich zur Tür hinauskomplimentiert habe, schließe ich hinter ihr ab und stolpere fast vor lauter Eile, in die Küche zu kommen. Dort angekommen, stelle ich fest, dass die Hintertür einen Spalt weit offen steht und ein Vogel durch die Öffnung hereingeflogen ist. Der Vogel – klein, mit schwarzen und weißen Federn – pickt jetzt wild an den Absätzen von Eves Schuhen.

Erstaunt starre ich auf die Szene, die sich mir bietet. Ich habe die Hintertür schon ein paarmal offen gelassen, aber noch nie hat sich ein eigensinniger Vogel in die Küche verirrt. Ich hole einen Besen aus dem Schrank und scheuche den Vogel durch den Raum, bis er mir den Gefallen tut und zur Hintertür hinausfliegt.

Dann hocke ich mich neben die Schuhe, um herauszufinden, warum ein Vogel Interesse an einem Paar Wildlederpumps haben sollte. Sie wollen Futter.

Da sehe ich es.

Am Absatz klebt ein Stück zerquetschter Kürbis.

Meine Beine geben unter mir nach, und ich lande hart mit dem Steißbein auf dem Küchenfußboden. In meinem Kopf dreht sich alles, und ich habe Sehstörungen. Ich hätte mir einreden können, dass die Schuhe hier schon die ganze Zeit gelegen haben und ich sie nur nicht bemerkt habe. Die Kriminalbeamtin hat recht – Eve war peinlich darauf bedacht, ihre Schuhe in tadellosem Zustand zu halten, und würde sie niemals so schmutzig werden lassen. Aber vielleicht ist sie in den Regen gekommen, und es ließ sich einfach nicht verhindern. Ich hätte mir das alles einreden können.

Aber der Kürbis. Wie kam ein Stück zerdrückter Kürbis an die Schuhe meiner Frau?

Selbst wenn Eve Schuhe getragen hätte, als wir sie begraben haben – was nicht der Fall war –, ist klar, dass sie nicht aus dem Grab auferstanden und zurück nach Hause gelaufen ist. Mit einem Stück Kürbis, das an den Absätzen klemmt. Das bedeutet, dass jemand anders die Schuhe mitten in der Küche platziert hat, damit ich sie sehe und in Panik gerate.

Und es muss jemand sein, der weiß, was wir letzte Nacht getan haben.

Könnte es Addie sein? Es erscheint unwahrscheinlich, dass sie zu so etwas fähig ist. Aber ich habe sie mitten in der Nacht am Ende der Welt allein zurückgelassen. Vielleicht ist das ihre Rache. Aber es ist nicht ihr Stil. Addie ist ein impulsiver Teenager, und die Vorstellung, dass sie sich in mein Haus schleicht und ein Paar von Eves Schuhen auf dem Küchenfußboden platziert, kommt mir absurd vor.

Es gibt noch eine andere Möglichkeit.

Mir ist schmerzlich bewusst, dass ich in den letzten paar Jahren die sexuellen Bedürfnisse meiner Frau nicht befriedigen konnte. Und natürlich ist mir der Gedanke gekommen, dass sie sich einen Liebhaber genommen hat, um die Lücke zu füllen. Die alte Eve – die, in die ich mich verliebt habe – würde so etwas niemals in Erwägung ziehen. Aber ich glaube, die Frau, mit der ich verheiratet war, wäre dazu fähig.

Wenn sie also eine Affäre mit einem anderen Mann hatte, ist es möglich, dass sie sich ihm anvertraut hat? Und er irgendwie entdeckt hat, was wir ihr angetan haben, und jetzt Rache nehmen will?

Bei allen diesen Möglichkeiten ist mir nicht wohl.

Ich nehme die Pumps vom Boden und wasche die Absätze im Spülbecken mit kochend heißem Wasser ab. Eines ist klar: Wer immer diese Schuhe in die Küche gestellt hat, will mir Angst machen, aber ungern die Polizei einschalten. Wenn jemand belastende Informationen über mich hätte, dann hätte diese Kriminalbeamtin mir Handschellen angelegt, bevor die Lügen über meine Lippen gekommen wären.

Nein, ich bin sicher, ich habe die Oberhand. Solange ich vorsichtig bin, wird niemand herausfinden, was ich getan habe.

67

Addie

Als meine Mutter mich nach unten ruft, zittert ihre Stimme ein wenig.

Ich habe fast den ganzen Nachmittag im Bett gelegen und an die Decke gestarrt, unfähig, die Hausaufgaben zu machen, die wir übers Wochenende bekommen haben. Irgendwann hörte ich, wie meine Mutter aus ihrem Schlafzimmer kam und nach unten ging, aber ich hielt meine Tür geschlossen. Ich kann ihr nicht in die Augen sehen.

Als ich nach unten gehe, bin ich mir vage bewusst, dass ich einen Fleck auf der Brusttasche meines T-Shirts habe und meine Haare sich anfühlen wie ein Rattennest. Auf halber Treppe erstarre ich, als ich eine unbekannte Frau im Trenchcoat in unserem Wohnzimmer stehen sehe.

»Addie«, sagt meine Mutter. »Das ist Detective Sprague. Sie würde dir gerne ein paar Fragen stellen.«

Ich wusste, dass die Polizei mich irgendwann befragen würde, weil ich erst gestern mit Mrs. Bennett im Büro der Schulleiterin war. Aber ich habe nicht damit gerechnet, dass es so bald sein würde. Ich weiß nicht einmal, wie sie so schnell herausgefunden haben, dass sie weg ist. Da Wochenende ist, kann nur eine einzige Person sie als vermisst gemeldet haben.

Nathaniel.

»Hallo, Addie«, sagt die Kriminalbeamtin, als ich langsam den Rest der Treppe hinuntergehe. Sie ist klein, aber ihre Gesichtszüge sind wie aus Stein gemeißelt und ihre Haare am Hinterkopf zu einem festen Dutt zusammengenommen. Obwohl sie zierlich ist, ist sie Furcht einflößend. »Ich muss ein paar Minuten mit dir sprechen, wenn das für dich in Ordnung ist.«

»Ich werde die ganze Zeit dabei sein«, fügt meine Mutter hinzu.

Ich blicke von einer zur anderen und sehe keine Möglichkeit, Nein zu sagen. Deshalb nicke ich.

»Nun, Addie …« Detective Sprague sieht mich mit ihren dunklen Augen prüfend an. Sie wirkt wie eine Frau, die meine Lügen noch besser durchschauen könnte als meine Lehrerin in der vierten Klasse. »Ich bin hier, weil deine Mathelehrerin Mrs. Bennett irgendwann zwischen gestern Abend und heute Morgen verschwunden ist.«

Meine Kehle fühlt sich an wie die Sahara, die wir letzten Monat in der Schule durchgenommen haben. »Oh. Was ist mit ihr passiert?«

»Nun, wir wissen es nicht«, sagt die Kriminalbeamtin geduldig. »Aber bei unseren Nachforschungen sind wir darauf gestoßen, dass du ein paarmal mit Mrs. Bennett aneinandergeraten bist.«

Ich spüre, wie meine Mutter mich anstarrt, ahnungslos, welche Wendung die Dinge genommen haben. Ich weiß nicht, was ich sagen soll, besonders vor meiner Mutter.

Leugne alles.

»Hm«, sage ich. »Ich hatte Probleme im Unterricht, also, keine große Sache. Wir waren keine Feinde oder so.«

Spragues Lippen zucken ganz leicht. »Nein, ich habe nicht angedeutet, dass ihr Feinde wart. Aber sie hat der Schulleiterin gesagt, dass sie dich dabei erwischt hat, wie du Donnerstagabend vor ihrem Haus herumgeschnüffelt hast.«

Leugne alles. »Das stimmt nicht. Ich habe nicht hinter ihr herspioniert. Ich war den ganzen Abend zu Hause.«

»Das stimmt, Detective«, sagt meine Mom. »Ich war Donnerstagabend mit ihr zusammen. Sie war nicht weg.«

»Dann war sie die ganze Nacht nicht außerhalb Ihrer Sichtweite?«

Meine Mutter zögert. »Na ja, sie ist sechzehn. Ich denke nicht, dass es nötig ist, sie die ganze Zeit im Auge zu behalten. Irgendwann ist sie in ihr Zimmer gegangen …«

»Dann ist es also möglich, dass sie das Haus verlassen hat?«

Meine Mutter sieht erst mich und dann wieder die Kriminalbeamtin an. »Ich schätze, es ist *möglich*, ja.«

»Noch etwas …« Sprague greift in die Tasche ihres Trenchcoats, zieht ein zusammengefaltetes Blatt Papier heraus und gibt es mir. »Hast du das an Mrs. Bennett geschrieben?«

Mom beugt sich über meine Schulter, um mitzulesen. Ich bekomme weiche Knie, als ich das wütende Gekritzel lese. Nein. Oh nein.

Das kann nicht sein.

Ich würde dir am liebsten die Augen auskratzen und dann heiße Kohlen in die Augenhöhlen stopfen. Ich würde dir am liebsten mit meinem Stift in den Hals stechen …

Meine Mutter schlägt die Hand vor den Mund. »Addie!«

»Hast du das geschrieben?«, fragt mich die Kriminalbeamtin.

Es ist sinnlos zu lügen. Meine Mutter kennt meine Handschrift, also weiß sie, dass ich es geschrieben habe. »Ja«, gebe ich zu. »Aber es war nicht … Ich meine, ich habe es geschrieben, aber ich habe es nicht an Mrs. Bennett geschrieben.«

Spragues Augenbrauen schießen nach oben. »An wen hast du es geschrieben?«

»Ich hab es niemandem geschrieben«, sage ich. »Es war … es war eine Hausaufgabe für den Englischkurs.«

Ich denke daran, wie ich den Brief geschrieben habe, als ich so wütend auf Kenzie war, weil sie meine Sachen aus dem Schrank im Umkleideraum gestohlen hatte. Und wie Nate mir die Hausaufgabe gab, einen Brief an sie zu schreiben, in dem ich meine Wut ausdrücke. Ich habe nichts davon ernst gemeint. Ich habe nur … dramatisiert. Ich wollte ihn beeindrucken.

»Eine *Hausaufgabe*?«, sagt Mom ungläubig.

»Ja, also …« Ich kratze an meinem Ellbogen. »Ich sollte einen Brief an jemanden schreiben, auf den ich wütend bin. Aber ich habe ihn nie jemandem gegeben. Es war kein echter Brief.«

»Eine Hausaufgabe.« Sprague runzelt die Stirn. »Also, dann … hatten andere Schüler dieselbe Hausaufgabe? Werden sie sich daran erinnern, wenn ich sie danach frage?«

»Nein, es war nur meine.«

Die Kriminalbeamtin sieht mich komisch an, aber sie befragt mich dazu nicht weiter. Ich bin mir nicht sicher, ob das gut oder schlecht ist.

»Dann muss ich dich fragen, Addie, wo du gestern Abend warst.«

»Zu Hause«, sage ich schnell.

Sie sieht meine Mutter an. »Sie auch?«

Meine Mutter ist rot geworden. »Ich bin Krankenschwester und hatte Nachtschicht.«

Die Falte zwischen ihren Augenbrauen, die sie immer bekommt, wenn sie sich Sorgen um mich macht, ist jetzt eine Furche. Sie hat mich im letzten Jahr häufig so angesehen.

»Und …« Sprague richtet sich jetzt an meine Mutter. »Sind Sie mit dem Auto zur Arbeit gefahren?«

Sie runzelt verwirrt die Stirn. »Ja.«

»Und haben Sie noch ein zweites Auto?«

»Wir haben …« Meine Mutter blickt zur Tür, die in die Garage führt. »Das Auto meines verstorbenen Mannes steht in der Garage. Aber niemand benutzt es.«

Sie behauptet, sie habe das Auto für mich behalten, aber in Wirklichkeit will sie sich einfach nicht von seinen Sachen trennen. Ich wette, jetzt wünscht sie, sie hätte es verkauft.

»Dann hattest du gestern Abend Zugang zu dem Auto?«, fragt Sprague mich.

Bevor ich antworten kann, mischt meine Mutter sich ein. »Aber sie hat keinen Führerschein, nur einen Lernführerschein.«

Detective Sprague hebt eine Augenbraue. Sie weiß besser als jeder andere, dass das Fehlen eines Führerscheins Teenager nicht davon abhält, sich hinters Steuer zu setzen. »Aber das Auto stand in der Garage.«

»Ja«, sagt Mom leise.

Ich weiß jedoch nicht, warum die Kriminalbeamtin das gefragt hat. Warum interessiert es sie, ob ich Zugriff auf ein Auto habe? Ich habe gestern Abend nicht das Auto meines Vaters benutzt. Der einzige Grund dafür, dass ich gestern Abend ein Auto gebraucht hätte, wäre …

Wenn ich es allein getan hätte.

Ein schreckliches, schwindelerregendes Gefühl überkommt mich. Detective Sprague tut so, als hätte sie den Brief einfach gefunden, aber ich bin mir ziemlich sicher, dass sie ihn von Nathaniel bekommen hat. Es ist die einzige Möglichkeit. Und da die Schule heute geschlossen ist, muss er ihr erzählt haben, dass ich gesehen wurde, wie ich um ihr Haus geschlichen bin.

Und er hat mich da draußen zurückgelassen.

Treibt Nathaniel ein abgekartetes Spiel mit mir, um mir den Mord an seiner Frau in die Schuhe zu schieben? Alles, was die Kriminalbeamtin sagt, scheint darauf hinzudeuten. Aber ich kenne Nathaniel, das würde er niemals tun. Alles, was er letzte Nacht getan hat, hatte den Zweck, mich zu schützen – damit ich nicht ins Gefängnis gehe.

Aber ich muss ständig an die bösen roten Male an Mrs. Bennetts Kehle denken.

»Addie«, sagt Detective Sprague in überraschend sanftem Tonfall. »Hast du eine Ahnung, was Mrs. Bennett gestern Abend passiert ist?«

Sprague und meine Mutter starren mich an. Ich schüttele wortlos den Kopf.

Sprague seufzt. »In Ordnung, Addie. Das ist vorerst alles. Aber es könnte sein, dass du später aufs Revier kommen musst. Wir werden noch weitere Fragen haben.«

»Addie würde niemals jemandem etwas antun«, sagt meine Mutter. »So ist sie nicht.«

Die Kriminalbeamtin lächelt kurz, sagt aber nichts. Sie weiß genauso gut wie ich, dass das nicht stimmt.

68

Addie

Nachdem Detective Sprague gegangen ist, sieht meine Mutter aus, als würde sie gleich einen Schlaganfall bekommen. Alle Farbe ist aus ihrem Gesicht gewichen, und ich bin ziemlich sicher, dass ihre verbliebenen braunen Haare weiß werden.

»Addie«, stößt Mom hervor. »Was war *das*? Was hast du *getan*?«

Leugne alles.

Ich senke den Blick, spiele mit einer Locke meiner unordentlichen Haare. Es würde mich nicht überraschen, wenn meine eigenen Haare weiß sind, bevor das alles hier vorbei ist. »Ich habe nichts gemacht. Ich war die ganze Nacht hier.«

»Sag mir die Wahrheit, Adeline.«

Meine Mutter durchschaut mich sofort, wenn ich lüge, deshalb probiere ich eine andere Strategie. »Hör zu, sie denkt, ich wäre mit dem Auto irgendwohin gefahren. Aber ich wette, dass das Auto in der Garage gar nicht anspringt. Wir haben es so lange nicht benutzt, ich wette, die Batterie ist leer.«

Das letzte Mal, dass meine Mutter mit dem Auto gefahren ist, ist mindestens zwei Monate her, als sie vorhatte, es zu verkaufen. Letzten Endes beschloss sie, ich könne damit fahren. Obwohl mir bei dem Gedanken, das Auto dieses Mannes zu fahren, ganz übel wird.

»Vielleicht«, sagt sie langsam. Sie blickt wieder zur Garagentür. »Gut. Ich werde es ausprobieren.«

Mein Herz schlägt schneller, als sie die Autoschlüssel aus dem Bücherschrank nimmt, wo sie sie aufbewahrt. Ich laufe hinter ihr her, als sie zur Garage geht. Wortlos schließt sie die Tür auf und setzt sich auf den Fahrersitz. Sie fummelt kurz mit dem Schlüssel herum, bevor sie ihn ins Zündschloss steckt.

»Mom«, sage ich und merke, dass ich den Atem anhalte. Sie ist so lange nicht mehr mit dem Auto meines Vaters gefahren. Ich wette, es springt nicht an. Und dann bin ich aus dem Schneider, oder? Wenn ich letzte Nacht kein Auto hatte, konnte ich Mrs. Bennett nichts antun.

Langsam dreht sie den Schlüssel.

Der Motor heult so laut auf, dass ich einen Schritt zurücktrete. Die Garage füllt sich schnell mit Abgasen. Sie sollte ihn jetzt wirklich wieder ausmachen, aber stattdessen sitzt sie da und starrt mit glasigen Augen durch die Windschutzscheibe, während sich um sie herum immer mehr Gas ausbreitet.

»Ich hatte keine Ahnung, dass er anspringen würde«, sage ich flehend.

Schließlich macht sie den Motor aus, zieht den Schlüssel aus dem Zündschloss und steigt aus. Sie sieht mir direkt in die Augen.

»Was ist passiert, Adeline? Ich will die Wahrheit hören.«

»Nichts«, sage ich leise. »Ich war zu Hause.«

»Hast du Mrs. Bennett etwas angetan?«

»Nein, ich … würde niemals …«

Alles, was ich sonst noch sagen würde, wäre eine komplette Lüge. Ich habe mit meinen sechzehn Jahren schreckliche Dinge getan. Ich habe meinen Vater die Treppe hinuntergestoßen. Ich habe Mr. Tuttle gestalkt. Ich habe mit meinem Lehrer geschlafen. Ich habe Mrs. Bennett mit einer Bratpfanne geschlagen.

Aber ich bin mir nicht mehr sicher, ob ich sie getötet habe.

»Bitte sag mir die Wahrheit, Addie.« Die Stimme meiner Mutter bricht. »Ich kann dir nicht helfen, wenn du mir nicht die Wahrheit sagst.«

Ich frage mich, was passieren würde, wenn ich ihr alles erzählen würde. Wenn ich ihr von meiner Affäre mit Nathaniel erzählen würde. Davon, wie ich gestern Abend zu Mrs. Bennetts Haus gegangen bin und Eve Bennett mit einer Bratpfanne auf den Kopf geschlagen habe. Was würde sie tun, wenn ich ihr alles erzählen würde?

Ehrlich gesagt bin ich mir nicht sicher, ob ich es wissen will.

Letzten Endes wird Nathaniels Wort gegen meins stehen. Und er wird *alles leugnen.*

69

Nate

Ein paar Stunden später, kurz bevor ich ins Bett gehen will, bekomme ich noch einen Anruf von Detective Sprague.

Wie erwartet haben sie Eve bisher noch nicht gefunden. Nach gründlicher Überprüfung sind sie sicher, dass sie nicht die S-Bahn genommen hat, was ebenfalls zu erwarten war. Alle diese Wege sollten zu Addie führen.

»Außerdem«, fügt sie hinzu, »habe ich mit Adeline Severson gesprochen.«

Addie. Ich frage mich, was sie gedacht haben muss, als die Polizei bei ihr aufgetaucht ist. Ich bin froh, dass sie nicht glaubwürdig ist. »Oh?«

»Ich bin sicher, dass sie etwas mit dem Verschwinden Ihrer Frau zu tun hat«, sagt Sprague. »Ich werde morgen noch einmal mit ihr sprechen. Und ich werde versuchen, zu Ihrer Schulleiterin Kontakt aufzunehmen.«

»Gut«, sage ich.

Higgins wird der Kriminalbeamtin alles erzählen, was Addie letztes Jahr getan hat. Das und der Brief, den ich aufbewahrt habe, wird sie äußerst unberechenbar erscheinen lassen. Wenn sie Eves Leiche irgendwann ausgraben, wird alles auf sie hindeuten. Ihre Fingerabdrücke sind sogar überall in Eves Auto.

Ich muss mich nur so weit wie möglich von ihr distanzieren. Ich bin mir ziemlich sicher, dass sie niemandem von uns erzählt hat. Eve war die Einzige, die davon wusste, und den Snapflash-Account, der uns verband, habe ich gelöscht.

Tut mir leid, Addie, einer von uns muss die Schuld dafür auf sich nehmen, und das kann nicht ich sein.

»Ich werde mich morgen wieder bei Ihnen melden«, verspricht Detective Sprague.

»Danke«, sage ich und lasse meinen Charme spielen. Ich kann nicht direkt mit ihr flirten, das wäre ein bisschen unpassend, aber je mehr sie mich mag, desto weniger wird sie mich verdächtigen. »Was immer Sie tun können, um meine Frau zu finden …«

»Wir werden die Wahrheit darüber herausfinden, was mit Ihrer Frau passiert ist«, verspricht sie mir. »Halten Sie durch, Mr. Bennett.«

»Nate«, korrigiere ich sie mit erstickter Stimme. Ich ziehe es vor, Nate genannt zu werden, obwohl mir die Art gefiel, wie Addie mich *Nathaniel* nannte, in diesem bewundernden Tonfall.

Nachdem wir aufgelegt haben, putze ich mir im Badezimmer die Zähne und summe dabei wie immer »All Shook Up«. Ich spritze mir Wasser ins Gesicht, ziehe mein Unterhemd aus und gehe ins Bett. Als ich gerade unter die Decke schlüpfe, höre ich es.

Jemand klingelt an der Haustür.

Könnte es Detective Sprague sein? Nein, unwahrscheinlich. Wir haben gerade erst aufgelegt. Es muss jemand anders sein. Ich sehe auf meine Armbanduhr – es ist fast elf Uhr. Wer könnte mich um diese Zeit aufsuchen?

Ich ziehe mir das Unterhemd wieder über den Kopf und schnappe mir sicherheitshalber meinen Bademantel. Als ich die Treppe hinuntertappe, knarrt jede Stufe, wenn meine bloßen Füße sie berühren. Unser Haus ist so alt, dass jede Fliese und jede Diele einen einzigartigen Klang hat. Wer durch unser Wohnzimmer geht, könnte eine Sinfonie produzieren.

Wieder höre ich ein Geräusch. Diesmal ist es ein Pochen an der Tür. Nein, mehr ein *leichtes Klopfen*.

Ein Besuch wohl noch, den der Zufall führet her.

Wenn wieder niemand an der Tür ist, verliere ich noch den Verstand.

Ich spähe zuerst durch den Spion. Meine Nerven sind kurz vorm Zerreißen, als ich niemanden dort stehen sehe. Aber das muss nicht unbedingt etwas bedeuten. Es könnte eine Paketzustellung gewesen sein.

Um elf Uhr abends an einem Samstag.

Ich öffne mit pochendem Herzen die Tür, aber es beruhigt sich etwas, als ich das braune Amazon-Paket vor der Haustür sehe. Es war nur eine Paketzustellung. *Ein Besuch und sonst nichts mehr.*

Ich hebe das Paket auf und trage es zum Couchtisch. Ich habe keine Ahnung, was es ist, aber ich bestelle oft genug etwas. Das Letzte, was ich bestellt habe, war eine Kaffeemaschine, da die jetzige nicht richtig funktioniert. Es wird angenehm sein, zu Hause wieder einen anständigen Kaffee trinken zu können. Ich zerreiße das Klebeband am Paket, und …

Es ist keine Kaffeemaschine, sondern ein Paar Damenschuhe.

Knallrot mit hohen, spitzen Absätzen. Eve muss sie vor ihrem Tod bestellt haben. Natürlich hat sie das. Eve hat ständig

Schuhe bestellt. Aber anders als die anderen wird dieses Paar umgehend an Amazon zurückgeschickt. Als ich sie aus dem Karton nehme, gefriert mir jedoch das Blut in den Adern. Ich lasse sie fallen, als hätte ich mir die Hand verbrannt, als ich merke, was ich vor mir habe.

Die Sohlen sind mit Schmutz bedeckt.

Großer Gott.

Zitternd am ganzen Körper, springe ich vom Sofa, renne zurück zur Haustür und reiße sie so heftig auf, dass die Angeln quietschen. Ich starre hinaus, kneife die Augen zusammen, während ich nach Zeichen für Bewegung suche, sehe aber nichts. Nicht mal ein Eichhörnchen.

Dunkel da und sonst nichts mehr.

»Ich weiß, dass du da draußen bist«, rufe ich, so laut ich kann. »Ich lasse mich *nicht* einschüchtern.«

Schweigen.

»Addie?«

Nur ein kalter Windstoß, der mich bis auf die Knochen frieren lässt, antwortet mir. Ich ziehe den Bademantel um die Brust.

»Eve«, flüstere ich.

Wieder keine Antwort.

Ich schlage die Tür zu und lehne mich mit meinem ganzen Gewicht dagegen. Meine tote Frau verfolgt mich *nicht* aus dem Grab heraus. Das ist das Einzige, was ich sicher weiß. Ich habe nie an ein Leben nach dem Tod geglaubt. Wenn man tot ist, ist man tot.

Aber wer hat dann die schmutzigen Schuhe vor meine Tür gestellt?

Mir fällt ein, dass es noch eine Person gibt, die es getan

haben könnte. Außer Addie oder Eve oder Eves geheimnisvollem Liebhaber oder dem Geist meiner toten Frau. Es gibt noch eine andere Person, die genug weiß, um mich fertigzumachen, und wenn diese Person es auf mich abgesehen hat, stecke ich in größten Schwierigkeiten.

70

Nate

Es ist nicht überraschend, dass ich grauenhaft schlafe.

Ich wälze mich hin und her, und wenn ich tatsächlich einschlafe, träume ich von Eve, die wie ein Zombie aus ihrem Grab auf dem Kürbisfeld steigt, in roten Stilettos, mit denen sie mich dann verprügelt. Unnötig zu sagen, dass jede Kindheitserinnerung, die ich an das Kürbisfeld habe, gründlich zerstört ist.

Ich quäle mich schließlich aus dem Bett und mache mir einen Instantkaffee, da die Kaffeemaschine immer noch kaputt und die neue noch nicht angekommen ist. Ich habe die Tasse fast ausgetrunken, als es an der Tür klingelt.

Wenn es wieder ein Paket mit schmutzigen Schuhen ist, bin ich am Ende.

Ich schlurfe zur Haustür und spähe durch den Spion. Diesmal steht Detective Sprague davor. Hoffentlich hat sie gute Nachrichten für mich.

Als ich die Tür öffne, scheint die Kriminalbeamtin erschrocken über mein Aussehen. Ich vermute, gestern wirkte ich gefasster. Gestern habe ich die Rolle des derangierten, besorgten Ehemanns nur gespielt. Heute ist es echt. Ich habe es noch nicht einmal geschafft, zu duschen oder mich anzuziehen.

»Könnte ich reinkommen, Mr. Bennett?«, fragt sie.

Ich unterdrücke ein Gähnen. Gestern habe ich sie gebeten, mich Nate zu nennen, aber ich habe nicht die Energie, sie ein zweites Mal zu korrigieren. »Ja, bitte.«

Ich trete zurück, um sie ins Wohnzimmer zu lassen, und frage mich, ob ich vorschlagen sollte, auf der Couch Platz zu nehmen, aber ich will nicht, dass wir es uns zu gemütlich machen.

»Irgendetwas Neues über Eve?«, frage ich.

Sprague schüttelt langsam den Kopf. »Ich fürchte nicht. Aber ich habe heute Morgen mit Debra Higgins gesprochen.«

Gut. Ich bin sicher, das Gespräch hat dazu beigetragen, Addie als eine ihrer Hauptverdächtigen zu betrachten.

Die Kriminalbeamtin legt den Kopf auf die Seite, ihre Miene ist undurchdringlich. »Wieso haben Sie mir nicht erzählt, dass Adeline Severson in Ihrem Englischkurs war?«

Ich kratze mir die Bartstoppeln am Kinn und halte bei der Frage wie erstarrt inne. »Wie bitte?«

»Sie sagten, Adeline sei eine von Eves Schülerinnen«, erinnert sie mich. »Aber Sie haben nicht erwähnt, dass sie auch Ihre Schülerin war.«

»Spielt das eine Rolle? Eve ist diejenige, gegen die sie einen Groll hegte.«

»Ja, aber Sie haben so getan, als würden Sie sie kaum kennen. Aber sie war nicht nur in Ihrem Kurs, sondern schrieb auch für die Lyrikzeitschrift, die Sie als Fachlehrer betreuen.«

Mir gefällt der scharfe, argwöhnische Unterton in ihrer Stimme nicht. Ich muss das sofort im Keim ersticken. »Tut mir leid, wenn ich den Eindruck erweckt habe. Natürlich kenne ich Addie. Ihre Leistungen in meinem Kurs waren immer ausreichend.«

»Nur ausreichend?«

Ich hebe eine Schulter. »Sie war gut. Ich hatte keine Probleme mit ihr.«

Detective Sprague sieht mich so prüfend an, dass es mich sehr viel Selbstbeherrschung kostet, mich nicht zu winden. »Mr. Bennett«, sagt sie. »Hatten Sie oder Ihre Frau jemals eine außereheliche Affäre?«

»Nein«, sage ich – zu schnell. »Absolut nicht. Ich meine, ich ganz sicher nicht.«

»Aber Sie sind sich bei ihr nicht sicher?«

»Ich … äh …« Ich zupfe am Kragen meines Bademantels. »Ich glaube nicht, aber man weiß nie.«

Hatte Eve eine Affäre? Hat sie ihrem Liebhaber von meiner Untreue erzählt, und fordert er jetzt Vergeltung für sie?

»Es ist also möglich«, sagt sie.

»Ich … ich weiß nicht.« Ich reibe mir die Augen mit den Handballen. »Tut mir leid, Detective. Ich habe letzte Nacht vor Sorge um Eve nicht gut geschlafen. Es fällt mir im Moment schwer, klar zu denken.«

Sie nickt mitfühlend. »In Ordnung. Ich lasse Ihnen etwas Zeit.«

Ich würde am liebsten auf die Knie fallen und Gott dafür danken, dass diese Frau wieder geht. Meine Schläfen beginnen zu pochen, und ich brauche dringend eine heiße Dusche.

»Ich komme später wieder«, fügt Sprague hinzu.

»Oh«, sage ich schwach. »Ja. Okay.«

»Oder wollen Sie lieber aufs Revier kommen?«

Bei der Vorstellung, die Polizeistation zu betreten, wird mir ganz elend. »Ich werde den ganzen Tag hier sein. Sie können vorbeikommen.«

Detective Sprague wirft mir noch einen letzten Blick zu. Sie ist mir auf der Spur. Ihr Bauchgefühl sagt ihr, dass da mehr ist, als ich ihr verraten habe, aber sie hat keinen Beweis. Und ohne Beweis kann sie mir absolut nichts anhaben.

71

Addie

Ich hasse die Art, wie meine Mutter mich ansieht.

So sieht sie mich an, seit ich bei Mr. Tuttles Haus aufgegriffen wurde. Nein, ehrlich gesagt sieht sie mich so an, seitdem mein Vater als zerknautschter Haufen am Fuß unserer Treppe gefunden wurde. Sie verstand nicht, warum ich nicht trauriger darüber war, dass er tot war. Und ein paar Tage nach der Beerdigung sagte sie zu mir: *Ich dachte, du wolltest an dem Abend zu Hause lernen. Hast du das nicht gesagt?*

Als ob sie es wüsste. Sie wusste, dass ich es war, die ihn gestoßen hat.

Und jetzt weiß sie, dass ich etwas mit dem Verschwinden von Mrs. Bennett zu tun habe.

Ich weiche ihrem Blick aus, nehme meine Jacke und mache einen Spaziergang. Es soll heute Abend regnen, aber bisher nieselt es nur ein bisschen. Ich setze die Kapuze auf, um meine Haare vor der Feuchtigkeit zu schützen, aber die feinen eiskalten Regentropfen treiben mir ins Gesicht. Es ist unangenehm, fühlt sich aber auch gut an, falls das Sinn ergibt.

Im Internet gibt es einige Berichte über Mrs. Bennetts Verschwinden, aber ich habe nur ein paar kurze Blicke darauf geworfen. Es fällt schwer zu lesen, was passiert ist. Ich habe ein paar Textnachrichten von Schülern bekommen, die vorher nie daran interessiert waren, mit mir befreundet zu sein, und die jetzt versuchen mich auszufragen. Und eine weitere Textnachricht von Hudson.

Hudson: Geht's dir gut?

Ich antworte auf keine davon.

Ich frage mich, ob Hudson mit der Polizei über das gesprochen hat, was er weiß. Er hat versprochen, niemandem ein Wort zu sagen. Aber das war, bevor er wusste, dass er Komplize eines schweren Verbrechens sein könnte. Ich würde ihm keinen Vorwurf machen, ehrlich.

Während ich mich langsam ein paar Blocks von zu Hause entferne, bemerke ich ein schwarzes Auto, das langsam neben mir fährt. Ich gehe ein bisschen schneller und senke den Kopf, und das Auto passt sich meinem Tempo an. O Gott, was jetzt?

Das Auto hält vor mir am Straßenrand an, und der Motor geht aus. Einen Moment lang überlege ich wegzulaufen. Dann steigt Detective Sprague aus dem Wagen. Noch immer denke ich, ich sollte vielleicht weglaufen.

»Addie!«, ruft sie.

Ich bleibe stehen, weil ich denke, dass man das muss, wenn ein Polizist einen dazu auffordert. Ich stehe im Nieselregen da, die Hände in den Taschen, und sage nichts.

Sprague geht schnell um ihr Auto herum, bis sie mir gegenübersteht. Ich bin nicht gerade groß, aber sie muss den Kopf neigen, um zu mir hochzusehen. »Addie, ich würde gerne mit dir reden.«

»Meine Mutter sagt, ich sollte nicht mit Ihnen reden, wenn sie nicht dabei ist.«

»Richtig.« Die Kriminalbeamtin nickt. »Ein guter Rat. Aber ich will inoffiziell mit dir reden. Es ist wichtig, weil ich versuche, Eve Bennett zu finden. Ich mache mir Sorgen, dass ihr etwas Schlimmes passiert ist.«

Ich weiß nicht, was ich dazu sagen soll, deshalb halte ich den Mund.

Detective Sprague hat keine Kapuze, deshalb fällt der Regen direkt auf ihre schwarzen Haare. Sie scheint es nicht zu bemerken, oder es ist ihr egal. Mit ihren dunkelbraunen Augen blickt sie mir unverwandt ins Gesicht. »Ich habe herausgefunden, dass Nathaniel Bennett dein Englischlehrer war.«

Das scheint eine harmlose Bemerkung zu sein, deshalb nicke ich.

»Und du hast auch bei der Lyrikzeitschrift mitgemacht, die er betreut, stimmt's?«

Wieder nicke ich.

»Also, das hier ist inoffiziell, Addie, wie ich schon sagte.« Sie blinzelt zu mir hoch, auf ihren Wimpern sind Regentropfen. »War etwas zwischen dir und Nathaniel Bennett?«

Leugne alles. Selbst wenn Nathaniel mich verraten hat – ich glaube immer noch nicht, dass er es tun würde –, weiß ich, dass es besser für uns beide ist, wenn diese Sache geheim bleibt. »Nein.«

»Ich bin sicher, falls doch«, fährt sie fort, als hätte ich nicht geantwortet, »hat er dir gesagt, es unter allen Umständen geheim zu halten. Ich verstehe, warum er dir das gesagt hat. Aber du musst begreifen, dass es nicht in deinem Interesse ist. Es wäre in deinem Interesse, ehrlich zu mir zu sein. Und ich weiß, es könnte unangenehm sein, mir so etwas in Gegenwart deiner Mutter zu erzählen. Deshalb wollte ich allein mit dir sprechen.«

»Es ist nichts zwischen mir und Mr. Bennett«, sage ich ruhig.

»Aber wenn«, sagt sie, »sollte dir klar sein, dass es nicht deine Schuld ist. Er ist ein Erwachsener – dein *Lehrer* –, und irgendeine Art sexueller Beziehung anzufangen, wäre äußerst unprofessionell von ihm. Du wärst nicht schuld.«

Sie versteht es nicht. Sie könnte niemals verstehen, welche Verbindung zwischen mir und Nathaniel besteht. Wir sind Seelenverwandte. Er hat mich nicht ausgenutzt – ich wollte es genauso sehr wie er, vielleicht sogar noch mehr. Er hat gesagt, kein anderer Erwachsener würde es verstehen, und er hatte recht.

»Zwischen mir und Mr. Bennett ist nichts«, sage ich mit zusammengebissenen Zähnen. »Und wie gesagt, Sie dürfen nicht mit mir sprechen, wenn meine Mutter nicht dabei ist.«

Detective Sprague wirft mir einen enttäuschten und zugleich traurigen Blick zu. Ich fühle mich einen Moment lang schlecht, denn sie scheint eine gute Polizistin zu sein, die engagiert in ihrem Job ist. Und es scheint, als wäre ich ihr nicht egal. Aber andererseits will sie unbedingt herausfinden, was mit Mrs. Bennett passiert ist. Es ist nicht ihr Job, darauf Rücksicht zu nehmen, was das Beste für mich ist. Sie lässt es so aussehen, als hätte Nathaniel mich manipuliert, aber in Wirklichkeit macht sie dasselbe. Im Übrigen gibt es keinen Beweis dafür, dass zwischen ihm und mir etwas war.

»Du solltest wissen, Addie«, sagt sie ruhig, »dass Nathaniel Bennett dich als Stalkerin darstellt, die allein gehandelt hat. Er versucht, uns glauben zu machen, dass du Mrs. Bennett zum Parkplatz am Pendlerbahnhof gefolgt bist, sie getötet und dann ihre Leiche entsorgt hast. Wenn du dich nicht verteidigst, wird das die einzige Geschichte sein, die jeder hören wird.«

Stimmt das? Ich glaube es nicht. Sie lügt – das würde er mir nie antun.

Richtig?

Detective Sprague wühlt in der Tasche ihres Trenchcoats, bis sie eine kleine Karte findet, die sie mir hinhält. »Das ist meine Karte. Ich habe meine Handynummer auf die Rückseite geschrieben. Ruf mich jederzeit an, wenn du mit mir reden willst. Ich meine es ernst.«

Ich nehme die Karte, sage aber nichts.

Sie wirft mir einen letzten Blick zu, steigt dann wieder in ihr Auto und fährt davon. Nachdem sie weg ist, blicke ich auf die Karte, die sie mir gegeben hat. Ich drehe sie um. Ihre zehnstellige Handynummer ist mit schwarzer Tinte geschrieben. Ich starre auf die Ziffern, die langsam im Regen verwischen.

72

Addie

Irgendwann muss ich nach Hause zurückkehren, weil meine Jeans vom Regen pitschnass ist und ich zudem in eine große Pfütze getreten bin, sodass meine Sneaker voll Wasser sind.

Meine Mom sitzt auf dem Sofa im Wohnzimmer und ist mit ihrem Handy beschäftigt. Als ich das Haus betrete, sieht sie mich scharf an. »Wo warst du?«

»Nur spazieren.« Ich ziehe meine durchnässten Sneaker aus. »An keinem bestimmten Ort.«

Sie zieht die Augenbrauen hoch. »Du bist nirgendwohin gegangen?«

»*Nein.*«

»Denn wenn du …«

»Bin ich nicht.« Aber ich erzähle ihr nicht, dass Detective Sprague mich abgepasst hat, oder von der Visitenkarte in meiner Jackentasche. »Es war nur ein Spaziergang. Im Ernst, Mom.«

»Ich mache mir nur Sorgen.« Sie legt das Handy hin, steht auf und kommt zu mir. Sie ist im letzten Jahr alt geworden. Ich fand immer, dass meine Mom jünger und hübscher aussieht als die meisten Mütter, aber jetzt sieht sie aus, als könnte sie schon Großmutter sein. »Was sie dir zur Last legen, ist schwerwiegend. Das musst du verstehen.«

»Ich weiß.«

Ihre Augen werden feucht. »Addie, bitte sag's mir – ich werde nicht wütend. Weißt du, was mit Mrs. Bennett passiert ist?«

Das Bedürfnis, ihr alles zu erzählen, ist beinahe unwiderstehlich. Wenn ich als Kind das Gefühl hatte, dass irgendetwas nicht in Ordnung war, konnte meine Mom mich in den Arm nehmen, und alles war wieder gut. Aber das hier kann sie unmöglich wieder in Ordnung bringen. Es gehört zum Erwachsenwerden festzustellen, dass deine Eltern diese Fähigkeit nicht mehr haben. »Nein.«

Leugne alles.

Sie wischt sich mit dem Handrücken über die Augen. »Du weißt, ich bin auf deiner Seite. Aber ich kann dir nicht helfen, wenn ich nicht weiß, was passiert ist.«

Ich öffne den Mund, weiß aber nicht, was ich sagen soll. Aber alles, was ich sagen könnte, wäre durch das Klingeln an der Haustür unterbrochen worden.

Oh nein. Ich wette, es ist Detective Sprague. Ich wette, sie ist hier, um mich festzunehmen oder so.

»Ich mach auf«, sage ich.

Ich gehe schnell zur Haustür und öffne sie, ohne vorher nachzusehen, wer es ist. Als ich sehe, wer vor mir steht, bleibt mir der Mund offen stehen. Von allen Menschen, die ich an unserer Haustür erwartet habe, ist sie die Letzte

Kenzie Montgomery.

73

Addie

Kenzie Montgomery.

Toll.

Nicht genug, dass die Polizei wegen Mordes gegen mich ermittelt. Jetzt steht auch noch meine schlimmste Feindin vor meiner Haustür, vermutlich um mich zu quälen. Der Tag wird immer besser.

Kenzie trägt eine weiße Jacke, die ich schon mal an ihr gesehen habe, aber jetzt ist sie vom inzwischen ziemlich starken Regen klitschnass. Ihre blonden Haare kleben an ihrem Kopf, und ihre Wangen sind knallrot. So habe ich sie noch nie gesehen.

»Was machst du hier?«, frage ich in absichtlich gereiztem Tonfall.

Kenzie streicht sich ein paar nasse Haarsträhnen aus dem Gesicht. »Ich muss mit dir reden. Kann ich reinkommen?«

Ein Teil von mir ist versucht, Nein zu sagen. Sie ist der letzte Mensch, mit dem ich mich jetzt auseinandersetzen will. Aber da ist etwas in ihren blauen Augen, das mich davon abhält, ihr die Tür vor der Nase zuzuknallen. Deshalb nicke ich und trete zur Seite, um sie hereinzulassen.

Unter Kenzie bildet sich eine kleine Pfütze in unserem Flur, und ich zögere, sie weiter hereinzubitten. Meine Mutter geht stillschweigend zum Flurschrank, nimmt ein Handtuch heraus und gibt es ihr.

»Ich bin Addies Mom«, sagt sie. »Wie kann ich dir helfen?«

Kenzie blickt zwischen mir und meiner Mutter hin und her und kaut dann an ihrem Daumennagel. Ich bin schockiert, dass sie diese schlechte Angewohnheit hat, und bemerke jetzt zum ersten Mal, dass alle ihre Fingernägel stark heruntergekaut sind.

»Kann ich allein mit dir sprechen, Addie?«, sagt sie. »Bitte?«

Ich sehe hinüber zu meiner Mutter, die anscheinend nur ungern gehen will, aber schließlich nickt sie und geht nach oben. Die Chancen stehen fünfzig zu fünfzig, dass sie vom oberen Treppenabsatz aus lauschen wird, aber daran kann ich nichts ändern. Die Wände in diesem Haus sind ohnehin dünn.

Sobald meine Mutter außer Sichtweite ist, gehen Kenzie und ich ins Wohnzimmer, setzen uns aufs Sofa und lassen dabei möglichst viel Platz zwischen uns. Ich traue Kenzie nicht. Sie hat mir im letzten Halbjahr das Leben zur Hölle gemacht. Ich kann mir nur vorstellen, dass sie mich noch mehr schikanieren will, und dazu bin ich wirklich nicht in der Stimmung.

»Was gibt's?«, frage ich.

»Hör zu.« Kenzie wirft sich ein paar nasse Haarsträhnen über die Schulter. »Ich will mich für alles, was ich dir dieses Jahr angetan habe, entschuldigen. Ich war eine Bitch, und es tut mir leid.«

Damit habe ich überhaupt nicht gerechnet. Warum entschuldigt sie sich? Und warum jetzt?

Aber etwas an ihrem Gesichtsausdruck sagt mir, dass sie es ernst meint. Sie grinst nicht wie sonst. Unter ihren hübschen Augen sind violette Ringe, und einer ihrer Nägel ist so schlimm abgekaut, dass die Nagelhaut blutet.

»Okay …« Ich bin immer noch nicht sicher, ob ich ihr trauen kann, aber ich werde ihre Entschuldigung nicht ablehnen.

»Also.« Sie senkt die Stimme etwas und wirft einen Blick zur Treppe, um sicherzugehen, dass meine Mutter es nicht hört. »Ich wollte dir nur sagen, dass … ich Bescheid weiß.«

Ich spüre einen leichten Stich im Magen. »Was weißt du?«

»Ich weiß … von dir und Mr. Bennett.«

Oh nein. Von allen, die es herausfinden könnten, ist sie die Schlimmste. Wenn Kenzie es weiß, dann weiß es bald die ganze Schule. Und natürlich die Polizei. Es wird schrecklich. Mir bleibt nur eine Möglichkeit.

Leugne alles.

Ich winde mich auf dem Sofa. »Da gibt es nichts zu wissen.«

»Doch.« Sie blickt mich direkt an. »Du hast mit ihm geschlafen.«

Ich sehe in ihren Augen, dass sie es wirklich weiß. Sie fragt nicht, bohrt nicht, sie *weiß* es. Sie muss gesehen haben, wie wir zusammen in die Dunkelkammer geschlichen sind, oder … Ich weiß es nicht. O mein Gott, das ist das Schlimmste überhaupt. Die schlimmste Person weiß von dem Schlimmsten, was ich je getan habe – na ja, dem Zweitschlimmsten. Ich frage mich, wie sie es herausgefunden hat.

»Ich hab das Gedicht gesehen«, sagt sie.

Das ist das Letzte, was ich erwartet habe. »Was?«

»Als wir in der Cafeteria waren und du dein Mittagessen verschüttet hast«, erinnert sie mich. Das ist eine nette Art auszudrücken, wie sie an jenem Tag mein Essen auf den Boden geworfen hat. »Da war dieses Gedicht in deinem Collegeblock. Er hat es geschrieben und dir gegeben. Du weißt schon ... ›Das Leben zog an mir vorbei, dann kam sie, jung und lebendig ...‹«

»Hör auf!«

Ich hebe die Hand, damit sie aufhört, bevor sie mein Lieblingsgedicht für immer zerstört. Ich werde die Verse, die Nathaniel nur für mich geschrieben hat, nie vergessen. Ich kenne jedes Wort auswendig.

Das Leben zog an mir vorbei
Dann kam sie
Jung und lebendig
Mit sanften Händen
Und roten Wangen
Hat mir gezeigt, wer ich bin
Mir den Atem genommen
Mit kirschroten Lippen
Mir das Leben wiedergeschenkt.

Ich sehe Kenzie mit zusammengekniffenen Augen an. »Woher weißt du, dass er das Gedicht geschrieben hat?«

Sie kaut wieder an ihren Fingernägeln. »Weil er es nicht für dich geschrieben hat.«

»Doch, das hat er. Glaub mir.«

»Nein.« Sie schüttelt den Kopf. »Er hat es für mich geschrieben.«

74

Addie

Es fühlt sich an, als würde meine ganze Welt plötzlich auf dem Kopf stehen. Was? Was ist los? Wovon redet Kenzie?

»Er hat es vor zwei Jahren für mich geschrieben«, sagt sie. »Ich … Ich kenne es auswendig.«

Zum Glück trägt sie es nicht noch einmal vor, denn sonst müsste ich mir die Ohren zuhalten und schreiend aus dem Zimmer laufen.

»Ich verstehe nicht«, sage ich. »Warum hat er ein Gedicht für dich geschrieben?«

»Weil Nate und ich seit meinem ersten Highschool-Jahr miteinander geschlafen haben.«

Nein. *Nein.* Das ist nicht möglich. Das denkt sie sich aus, um mich zu quälen.

Ich weigere mich, es zu glauben.

»Ich hab bei der Schülerzeitung mitgemacht«, erklärt sie. »Eines Tages sind wir beide länger geblieben, weil er mir geholfen hat, einen Artikel zu schreiben, und wir sind ins Gespräch gekommen.«

Sie holt zitternd Luft. »Mein Bruder hatte zu der Zeit Krebs. Na ja, er ist immer noch krank, hat aber keine Symptome mehr. Leukämie. Er bekam Chemo, und es ging ihm die ganze Zeit schlecht. Ich hatte das Gefühl, niemand in meiner Familie wusste überhaupt noch, dass ich existiere. Ich weiß, es klingt egoistisch …«

Ich erinnere mich an das Pillenfläschchen ihres Bruders in Kenzies Medizinschrank. Gegen Übelkeit. Ich hatte keine Ahnung, dass er Leukämie hat – sie müssen es für sich behalten haben.

»Nate war so freundlich zu mir«, murmelt sie. »Er hat mir so viel Aufmerksamkeit geschenkt, auf eine Art, wie meine Eltern es nicht mehr taten. Und er ist so … Ich meine, ich musste ständig an ihn denken. Als er mich dann küsste …«

Es ergibt für mich keinen Sinn. Nathaniel hat mir erzählt, dass er seiner Frau vorher noch nie untreu war. Und wenn er seit der neunten Klasse mit Kenzie zusammen war, dann war sie damals erst vierzehn. Nathaniel würde niemals …

»Er hat gesagt, ich sei seine Seelenverwandte.« Sie lacht laut auf. »Ich habe es total geglaubt. Ich war so blind in ihn verliebt. Ich hätte absolut alles für ihn getan. Und als die Sache mit dir und Mr. Tuttle passiert ist, sagte er, wir müssten unsere Beziehung auf Eis legen. Wir könnten uns nicht mehr sehen, weil sie jetzt genauer hinsehen würden.« Sie kaut wieder an ihren Nägeln. »Deshalb war ich dieses Jahr so wütend auf dich. Nate hat kaum noch mit mir gesprochen, und ich habe dir die Schuld dafür gegeben. Aber jetzt weiß ich, wie dumm das war. Und … es tut mir leid, wie ich dich behandelt habe.«

»Aber was ist mit Hudson?«, platze ich heraus. »Ich dachte, er wäre dein Freund?«

Sie schüttelt den Kopf. »Nein, Hudson und ich sind nur befreundet, das ist alles. Er ist ein netter Junge, der wirklich lieb zu mir war, als ich dieses Jahr zu kämpfen hatte. Aber zwischen uns war nichts – ich war zu besessen von Nate.«

Es stimmt, ich habe nie gesehen, dass Hudson und Kenzie sich geküsst haben. Sie waren viel zusammen, aber ich habe sie nie im Flur herumknutschen sehen wie andere Paare.

»Und dann habe ich das Gedicht in deinem Collegeblock gesehen.« Sie reibt sich ihre leicht gerötete Nase. »Und mir wurde klar, dass er es dir auch gegeben haben muss. Und ich kam mir so … Ich kam mir so *dumm* vor. Mir wurde klar, dass er die ganze Zeit mit mir gespielt hatte. Ich wette, er hat dir dieselben Dinge gesagt wie mir.«

Ich weiß nicht, was ich sagen soll. Ich dachte, Nathaniel sei der tollste Mann, den ich je getroffen habe und jemals treffen würde. Und jetzt frage ich mich, ob ich vielleicht alles falsch verstanden habe.

»Ich weiß nicht, was mit Mrs. Bennett passiert ist«, sagt sie. »Aber ich werde zur Polizei gehen und ihnen alles erzählen, was zwischen mir und Nate gewesen ist. Und ich hoffe, du kommst mit, damit wir es zusammen machen können.«

Ich schüttele den Kopf. Vieles spricht dafür, dass es stimmt, was Kenzie sagt. Aber Kenzie ist meine Feindin. Sie hat mich das ganze Jahr gequält. Wie kann ich ihr glauben?

»Ich war erst *vierzehn*, Addie.« Ihre Unterlippe zittert. »Ich komme mir so dumm vor, weil ich alles geglaubt habe, was er gesagt hat, und zugelassen habe, dass er diese ganzen Sachen mit mir macht. Ich will verhindern, dass er es mit noch jemandem macht.« Sie schnieft laut. »Bitte komm mit.«

Ihre zitternde Stimme ändert meinen Entschluss – ich habe sie nie anders als vollkommen beherrscht erlebt. Ich ringe die Hände. »Sie werden uns wahrscheinlich nicht glauben. Ich habe überhaupt keinen Beweis. Wir haben uns nur auf Snapflash geschrieben, und die Nachrichten sind weg.«

»Nate und ich haben uns auch auf Snapflash geschrieben«, sagt sie. »Aber ich habe Screenshots gemacht.«

»Wirklich?«

Sie nickt. »Damals wollte ich in Erinnerung behalten, was er mir geschrieben hat. Es ist alles da. All die Lügen, die er mir erzählt hat.«

Sie wühlt in der Tasche, die über ihrer Schulter hängt, und holt ihr Handy heraus. Sie öffnet ein Foto und zeigt es mir.

Du bist meine Seelenverwandte.

Dieselben Worte, die er mir geschrieben hat. Aber an Kenzie.

Ich kann nicht weiterlesen. Ich schiebe das Handy wieder in ihre Richtung und wende mich ab, blinzele Tränen weg. Stimmt das wirklich? Konnte Nathaniel wirklich genau dieselben Worte zu Kenzie gesagt haben, die er zu mir gesagt hat? Das muss ein böser Streich sein.

Aber als ich in Kenzies Gesicht blicke, weiß ich, dass es keiner ist.

Sie nimmt meine Hand in ihre. »Bitte, Addie. Bitte komm mit mir. Ich will nicht die Einzige sein.«

Ich greife mit der freien Hand in meine Hosentasche, in die ich heute die Karte gesteckt habe, die Detective Sprague mir gegeben hat. Ich ziehe sie heraus und sehe mir die Nummer auf der Rückseite an. Sie ist vom Regen leicht verwischt, aber ich kann noch jede einzelne Ziffer lesen.

»Okay«, sage ich. »Ich komme mit.«

75

Addie

Ich habe schreckliche Angst.

Als wir aufs Polizeirevier kamen, haben sie uns in einen winzigen Raum gebracht, der bei mir ein klaustrophobisches Gefühl auslöste. Die Beleuchtung ist beängstigend schwach, und die beiden Plastikstühle sehen unbequem aus. Als ich mich auf einen setze, ist mir unwohl. Wenn ich allein hier wäre, bekäme ich Panik.

Aber ich bin nicht allein. Kenzie ist hier.

Ich habe meiner Mutter nicht gesagt, was ich vorhabe. Sie hätte darauf bestanden, einen Anwalt zu engagieren, und würde eine große Sache daraus machen, und dann würde ich die Nerven verlieren. Deshalb habe ich meiner Mutter gesagt, dass ich mit Kenzie einen Spaziergang mache. In Wirklichkeit sind wir hierhergegangen.

Aber jetzt denke ich, dass ich vielleicht einen Fehler gemacht habe. Ich hätte auf einen Anwalt warten sollen. Oder vielleicht gar nichts sagen. Kenzie klang so überzeugt, aber sie ist nicht gerade meine beste Freundin. Sie hat mich das ganze Jahr gequält! Und jetzt vertraue ich ihr?

Kenzie spielt wie besessen mit einer Strähne ihrer blonden Haare. Sie zieht so heftig daran, dass ich zusammenzucke, und starrt die seidigen blonden Strähnen mit gerunzelter Stirn an, als sei sie wütend auf sie. »Meine Haare sind wie Stroh«, klagt sie.

Ich sehe sie ungläubig an. Kenzie hat die seidigsten Haare, die ich je gesehen habe. Und warum macht sie sich Gedanken über ihre Haare, wenn wir auf einem *Polizeirevier* sind? »Du hast schöne Haare.«

Sie verdreht die Augen und verzieht wieder die Miene wegen ihrer Haare.

Ich drehe beinahe durch, während wir darauf warten, dass Detective Sprague mit uns redet. Sie war auf der Straße vielleicht nett zu mir, aber das könnte auch alles Show gewesen sein. Was ich ihr zu sagen habe, sind schlimme Sachen. Kenzie hatte eine Affäre mit Nathaniel, aber was ich getan habe, ist viel schlimmer. Ich habe ihm geholfen, eine Leiche zu vergraben. Und ich bin mir nicht sicher, wer von uns sie getötet hat.

Es fühlt sich an wie eine Ewigkeit, aber tatsächlich dauert es nur etwa zwanzig Minuten, bis Detective Sprague den Raum betritt. Sie trägt die Haare immer noch zum Dutt zusammengesteckt, doch der hat sich im Lauf des Tages etwas gelockert, was ihr Gesicht weicher aussehen lässt. Ich hoffe, sie ist wirklich auf meiner Seite. Ich hoffe, ich verbringe nicht den Rest meines Lebens im Gefängnis.

Ich sehe hinüber zu Kenzie, die immer noch mit ihren Haaren spielt. Widerstrebend schiebt sie die Strähne hinters Ohr und blickt auf, um die Kriminalbeamtin anzusehen.

»Hallo, Addie«, sagt Sprague. Dann wendet sie sich an Kenzie und sieht sie neugierig an. »Kenzie Montgomery?«

Kenzie nickt. »Ich … Addie und ich müssen mit Ihnen über Nathaniel Bennett sprechen.«

Sprague sieht nicht sonderlich überrascht aus. Sie setzt

sich auf einen der Plastikstühle uns gegenüber und faltet die Hände. »Ich höre«, sagt sie.

Kenzie und ich tauschen Blicke. Wir haben vorher nicht abgesprochen, wer anfangen würde. Ich will es nicht und habe angenommen, Kenzie würde es tun, da es *ihre* Idee war herzukommen.

»Kenzie?«, fordert Sprague sie auf.

Kenzie sieht mich an, Panik in den Augen, dann wieder zu der Kriminalbeamtin. »Oh. Ja, wir … wir …«

»Es geht also um Mr. Bennett?«

Kenzie nickt wortlos.

Sprague dämpft die Stimme. »Um Ihre Beziehung zu Mr. Bennett?«

Kenzie senkt den Kopf und nickt langsam. Die Kriminalbeamtin schweigt und wartet, dass Kenzie noch etwas sagt, aber sie scheint zu überwältigt, um noch ein Wort herauszubringen. Obwohl es ihre Idee war herzukommen, sieht sie nicht aus, als könnte sie fortfahren. Sie presst ihre abgekauten Fingernägel in ihre Knie, während sich ihre Augen mit Tränen füllen.

Kenzie schien immer so reif, aber jetzt wirkt sie so *jung*. Wie ein kleines Mädchen. Sie war erst vierzehn, als Nathaniel mit ihr geschlafen hat. *Vierzehn*. Und Nathaniel … er ist fast vierzig! Er ist ein *Erwachsener*. Unser *Lehrer*. Ich war verletzt, als mir klar wurde, dass Nathaniel mich angelogen hat, aber jetzt kommt es zum ersten Mal richtig an.

Was er mit uns gemacht hat, ist wirklich schrecklich. *Undenkbar*.

Er muss dafür bezahlen. Und Kenzie und ich sind die Einzigen, die dafür sorgen können, dass er bekommt, was er verdient.

»Detective Sprague«, platze ich heraus. »Die Wahrheit ist, Mr. Bennett und ich haben das ganze Jahr miteinander geschlafen. Er … er hat mir gesagt, ich soll es niemandem erzählen.«

Detective Sprague schüttelt den Kopf, ihre Augen glühen. Sie sieht aus, als würde sie am liebsten ihre Pistole aus dem Halfter nehmen und ein paar Schüsse auf Nathaniel Bennett abfeuern. Sie hat nicht gelogen, als sie gesagt hat, dass sie mir helfen will. Den Blick in ihren Augen kann man nicht vortäuschen. »Der Bastard.«

Ich greife nach Kenzies Hand, und sie gibt sie mir. Wir werden es zusammen machen. Wir werden die Wahrheit sagen. Es ist mir egal, in welche Schwierigkeiten ich dadurch komme. Ich bin es leid, für diesen Mann zu lügen. Er verdient alles, was auf ihn zukommt.

»Nun, Addie«, sagt die Kriminalbeamtin. »Erzählen Sie mir alles, was mit Eve Bennett passiert ist.«

Das tue ich. Ich erzähle ihr alles.

76

Nate

Ich bin die letzten beiden Stunden im Regen herumgefahren.

Zu Hause bin ich fast verrückt geworden vor Sorge, dass Detective Sprague zurückkommen könnte, um mich zu befragen. Deshalb musste ich das Haus verlassen. Ich bin ziellos in der Stadt herumgefahren, habe klassische Musik gehört und meine Gedanken schweifen lassen. Irgendwann bin ich an Simon's Shoes vorbeigekommen, Eves Lieblingsschuhladen, und für einen Moment überkam mich eine plötzliche Welle der Trauer.

Ich habe sie einmal geliebt. Das habe ich wirklich.

Als ich nach Hause komme, ist es schon dunkel. Weil es regnet, fahre ich in die Garage und betrete das Haus von dort aus. Gerade als ich ins Wohnzimmer komme, klingelt das Handy in meiner Tasche, und ich ziehe es heraus. Dieselbe Nummer, von der Sprague mich heute Morgen angerufen hat, leuchtet auf dem Display auf.

Ich will den Anruf nicht annehmen. Ich will keine aktuellen Berichte von einer Frau erhalten, die denkt – davon bin ich immer mehr überzeugt –, dass ich meine Frau ermordet habe. Aber wenn ich nicht abnehme, wird sie sicher herkommen. Deshalb nehme ich den Anruf an.

»Hallo?«, sage ich.

»Mr. Bennett?« Ihre Stimme hallt etwas, so als würde sie die Freisprechfunktion benutzen. »Wo sind Sie, Mr. Bennett?«

»Ich bin zu Hause.«

»Sind Sie? Weil wir gerade dort waren, und Sie haben nicht aufgemacht.«

Sie waren hier? Ich bin froh, dass ich sie verpasst habe. »Ja, tut mir leid. Ich bin ein bisschen herumgefahren. Es ist schwer, im Haus herumzusitzen und auf Neuigkeiten zu warten.«

»Mr. Bennett, wir müssen so schnell wie möglich mit Ihnen sprechen«, sagt sie. »Ich werde Ihnen den Streifenwagen vorbeischicken, um Sie abzuholen.«

»Einen Streifenwagen?« Ich bekomme einen trockenen Mund. »Warum schicken Sie einen Streifenwagen? Bin ich verhaftet?«

»Nein, gegenwärtig nicht.«

Gegenwärtig nicht.

Das klingt nicht gut. Und ihre Stimme hat eine gewisse Schärfe, die sie gestern nicht hatte. Sie hat neue Informationen erhalten. Ich frage mich, ob Addie zusammengebrochen ist und ihr von uns erzählt hat. Schlimmer noch: Was, wenn Kenzie zur Polizei gegangen ist?

Das wäre katastrophal. Kenzie war erst vierzehn, als unsere Beziehung anfing. Wenn sie zur Polizei geht, bin ich in großen Schwierigkeiten. Und die könnten dazu führen, dass ich in einen orangefarbenen Overall gesteckt werde und mich von Spielplätzen fernhalten muss, wenn ich rauskomme. Die Art Schwierigkeiten.

Fairerweise muss man sagen, dass Kenzie nicht wie vierzehn aussah. Und sie war äußerst hübsch. Hübscher als neunundneunzig Prozent aller erwachsenen Frauen. Die meisten verstehen nicht, wie es ist, all diese hübschen jungen Mädchen um sich zu haben, die sich einem Jahr für Jahr an den Hals werfen. Ich bin schließlich nicht aus Stein.

»Mr. Bennett?«, sagt Sprague. »Sind Sie noch dran?«

»Ich … ja«, sage ich gepresst. »Ich bin hier.«

»Gut. Rühren Sie sich nicht vom Fleck. Ich sorge dafür, dass in ein paar Minuten ein Streifenwagen dort ist.«

Die Verbindung ist tot, und ich starre auf mein Handy, während die Angst in mir wächst. Ich habe fast das Gefühl, keine Luft zu bekommen. Ich brauche Wasser. Ich brauche Wasser, bevor ich ersticke.

Ich gehe schnell in die Küche, um mir welches zu holen. Ich stürze zum Spülbecken, schnappe mir ein Glas aus dem Schrank und fülle es mit lauwarmem Wasser. Ich trinke das ganze Glas in einem Zug leer und stehe dann immer noch atemlos da. Dann sehe ich es. Mitten in der Küche, an genau der Stelle, an der ich gestern Eves Schuhe gefunden habe.

Einen Kürbis. Mit einer geschnitzten Fratze.

Natürlich ist Halloween längst vorbei. Deshalb hat der Kürbis angefangen zu faulen, und die Miene ist verzerrt, was die Fratze noch böser wirken lässt.

Als ich einen Schritt näher trete, bewegt sich der Kürbis.

Was zum Teufel?

Jetzt bewegt er sich noch heftiger, und eine Sekunde später schießt ein schwarzer Vogel oben heraus. Ist das … ein Rabe? Ich fahre zusammen und stütze mich am Küchentresen ab, während der Vogel mit den Flügeln schlägt und versucht, aus der Küche zu kommen. Nach ein paar vergeblichen Versuchen setzt er sich oben auf den Kürbis und starrt mich an.

Nimmermehr.

Ich greife mir mit den Fingerspitzen in die Haare. Wer tut mir das an? Wer spricht mit der Kriminalbeamtin über mich? Warum passiert das alles?

Es ist nicht Addie. Ich glaube nicht, dass sie mir das antun würde. Ich denke, Kenzie würde es auch nicht tun. Es gibt nur eine Person, die dazu fähig wäre.

Ich muss hier raus.

77

Nate

Ich fahre viel zu schnell.

Wenn ich von einem Streifenwagen angehalten werde, ist alles umsonst, und ich bekomme Schwierigkeiten mit Sprague, weil ich das Haus verlassen habe, obwohl sie mich aufgefordert hat, dort zu bleiben. Andererseits habe ich bereits Schwierigkeiten mit Sprague. Wenn ich zum Polizeirevier fahre, werde ich es wahrscheinlich nicht mehr verlassen.

Es regnet immer noch, und mein Honda hat nur Frontantrieb, deshalb muss ich langsamer fahren und besser aufpassen. Eve hat mir immer geraten, ein Auto mit Allradantrieb zu kaufen, aber ich war uneinsichtig. Trotz allem – trotz allem, was passieren könnte, wenn die Polizei mich einholt – will ich heute Abend nicht in einem brennenden Autowrack sterben. Tod ist schlimmer als Gefängnis.

Vorhin bin ich ohne Ziel umhergefahren. Aber jetzt weiß ich genau, wo ich hinwill. Ich fahre zurück zum Kürbisfeld.

Es ist riskant, aber ich muss es tun. Ich muss sichergehen, dass meine Frau wirklich tot und zwischen den verfaulenden Kürbissen begraben ist. Wenn ich ihr Grab unberührt vorfinde, wo ihre Leiche in der Erde verrottet, kann das nur bedeuten, dass ihre Seele zurückgekehrt ist, um mich zu verfolgen.

Denn niemand außer Eve würde einen Raben in meiner Küche platzieren.

Ich brauche über eine Stunde, weil es regnet und weil – anders als in den frühen Samstagmorgenstunden – ziemlich viel Verkehr ist. Während der Fahrt klingelt mein Handy einige Male. Ich bin sicher, es ist Detective Sprague, aber ich lasse alle Anrufe auf die Mailbox gehen.

Endlich erreiche ich die schmale Straße, die zum Kürbisfeld führt. Anders als am Samstagmorgen, als die Straße trocken und krumpelig war, hat der Regen die Erde aufgeweicht, und meine Reifen rutschen im Schlamm. Trotzdem fahre ich so weit, wie es geht.

Den Rest muss ich zu Fuß gehen.

Zumindest habe ich daran gedacht, meine Stiefel anzuziehen, außerdem trage ich eine Regenjacke. Ich setze meine Mütze und die Kapuze auf und steige aus dem Auto. Ich rutsche sofort aus, kann mich aber noch fangen, bevor ich hinfalle.

Meine Finger kribbeln erwartungsvoll. Ich hätte Addie niemals hier allein lassen sollen. Ich hätte ihr helfen sollen, Eves Leiche zu begraben. Ich dachte, sie würde allein damit fertig, aber jetzt wird mir klar, dass ich einen schrecklichen Fehler gemacht habe.

Aber Eve war tot. Ich habe mit eigenen Augen gesehen, wie das Leben aus ihrem Körper gewichen ist. Ich konnte am Hals keinen Puls mehr fühlen. Sie hat nicht geatmet.

Zumindest glaube ich es. Ich bin kein Arzt.

Ich blinzele im Regen, bis ich den überwucherten Wegweiser zum Kürbisfeld entdecke, der jetzt zudem voller Schmutz und Wasser ist. Ich sinke mit meinen Stiefeln bei jedem Schritt tief im Schlamm ein, und es kommt mir vor, als dauerte es eine halbe Stunde, die kurze Strecke zum Feld zu bewältigen. Schwer atmend komme ich dort an. Ich kann jetzt nicht umkehren, ich bin zu nah dran.

Ich weiß genau, wo ich sie begraben habe. Ich gehe über das Kürbisfeld, steige über verfaulende Kürbisse, die so ähnlich aussehen wie der in meiner Küche. Ich habe die Stelle direkt neben dem alten Hühnerstall gewählt. Ich nähere mich ihr in der Erwartung, einen unregelmäßigen Erdhügel zu sehen. Aber so ist es nicht.

Vor mir ist ein gähnendes Loch im Boden, ungefähr sechzig mal hundertachtzig Zentimeter groß.

Mein Herz pocht. Himmel, ich will nicht auf diesem Kürbisfeld am Ende der Welt an einem Herzinfarkt sterben. Ich trete an das Grab heran, das wir vorletzte Nacht ausgehoben haben, beuge mich vor und blinzele in die Dunkelheit. Ich erwarte, das marineblaue Laken zu sehen, in das wir die Leiche meiner Frau gehüllt haben. Oder vielleicht haben Tiere es angenagt, und ihre teilweise verweste Leiche liegt auf dem Boden des Lochs. Doch ich entdecke nichts davon.

Das Grab ist leer.

Ich falle auf die Knie und versinke im Schlamm, während mir die Tränen kommen. Abgesehen vom Geräusch des Regens, ist es still auf dem Kürbisfriedhof. Die Stille ist ungebrochen, bis auf mein eigenes Flüstern.

»Eve …«

Und während ich darauf warte, ein geraunte Echo meiner Stimme zu hören, trifft etwas mit großer Wucht meinen Hinterkopf, und alles wird schwarz.

TEIL III

78

Eve

Ich wünsche niemandem, lebendig begraben zu sein.

Taphephobie ist die Angst, lebendig begraben zu werden. In biblischen Zeiten wurden tote Menschen in Tücher gewickelt, und ihre Leichen wurden in Höhlen gelegt, sodass man Tage später nachsehen konnte, ob sie wirklich tot waren. Sogar George Washington bat darum, erst zwei Tage nach seinem Tod begraben zu werden. Während Epidemien entwickelte man in der Vergangenheit Sicherheitssärge mit einer Vorrichtung (zum Beispiel eine Schnur, an der eine Glocke befestigt war), die es den vermeintlich Verstorbenen ermöglichte, der Außenwelt zu signalisieren, dass sie noch lebten.

Eine solche Vorrichtung hätte mir nichts genützt, da die Menschen, die versucht haben, mich zu ermorden, dieselben waren, die mich am Ende der Welt begraben haben. In der Hoffnung, dass ich nie gefunden würde. In der Erde begraben zu sein, war eine der schlimmsten Erfahrungen meines Lebens.

Aber nicht schlimmer als das, was meinem Mann passieren wird.

Zwei Nächte früher

Wo bin ich?

Alles ist dunkel. Das Letzte, woran ich mich erinnere, sind Nates Hände um meinen Hals. Zuerst hat er mich gewürgt, und dann wurde ich bewusstlos.

Ich kann mich kaum bewegen. Es fühlt sich an, als wäre ich in etwas eingewickelt – ein Laken oder eine Decke –, sodass ich mich nicht rühren kann. Und darauf ist eine Schicht von etwas Kaltem und Schwerem.

Dann höre ich eine Schaufel, die in die Erde sticht.

Mein Kopf schmerzt, und wenn ich versuche zu schlucken, fühlt es sich an, als wären Messer in meiner Kehle. Ich liege auf etwas Kaltem, Unebenem und sehr Unbequemem. Es ist schwer, sich darauf zu konzentrieren, was um mich geschieht. Die Schaufel sticht wieder in den Boden, und diesmal trifft zugleich etwas mein Bein. Ich schließe die Augen und versuche, meine Gedanken zu ordnen.

Ich denke nach …

O Gott, sie versuchen, mich zu begraben.

Wenn das stimmt, weiß ich nicht, was ich als Nächstes tun soll. Ich könnte schreien oder versuchen, mich aus diesem Laken, in das ich gewickelt bin, zu befreien. Aber im Hinblick darauf, dass mein Mann schon einmal versucht hat, mich zu erwürgen, und Addie mir mit einer Bratpfanne auf den Kopf geschlagen hat, will ich ihnen nicht die Möglichkeit geben, es ein drittes Mal zu probieren. Ich bezweifle, dass ich das überleben würde.

Aber ich kann nicht zulassen, dass sie mich lebendig begraben.

Während ich darüber nachdenke, welche Möglichkeiten ich noch habe, ruft eine junge weibliche Stimme über mir: »Nathaniel?«

Es herrscht lange Schweigen, während dessen nicht gegraben wird oder Erde auf mich fällt. Sie ruft ihn noch einmal, aber ich höre die Stimme meines Mannes nicht.

Dann ein Rascheln und der Schatten von etwas Dunklerem über mir. Es sieht so aus, als würde es gleich auf mich fallen, und ich bereite mich darauf vor, dass mich etwas Schweres trifft. Aber es fühlt sich leicht an. Blätter?

Das wenige Mondlicht wird jetzt verdunkelt, während immer mehr Blätter auf mich geschaufelt werden. Aber ich verhalte mich still. Bewege mich nicht. Schreie nicht.

»Nathaniel!«, ruft sie ein letztes Mal. Ihre Stimme klingt jetzt weiter weg, genauso wie ihre Schritte.

Ich atme einmal flach, nur um sicherzugehen, dass ich es noch kann. Ich bin zwar in der Erde begraben, aber nicht in einem Sarg in einer Tiefe von einem Meter achtzig. Ich bin in eine Art Laken gewickelt, und es fühlt sich an, als wäre nur eine dünne Schicht Erde über mir, und dann vielleicht ein paar Blätter. Das Laken verhindert, dass ich Schmutz einatme. Ich werde hier unten nicht ersticken.

Doch wenn sie herausfinden, dass ich noch lebe, wird das mein Tod sein.

So schmerzlich es ist, ich muss warten. Zitternd in der Erde liegen, mit einem Haufen nasser Blätter als Decke. Ich warte, bis die Schritte nicht mehr zu hören sind, anschließend warte ich noch eine weitere Stunde. Jedenfalls denke ich, dass es eine Stunde ist. Es ist schwierig zu wissen, wie spät es ist, wenn man in seinem eigenen Grab liegt.

Sobald genug Zeit vergangen ist, versuche ich, hier rauszukommen.

Es ist nicht ganz einfach. Ich bin zwar nicht besonders tief in der Erde vergraben, aber auch die dünne Schicht Erde und die Blätter haben ein gewisses Gewicht. Zudem bin ich in das Laken eingewickelt wie eine Mumie – das alles bedeutet, dass ich vollkommen feststecke. Außerdem pocht mein Kopf, aber genau genommen schmerzt jeder Teil meines Körpers.

Meine ersten Versuche sind nicht besonders erfolgreich. Ich habe Mühe, mich aufzusetzen oder das Laken zu lockern. Es ist äußerst frustrierend, und mich befällt Panik. Was, wenn ich nicht rauskomme?

Jetzt hyperventiliere ich. Hier unten ist nicht viel frische Luft, und ich kann nicht so tief einatmen, wie ich will. Meine Fingerspitzen beginnen zu kribbeln. Ich bin gefangen. Ich komme hier nie raus. Was, wenn ich hier unten wirklich sterbe?

Nein. *Nein*. Das ist unmöglich. Meine Hände sind nicht gefesselt. Ich kann mich befreien. Ich *werde* mich befreien.

Schließlich ist es der einzige Weg, meinen Mann für das bezahlen zu lassen, was er mir antun wollte.

Beim zweiten Versuch habe ich mehr Erfolg. Ich finde eine Ecke des Lakens und beginne, mich herauszuarbeiten. Als meine Hände die Erde berühren, weiß ich, dass ich mich daraus befreit habe. Aber ich muss vorsichtig sein. Ich will keinen Schmutz einatmen und ersticken.

Ich brauche fast eine Stunde, aber schließlich habe ich mich aus meinem eigenen Grab herausgekämpft.

In der Sekunde, in der mein Kopf an die Oberfläche gelangt, atme ich tief die frische Luft ein. Ich dachte, ich würde da unten sterben. Es ist eiskalt, doch das stört mich nicht. Mir ist alles egal, Hauptsache, ich bin nicht mehr lebendig begraben. Das war das Beängstigendste, was ich je erlebt habe.

Als ich mich aufrappele, werfe ich einen Blick auf meine Umgebung. Was ist das hier? Es sieht aus wie eine Art Friedhof, aber für Kürbisse, nicht für Menschen. Wie zum Teufel soll ich zurück in die Zivilisation kommen?

Da sehe ich etwas auf dem Laken liegen, aus dem ich mich gerade befreit habe.

O mein Gott, es ist meine *Handtasche*.

Sie haben sie hier mit mir begraben. Ich hebe sie hoch und wühle darin herum. Als ich mein Handy finde, atme ich vor Freude hörbar aus. Es ist ausgeschaltet, aber als ich den Knopf an der Seite drücke, leuchtet das Display auf. Leider habe ich keine Internetverbindung, aber wenn ich weitergehe, werde ich sicher an eine Stelle kommen, an der ich einen oder zwei Balken habe.

Ich werde nach Hause kommen. Und dann werde ich dafür sorgen, dass Nate für das alles bezahlt.

79

Eve

Sie haben mich ohne Schuhe begraben.

Wenn ich mir doch nur die paar Sekunden Zeit genommen hätte, um meine Sneaker anzuziehen, bevor ich Addie in der Küche zur Rede gestellt habe, dann wäre dieser Gang zurück zur Straße viel leichter. Stattdessen suche ich mir vorsichtig einen Weg auf dem unebenen Boden, und Zweige stechen in meine Fußsohlen. Obendrein friere ich. Ich habe das Laken mitgenommen und zu einem Schal umfunktioniert, um mich zu wärmen. Es muss unter null Grad sein.

Nachdem ich ungefähr eine halbe Stunde gegangen bin, komme ich an so etwas wie eine kleine Straße. Ich hole mein Handy wieder aus der Handtasche – halleluja, ich habe eine Internetverbindung. Ein Balken. Es ist wie ein Wunder.

Ich will den Notruf wählen, halte dann aber inne.

Ich könnte die Polizei rufen und dafür sorgen, dass mein Mann für das, was er mir angetan hat, ins Gefängnis kommt. Aber er wird sich einen Anwalt nehmen und ein paar Tage später auf Kaution wieder frei sein. Und wenn ein paar Frauen unter den Geschworenen sind – machen wir uns nichts vor –, wird er wahrscheinlich mit einer milden Strafe davonkommen. Wenn es überhaupt zum Prozess kommt. Nate schafft es immer, sich aus allem herauszuwinden.

Nein, ich muss sichergehen, dass er für alles bezahlt, was er getan hat.

Also schicke ich stattdessen eine Nachricht an den einzigen Menschen, der mich mitten in der Nacht hier abholen würde.

Es dauert zwanzig Minuten, bis Jay auf meine Snapflash-Nachricht reagiert. Zwanzig Minuten, in denen ich zitternd am Straßenrand stehe und mich frage, ob der Nachrichtenton reicht, um ihn zu wecken. Ich habe seine Nummer, aber es wäre zu riskant, ihn anzurufen. Als ich schon aufgeben und die Polizei rufen will, leuchtet sein Name auf dem Display auf. Er ruft mich fast nie an, und ich stelle mir vor, wie er sich im Badezimmer seines Hauses versteckt, damit *sie* ihn nicht hört und er das Baby nicht weckt.

»Eve?«, sagt er. »Was ist los?«

»Du musst mich abholen«, sage ich. »Es … Es tut mir leid. Ich weiß, es ist früh.« Meine Armbanduhr zeigt kurz vor fünf.

»Wo bist du?«

Er wird mich abholen. Gott sei Dank.

Ich warte an der Straße auf ihn, zitternd unter meinem Laken. Ich hoffe, ich bekomme keine Lungenentzündung. Als sein Auto endlich am Straßenrand hält, breche ich in Tränen aus. Salzwasser läuft mir die Wangen hinunter, als ich neben ihm ins Auto steige. Er ist offensichtlich erschrocken über mein Aussehen.

»Eve«, sagt er. »Wo sind deine Schuhe?«

Daraufhin weine ich nur noch heftiger.

Aber ich muss Jay nichts erklären. Er fährt einfach los, und wir sitzen schweigend nebeneinander. Ich weine nur leise.

Als wir zurück in Caseham sind und ich ihm gerade sagen will, nicht zu mir zu fahren, bemerke ich, dass er in eine andere

Richtung fährt. Ein paar Minuten später biegt er auf den Parkplatz von Simon's Shoes ein.

»Komm«, sagt er. »Wir besorgen dir ein Paar Schuhe.«

Ich steige aus und folge ihm. Der Parkplatz fühlt sich kalt an meinen Fußsohlen an. Er nimmt mir das Laken ab, das ich immer noch wie einen Schal umgelegt habe, und gibt mir seine Jacke, obwohl es nicht weit zum Eingang ist. Dann nimmt er meine Hand, und wir gehen zusammen zur Tür des Schuhladens. Er zieht den Schlüssel aus der Tasche und schließt auf.

»Such dir welche aus«, sagt er.

Ich wähle ein Paar hässliche schwarze Schneestiefel, anders als alles, was ich im Schrank habe, aber sie sind im Sonderangebot. Ich wühle in meiner Handtasche nach meinem Portemonnaie. Natürlich muss ich bar bezahlen …

»Mach dir darüber keine Gedanken«, sagt Jay.

»Aber …«

»Ich sagte, mach dir darüber keine Gedanken. Wirklich.«

Ich diskutiere nicht weiter mit ihm, sondern ziehe die schwarzen Schneestiefel an. Sie sind zwar hässlich, aber sie wärmen sofort meine Füße. Ich behalte Jays Jacke an und lasse mich auf eine der Bänke fallen. Er setzt sich wortlos neben mich. Er ist sehr geduldig, obwohl die Sonne schon bald aufgeht.

»Nate … er …« Ich überlege genau, was ich sage. Er soll nicht wissen, dass Addie auch dabei war. Es würde nichts Gutes dabei herauskommen. Außerdem ist es eine Sache zwischen Nate und mir. »Er hat versucht, mich zu töten.«

Jay sieht zu mir hoch, seine Miene ist starr vor Entsetzen.

»Er hat versucht, mich zu begraben«, fahre ich fort. »Aber

ich war noch nicht tot. Ich habe gewartet, bis er weg war, und bin dann zurück zur Straße gegangen.«

»Eve«, flüstert er.

Ich zittere in seiner Jacke. »Ich will, dass er dafür bezahlt.«

»Wir rufen jetzt sofort die Polizei an.«

»Nein«, sage ich entschieden. »Ich will das auf meine Art regeln. Ich will sichergehen, dass er für alles bezahlt, was er getan hat.«

Seine Augenbrauen ziehen sich unter der zerklüfteten Narbe an seinem Haaransatz zusammen. »Okay …«

»Weißt du, wo ich ein paar Tage lang bleiben kann?«

»Wir haben einen Geräteschuppen«, sagt er nachdenklich. »Er ist hinter dem Laden. Niemand benutzt ihn. Ich könnte einen Schlafsack hinbringen. Es wird nicht bequem sein, aber ausreichend warm, wenn die Tür zu ist.«

»Perfekt«, sage ich. »Und dann musst du mir noch bei ein paar anderen Dingen helfen.«

Er sieht mich mit einem Ausdruck vollkommener Ergebenheit in den Augen an. »Ich tue, was immer du willst.«

Und das tut er.

80

Eve

Es war Jay, der Nate mit einem Stein auf den Kopf geschlagen hat, sodass er bewusstlos wurde.

Ich wollte es tun, aber es war sinnvoller, dass er es tat. Er ist größer als ich und wahrscheinlich stärker. Wenn ich es getan hätte, wäre er vielleicht nicht bewusstlos geworden. Das konnte ich nicht riskieren. Nicht nach allem, was ich getan hatte, um dafür zu sorgen, dass er genau hierher kommen würde.

Jay und ich haben meinen Ehemann die letzten zwei Tage gequält. Es war riskant, aber es hat sich gelohnt. Ich wusste, nachdem er den Raben in der Küche gesehen hat, würde er überzeugt sein, dass ich noch lebe, und hierherkommen. Niemand außer mir würde ihn auf die Art quälen.

»Der Rabe« – sein absolutes Lieblingsgedicht. Ich kenne es nur zu gut.

Nate liegt bewusstlos auf dem Boden, seine hübschen Gesichtszüge sind schlaff. Ich würde Jay am liebsten den Stein abnehmen und noch einmal zuschlagen, aber ich will, dass er wieder aufwacht, denn wir sind noch lange nicht fertig. Er wird bald wieder zu Bewusstsein kommen, deshalb müssen wir schnell handeln. Jay greift in seine Jackentasche, holt eine Rolle Klebeband hervor und hält sie mir hin.

»Willst du es machen?«, fragt er.

Allerdings. Ich binde die Handgelenke meines Mannes vor ihm zusammen und dann seine Fußgelenke. Als ich fast fertig bin, stöhnt er auf dem schlammigen Boden und öffnet langsam die Augen.

»Er wacht auf«, sage ich zu Jay. »Wirf ihn ins Loch.«

Wenn Nate nicht schon wach war, dann hat der Umstand, dass er nun in die flache Grube voller eiskaltem Wasser geworfen wird, diesen Zweck erfüllt. Seine Lider flattern, als er die Augen öffnet, er blinzelt durch die Regentropfen, und dann starrt er zu mir hoch. Jay bleibt vorsorglich außer Sichtweite.

»Eve?«, krächzt Nate.

Ich sage nichts, sondern gebe ihm einen Moment Zeit, sich über seine Situation klar zu werden. Die Tatsache, dass er in einem flachen Grab liegt, in einem Tümpel mit schlammigem Wasser, und seine Hand- und Fußgelenke zusammengebunden sind. Ich beobachte, wie sich die Panik in seinem Gesicht ausbreitet.

»Eve«, stößt er hervor. »Was machst du? Was ist hier los?«

Ich starre hinunter auf meinen Mann. Als ich an unserem Hochzeitstag mit ihm vor dem Friedensrichter stand – der glücklichste Tag meines Lebens –, hätte ich mir nicht vorstellen können, dass ich ihn einmal so hassen würde wie in diesem Moment. »Du hast versucht, mich zu töten. Du hast mich in diesem Loch begraben.«

»Ich …« Nate bewegt sich, bemüht sich, sein Gesicht über der Wasseroberfläche zu halten. »Es tut mir leid, dass ich das getan habe, Eve. Ich habe einen schrecklichen Fehler gemacht. Deshalb bin ich zurückgekommen.«

»Deshalb bist du nicht zurückgekommen. Du bist zurückgekommen, um sicherzugehen, dass ich wirklich tot bin.«

Sein Adamsapfel hüpft. »Okay, gut. Du hast recht. Ich habe etwas Schreckliches getan. Ich bin ein schrecklicher Mensch.« Er blinzelt sich wieder Wasser aus den Augen. »Aber du nicht. Das hier bist nicht du. Ich *kenne* dich.«

»Du kennst mich nicht.« Ich lache laut auf. »Du kennst mich seit Jahren nicht mehr. Und du liebst mich nicht.«

»Ich gebe zu, wir hatten unsere Probleme …«

Ich lache wieder. »Haben wir die jetzt nicht mehr?«

Nate müht sich ab, sich aufzusetzen, um den Kopf über der Oberfläche des flachen Tümpels zu halten, der sich am Grund des Grabes gebildet hat. »Bitte, Eve. Das hier bist nicht du. Du willst das nicht tun. Es löst deine Probleme nicht.«

»Ja, du kennst alle meine Probleme, oder? Wenn man bedenkt, dass du die Ursache dafür bist.«

»Gut, da ist was dran.« Beim Sprechen läuft ihm etwas schlammiges Wasser in den Mund. Er verzieht das Gesicht und spuckt es aus. »Lass mich einfach hier raus, und wir können darüber reden. Ich tue, was du willst.«

»Nein«, sage ich ruhig. »Das wird nicht passieren.«

»Eve!« Die Panik in seinem Gesicht nimmt zu. Er beginnt, sich gegen seine Fesseln zu wehren. »Ist dir klar, dass ich hier drinnen ertrinken werde? Bitte hör auf mit dem Blödsinn! Was immer du willst, ich tue es. Ich höre auf zu unterrichten, verlasse die Stadt. Was immer du willst, okay?«

»Keine Sorge«, sage ich. »Ich werde dich nicht ertrinken lassen.«

Einen Moment lang entspannen sich seine Schultern, und er hört auf, mit dem Klebeband zu kämpfen. »Gut. Danke. Ich wusste, du würdest es nicht tun.«

Ich hebe die Schaufel auf. »Zuerst werde ich dich begraben.«

Mit diesen Worten hebe ich eine Schaufel voll Erde hoch und werfe sie auf ihn.

»Eve!«, schreit er. »Himmel, was ist los mit dir? Hast du den Verstand verloren?«

Ich schaufele mehr Erde in das Loch.

»Eve!« Sein Gesicht ist knallrot. »Eve, mein Schatz, mir tut das alles so leid! Ich liebe dich! Das weißt du! Du kannst mir das nicht antun!«

Eine weitere Schaufel voll Erde landet in dem Loch.

»Eve!«, keucht er. »Tu mir das nicht an! Eve! *Eve!*«

Nate zappelt in dem Grab und versucht, sich zu befreien. Aber das wird ihm nicht gelingen. Ich habe ihn zu gründlich gefesselt. Ich will gerade noch mehr Erde hineinschaufeln, als Jay mich am Arm fasst und wegzieht, außer Hörweite meines Ehemanns.

»Eve«, sagt er. »Du wirst ihn töten.«

Ich hebe das Kinn. »Ich weiß.«

Jay blickt hinüber zum Grab, wo mein Mann sich die Lunge aus dem Leib schreit, obwohl niemand außer uns ihn hören kann. »Er hat recht. Es wird deine Probleme nicht lösen, ihn zu töten.«

»Du würdest dich wundern.«

Seine Brauen ziehen sich zusammen. »Bist du sicher, dass du es tun willst?«

»Ich war mir nie im Leben einer Sache so sicher.«

Jay starrt mich einen Moment lang an und nimmt dann seine Schaufel. Er geht mit mir zurück zum Grab, und als ich wieder Erde ins Loch schaufele, folgt er meinem Beispiel.

»Eve!«, schreit Nate. »Um Himmels willen, Eve, tu es nicht! Das kannst du nicht machen!«

Ich kann es und will es. Zwei weitere Schaufeln Erde landen in dem Loch.

»Du wirst ins Gefängnis gehen. Das weißt du, oder? Du wirst den Rest deines Lebens im Gefängnis verrotten, du verrückte Bitch!«

Zwei weitere Schaufeln Erde. Eine davon trifft ihn im Gesicht, und er beginnt zu schluchzen.

»Bitte, Eve.« Sein linkes Auge ist mit Schlamm bedeckt, als er mich anstarrt. »Bitte, tu es nicht, Eve. Ich bitte dich. Bitte …«

Nate hat einmal zu mir gesagt, der Tod sei so, als würde man am Rand eines Abgrunds stehen, oder irgend so einen hochtrabenden Müll. Mehr als alles andere fürchtet er den Tod. Ich weiß nicht, ob ich an ein Leben nach dem Tod glaube, aber wenn es eins gibt, dann wird mein Ehemann es in der Hölle verbringen.

Mal fleht er uns an aufzuhören, mal schreit er Drohungen, bis sein Gesicht vollkommen mit Schlamm bedeckt ist. Und während ich letzte Hand an das Grab meines Ehemannes auf diesem Kürbisfeld lege, sage ich das Gedicht vor mich hin, das er vor vielen Jahren für mich geschrieben hat. Ich war damals fünfzehn und er mein Englischlehrer, frisch vom College, der mir schwor, dass ich seine Seelenverwandte sei.

Das Leben zog an mir vorbei
Dann kam sie
Jung und lebendig
Mit sanften Händen
Und roten Wangen
Hat mir gezeigt, wer ich bin

Mir den Atem genommen
Mit kirschroten Lippen
Mir das Leben wiedergeschenkt.

EPILOG

Sechs Monate später

ADDIE

Als ich zum Schulparkplatz komme, lehnt Hudson an seinem Auto und redet mit ein paar von seinen Football-Freunden, obwohl die Saison vorbei ist. Ich habe jedes Spiel gesehen, und Hudson war großartig. Er verdient den Titel Star-Quarterback. Er wird an einem der renommierten Colleges ein Stipendium erhalten – sie werden sich um ihn reißen.

Als Hudson mich sieht, hebt er eine Hand zum Gruß. »Addie!«, ruft er, als ob ich ihn ernsthaft übersehen könnte.

Ich laufe zu ihm, ein seliges Lächeln im Gesicht. In letzter Zeit lächle ich viel mehr. Seitdem ich meinen besten Freund wiederhabe, scheint die Welt viel heller. Ich bin zwar immer noch nicht Miss Beliebt, aber das ist mir egal. Hudson ist alles, was ich brauche.

In diesem Jahr ist viel passiert.

Nachdem Kenzie und ich mit Detective Sprague gesprochen haben, hat sie einen Polizisten zu Nathaniel geschickt, um ihn aufs Revier zu bringen, aber er ist abgehauen. Ich schätze, er wusste, dass er in Schwierigkeiten steckte. Also entschied er, dass es besser wäre zu verschwinden, als als Sexualstraftäter abgestempelt zu werden.

Sie hätten vielleicht gründlicher nach ihm gesucht, wenn Mrs. Bennett nicht plötzlich wiederaufgetaucht wäre. Sie erzählte irgendeine Geschichte, dass sie beschlossen hatte, mit dem Bus für ein paar Tage irgendwohin zu fahren. Sie sagte, sie habe in bar bezahlt und keine Ahnung gehabt, dass alle nach ihr suchten. Sprague hatte meine offizielle Aussage darüber, was Nathaniel und ich ihr angetan hatten, aber sie weigerte sich, meine Geschichte zu bestätigen. Und da sie tatsächlich nicht tot und begraben war, konnte die Polizei nichts machen.

Natürlich kannten Mrs. Bennett und ich die Wahrheit. Und wir wussten beide, wenn ich sie mit Erde statt mit Blättern begraben hätte, dann hätte alles anders ausgehen können.

Jedenfalls ist sie nicht mehr an die Caseham High zurückgekehrt. Sie hat gekündigt, als der Skandal mit ihrem Mann herauskam, und die Stadt verlassen. Wir bekamen schließlich für den Rest des Jahres einen Vertretungslehrer. Ich wünschte, es wäre Mr. Tuttle gewesen, aber ich habe gehört, dass er einen Job an einer Highschool in der übernächsten Stadt angenommen hat. Sie können sich dort glücklich schätzen.

Was Mr. Bennett angeht, stellte sich heraus, dass Kenzie und ich nicht seine einzigen »Seelenverwandten« unter den Schülerinnen waren. Es macht mich manchmal ganz krank, wenn ich daran denke. Ich komme mir so dumm vor.

Ich bin froh, dass ich mit Kenzie darüber reden kann. Sie und ich sind dieses Jahr wirklich enge Freundinnen geworden. Wir haben stundenlang über Nathaniel geredet. Es tröstet mich, dass jemand, der so klug und hübsch und beliebt ist wie Kenzie Montgomery, genauso auf ihn hereingefallen ist wie ich. Und sie sagt, ihr tue es auch gut, mit mir darüber zu reden.

Außerdem sind wir beide jetzt in psychologischer Behandlung. Das alles hilft.

»Du hast ganz schön lange gebraucht«, zieht Hudson mich auf, als ich bei seinem Auto bin. »Was hast du dadrinnen gemacht?«

Ich bin zu spät dran, weil Lotus und ich letzte Hand an die Lyrikzeitschrift gelegt haben, die wir jetzt ganz allein gestalten, seitdem Nathaniel weg ist. Aber ich will es ihm nicht erzählen, weil es für ihn eine Überraschung sein soll, die Zeitschrift zu sehen. »Tut mir leid. Jetzt bin ich ja hier.«

Einer von Hudsons Football-Freunden lacht. »Du stehst ganz schön unterm Pantoffel. Wie lange hat sie dich warten lassen?«

Hudson lacht auch und korrigiert seinen Freund nicht, der mich sein »Mädchen« genannt hat. Das gibt mir zu denken. Besonders da er manchmal meine Hand in seine nimmt, wenn wir morgens von seinem Auto zum Schulgebäude gehen. Zumindest ist er nicht mit Kenzie zusammen. Ich bin mir ziemlich sicher, dass er sich am Anfang des Jahres mit einem anderen Mädchen getroffen hat, aber jetzt nicht mehr.

»Also haust du jetzt ab, oder was?«, fragt einer der Jungen, als Hudson mir die Tür aufhält, was unnötig ist, aber irgendwie süß.

»So ist es«, sagt Hudson. »Addie und ich genehmigen uns noch einen Milchshake, bevor ich zur Arbeit muss. Bis später, Walsh.«

»Bis später, Jay«, antwortet der andere Junge.

Als Hudson sich neben mich auf den Fahrersitz setzt, sage ich: »Okay, ich muss das fragen. Wie kommt es, dass alle deine Football-Freunde dich Jay nennen?«

»Na ja, weißt du, wir nennen uns alle beim Nachnamen«, sagt er. »Aber *Jankowski*? Das ist ein Zungenbrecher. Deshalb nennen sie mich kurz Jay. Es gefällt mir irgendwie.«

Das ist in Ordnung, aber für mich wird er immer Hudson sein.

»Okay«, sagt er. »Wir sollten losfahren. Meine Schicht im Schuhladen beginnt um fünf, wir haben also nur noch eine Stunde für Milchshakes.«

Hudson arbeitet wirklich mehr als jeder andere. Neben der Schule jobbt er einige Tage in der Woche bei Simon's Shoes, und außerdem passt er ständig auf seinen einjährigen Bruder auf. Trotzdem nimmt er sich immer wieder Zeit für mich.

Wir fahren auf den Parkplatz in der Nähe des Diners, in dem es die besten Milchshakes der ganzen Stadt gibt. Ich mag Hudson. Sehr. Ist er mein Seelenverwandter? Ich weiß es nicht. Ich glaube, es ist eine dumme Frage.

Gerade als er geparkt hat, vibriert sein Handy, und er zieht es aus der Tasche. Er liest eine Textnachricht, und ein Lächeln huscht über seine Lippen.

»Was?«, frage ich.

Er schiebt das Handy wieder in die Tasche. »Nichts. Nur eine alte Freundin von mir.«

»Freundin?«

Er lächelt verlegen und reibt sich die Narbe an der Stirn, die er sich zugezogen hat, als wir dumme Kinder waren und er sich unter einem Zaun durchgezwängt hat. »Sie … äh … sie liebte Schuhe und kam ständig in den Schuhladen und, hm, ja.«

Hudsons blasse Haut wird knallrot, woraus ich schließe, dass die Kundin im Schuhladen viel mehr als eine Kundin war, aber aus irgendeinem Grund will er es nicht zugeben. Natürlich macht es mich umso neugieriger, wer sie war und ob er so in sie verliebt war, wie ich mich allmählich in ihn verliebe.

»Jedenfalls«, sagt er, »hatte sie eine schwere Zeit und war ziemlich fertig, aber jetzt geht es ihr viel besser. Ich kenne sie schon eine ganze Weile, und sie scheint zum ersten Mal glücklich zu sein, und das ist schön, verstehst du? Ich will, dass sie glücklich ist. Sie verdient es.«

Bestimmt war sie seine Freundin – ich sehe es an seinem Gesicht. Ich frage mich, ob es dieselbe Freundin ist, die er am Anfang des Jahres hatte, aber ich traue mich nicht zu fragen. Außerdem geht es mich nichts an. Er ist nicht mehr mit ihr zusammen.

Wir steigen beide aus dem Auto, und Hudson greift nach meiner Hand. Er verschränkt seine Finger mit meinen, und als er mich anlächelt, lächle ich zurück. Als wir das Diner betreten, beschließe ich, einen Vanille-Milchshake mit viel Schlagsahne und einer Kirsche obendrauf zu nehmen, denn ich habe mir eine Belohnung verdient.

DANK

Als ich *Der Lehrer* geschrieben habe, sagte ich zu meiner Tochter: »Könntest du mir vielleicht ein Gedicht schreiben, von dem ein Teenager denken würde, dass es tiefe Gefühle ausdrückt, das aber eigentlich schrecklich schlecht ist?«

Als Reaktion setzte sie sich neben mich, nahm meinen Laptop von meinem Schoß und sagte: »Gib mir zwei Minuten.« Ich beobachtete sie dabei, wie sie *das großartigste schlechte Gedicht* schrieb, das ich je gelesen hatte. Ich war begeistert. »Es ist perfekt«, sagte ich zu ihr, habe aber natürlich noch vieles daran geändert.

Als die Veröffentlichung von *Der Lehrer* näher rückte, erinnerte ich sie an das Gedicht, das sie für mich geschrieben hatte. Ich sagte ihr, wie sehr es mir gefallen habe und dass ich in der Danksagung erwähnen würde, dass es von ihr sei. Und sie sagte: »Oh nein, *bitte* lass es.«

Hmm. Vielleicht hätte ich diese Geschichte nicht erzählen sollen.

Na, sie wird das Buch ohnehin nicht lesen, *eher würde sie sterben.* Irgendwann, wenn sie erwachsen ist, wird sie daran denken und ein bisschen peinlich berührt und/oder wehmütig sein.

Ich danke außerdem Jenna Jankowski (nach der Hudson absolut nicht benannt ist, aber es zeigt, dass manche Dinge tatsächlich Kismet sind) für ihr tolles Feedback und ihre Hilfe bei der Gestaltung der Geschichte in der vorliegenden Fassung sowie dem gesamten Team von Sourcebooks für seine unglaubliche Arbeit. Dank an meine Mutter, die meine Bücher immer als Erste liest und nie die Wendung am Ende versteht. Dank an meine Beta-Leserinnen Pam, Kate und Emily. Dank an Daniel und Val fürs Korrekturlesen! Und Riesendank an meine Agentin Christina Hogrebe und das Team von der Jane Rotrosen Agency für ihre Unterstützung!

Last, but not least, danke, danke, danke an meine Leserinnen und Leser! Ich bin allen, die mich auf meiner Reise unterstützt haben, so dankbar. Ich hoffe, meine Bücher bereiten euch auch nur einen kleinen Teil der Freude, die es mir bereitet, dass so viele Menschen sie lesen!